十月之殇

The End of OCTOBER

Lawrence Wright

[美] 劳伦斯·赖特 著

耿辉 译

中信出版集团 | 北京

图书在版编目（CIP）数据

十月之殇 /（美）劳伦斯·赖特著；耿辉译 . -- 北京：中信出版社，2021.1

书名原文：The End of October

ISBN 978-7-5217-2144-7

Ⅰ.①十… Ⅱ.①劳… ②耿… Ⅲ.①长篇小说–美国–现代 Ⅳ.① I712.45

中国版本图书馆 CIP 数据核字（2020）第 183547 号

十月之殇

著　　者：［美］劳伦斯·赖特

译　　者：耿辉

出版发行：中信出版集团股份有限公司

（北京市朝阳区惠新东街甲 4 号富盛大厦 2 座　邮编　100029）

承 印 者：北京盛通印刷股份有限公司

开　　本：880mm × 1230mm　1/32　　印　　张：12.5　　字　　数：200 千字

版　　次：2021 年 1 月第 1 版　　印　　次：2021 年 1 月第 1 次印刷

京权图字：01–2020–1997

书　　号：ISBN 978–7–5217–2144–7

定　　价：68.00 元

服务热线：400–600–8099

投稿邮箱：author@citicpub.com

给读者的信

亲爱的读者：

我祈祷《十月之殇》所描述的事件永远不会发生。但，是这样吗？

我们知道大流行病会发生，这才是最可怕的部分。但怎么会有这样一场大流行病在我们今天的世界实时上演？在调研、写作这部小说的过程中，我使用了自己创作非虚构作品的严格标准，对书中呈现的事实性内容一一澄清，从观察到的世界趋势出发，得出某些符合逻辑的结论。我采访了在美国一线和疾病斗争的众多科学家和流行病学家，我与政府高层官员交谈，军事专家也给我介绍过情况，他们每个人都和我一样担忧——书中呈现的情况有可能发生。

当然本书是一部小说，有英雄，有反派，也有紧张的背景故事。调研和写作的过程让人兴奋，我所了解的内容也让我对于正在努力保护我们免受灾难的机构和个人充满希望。

我希望你们能喜欢这本书。

谢谢你们多年来的支持。

致以最美好的祝愿。

劳伦斯·赖特

投身于公共卫生服务事业的人们
谨以此书向你们的智慧和勇气致敬

瘟疫藐视一切医疗，死神在每个角落肆虐，倘若它再蔓延不休，城镇连同每个拥有灵魂的存在，几周之内就会沦陷。每个人都开始感到绝望，每颗心都因恐惧而衰竭。内心的痛苦把人们逼进绝望，死亡的恐惧渗入面孔和表情。

——丹尼尔·笛福《瘟疫年纪事》

可是瘟疫究竟意味着什么呢？是生命，仅此而已。

——阿尔贝·加缪《鼠疫》

目录

孔戈里

I

II

大流行

低谷

III

十月

IV

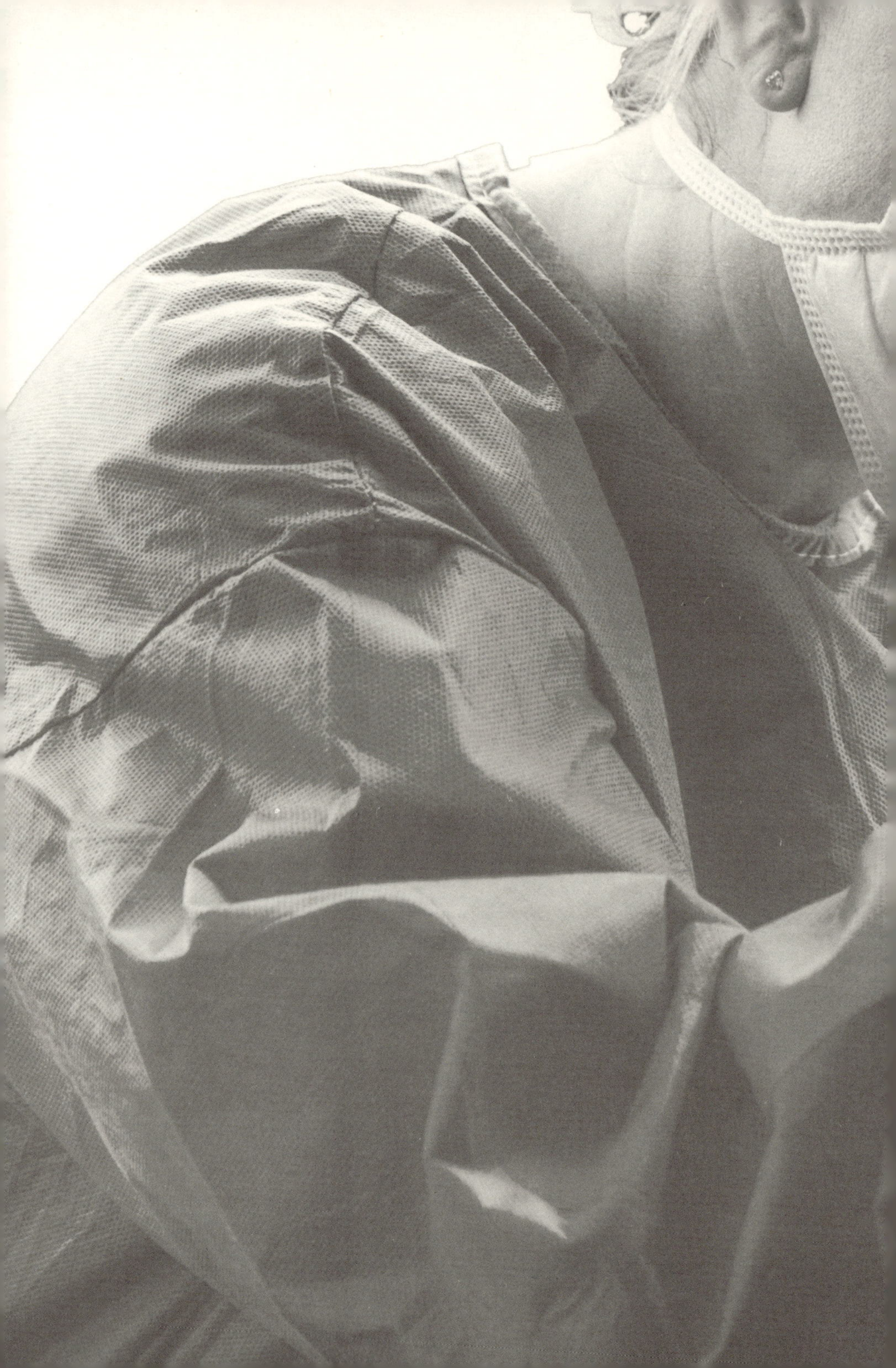

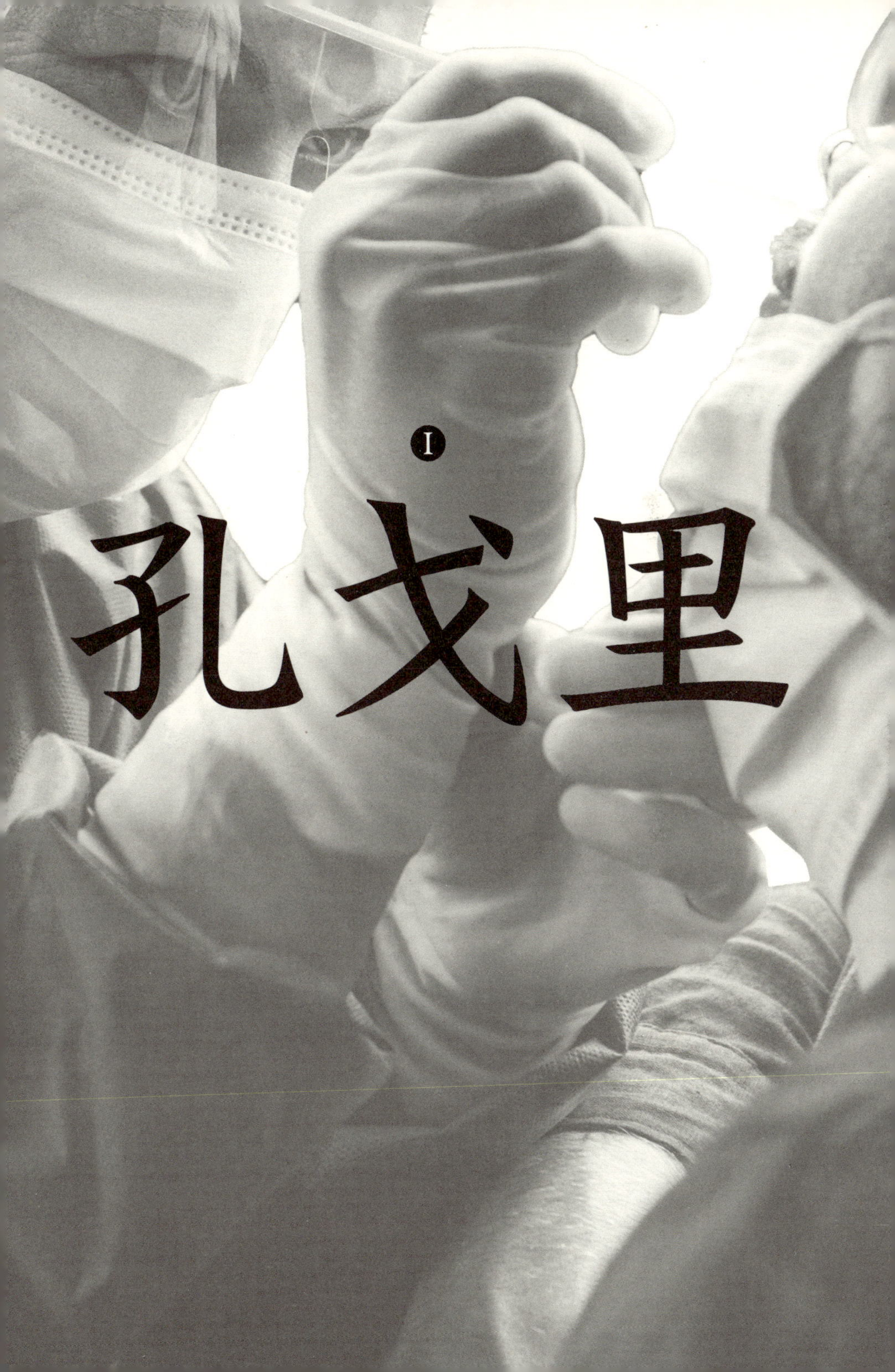

I 孔戈里

1

日内瓦

日内瓦的一座大礼堂里，参加新发传染病会议的卫生官员们正在共同举行最后一个下午的议程。疲于参加了一整天的会议，听众躁动不安，还担心赶不上各自的航班。恐怖分子对罗马的袭击让每个人都如坐针毡。

“印度尼西亚难民营里，一批青少年异常死亡。”名叫汉斯某某的倒数第二位会议发言人说。他是荷兰人，高大、自负、养尊处优，他的衣领上披散着一缕未经修剪的灰金色头发，肩膀部位的衣料在幻灯片的投影光线中闪闪发亮。

一张印度尼西亚地图闪现在屏幕上。“西爪哇省的孔戈里二号难民营3月的第一周就发放了四十七份死亡证明。”汉斯用激光笔指向地图上的那个地点，接着播放出在极度肮脏的环境中生存的贫苦难民。离家出走的难民涌向世界各地，数百万人挤在临时搭建的营地，像囚犯一样被围栏围住，缺乏食物配给，鲜有医疗设施。传染病从这种地方外溢不足为奇，霍乱、白喉、登革热——热带地区总是在酝酿疫情。

“高热、血性排泄物、高传染性、高致命性，然而这批病例真正的区别在于，”汉斯放出一张图表，“死者的中位年龄。被感染病例往往会随机分布在各个年龄段，可是这里的病死率[1]高峰却出现在总人

1 病死率（case-fatality rate）在流行病学中指一定时期内某种疾病患者死亡的比率。而后文将会涉及的另一个概念——死亡率（mortality rate），则是用来衡量一部分人口中，一定规模的人口大小、每单位时间的死亡数目（整体或归因于指定因素）。（本书脚注均为译者注。）

群中最年富力强的年龄段。”

在日内瓦的这座大礼堂中，一众卫生官员倾身审视着让人好奇的幻灯片。大多数致命疾病更易造成婴幼儿和老年人的死亡，可是不同于常见的 U 形曲线，这张图大体呈 W 形，死亡患者平均年龄为二十九岁。“根据初次暴发的初步报告，我们估计（此病）总人群病死率为百分之七十。”汉斯说。

“儿童和新生儿？……”世界卫生组织流行病学主任玛利亚·萨沃纳打破了茫然的沉默。

“在这组上报病例数据中已有大范围统计。”汉斯回答。

“可能通过性传播？”一位日本女医生问。

“不可能。”汉斯说。他很享受这种感觉，此刻他的面庞逐渐挡住投影，把一个巨大的阴影投在了下一张幻灯片上，“上报的死亡病例数在接下来几周保持一致，但是确诊总例数大幅降低。”

“也有可能是只发生了一次传染而播散的性传播疾病。”这位日本女医生给出结论。

“一次死四十七个人？”汉斯说，“这场性派对可真不得了！”

日本医生脸一红，笑着捂上了嘴。

“好了，汉斯，你让我们猜得够久了。”玛利亚不耐烦地说。

汉斯得意扬扬地扫视全场。“志贺氏杆菌病，”他说完，台下传来一阵不可思议的叹息，“此病的传染性可能你们都很了解，但对于此病倒置的病死率曲线却不甚明了，这一点也曾令我们迷惑不解。志贺氏杆菌是一种贫穷国家常见的细菌，造成了无数起食物中毒事件，我们询问了雅加达卫生部门，他们给出的结论是，在饥荒环境中，只有足够健壮的青少年能夺取有限的食物资源。在这个案例中，强健的体力是他们走上绝路的诱因。我们的研究小组推断过，生牛奶是潜在的病原体来源。我们举这个案例是要以此作为警示，人口统计方面的固化思维可能会令我们忽略本来明显的事实。”

汉斯在例行公事的掌声中走下讲台，玛利亚请出最后一位发言人上台，“弯曲杆菌出现在威斯康星州——”他开始演讲。

突然，一个威严的声音打断了他：“一场严重的出血热在一周内使四十七人丧命，然后消失得无影无踪？”

二百个人把头转向这个洪亮男中音的源头。听声音，你会以为亨利·帕森斯是个大块头，其实不然，他身材瘦小，童年时期的佝偻病让他显得有点驼背，他的五官比例和职业化声音对于不怎么出众的身型来说大得过头，不过羸弱的外形并没有让他自降身价。了解他传奇经历的人谈起他时都怀有一种有趣的敬畏感，背后称他为“医生先生”或者“严厉的矮子”。如果实习生没有准备好样本，或者错过一个实际上只对亨利有意义的临床症状，他能把实习生批得泪流满面。然而2014年在西非抗击埃博拉病毒暴发的国际团队正是由亨利·帕森斯所领导，他追踪到了第一个有记录记载的病人——所谓的“零号病人”——一名被果蝠传染、只有十八个月大的几内亚男孩。有关亨利的这类故事有很多，若非他无视个人荣耀，还有更多可以讲出来。在人类抗击新发传染病的永无休止的战斗中，亨利·帕森斯可不是个矮子，而是位巨人。

汉斯某某斜着眼睛瞥见亨利坐在晦暗的高层阶梯上，说道：“假如你考虑到环境致病因素，帕森斯医生，那也并不罕见。”

“你说到‘传染’。”

汉斯笑笑，很乐于继续这个游戏：“印度尼西亚当局起初怀疑是一种病原体。”

“他们为什么改变了主意？”亨利问。

玛利亚也很感兴趣：“你想到埃博拉？”

“那样的话我们会发现疫情可能向城市中心转移，”汉斯说，“实际上没有出现这种情况，仅仅清除了污染源，这些感染病例就消失了。”

“你真的亲自去了难民营吗？”亨利问，“获取样本。”

“印度尼西亚当局全力配合，”汉斯不以为然地说，“现在有无国界医生组织的一队人在现场，我们很快就会得到确认，别以为会有什么意外。”

汉斯等了一会儿，可是亨利坐了下去，若有所思地用手指敲打着嘴唇。下一位演讲者继续发言。“密尔沃基的一家屠宰场……”他说话的同时，几名参会者边看时间，边俯身走向出口。机场肯定已经加强了安保措施。

“我讨厌你那样。”回到办公室时，玛利亚说。办公室采光充足，颇有格调，还能看见勃朗峰的美景。一群鹳已经翻越阿尔卑斯山脉，在日内瓦湖旁盘旋落下，那里是它们春季从尼罗河谷迁徙的第一站。

“什么样？”

玛利亚向后一靠，模仿着亨利的姿势用手指敲击嘴唇。

“我有这个习惯？”亨利一边把手杖靠在桌子上，一边问道。

“我看见你那么做就觉得自己应该担心。你为什么怀疑汉斯的研究？”

“急性出血热，极有可能是病毒性的。反常的病死率分布，完全不符合志贺氏杆菌病的特点。疫情为什么突然——”

“消失？我不知道，亨利，你告诉我。又是印度尼西亚？”

“他们以前隐瞒过真相。”

“这不像是另一场脑膜炎暴发。”

“当然不是，”亨利再次不由自主地敲起嘴唇，玛利亚等待他的回答，“我不应该告诉你得怎么做，”他最后说，“也许汉斯的结论正确。”

“可是……”

“病死率惊人，假如他猜错了，这就是后果。”

玛利亚走到窗口，云彩正飘过来，遮住了壮丽的山峰。她刚要说话时，亨利打断了她的思绪：“我得走了。”

“和我的想法不谋而合。”

“我说的是回家。”

玛利亚点头，仿佛是在表明自己听清了亨利的打算，可是她意大利人的眼睛流露出担心的情绪，传达出另外的信息。“给我两天时间，我知道这要求有多过分。我应该派出一整支医疗队，可是又信不过任何人。汉斯说无国界医生组织在那里，所以他们能帮忙。只需要拿到载玻片和样本，然后马上回亚特兰大。”

“玛利亚……”

“求你啦，亨利。”

作为结识已久的朋友，亨利的眼中闪现出研究海地非洲猪瘟的那位忧心忡忡的流行病学家，玛利亚当时极力支持销毁本地病猪。海地几乎每家每户都养猪，除了作为主要的食物来源，它们还充当货币，是农民的一座“银行”。在一年之内，多亏了国际社会和专横的“娃娃医生”杜瓦利埃的努力，土生土长的克里奥尔猪绝迹，几乎是史无前例的巨大成功。销毁工作阻止了一种难以治愈的疾病。可是贫穷的农民陷入了饥荒，腐败的掌权者把美国提供的大部分替换品种据为己有，而且那些猪对于当地环境来说过于脆弱，饲养成本也很高昂。在没有其他资源的情况下，人们转行制炭，伐光了森林。海地再也没有恢复元气，那些猪是否应该在第一时间被销毁也成了争议性问题。亨利想，我们当时曾是信心十足的理想主义者。

“最多两天，”他说，“我答应吉尔回去给特迪过生日。”

“我让里纳尔多给你订飞往雅加达的红眼航班。”玛利亚向他保证，自己会给亚特兰大的疾病预防与控制中心打电话求情，说明自己的紧急需求，因为亨利是那里负责传染病的副主任。

“还得问一句，”亨利离开时说，“罗马有什么消息？你家人安全吗？”

“我们还不清楚。”玛利亚绝望地说。

罗马袭击针对的是狂欢节，大斋期之前，意大利各地举行的八天庆典，化装游行和著名的骑马舞让人民广场水泄不通。当天上午的新闻充斥着现场的照片，漂亮马匹的尸体碎块散落在死去的牧师身旁和双子教堂的废墟中。“罗马有数百人丧生，死亡人数还在攀升，”福克斯电视台的主持人说，“意大利会做何反应呢？”

年轻的首相是一名民族主义者，他的头发四周很短，顶部很长，属于接管欧洲的新法西斯主义者的风格。可以预料，他主张大规模驱逐穆斯林。

听见孩子们“噔噔噔”下楼时，吉尔·帕森斯关掉电视，他们已经开始争吵海伦是否可以和特迪及其朋友们一起去乐高乐园。海伦甚至对乐高都不感兴趣。

“谁要吃华夫饼？”吉尔兴致勃勃地问。没有一个孩子响应，他们还沉浸在无意义的争吵中。皮珀斯是家里的一只混种搜救犬，双眼周围是两块黑斑，像一只大熊猫，它从自己的角落站起来，踉跄地走过去给孩子们的争吵充当裁判。

“是我过生日。”特迪愤怒地说。

“我过生日时还让你来六旗乐园呢。”海伦反驳。

“妈妈，她偷了我的华夫饼！”特迪抱怨道。

“我只咬了一口。”

“你拿手碰了！”

“海伦，吃你的麦片。”吉尔不假思索地说。

“都泡软了。”

海伦厚脸皮地又咬了一口特迪的华夫饼，特迪愤怒地大吼，皮珀斯叫着表示支持。吉尔叹了一口气，亨利出差时家里总是乱成一团。可是当她在心里抱怨亨利的时候，她的 iPad 震动起来，亨利在呼叫她进行视频通话。

“你有读心术吗？”她问，“刚刚我正用心灵感应召唤你。”

“我可不知道怎么回事。”亨利说着听到了背景中的争吵和狗叫。

“我正要咒骂你离开了这里。”

“我和他们谈谈。”

特迪和海伦立即停止争吵，进入可爱模式。仿佛被施了某种魔法，吉尔心想，亨利朝他们念了咒语。连皮珀斯都热情地摇起尾巴。

“爸爸，你什么时候回来？”特迪问。

“周二晚上，深夜。”亨利说。

“妈妈说你明天回来。”

“本来以为可以，可是我的计划突然有变，不过不用担心，我会及时回去给你过生日。”

特迪兴高采烈，海伦拍起双手。真了不起，吉尔从来不能像亨利一样平息事态。也许我总是苦着脸，她想，肯定是亨利和孩子说话时显得绝对真诚，才征服了他们。不知为什么，他们知道自己是安全的，吉尔也有那种感觉。

“我造了一个机器人。”特迪一边汇报，一边举起 iPad 展示塑料部件、电路系统和一部旧手机的组合，这是他为科学竞赛组装的作品。骨骼结构的面孔上有一对摄像头眼睛，吉尔觉得它好像一个《丧尸出笼》的电影玩偶。

“你自己做的？”亨利问。

特迪点点头，脸上充满了骄傲。

“你叫它什么？”

特迪转向机器人：“机器人，你叫什么名字？”

机器人的脑袋稍微一歪：“主人，我名叫艾伯特，我属于特迪。”

“天哪！真了不起！”亨利说，“它叫你‘主人’？”

特迪咯咯笑起来，和每次真正感到快乐时一样收起了下巴。

“轮到我了！”海伦说着拿过 iPad。

“你好，我的漂亮女孩，”亨利说，“今天肯定是你的比赛日。”

海伦参加了六年级的女子足球队。“她们想让我当守门员。”她说。

“那很好啊，对吗？”

“只是站在那里，没意思，她们让我当守门员只是因为我个子高。”

“可是每次你救球都会成为英雄。”

“我要是守不住她们就都讨厌我。”

海伦总是如此，吉尔想。特迪阳光开朗，海伦阴郁不安，散发着悲观情绪，这也让她有了一种奇怪的力量。吉尔观察到海伦的同学有点害怕她的评价。这种特质和她精致的五官令她成为女生宠爱的对象和青春期男生烦恼的源泉。

“我听你讲到不回家了。”吉尔终于有机会说话。亨利看起来显得疲惫，在 iPad 明暗对比明显的画面上，他像一幅 19 世纪奥地利贵族的画像，圆形眼镜后面呈现锐利的凝视，吉尔听见背景中有播报航班的声音。

“很可能没事，不过还是那种任务。”亨利说。

“这次是哪里？”

“印度尼西亚。”

“老天在上，”言语暴露出吉尔的忧虑，“孩子们，快点儿吃完，校车要来了。”然后她对亨利说：“你一直没睡，是吗？希望你服点安眠药，好好睡一晚。有安眠药吗？你应该一上飞机就吃。”令她烦恼的是，亨利作为医生特别抗拒用药。

“等感觉到你在我身旁，我就会睡着。”亨利的语气就好像回家时在她耳旁说诱人的情话。

“别冒险。”吉尔说也是白说。

“我从来不。”

2
蓝女士

亨利从空中能看见苏门答腊岛上的火光，为了给更多棕榈种植园腾地方，原始森林和泥炭地正在被烧光。从花生油到口红，超市包装产品一半的用油量都由种植园提供。每年焚烧产生的浓烟笼罩东南亚，在某些季节致死人数多达十万人，而且正在把全球变暖的趋势推向临界点。亨利来到雅加达机场外，排队等候出租车，浓稠的空气立即开始炙烤他的鼻孔。他看着众多来往的旅客，心想：哮喘、肺癌、肺病，都在以各自决然的方式打造死亡，不管来到哪里，他都保留着把病理特征尽收眼底的职业习惯。

现在是雨季，黑云酝酿着降雨，上一场雨已经把街道变得泥泞不堪。棚户区和缓缓陷入大地的高楼大厦构成雅加达这座城市，急速增长的人口从他们脚下的蓄水层汲取着水分，导致他们生活的土地下陷，与此同时，周围的海平面还在逐渐上升。仿佛这个城市在自杀，亨利想。

“头一次来雅加达？”司机问。

亨利的思绪飘得很远，雨又开始下起来。在一片令人沮丧的噪声中，交通已经堵塞。一辆驴车从他们旁边的人行道上经过，车顶上坐着一个男孩，摞起的鸡笼足有三米高。

“我来过很多次。”亨利说。印度尼西亚是疾病的温床，是流行病学家施展武艺的绝佳地点。政治对于治疗疾病却没有任何帮助，此时此刻就有麻疹暴发，疫情的部分原因在于对疫苗的抵制。这里艾滋病的传播比世界上其他任何地方更快，政府却把这当作迫害同性恋和跨性别人士的借口。

司机是个快乐的胖子，戴着一顶印度尼西亚穆斯林最喜欢的无边圆帽。一枝茉莉花挂在后视镜上，它的芬芳弥漫在沉闷的出租车里。亨利瞥了眼镜子里的司机，虽然下着雨，豆大的雨点敲击在挡风玻璃上，可他还是戴着墨镜。

“您想去旧爪哇转转吗，老板？”

“我今天就在这儿。”

他们驶向印度尼西亚卫生部，交通状况好转了一些，但是降雨没有收敛。亨利清楚，还没等跑进入口的天篷，他就会被浇得浑身湿透。

“等等，老板，我帮您。”司机打开后备厢，取出亨利的手提箱，然后撑伞陪他走到门口。“您来雅加达好些次，都不在雨季带伞。”司机责备他。

“这次我得到教训了。”

“您需要我等等吗？”

“我不知道要等多久，”亨利说，“也许得一个小时。”

“我就在这儿等您，老板。”司机说着把名片递给亨利，“班邦·伊德里斯为您服务。”

“谢谢你，班邦。”亨利说出自己掌握的唯一一句印尼语。

三个小时后，亨利仍然与其他十几名昏昏欲睡的求见者坐在卫生部长的接待室。卖茶的男孩儿满怀期待地看着他，可他已经喝过足够的咖啡，耐心也快要耗尽。回家是此刻的头等大事。他又看了一遍手机上的日程安排。还有时间去难民营取到载玻片，然后奔向机场。时间紧迫。午夜飞往东京的航班八小时后登机，赶不上那一班，他就会错过特迪的生日，都怪官僚主义中毫无意义的互相竞争。

上一次亨利在这个房间中坐冷板凳还是在 2006 年，当时的卫生部长另有其人，是希蒂·法蒂拉·苏帕莉，她拒绝对外共享可能致命的 H5N1 禽流感病毒的样本。此病毒从鸟类传染给六百多人，半数以上患者死亡，死亡病例大多在印度尼西亚。假如 H5N1 已经可以在人际传播，那么它能在几周内席卷全球，造成灾难性后果。全世界的流行病学家都如坐针毡，可是印度尼西亚政府却小心翼翼地把控着病毒样本，辩解说疾病与黄金和油料一样，都是国家资源。希蒂部长称自己的政策是行使“病毒主权”。其他国家，比如印度，很快明白了拥有本土疾病专利权的意义。

亨利深陷这场论战，他争论说独享数据是疯狂之举，科学无国界，疾病亦无国界——特别是一种能随鸽子真正飞越国界的疾病。没有病毒样本，国际社会将无法开展科学研究来抗击新型病毒，全球医疗卫生事业的整个根基都有可能被动摇。印度尼西亚明确表示别国会利用病毒研制出他们买不起的疫苗。亨利搞出一份协议，让印度尼西亚从对共享病毒的科学研究中“获取共同利益”。可是印度尼西亚无限度地索取根据病毒样本研发的疫苗，因为无法满足这样的要求，协议没能签署。

那次谈判结束以后，争议变得更加复杂。鹿特丹伊拉兹马斯医疗中心的罗恩·富希耶在实验室修改了这种印度尼西亚病毒序列，赋予它空气传播和哺乳动物间传播的新功能。威斯康星大学的川冈义弘对同种病毒的越南毒株做了类似的改动。两人的此项工作构建了疫苗研发的模板，为未来可能出现的病毒大流行做准备。然而就在他们即将发表研究成果及研究方法时，《纽约时报》斥责科学家开展“末日实验”，这种病毒“如果泄漏或被恐怖分子窃取，可能会导致数亿人丧生”。美国国家生物安全科学顾问终止了实验，可是不久之后，新造病毒“问责”于谁的问题又浮现出来。美国和荷兰政府不断地提出同一个观点，指出印度尼西亚最先制造了病毒。2012 年，亨利主持了一场世界卫生组织的国际卫生官员会议，他们决定不做改动地发表富希耶和川冈的论文，并且说到做到。亨利解释说，知识有危险，可无知更加危险。印度尼西亚人指责亨利欺骗他们，并且明显心生嫌隙。

接待人员再次走向亨利，这一次脸上挂着屈尊而且不自然的微笑。“今天不能见你，安妮莎部长感到非常遗憾。”

她压低了声音，给他在求见者面前留点颜面。“她答应明天——”

“真可惜。”亨利说。

“没错。”接待员说，亨利的音量让她卸下了防备，“她觉得非常可惜。”

“真可惜我得抗命了，要么现在见我，要么明天面对国际观察员，都取决于她。她可以在下午三点前决定。”

接待人员看了眼时钟，距离三点还有四十五秒。她犹豫了一下，然后冲进部长办公室。秒针刚刚扫过时钟顶部，办公室的门就再次打开。

安妮莎·诺万托部长是一名冷淡的官员，笑容几乎掩饰不了内心的焦虑。亨利首次见到她还是在一次狂犬病疫情蔓延期间，她那时还是巴厘岛的卫生官员。她当时的首要职责是控制媒体而不是疾病。因为工作卓有成效，又赶上希蒂因为收受贿赂而被判入狱，安妮莎被派来接手卫生部长的职位。她最近戴上了头纱，这表明印度尼西亚向宗教保守主义渐渐靠拢。她似乎只是又一名听话的瓦哈比教派官僚。

“你好亨利，你总是带给我惊喜，”部长说，“也许可以提前通知我一下。我们正忙于麦加朝圣的健康认证工作，没必要叫来观察员吧。”

“部长，这不会花太长时间。根据规定，我只是来这里跟你打声招呼，接着去孔戈里难民营取些样本，然后我就离开。”

“亨利，说实话，这不是什么大事。你费尽周折，千里迢迢大驾光临，真让我震惊——”

“政策不是我制定的，我只负责收集数据。”

“我们已经把病理切片送往荷兰，他们会得出结论。所以我们奇怪你为什么会来。孔戈里的问题我们已经解决了。”

“那很容易确定，分离出的病原体自会证明。”

“分离病原体，哦，没有必要。”

部长拿起一个遥控器，打开电视机。一部翻译成马来语的墨西哥肥皂剧正在播出，可她没有认真观看，只是提高电视机的音量，直到亨利几乎听不见她的声音。她指出窃听器在房间里安放的位置。“你让我很为难，”她说，“我必须偷偷告诉你一些情况，让你不必抓住这个问题不放。”

“不拿到病理切片我不回家。”

部长默默一笑，说：“其实，说起来荒唐，他们根本没病。”

“他们死了。”

“因为我们把他们抓到一起枪决了！”她高声说，“革命党、造反派、不良分子，在难民营里到处都是。你们西方人不知道我们在这里要对付什么，当然我们不明确报道这些事情，而是找其他借口，也许是验尸官编了个故事。所以很抱歉，你跑了这么远来了解我们的小秘密，请帮我保守这个秘密，否则会让我的处境十分危险。”

假如部长没有对难民的死因撒谎，那么向亨利吐露实情显然让她陷入险境。不忠会受到严惩，可她还是说了出来。

“我还是得去趟难民营。”亨利说。

安妮莎部长突然站起来，眼中充满怒火：“想都别想！有安全风险，难民营由武装团伙掌控，他们以绑架为生。你不能去！”

“我去试试。”

“这不是你能决定的！”她说，话音有点儿歇斯底里，“你看，假设那里是疫区，以我们匮乏的资源，我们能做什么？我们被全世界抛弃，避之不及，再无游客，为什么要由我们来承受这些？”

“谢谢你，部长。我会给出我的报告。”

“我禁止你去！”亨利离开时她喊道。

班邦很快接听了他的电话：“是的，老板，我在这儿，还在等。我一分钟就过去。”

亨利站在天篷下，大雨已经减弱成了温柔的细丝。很快一辆三轮摩托车缓缓停下，班邦拿着伞下车，脸上挂着腼腆的笑容。他的小摩托上画着跃动的色彩，如果交通工具没让他失望的话，他会感觉愉悦。

“你的丰田汽车怎么了？”

“我姐夫，把车要回去了。”班邦把亨利的包放进狭小的座舱，“摩托更快一些。”他说。这个理由更有说服力。

亨利能感觉到自己紧咬牙齿。时间非常紧迫，他希望法国医生已经快捷高效地分离出了病原体。他已经从卫星图像上获得孔戈里营地的坐标，不过班邦也已经知道地址。“那是同性恋的营地。”他说。

“你什么意思？”

“同性恋，政府把他们安置在那里，说为他们好。否则他们会受鞭刑，或许是绞刑，有些人被吊死在建筑上——极端主义者的做法，所以政府把他们藏在这些营地。”

“可是人人都知道他们在哪儿。”

“当然。”班邦满不在乎地说。

他们驶过被水淹过的水稻田，季风和上升的海平面正在淹没这个国家，降雨和海水从上下两个方向汇合，像坐便下水一样把土地冲走。五年之后，十年，最多二十年，沿海地区就会被淹没。现在这已经成为常态，大家公认灾难在等待着他们。

路上坑坑洼洼，篱桩上站着秃鹫，一群水牛挡住了去路。班邦按响喇叭，水牛很快躲到一旁。然后出现了一条没有标志的路，一扇大门和一间警卫室，班邦转向这条路，一名士兵冲出来，生气地撵他离开。

“他们不让进。”班邦告诉亨利。

亨利尽可能唤起一个男人的威严，走出粉绿色装饰的三轮车，车的两边还贴着 Hello Kitty 徽章。他挥舞着身份证明和玛利亚给出的官方信件。“你好，长官！”他用自己最庄严的声音说，“看见没有？世界卫生组织。联合国！联合国！”

守卫回到他的岗亭打了一通电话。亨利偷听到难以理解的喊声。过了一会儿，守卫走出来打开了大门。

三轮车经过坦克、军用卡车和排列在水塔旁边的一小片军营。不久，他们来到一堵高高的栅栏旁，栅栏上边是卷曲的铁丝网。亨利能看见里边有几百人，拘留营地前边是一片杂草丛生的阅兵场。一间小屋的门廊上站着一位瘦削的军官，他手掐着腰，就是这里的负责人。

“先生，回去吧，”军官说，“这里是禁区。”

“你不明白，”亨利通情达理地说，“我有权进入任何出现卫生状况的地方——”

“与你无关，你快离开。”

亨利试图把身份证明和玛利亚的信递给军官，这样做在前一个门口似乎很有效，可是军官明智地转身回到屋里。

亨利站在那里，不知所措。营地里被扣留的人在仅有几米远的地方盯着亨利，等待他的决定，他们的脸上写着困惑和绝望。天上又开始下雨，但是没有人挪地方。他开始走向营地，可是接着又听见子弹上膛的声音，附近一辆吉普车上的守卫用枪指示他回到三轮车上。

宣礼员的一声呼唤宣告了祈祷的开始，守卫们立刻退回，被扣留者也回到混乱聚集的帐篷、棚户和披屋，寻找干燥的地方进行祈祷。班邦从他的座位底下掏出祈祷垫，准备铺在泥泞的阅兵场上。这时，瘦削的军官再次出现在门廊上，打手势让班邦进去。

亨利困惑地坐进三轮车，毫无办法。他失败了，其他所有人都在祈祷，也许那也是他最后的办法。

很快，祈祷结束，班邦冒雨冲回来。

“我们去机场，”亨利说，“没理由再停留了。”

“不用，老板，好了。我们做了交易。”班邦边说，边指向门廊上的军官。

“你向他行贿？”

“不是我，是您。”

亨利暗自咒骂自己，他从没想过只要出钱就能解决自己的问题。班邦飞速把一叠美元给到军官，后者回到屋里清点，然后出来朝吉普车上的士兵点点头。

班邦坚持撑伞，他说这是服务的一部分。

“太危险了。”亨利说。

“您是我的职责所在！”班邦自豪地回答。

亨利只带了一套防护服，不过给了班邦两副橡胶手套（并坚持让他一起戴上）和遮住口鼻用的一次性口罩，并警告他不要触碰任何人。大门“咣当”一声在他们两人身后关闭。

调查未知病原体的工作永远伴随着危险，疾病可来自多个源头，包括病毒、寄生虫、细菌、真菌、变形虫、毒素、原虫和朊病毒，每一种都有自己的生存策略。除了有多种方式传播，严重的疾病还能伪装成常见且相对无害的症状。头疼也许是鼻窦感染的症状或者发生中风的前兆，发热、疲劳和肌肉酸痛可能是感冒的表现或脑膜炎初发症状。带着最少量的资源只身来到现场，进入一个陌生的环境，是亨利这种疾病侦探可能接手的最危险任务。换句话说，恶性疾病暴发的危险大到了亨利愿意主动冒险的程度。他早就认识到运气虽不可靠，但是在这样的冒险中却是个必不可少的陪伴。

一群年轻人接待了亨利和他的司机班邦。他们大多数二三十岁，还有几个十多岁，瘦削憔悴，但并非营养不良。虽然衣衫褴褛，他们也努力打扮自己。亨利在他们中间感受到一种团结的精神。也许大半生在暗处生存，他们本能地重新建立起自己的地下团体。

一个把弯刀像权杖一样拿在手里的人凑近亨利，他戴着金质鼻钉，披肩长发虽然染成金色，但是根部已经长出黑色。亨利飞快地计算了一下：十厘米头发大约意味着六个月的监禁。

“他想知道您是不是人权机构的，”班邦翻译这个人的话，“他说他们要求人权机构的帮助，但是当局不接受他们的诉求。”

“不，告诉他们我很抱歉。我只是一名医生，来——”

可是这话一说出口就让他们沸腾起来，“医生！医生！”男人们喊道。有人开始哭泣并跪倒在地，黏湿的面孔和扩大的瞳孔昭示出很多人在发烧。

“您是长久以来的第一个外来者！”班邦说。

“他们没有医疗救助吗？”

班邦问了拿着弯刀的年轻人。

“有法国人，他说。他们来过，可是现在都死了。”

“这座营地死了多少人？”

“很多。没人再给他们下葬，每个人都怕得要死。”

一名年轻人急切地和班邦低语。

“他说他们为您祈祷，老板。他们看您在门口，就向安拉祈祷您是来拯救他们的医生。他们说您应了他们的祈祷。”

亨利知道对他们来说自己有多么无能为力。他们身处疫区，每个人都沾染了病原体。他注意到营地后边有一台小型挖掘机，显然这是政府对疫情做出的唯一认可——想办法快速挖掘大批坟墓。亨利想知道掘墓人在哪儿。

持刀者领他经过泥泞的道路，亨利用手杖稳住自己的脚步，班邦走在后边，撑着不起什么作用的雨伞。有人心血来潮，用纸板、塑料袋和一条条帆布作为建筑材料，临时建起这座环境恶劣的营地，有些房顶上铺的是压扁的易拉罐，一只被拴住的鸭子浮在一间棚户旁的水坑里。无国界医生的帐篷设立在远离这些棚户的地方，侧面印有MSF（无国界医生）的醒目标志。

亨利小心地拉开雨帘，死亡的气味令人作呕。

“你先离开。”亨利说。

目睹面前的一切，班邦的眼中充满恐惧，但他很有担当，结结巴巴地说：“我保护您。”

“不，我没事，不过听我说，什么都别碰，清洗自己，你明白吗？我的工作需要一些时间，在外边等我。”亨利又强调了一遍，“你明白吗？别碰任何东西！”

班邦愣了一会儿，亨利能看出他有多害怕，可他还是把伞递给亨利。“你拿着吧，”亨利命令，“快走。”

亨利严肃地看着帐篷周围的人，他们敬畏地退后离开，消失在雨幕之中。

腐败的气味亨利早已习惯，帐篷里的十几张床大多被尸体占据。一位病人用眼神追随着他，虚弱得无法做出别的动作。亨利扫了一眼他床脚的表格，然后给病人的静脉留置管又加了一袋葡萄糖静脉滴注液，他只能帮上这些。病人从喉咙里发出垂死的气息，很快就会发不出声音。

小诊室里，三名死去医生的姿态怪异扭曲。和亨利在世界各地见过的一众无国界医生一样，他们年轻，刚刚结束住院医师培训。亨利明白需要什么样的勇气来面对一个无形的敌人，冲进战场的英雄男女会在疾病的攻击下落荒而逃，它比敌人更强大，比恐怖主义更霸道，残忍得超乎人类的想象，可是像这些医生一样的年轻人，却主动抵挡大自然所展现的最致命的力量。

不过现在，他们也丢掉了性命。

亨利点起一盏煤油灯，照亮了一位女医生的面庞，她的头正倒在检查台上一摊干涸的血液里。亨利推测她是非洲或海地人，很多黑人医生都加入了医疗队。可是接下来亨利发现她的脸不是黑色，而是蓝色。

亨利以前见过发绀，这种皮肤呈现青蓝色的症状一般是血氧浓度低造成的，通常显现在嘴唇、舌头或手指和脚趾上，他从没见过谁完全变蓝。他想到霍乱，蓝色死神。这说得通，营地里公共卫生环境糟糕，天知道水从哪里来。可是业内人士懂得如何治疗霍乱，医生们肯定也接种过疫苗。他在一个防护柜里扫了一眼，发现里边保存着几样初步诊断设备：一副听诊器、几支数字体温计、绷带、一条血压计套袖、一把窥器和一套耳镜——这套说走就走的配置可用于小型非手术医疗队进行一周左右的本地传染病治疗。药物锁在一个配有厚有机玻璃开门的结实柜子里，有胰岛素、肝素、利尿剂、沙丁胺醇、环丙沙星、阿奇霉素，不过亨利看见大部分都是抗逆转录病毒药物。

他们显然都是医生，不是化验员，没有任何可以使用的分析仪器。不过，这里还有安全性行为的海报和宣传册，显然这支医疗队打算迅速调查暴发的疫情，用抗逆转录病毒药物尽可能多地治疗艾滋病患者，并教育这里的拘留者。他们当然没有准备长期待在这里，旁边的小食品柜里装着麦片和变干的羊角面包。他瞅了一眼垃圾，发现许多丢弃的四环素瓶。医生们肯定也以为这是霍乱。

在身后工作台上的笔记本电脑里，亨利发现了弗朗索瓦丝·尚佩的病例追溯文件夹，可能就属于他面前去世的这位女医生。亨利注意到她对病人做了细致的记录，电脑里还有一封没有发出的长篇电子邮件，收件人是巴黎无国界医生组织的负责人吕克·巴雷。亨利懂得法语，能够读懂邮件。“吕克，吕克，我们需要你的帮助！”女医生开篇写道。

> 我们来到你以前从未见过的疫区！一周时间，我们就有数十人感染。我通过本地人给你发送样本，你收到没有？在这里要治疗的是什么疾病，我们毫不了解！
>
> 病死率极高，我们需要设备！需要病理学家！只派我们三个人来，打不赢这场战争。吕克，我感到害怕。

在下边她又写道：

> 糟糕！为什么发不出去？没有网络、没有电话，我觉得他们把我们囚禁起来了。

后来，她肯定一直开着邮件，作为持续更新的证词，准备一有机会就发出去。亨利向下滚动到最后一条记录：

3月19日，我们来这里已经三周了。巴勃罗昨天去世了，我为他的家人心碎，他们什么时候才会得到消息？亲爱的，我和安托万都病了。我们躺在去世的同事身旁，我感觉离他们如此之近，虽然他们一人已经死亡，一人奄奄一息，但我从没有像现在这样深爱他们。这种感觉和亲密让我欣慰，也让我愤怒。我们被这头猛兽打败，没错，在我心里，它是一头母兽，一种我们看不见的生物，因为我们没有看透细胞的工具，所以它躲避我们，嘲笑我们，现在又杀死我们。为什么……

邮件中止在此，问题没有写完、没有发出、没有回答。

3
弗恩班克

每年春天，给自己那班幼儿园学生讲授恐龙的时候，吉尔都会带他们参观亚特兰大市弗恩班克自然史博物馆。孩子们下汽车时都会有些焦躁，不过一看见有史以来最大的一类恐龙——阿根廷龙，他们立刻就被其征服。与之相比，五岁大的孩子小得像老鼠。

"它的体重超过一百吨，身长超过三十六米，"吉尔解释说，"有人能猜一猜那相当于多少辆校车的长度吗？"

"一百辆！"一个男孩儿喊道。

"七十六辆！"另一个男孩儿说。

"三辆。"卡内莎猜道，声音比悄悄话高不了多少。

吉尔笑着看了一眼卡内莎的妈妈薇姬，后者帮忙组织了这次参观。能在吉尔需要时帮忙的家长为数不多，薇姬就是其中之一。"你怎么知道？"

"我只是估计一辆校车大约有十二米长。"卡内莎说。

她穿着蓝裙子、乐福鞋和一件冰雪奇缘主题的 T 恤。吉尔所有的学生都吃免费或减价的午餐，不过区分谁有家人支持很容易，比如说卡内莎就有。吉尔尽量不偏爱哪名学生，可她喜欢卡内莎的笑容和羞怯的聪明劲儿，吉尔希望终生和她保持联系，看看她有何成就。

"看那只霸王龙！"一个名叫罗伯托的男孩儿指着阿根廷龙身后的恐龙骨架说，"它要吃了另一只！"

“其实那是一只南方巨兽龙，”吉尔说，“它甚至比霸王龙还大。”

“南方巨兽龙！”孩子们用呼喊来表达对这个名字的喜爱，有一些抬头看着只剩下骨骼的神秘生物，会兴奋得跳起来。恐龙空洞的眼窝既吓人又好笑，给人的感觉好似万圣节的南瓜灯。

“所有人都以为只有恐龙灭绝过，可是地球的历史上曾经历过五次灭绝，大多数生物都消失了。”吉尔说，“达伦，别乱摸。”

类似的参观吉尔组织过许多次，可她仍然喜爱孩子们着迷的样子和眼中的好奇。回到幼儿园，他们会制作陶土恐龙模型，在炉子里烧制。没事她就喜欢带孩子们参观恐龙。

他们进入另一间巡展展馆，主题是“猛犸——冰河时代的巨人”。一只巨兽的模型站在展馆中央，它的长牙在鼻子前伸出一米多长，像弯刀一样向上卷起。

“完全成年的猛犸象就是这样，”吉尔说，“谁能告诉我现在哪种活着的动物是它的近亲？”

“大象。”孩子们喊道。

“没错，它们大致上是非洲象的大小。你们知道它们为什么都长那种长毛吗？”

“因为很冷？”名叫特雷莎的女孩说。

“完全正确。它们生活在始于四十万年前的上一个冰河时期，以地质学标准来看，一直存活到很接近现在的时代。大约四千年前，最后一批猛犸象死于西伯利亚附近的一座岛屿上。”

“它们为什么会死？”卡内莎问。

“问得好。可我们也不是很清楚原因。当时附近有人类生存，他们狩猎猛犸象，这是灭绝的部分原因。可是它们不同于恐龙，我们能把恐龙灭绝的原因指向彗星撞地球这种大事件。但是猛犸象是因为来不及适应行星快速变暖，所以气候变化恐怕也占很大原因。”

展馆中央还有一只猛犸象宝宝。“哦！”卡内莎喊道，“太可爱啦！”

“它是真的，不是模型，”吉尔说，“标牌上说它是从俄罗斯借来的，名叫柳芭。”

“你好，柳芭。”卡内莎说。

这只猛犸象还太小，没有长出皮毛，所以皮肤上的每个褶皱都清晰可辨，使它看上去像一只小象，就连它的眼睫毛都保存了下来。“描述说柳芭出生于约四万二千年前的西伯利亚，存活了大约三十五天，”吉尔说，“它掉进一个泥坑，肯定是很快被冻住才得以非常完好地保存下来。因为有了它和其他猛犸象的遗骸，科学家正在考虑着手克隆一只，让它重新活过来。让猛犸象再次在地球上徜徉，你们能想象那种情形吗？”

孩子们对这个激动人心的想法热切地点点头，然后男孩们冲回了恐龙展厅。

“玛利亚，你们能看见尸体吗？”亨利问。他已经用胶带把尚佩医生的笔记本电脑缠在输液架上，通过自己的卫星电话接入网络。年轻医生裸露的尸体正躺在检查台上，一只手臂弯曲在头上，另一只伸出去好像要握手。她的膝盖支在空中，亨利在她的双侧肩胛骨之间垫了一本医学手册，让躯干微微前倾。她的眼睛一直睁开，盯着上方的灯泡。这就是“蓝女士”。

亨利留给自己一点时间，以在解剖前对尸体做最后的致敬和默哀，这就是医学，他知道这位年轻的医生会愿意捐献遗体。亨利想见见生活中的她，感受与她握手的温度。死者冰冷的身体总是让亨利退缩。

“能看见，亨利，我们信号很好。”

在日内瓦，亨利前一天刚刚参会的同一间礼堂，他播放的视频显示在一块屏幕上。

“很不幸，我们这里连基本的解剖设备都没有，”亨利说，“但我们必须取得器官组织。我尽力而为。”

他退后站了一会儿，用冷静分析的目光打量着尸体：“她看上去三十岁左右，肌肉发达，也许是运动员或者经常跑步。如你们所见，全身发绀，提示缺氧，上半身尤为明显。她身高约一米六五，但也很难说，因为尸僵引起了身体扭曲。这里没有秤，但我估计体重是五十四公斤。”他检查眼鼻处的血块和嘴边的泡沫痰。“鼻出血，”他说，“可能有严重的内部组织器官出血。”

霍乱不会导致出血。

亨利掀起她的嘴唇，露出保养得很好的白牙，没有黄疸的迹象。

“帕森斯医生，体表有伤吗？”礼堂中的一位医生问。

亨利注意到女医生的下巴上有一个小伤疤，左肩有一个接种天花疫苗的疤痕。除此之外，她没有受伤，亨利伤心地想。他勉强能在手腕上分辨出一个文身图案——看似一块马蹄铁。

没有解剖工具，所以亨利得用仅有的实用工具改造。没有解剖刀，但他在抽屉里找到一把小折刀。会弄得一团糟，他一边试刀刃一边想，他会尽量保证死者的尊严。

“我现在打开胸腔。”他说。

从左肩到乳房下方，他划出第一道切口，然后在另一侧划出对称的一道。折刀切过皮层肌肉组织，必须不断施压才能通过每层阻力。一股血液从切口渗出，像冰块融化了一样。接着他向下沿腹部切开，直达骨盆，然后向上翻开胸部的皮肤，把它盖在年轻女医生的脸上。他捧起一部分凝固的血液，装进他在食品储藏室找来的三明治口袋。

亨利刮掉一层薄薄的黄色脂肪，露出下边胸部的骨头。

“在此我得道歉，”亨利说，“我没有骨锯可以使用，所以必须临时变通。”病理学家经常使用肋骨剪切断肋骨，可亨利只能找到一把绷带剪，刀刃剪不动骨头。“我要试着折断胸骨，”亨利说，“除非谁能提出更好的办法。”

日内瓦方面鸦雀无声。

亨利把剪刀高高举过头顶，然后用尽全力刺进骨头。

有新情况出现，礼堂里的医生们倒吸了一口气。亨利起初不确定发生了什么，然后看见自己的袍子上覆盖了一层泡沫状粉红色液体。

胸骨只破碎了一点，亨利不断用剪刀猛刺，液体流下他的长袍，溅到了他的头发和耳朵上，眼镜也被液体遮住，让他几乎看不清楚。他又刺了一下，把全部精力都用来打开胸腔并揭示其中的谜团，连玛利亚的叫喊声都没有听见。最后胸腔终于被打开，灾难性的病变来到眼前。肺部所在的位置变成了一摊泡沫。“浆状血沫，”亨利上气不接下气地说，“大范围的出血和水肿过程，看起来死因是——”亨利的声音突然哽住，他得想好措辞，“这位年轻勇敢的医生死因很明显，”亨利说，“她因自己的体液窒息而死[1]。”

日内瓦方面陷入沉默，最后玛利亚发话：“亨利，我命令全面隔离。明早会去一个医疗队。不过老天在上，亨利，停止你手头的工作，立即擦洗干净。接下来由我们接手。”

亨利还有最后一个任务，他通过自己的卫星电话把尚佩医生的电子邮件发送给吕克·巴雷，然后走出帐篷，在泥泞的营地里跋涉。天色已晚，季风狂啸不止。透过帐篷狭窄的开口，被拘留者用恐惧的眼神目视着经过。他是个幽灵，他们自身未来的鬼魂。他来到门口，大

1 当病毒或其他病原物质进入呼吸道引起肺炎或严重的广泛感染，会发生急性呼吸窘迫综合征（ARDS）。患者通常表现为呼吸困难、发绀和弥漫性湿啰音。而其病理标志主要是弥散性肺泡损伤。在急性期或渗出期，会出现低氧血症和呼吸窘迫。ARDS 亦可引起多个脏器功能衰竭（多器官系统衰竭），若不及时治疗，死亡率极高。

门为他打开又关闭，他注意到自己的拉杆箱立在军官房屋的门廊上，班邦和他的三轮车已经不见了踪影。

他几乎可以确定孔戈里的疾病不是细菌性的，有某种新东西，可能是类似 SARS（严重急性呼吸综合征）或 MERS（中东呼吸综合征）的冠状病毒，或者类似尼帕病毒的副黏病毒。可是亨利不停地想 W 形死亡率曲线[1]，这也是 1918 年大流感的显著特征。他站在倾盆大雨中，头脑里流淌着这些思绪，脱去衣服，在众目睽睽之下用雨水清洗头发和身体。和刚刚被暴力解剖的年轻医生的尸体一样，他也一丝不挂。

在整个职业生涯中，亨利曾想象会遇到一种疾病，比自己更聪明、更冷酷无情。仿佛一场竞赛，他需要战胜它。每种疾病都有自己的薄弱之处，亨利最善于理解陌生传染病的致病机理，查明它的下一步动作，计划漂亮的反击。如果时间来得及，最终他会赢得胜利。有些疾病不给你时间，那你只能看运气。迄今为止，他运气不错。

然而对于这种疾病，他有种感觉，运气和时间都没留给自己。

吉尔拿着从炉子里取出的陶土恐龙，这时公共广播系统呼唤她去校长室报到。她以前从来没有以这种方式被召唤过，所以知道出事儿了。她立即想到了自己的孩子，她努力把这些想法抛开，留下薇姬负责。她从那些一切一如往常的教室前经过，心跳足足比原来快了一倍。

“有电话找你，”行政助理说，“他们说是紧急情况。”

“和亨利有关。”吉尔接起电话时，玛利亚 · 萨沃纳说。这样的电话好几年前吉尔就一直觉得会接到。

1 在以年龄为横轴的死亡率曲线上，儿童、青壮年和老年段均有较高比率，从而使曲线呈现 W 形。

“他没事，可是暴露在致病环境中，我们还不知道怎么回事。现在我们有一队人正飞往那里。”

“他在哪儿？”

“还在印度尼西亚隔离，还会让他在那里待几天，看他是否出现症状。别太担心。我们还不知道这种微生物的传播机制，甚至不知道它是否传染。也许是有毒物质，也许是寄生虫。即使通过空气传播，他戴了口罩，很可能也是安全的。我们很快就会知道更多消息。”

吉尔从亨利那里了解到，口罩的防护性能不是很强，如果在疫情暴发地区工作，他需要一个能罩住全脸的防毒面具和一身防护服。他为什么没有想到这些？

“我想与你坦诚相对，吉尔。是我的错，是我把他派去的，他这么做是为了帮我。假如他发生任何情况，我绝不会原谅自己。”

这不是玛利亚的错。不管怎么样，亨利都会去。

在回家的路上，吉尔在小五星区的烘焙店停下来，为特迪第二天的生日聚会取蛋糕。她决定要表现得一切如常，亨利知道如何照顾好自己，她会给孩子们……说点什么。

“特迪，小寿星！”穿着白底彩色条纹围裙的灰发女人赞叹道。展示柜里摆满了曲奇、纸杯蛋糕和刚出炉的蜂蜜面包，藏着一百万卡路里的精美食品祈求着被顾客带走。连香味本身都让人发胖，吉尔心想。但是过生日的固定仪式必须得有。

烘焙店的盒子里是一块撒了白色糖霜的红丝绒蛋糕，顶部放着三个小黄人。特迪笑起来，露出了豁牙，他喜欢小黄人。

“埃德娜，你又给我们个惊喜。”吉尔说。

“哦，我了解我的拥趸，”她说完又转向海伦，“你呢，海伦？为什么不给自己挑块曲奇呢？燕麦葡萄干的，刚出炉。”

吉尔把车停进自家车道。他们住在拉尔夫·麦吉尔大道上靠近卡特总统图书馆的一栋红砖房里。这栋他们购于经济衰退期的房子，由一位砖厂厂主建于20世纪20年代，所以特别结实——用亨利的话来说，是一匹狼无法吹倒的那种[1]。当时他们既没孩子也没钱，所以两人自己动手装修。亨利心灵手巧，在地下室建起工作间，装饰三米高的石膏吊顶镶边，吉尔粉刷客厅和餐厅。一天，亨利拿着大锤砸倒了厨房后边杂物间的木板墙，然后把那块空间改建成纱窗门廊。大多数时间他们都在那里进餐，晚上吉尔和亨利会拿着一杯红酒坐在那里，看着园中的鱼尾菊和西红柿。他们无话不谈，拥有普通人的幸福，一切都是他们两个人共同创造的。

这栋房子有很好的格局。宽敞明亮的客厅面对着外边和整栋房子一样宽的大阳台，阳台铺着瓷砖，孩子喜欢去那儿玩。他们网购了阿米什风格的门廊秋千，在它后边是由一片格架支撑的亨利种下的石榴树墙。

他们把楼上出租给埃尔南德斯太太，她是一位上了年纪的孤寡老人，说自己只有一只猫，其实是有好多只。猫砂的气味让人难以忍受时，吉尔就会和她说说。吉尔非常想把她赶走，好拥有整栋房子。如今他们负担得起，孩子们会有更大的生活空间，吉尔和亨利会拥有楼上的主卧。这是他们婚姻中持续不断的争执。亨利是个节俭的人，他指出楼下有三间卧室，足够住下他们一家人，租金能抵销大部分贷款。吉尔怀疑是他心太软，没法让埃尔南德斯太太离开罢了。

吉尔把烘焙店的蛋糕盒放在岛式厨房案板上。特迪邀请了三位朋友来吃生日蛋糕，不同于海伦，他从不热心于大型聚会，这两个孩子天差地别。经历了孕期的各种问题之后，她把海伦称为奇迹宝宝，并

---

1 在著名英国童话《三只小猪盖房子》中，大灰狼吹倒了三只小猪中老大的草屋，撞倒了老二盖的木屋，但是被老三的砖石屋挡在门外。

且不打算再要一个孩子了。特迪——西奥多·罗斯福·帕森斯——以总统的名字命名，这位总统曾对亚马孙河的源头进行过一次险象环生的远程考察。亨利曾在一次流行病学调查中到过巴西西部的同一地区，玻利维亚边境附近的一片雨林。在那里，掌管一座钻石矿的宽腰土著部落有人蹊跷死亡。亨利到达时，部落里只剩下几名成员还活着。他追踪病源——吉尔似乎记得，他们的食糖供应被意图夺取钻石矿的毒品恐怖主义者投了毒，一名垂死的女人已怀孕多时，亨利紧急为她接生，发现那个胎儿还活着。亨利把他带回家，称他为二号奇迹男孩。

一开始，特迪孤僻严肃，吉尔担心他是不是被毒药影响了个性。即使还是个婴儿，吉尔都觉得他似乎威严得可怕，好似某个童话故事里被劫走的王子，有一天会夺回自己的王国。特迪矮小，但是健壮，拥有无尽的好奇心，黑眼睛像抛光的玛瑙一样闪耀。他从不追求多受欢迎，但是别的孩子总会被他自我封闭的光环所吸引——这方面他像亨利——友好，但不需要打动谁，散发出一种儿童少有的自信。

问题在于海伦，她从没有真正接纳过另一名家庭成员。特迪小她四岁，在很多方面都是她的对立面。海伦是位瘦高的红发姑娘，长了不少迷人的雀斑，生活自然而然地给她让路：老师喜爱，女孩羡慕，男孩追求，在运动队和俱乐部广受欢迎。她的生命注定要以吉尔只能想象的方式绽放。有时候当吉尔看着穿泳装或者准备睡觉的海伦，会惊叹自己生下了一个如此漂亮的人类样本。

可吉尔还是担心，海伦是一块水晶，完美无瑕，但脆弱易碎。她爱生气，不满足，在她的世界里，特迪是唯一真正跟她竞争关爱和赞美的人，他不去刻意追求，因而欣赏他沉着和智慧的人不断赞美他的谦逊。

特迪的客人到来之前，吉尔打开了电视。福克斯频道，布雷特·贝尔正在谈论罗马的恐怖袭击，她切换到 CNN（美国有线电视新闻网），伍尔夫·布利策正在和世界卫生组织总部外、各国国旗前的一位记者连线。“印度尼西亚已经同意国际监察员监督港口和交通设施，”外景记者说，“与此同时，孔戈里营地已经被封锁，政府当局说他们已经完全控制了局势。”唉，亨利，吉尔心想，你什么时候回家啊？

4

白宫西翼

每个人都设法顶着春季暴风雪赶来。不论星期几，华盛顿的交通都是一团糟，雪中的城市更是变得几乎无法通行。现在炫目的太阳露出来，照耀着覆盖玫瑰园的白色雪毯，融化了柱廊上的冰锥。但是白宫西翼地下的战情室是一座永夜中的高技术地牢，美国总统和他的顾问们在那里进行指挥，统领全球美军，处理国内危机。用于高机密视频会议的平板显示器在红木墙上挂成一排，大量黑色皮椅环绕着椭圆形长桌，屋顶散布着探测窃听设备和未授权手机信号的传感器。

国家安全委员会的助理委员会成员——除了中央情报局，还包括国务院、管理和预算办公室、财政部、司法部、参谋长联席会议和国土安全部——翻阅着晨间文件，寻找新增或有用的内容。他们的工作是为繁忙的上司们缩小问题的范围，用他们能够理解的方式加以说明。通常助理委员会的主席是国家安全委员会的二号人物，可是她去杰克逊霍尔滑雪时摔断了腿，所以玛蒂尔达·尼钦斯基替她挑起了担子。

如同一个肥皂泡，蒂尔迪[1]在华盛顿的官僚体系中不声不响地官升数级，几乎是神不知鬼不觉地坐上了国土安全部副部长的职位。她是一名灰色的知情者和秘密的保守者，所有人都放心让她推进上司的决议，过去二十七年她一直就是这么做的。生活虽然单调，但还可以

1 蒂尔迪是玛蒂尔达的昵称。

承受，她有绝佳的收益。在所处的封闭圈里，蒂尔迪至关重要，但还没有被真正认识。没人完全了解她曾开展的秘密较量、取得的无声胜利和抛在身后的敌人尸体。让人低估是她非凡的天赋。

“宣称对罗马恐怖袭击负责的是什么组织？”蒂尔迪问。

“他们自称三一三旅，”特工人员说，“曾经策划了2008年的孟买袭击事件，以先知穆罕默德第一次征兵时加入的三百一十三名战士命名。2011年我们除掉了他们的头目，就在击毙本·拉登一个月之后。和所有基地组织一样，他们只想尽可能多地杀人。我们认为他们极其危险。”

国防部代表询问有没有后续袭击的任何信息。没有回答。

其他部门的副手们点点头，并没有感到意外。这是典型的特工简报，拉响很多警报，却没有可以采取行动的情报。他们不知道要发生袭击，不知道策划地在哪里，只知道那个组织危险至极。特工机构就像一辆没有司机的消防车，拉着警笛飞驰，漫无目的，也没有水。

“关于罗马恐怖袭击还有个情况，”特工人员说，“一群德国游客曾在广场附近的咖啡馆，没有被炸死，可是两天后他们返回斯图加特，有四人病倒，一人死亡，好像另外三个也活不了。德国人测出他们中毒了。”

“什么毒？”蒂尔迪问。

“肉毒杆菌毒素。实验室人员告诉我们，肉毒杆菌是最强毒药，只要一克就能杀死一百万人。对我们来说幸运的是，爆炸产生的热量会杀死大多数病菌。”

伊朗西南部靠近伊拉克边界的城市阿瓦士的一家阿拉伯分裂组织，在伊朗和沙特阿拉伯之间造成了一些新的紧张局势，国务院对此进行了讨论。“也门的胡塞叛军已经从德黑兰获得了更加精确制导的导弹，轻而易举就能袭击利雅得，”国务院代表报告说，“一次直接打击就可能导致沙特阿拉伯向伊朗宣战。”

蒂尔迪转向国防部：“我们在海湾地区有足够的资源吗？”

“要干什么？”国防部代表问，“如果你问我们能否阻止小规模冲突升级，应该可以。迄今为止伊斯兰教内战都是代理人在打，不过大玩家也都在秣马厉兵。在一个双方似乎都追求同归于尽的地区，我们得确定要冒多大风险。”

国务院代表表示赞成：“沙特阿拉伯人想把海湾地区全部纳入麾下，然后统治整个伊斯兰世界。他们达成这个目标的唯一方法就是消灭伊朗。”

蒂尔迪询问能源部，伊朗恢复全规模核燃料生产估计需要多长时间。

“他们建了一家新厂，每天能生产六十台更加先进的离心机。我们估计，如果选择走这条路，他们每六周就能生产出足够制造一枚核弹的浓缩铀。很可能他们已经做了决定。”

我们认为，我们相信，我们怀疑。也许这样，可能那样。

蒂尔迪在政府供职多年，明白情报几乎总是模糊不清和缺鼻少眼，所以很容易被操纵。每个人手里都有一块地缘政治拼图——或者以为自己有——可是没人对真正的局势有清晰的认识。沙特阿拉伯是伊朗叛乱的背后主使者吗？美国支持吗？沙特阿拉伯和伊朗想打到世界末日，还是说这只是流言蜚语？虚张声势？零碎的事实被拼凑起来，支持这样一场欠考虑的行动，然而行动的地区几乎没有美国的盟友，也完全没有重大的国家利益。我们就是这样深陷越南的，蒂尔迪心想，就这样深陷伊拉克、利比亚，有一个算一个。半吊子情报配上意识形态的虚张声势，让数万亿美元打了水漂。与此同时，政府本身也受到攻击。除了国防部，这间会议室中的每个人都代表一个正在后撤的机构，造成这种局面都是因为一知半解的猜测产生了后续的恶果。美国已经没有钱——或者没有胆量——保持自身的一贯形象了。

蒂尔迪又一次注意到，俄罗斯没有出现在议程里。情报界和国务院中的老一辈俄罗斯事务推手在看似清除机构记忆的运动中被大量清洗出局。人人都明白是怎么回事，她想，可没人知道局势的走向，很快，没人会记得意义何在。

蒂尔迪年轻时曾在外事处工作三年，作为政务官员驻扎在圣彼得堡。在历史上，那是一个令人陶醉的时代，柏林墙刚刚被推倒，戈尔巴乔夫获得诺贝尔和平奖，苏联这台机器轰然倒塌。你似乎可以相信，历史终于走到尽头，民主资本主义就是人类的终极命运。安宁与和谐成为时代的主旋律，美国统治世界，普天之下没有对手。

弗拉基米尔·普京当时是圣彼得堡市长办公室的年轻官员，所以蒂尔迪常看见他。作为一名前特工，他自然也把蒂尔迪当作特工。他没隐瞒自己的背景——没有必要——他会把蒂尔迪当作新人，给她些无关紧要的指点。在农机博览会或者在马来亚康尤森纳亚街漂亮的瑞典使馆举办的鸡尾酒会上，普京会说："你参加这项活动挺好。"他一定会为蒂尔迪指出刚刚从巴黎或波恩过来的、和她同级别的人物。他曾恶作剧似的握着蒂尔迪的臂弯，带她穿过舞厅去见一位穿黑色丝绸外套的高雅女人。"军情六处的。"他低声说。要是蒂尔迪试图否认自己是高级别的政务官员，普京就会心照不宣地笑着望向远方。

如今你看不出来，不过当时蒂尔迪身材曼妙，还没有被酒会小吃、巧克力，以及宴会上多喝的葡萄酒毁掉。她不确定普京的意图，但是为了让记录清白，她把每次相遇都上报。

最后一项议题是印度尼西亚神秘疾病的暴发。"既然我们没有真正的卫生官员出席，那么我猜得由我来描述这件事了。"蒂尔迪说。

与此同时，那位特工站起来要离席。“还得过河去开会。”他含糊地说。

“还不能走，”蒂尔迪使出老太太生气的语气，让人觉得和她争论会麻烦得很，“对这件事我有几个问题。”

特工不情愿地重新落座。

“这似乎是一种全新的疾病，”蒂尔迪说，“有可能是生物武器吗？”

“有可能。”特工给出模棱两可的回答。

“还是实验室泄漏出来的？”蒂尔迪问。

“我们没有任何信息。”特工说。

蒂尔迪并不意外。“今天就到此结束。”她最后宣布，然后把各部门的副手放回到一个日益冷酷的世界。

5
隔　离

亨利开口第一句话是“我没事儿”。亚特兰大时间刚刚早晨五点，吉尔一听到亨利的声音，眼泪就夺眶而出。

“他们刚刚才把卫星电话拿给我，否则我早就联系你了。”

“你在哪儿？”

“我在一间单人帐篷里。医疗团队成员从世界各地赶来，几个小时内他们就会开展工作。”

“你需要隔离多久？”

“没有症状的话，十四天。”

“那有症状吗？”

“没有，不用担心。”

“你肯定抓狂了。”

“简直怒不可遏。我应该领导团队，却只能待在这间只有一张床和简易折椅的帐篷里。”

吉尔嘲笑了一下他的情形，完全是因为自己已经把心放下，可是一想到亨利孤身一人，无法离开一场大规模卫生灾难的中心，吉尔就感到难过。“如果不是你，他们根本不会过去救人。”她提醒亨利。

“告诉孩子我有多爱他们，”亨利说，“我会尽快回家。”

他又给玛利亚打电话，指定自己想要组建的团队：“我需要马可指挥。”他指的是马可·佩雷拉，两人一起参加过许多次抗击疾病的工作。马可聪明可靠，爱挖苦人，一开始就在传染病情报部工作，那里隶属于亨利所在的疾控中心实验室，如今他成了亨利的左膀右臂。

“他已经在飞机上了。”玛利亚说。

“我们需要更高级的设施，基础的野外实验室可不够。”

“我已经在处理了。”她说。

“你行动很快。”亨利赞赏地说。

“我只是列出我觉得所有你会需要的东西，然后一项项落实。”

“你太了解我了，”他说，“听着，玛利亚，现在得要求印度尼西亚当局正视此事的严重性。要把这场疫情控制在拘留营不太可能，我们需要追踪过去一个月从这里进出的每个人。餐饮、军事、医疗人员——一个都不能少。”

“亨利！我在着手处理呢！”玛利亚大喊。

“抱歉，我知道你在处理，没人比你做得更好。我只是因为没法出力而感到沮丧。”

“你可不是没法出力，我们还指望你呢。我会每天和你联系。”

挂断之前，亨利说很遗憾玛利亚在罗马恐怖袭击中失去了一位朋友。

“唉，没错，亨利，谢谢。我们一起长大，她是我打童年时起最好的朋友。这对她的家庭打击很大。”

“你一定也很难受。”

“你知道真正让人难受的是什么吗？”玛利亚的声音变得嘶哑，“是我对施暴者的憎恨。他们不在乎夺走的性命有多宝贵，只想通过杀戮让人关注他们自己的不幸和委屈。也许潜意识里他们只想让我们和他们有一样的感受。现在我有了，曾经一辈子献身健康与和平，如今我却怒火中烧。我受不了他们对我朋友的所作所为，但也鄙视自己被他们变成这样。”

过了一会儿，马可从飞机上打来电话。他从亚特兰大带来十几名顶级专家，他们会加入世界卫生组织和其他已经抵达的团队。马可和亨利一起，通过熟悉的方法排除可能的病原体，专注于最有可能的病因，不过与此同时，也会确保他们没有忽视不怎么明显的其他可能原因。

“发绀，”马可抓住最明显的症状说，“你觉得是中毒吗？”

亨利考虑了一下，有女性服用硝基苯堕胎丧生的案例，她们的身体会变成青蓝色。据知，印刷工会喝下印度油墨自杀。一些重金属，比如镉，也能引起发绀，可是摄入量得非常高。

“老鼠药呢？”马可说，“这样出血就能说得过去。”

营地饱受老鼠困扰，这类鼠药大多数是抗血液凝固剂，可亨利从医生尸体胸腔中取出的血液样本已经凝结成块。假如老鼠携带疾病，那疫情可能会和腺鼠疫一样，通过它们的蜱虫和跳蚤传播。如果鼠疫杆菌（鼠疫耶尔森氏菌）进入肺部，就可以在人际间传播，具有高传染性，几乎无法治疗，病死率接近百分之百。

某种鼠疫死灰复燃的恐惧困扰着亨利的思维。在霍普金斯大学，他修过一门医疗史，并对鼠疫杆菌产生了极大的兴趣。他的教授用粉笔在黑板上画了一张大致的人口数量随时间变化的曲线图。图上显示公元 6 世纪前人口稳定增长，但在东罗马帝国皇帝查士丁尼统治期间，有约占世界人口四分之一的五千万人死亡。接下来的一场大流行鼠疫因为感染者肢端出现坏疽而被称为“黑死病”，是人类历史上最致命的一种流行病。1334 年，中国发现了鼠疫，然后穿越中亚和欧洲，杀死两亿人，直到 1353 年才平息。最近一次大流行的鼠疫发生在 19 世纪中叶，因为有了蒸汽船，得以在全世界快速传播，仅印度一个国家就失去了两千万人口，接近 80% 的感染者死亡。至今肺鼠疫仍然没有有效的疫苗。

亨利在隔离帐篷里已经被跳蚤咬了几次，不过他没有看见孔戈里营地的尸体上出现典型的鼠疫感染所致的腺体肿胀病变。“但仍有可能通过老鼠传播，”亨利说，“不过根据尚佩医生的记录，疾病起初传播较慢，然后开始遵循传染病的模式，在整个营地大肆传播。”

“你知道死亡年龄的中位数吗？”马可问。

“他们在统计最新数据，”亨利说，“大多数死者是年轻男性，当然营地人口全都是男性，年轻人居多。另一个需要考虑的情况是无国界医生最初来这里是为了治疗艾滋病感染。所以估计很大比例的拘留者免疫系统已经受损，如果这种疾病扩散到正常人，可能也没那么可怕。”

“可有人认为医生们没有艾滋病，他们也死了。”马可说。

“对，非常快，”亨利表示赞同，“我们要对付的可能是一种在人类身上不常见的疾病，可是因为免疫系统被削弱，疾病占领并适应了人体。”

“传播方式呢？”马可问，“蚊子，可能吗？一种水生细菌？”

“对于蚊子来说，它传播得太快了，”亨利说，“如果你的团队控制住了食物和水源，我们就应该能看到传播终止。但它不符合任何我所知的细菌的特征，我赌它是病毒。”

“埃博拉？”

“发病的突然性确实指向埃博拉。高致命性、高传染性——没错，可能是埃博拉。可埃博拉病毒在亚洲唯一已知的毒株是雷斯顿病毒，对人类没有致病性。”

“拉沙病毒或者马尔堡病毒呢？”

“这些病毒的携带者是非洲老鼠或埃及果蝠，印度尼西亚没有。”

“所以这是一个难题。”马可说。

“一个相当大的难题。”亨利承认。

“保重，亨利。”挂断之前，马可说，“我们需要你来解决这个难题。”

亨利在职业生涯末期才开始研究病毒学，他的早期研究方向是导致许多恶性疾病的高致病性细菌。肺炎，历史第一杀手；鼠疫，令人闻风丧胆；肺结核，仍是传染病第一死因。没错，亨利敬畏细菌，他认为自己理解巧妙的传染机制，随后埃博拉给他上了一课。在各种疾病之中，埃博拉就是歌剧中的女主角——引人注目，突发性强，来势汹汹。从每个毛孔、眼睛、耳朵、鼻子、肛门甚至乳头出血是最显著症状，液体是病毒离开身体并寻找下一个受害者的载体。起初医生把埃博拉误认为拉沙，可是埃博拉的一种确定性症状是打嗝，没人知道原因。类似流行感冒病毒和普通感冒病毒，埃博拉病毒的遗传物质由RNA（核糖核酸）构成；其他病毒，比如天花和麻疹，都由DNA（脱氧核糖核酸）组成。RNA病毒的显著特征就是会在所谓的“突变集群”中一次次更新进化自己。

埃博拉病毒只不过是脂肪外壳里被蛋白质包裹的一段RNA，有时长出分支臂或把自己打成一个松散的结，像一个“&”符号或高音谱号。它可以从某些野生动物传染给人类，特别是蝙蝠和猴子。症状出现前，它在人体的潜伏期是三周，所以全面暴发的疫情就像断头台的铡刀，等你察觉到它落下的时候已经晚了。如果不对病毒感染进行治疗，那么死亡率接近90%，不过重症姑息治疗[1]可以把这个数字减

1 姑息治疗（palliative care）的核心是通过缓解疼痛和症状，以及提供精神和心理支持，来改善面临危及生命的疾病的患者和家庭的生活质量。在埃博拉疫情暴发期间，由于没有埃博拉疫苗或针对性药物，在疫情暴发的西非地区医疗资源匮乏的情况下，当地人道主义援助医疗团首次提出姑息治疗的措施。2018年，英国、美国、加拿大研究团队联合在医学期刊《柳叶刀》上发布埃博拉病毒病支持疗法的循证指南，综合分析了多组西非埃博拉患者队列研究，认为采用姑息疗法可以降低死亡率。

半。与流感和麻疹不同，埃博拉病毒不通过空气传播，只通过体液的接触传播——性行为、接吻、触摸，特别是照顾病人或处理死者。这是一种专门针对爱与同情的疾病。

塑造了亨利的流行病学研究方法的关键人物是他在疾控中心的第一位上司皮埃尔·罗林医生，一个总是流露出快乐眼神的法国人，特异性病毒性疾病分部的负责人。2014 年埃博拉病毒疫情暴发期间，亨利观摩了他在几内亚的一座清真寺上的一堂课，皮埃尔称之为“埃博拉入门”。伊玛目（伊斯兰教派领袖）从全国各地赶来听课。埃博拉形成了可怕的新疫情，可是皮埃尔清晰的讲解和从容的举止有力地平息了可能比病毒更具传染性的恐慌。有一次，皮埃尔和他的团队在一间遥远的野战医院协助处理一起高度疑似的社区传播疫情。家庭成员坚持要清洗亲人的身体，可是尸体还在传播病毒。一名年轻男孩去世以后，他的父母想要回尸体，这必然会搭上他们俩和其他许多人的性命。紧张的局面一触即发，当时年过花甲的皮埃尔亲自拿起铁锹挖掘坟墓。这个展示人性和同情的行为避免了一场灾难疫情，也成了亨利渴望效仿的范例。

当亨利决定把自己的职业生涯奉献给病毒研究后，就被病毒世界的规模和多样性吓到了，也为缺乏科学的理解感到震惊。二十年前没人认为海洋里有病毒，可是研究者后来揭示，一升海水包含一千亿个病毒。不列颠哥伦比亚大学海洋病毒学家柯蒂斯·萨特尔收集全世界的海水样本，发现他所检测到的病毒有 90% 完全不为人类所知。不过每个病毒都携带用于蛋白质表达的基因代码——意味着它们各有其职，但其职责所在仍然是个谜。

2018 年，萨特尔和其他科学家在山峰上寻找人类未接触过的对流层中存在病毒的证据，大批航班就在贴近平流层的下方飞行。几乎同样的病毒在地球上相隔很远的地方和完全不同的环境中出现，他们要寻找这个谜题的答案。例如，灰尘或海浪飞沫中的病毒有可能被风刮到空气中，从一块大陆飘到另一块大陆吗？科学家把桶放在西班牙的内华达山脉两千七百多米高的峰顶，等待观察病毒会不会像雨水那样落进去。结果让他们震惊，根据他们计算，每天有超过八亿个病毒落在每平方米地表上，这些病毒大多数只感染细菌而不感染人。据估计，地球上病毒总数比宇宙中恒星数量多一亿倍。

当一个病毒感染一个细胞，它插入自己的基因，然后利用细胞的能量进行繁殖——其实就是把细胞变成病毒工厂，一旦受到病毒的遗传指令控制，被感染细胞就会听命制造新的病毒，直到崩解死亡，从而向宿主器官中释放数千甚至数万新的病毒颗粒去入侵其他细胞。另一种情形是，病毒和宿主细胞会共存，疱疹病毒就是一个例子，感染会长期存在。

在亨利看来，病毒是进化背后的导向力，这是它们最惊人的特征。如果被感染的有机体活下去，有时候就会在自己的基因组中保留一部分病毒的遗传物质。在人类基因组中可以找出高达 8% 的古代传染病基因序列片段，在控制记忆形成、免疫系统和认知发展的基因中都有分布。没有它们就没有现在的我们。

6
亨利接手

离开暴露源十四天后，亨利推开帐篷的软帘，迈步走进外边的泥地。他的隔离终于结束，太阳短暂地露面，空气被晒得温暾浓稠。他身上穿着蓝色条纹裤和白色正装衬衫，十天前他就是穿着这套衣服在日内瓦参加开幕之夜的鸡尾酒会，后来拐杖连同换洗衣服一起被烧掉。亨利光着脚，吃力地穿越泥泞——他去日内瓦出差三天，鞋只穿了一双，结果也被他弄丢了。

营地外围的柱子上已经装好照明，这样工作人员夜间也能争分夺秒。无国界医生组织的两顶新帐篷由去世医生的同事提供，慈善组织也在这里，红新月会[1]的一辆卡车拖着房车，传染病情报部的官员穿着黄色大褂，正在一间大型医疗帐篷里查看病人。一座通信基站俯瞰整个营地，世界卫生组织的拖车顶部都覆盖着太阳能电池板。能组织起人员的每个机构不是已经来到这里，就是在赶来这里的路上。一场引人关注的轻型流行病最容易把他们推到台前。亨利发现，这有可能是又一场官僚主义的口号大比拼，就和埃博拉病毒疫情暴发时一样。

世界卫生组织的拖车是一间简易的现场实验室，不过至少关键设备都在。里边有一台粗制的现场病毒分离设备——实际上就是一个装有黑色厚重橡胶手套的有机玻璃箱子，实验室技术人员可以用它来处

1 通俗地说，红新月会是阿拉伯地区的红十字会。世界上大多数国家均使用白底红十字为标志，并称之为红十字会；而一些伊斯兰国家使用白底红色月形作为标志，并称之为红新月会。

理病毒样本，不必担心自己受到污染。活的病毒被轻轻涂到塑料多孔板上——上面均匀分布着的孔腔内装有含人体细胞的培养液。一旦这些细胞被感染，就开始复制和生产病毒。其他技术人员正在尝试用聚合酶链式反应扩增基因序列。如果感染源是一种未知的病毒，也许需要深度测序，那就得去亚特兰大完成。

“你回来了。”马可冷静地打量着他。他是典型的传染病情报部官员：大无畏、靠直觉、没成家。他的左侧前臂上有一个舞女文身，是他和亨利一起在巴厘岛抗击狂犬病的纪念。马可甚至会说一点马来语，这也会派上用场。

“谁在负责？”亨利问。

“每个人都在管事。”马可说。

亨利就怕这个。

“有人检查医院吗？”他问，“诊所呢？”

“特里负责，暂时没什么结果。”

“太平间呢？”

“有人管，我认为是红新月会。”

“我们该每日更新疫情，”亨利说，“任何可疑的死亡都得调查。”

“已经在这么做了，”马可说，“你不想了解下我们有什么发现？”

“起因是病毒，”亨利说，“新型的，大概率来自鸟类。”

“天哪，亨利，你怎么全知道？”

“我想在半小时后给所有机构开会，我们没有时间让大家相互打招呼，有很多工作要做，时间紧迫。”

“我去通知他们。”马可说。

“让我看下实验报告。”

“好的，但我能先提个建议吗？你真的非常需要洗个澡了。”

马可指着角落里的一个大行李箱，说这话的意图明显，亨利明白后突然高兴起来。“吉尔给你送来了换洗衣服。”马可说。

洗漱过后，亨利站在军官办公室的门廊，监督拘留营的军官和守卫们，以及其他暴露人，在围栏内进行隔离。

十几个国际卫生组织的代表聚在亨利面前，拖车和帐篷周围大约还有五十名来自各国的医务人员。有些面孔亨利在以前的疫情和会议中见过，他们大多是年轻人，平均年龄三十出头——和死亡率曲线上最高的那组人同龄。多年以来，亨利注意到越来越多的女性出现在这些危机中，他年轻时，传染病情报部几乎所有官员都是男性，如今他们成了少数，即使在红新月会亦是如此。一些医务人员穿着防护服，还有些用胶带把垃圾袋绑在身上。亨利再一次被这群才华横溢的年轻人打动，他们不顾一切阻挡未知的危险，表现出纯粹的高尚情操。

在众多的脸庞中，亨利注意到卫生部长安妮莎·诺万托。她看上去忧心忡忡，甚至诚惶诚恐。她生活在一个并不宽容的国度。

亨利个头矮小，微微驼背，那些聚集在泥泞练兵场上不认识他的人，一定觉得他怪怪的。上来就指挥这支医学专家组成的国际纵队，他究竟是谁？某些年轻人注意到人群里的年长者对他敬重有加，但是都好奇这个其貌不扬的家伙如何协调各自为战、竞争激烈的一众机构，因为他们都致力于取得医学上的荣耀。

亨利的注意力突然被天空吸引，远处传来奇怪的雁鸣，他举头凝望，安静而耐心，直到营地的每张面孔都转向他所观察的方向。

“大雁，”他说，“想知道它们去哪儿吗？我猜往北飞，去中国、俄罗斯。候鸟这点很有趣，”他几乎自顾自地笑起来，但是声音深入营地后方，“它们编队飞行，效率颇高。对此进行研究的人说过，这样可以更快到达目的地，减少能量浪费，编队中的每只大雁都为一个目标服务，”他的声音突然坚毅起来，“我们也要这么做。”

营中众人的目光又回到他身上。“首先，全世界的人都会担心这里发生了什么。我们得实事求是，但是需要由一个发言人发声。所以我们透露给世界的任何信息，都要通过安妮莎部长，如果她同意的话。”

安妮莎脸上的震惊和感激显而易见。只用一招，亨利便把自己的主要对手纳入麾下。她得到了最想要的权力，亨利借此也让印度尼西亚政府站在了自己这边。得到的东西也可能被夺走，他刚刚授予自己的就是这种权威。

亨利让大家报告疫情的蔓延情况，医疗团队估计有多达半数的被拘留者出现了临床症状，病死率超过60%。医生们不清楚病因，几乎只能用泰诺退烧，输液防止脱水，除此之外就剩下安慰和瞎猜了。对于潜在、疑似和确诊病例，世界卫生组织和疾控中心的统计数据不同，但他们都承认，因为采用姑息疗法，死亡率略有回落。拘留营外没有报出病情，目前的隔离还能维持现状。

也许这种疾病会自生自灭，亨利想，许多新型疾病来也匆匆，去也匆匆。漫长的时间长河中，自然给我们制造了无数危险，比如造成危害前就已在大气层中燃尽的彗星，当然，后来真有一颗灭绝了恐龙和地球上大部分生命。你无法预测。

马可抱怨他们想把血清送到最近的澳大利亚四级防控实验室，可是冷冻组织样本的干冰难以获得，商业航班也拒绝带样本登机。安妮莎部长立即许诺印度尼西亚军队会在需要的时候派专机运送。一个问题解决了。

传染病情报部一直在努力追踪“零号病人”——第一个把传染病引入群体的人。调查没有结果，有太多早期病例已经去世。零号病人可能会为病毒起源问题提供线索。以前有人见过这种疾病吗？蔓延到拘留营之前人传人吗？零号病人是因为接触了动物而被感染的吗？——这种动物通常是猪，因为和人类有很多共同基因，猪感染病毒后会在体内把病原体转化成人类疾病。亨利认为猪不可能是传染源，因为大部分被拘留者是穆斯林，不吃猪肉。

他还看出该疾病第一批受害者的身份——患有艾滋病的穆斯林同性恋者，很可能还会产生相关的传染病大流行——一种群体性疯狂。

由疾病引发的阴谋论有一定的历史。14世纪，犹太人被认为应为黑死病负责，进而在数百个城市惨遭屠戮，其中就包括1394年情人节在法国斯特拉斯堡被活埋的两千名犹太人。当SARS首次出现时，俄罗斯医学院成员谢尔盖·科列斯尼科夫指控新型疾病是结合了麻疹和腮腺炎的人工合成病毒，不过后两者都是副黏病毒，不能作为合成冠状病毒的基础。

亨利把抗击SARS看作公共卫生事业的一次伟大胜利，然而所付出的代价也是惨重的。他失去了一名好友——寄生虫疾病专家卡洛·乌尔巴尼医生。和亨利一样，卡洛想留在现场，而不是安于全球医疗机构的某个重要办公室。他们以前在会议上见过面，不过有一天晚上，他们在米兰一场巴赫音乐会上意外地撞见对方。当时卡洛是无国界医生组织意大利分部的负责人，当晚他们建立了超越职业认同的友谊。卡洛是个讨人喜欢的矛盾体，他享受生活、深爱美酒佳肴、驾驶超小型飞机、精于摄影、演奏古典管风琴，同时他还是坚定的人道主义者，一生致力于一个目标：降低寄生扁虫对越南青少年的危害。1999年，他代表无国界医生获得诺贝尔和平奖。他让亨利想起自己心中的一位英雄阿尔贝特·施韦泽[1]，除了投身医学，他也是一名伟大

1 阿尔贝特·施韦泽（Albert Schweitzer，1875年1月14日—1965年9月4日），法国阿尔萨斯（出生时属于德国）的通才，拥有神学、音乐、哲学和医学四个博士学位。因为在中非西部加蓬创立阿尔贝特·施韦泽医院，他获得1952年度的诺贝尔和平奖。

的管风琴师和诺贝尔奖获得者。

2003 年 2 月，被世界卫生组织派驻河内的卡洛接到越南法国医院的紧急求助电话，一名从香港过去的病人看似罹患严重的细菌性肺炎，病情危急，抗生素没有作用。医生认为那是特别严重的流感，几天之内，多达二十名医护工作者被感染，接二连三地死亡。河内被恐惧包围，官方让卡洛接管医院。

卡洛的妻子求他别去，他们有三个孩子，妻子说他不负责任。“如果我现在不管，那我来这儿是为了什么？”卡洛这样回答，“只为了回复邮件和参加鸡尾酒会？作为一名医生，我必须帮忙。”

源头病人是中美贸易商约翰尼·陈。卡洛给他检查时，很快发现这种疾病不是细菌性肺炎或流感，而是一种新型传染病，尚无治疗药物。他通知世界卫生组织，一种“未知传染病”在医院扎根并有暴发的危险。他负责隔离，努力把传染病控制在医院之内。他不断督促优柔寡断的当地卫生官员采取更严厉措施控制疫情暴发，亲自骑助力车把血样送到城市另一边的实验室。实验室里只有一名技术人员，她也是一位年轻的母亲，其他所有员工都已逃离。为了能帮助卡洛解开新入侵者之谜，她把自己隔离在实验室里。

就在 3 月初的这段时间里，卡洛给亨利打来电话。“我们对医院失去了控制。”他说。亨利已经从香港的威尔斯亲王医院和多伦多听说了类似的情况，后者一半的 SARS 病例是医护人员，世界即将暴发极其致命的大流行病，亨利和其他人敦促世界卫生组织发布旅行禁令，这是可以采取的最严厉手段之一。自从上一次因为印度鼠疫暴发颁布禁令已经过去几十年，发出这样的声明注定要在全世界范围内引起恐慌。

就在世界卫生组织的官员殚精竭虑的时候，一名新加坡医生从纽约登上一架返家的波音 747 客机，机上有来自十五个国家的四百名乘客。就在起飞前，医生发病了，他给自己在新加坡的同事打电话报告类似 SARS 的症状。这个消息令日内瓦为之一震。他们得迅速采取行动——可是有什么措施呢？航班按计划在法兰克福补充燃料，在其降落时就已做出决定：四百名乘客全部隔离。

这下形势安全了：旅行禁令已经颁发。

正是亨利的朋友，热爱生活的卡洛·乌尔巴尼建立了严格的措施，避免疾病蔓延得更广。越南是首批宣布消灭这种疾病的国家，可是，那时卡洛已经去世。他识别出这种疾病，很快又染上这种疾病，一个月零一天之后，他自己的性命也被它夺走。虽然没有疫苗，但是多亏他的警告，SARS 的大流行被控制在百天之内，数百万人被救。公共卫生官员认为这是历史上对大流行传染病最高效的响应，亨利却把卡洛看作一位殉道者。

亨利更加仔细地审查了一遍弗朗索瓦丝·尚佩医生的病案记录，事件追溯到 1 月份的最后一周，也就是无国界医生组织到达营地的时候。的确有艾滋病在营地内全面暴发，这让医生们措手不及，结果新型病毒的早期病例被当作普通流感而遭忽视。前十天里十多名出现症状的病人服用泰诺和达菲治疗，他们全都康复，然后一切都发生了改变。

> 患者卢胡特·英卓华，主诉发热 40.5 摄氏度，呼吸费力。患者起病于人类免疫缺陷病毒 1 型（HIV–1）无症状感染期，1 月 31 日突发高热，重度嗜睡，考虑为 HIV 第 3 期（艾滋病期），进展迅速，不明原因，伴有鼻腔和耳道大量出血。

在她的描述中，病人是来自苏门答腊岛的稻农，两天后，尚佩医生又继续简洁地记下：

患者卢胡特死于8点19分，发绀，原因未知。新增5例。

她在没有实验室甚至没有初期诊断的条件下工作，不过即使那些条件具备，她也和此刻的亨利一样毫无方向。在这批法国医生针对HIV进行治疗期间，他们也将自己暴露给了新的病毒，暴露于这场正在酝酿的瘟疫之中。营地里满是免疫系统抑制的人群，他们对未知的感染毫无防御力，这里简直就是助力新型人际传播疾病蔓延的绝佳实验室。

去世前一天，尚佩医生悲伤地问："我们错在哪里？"她怀疑此病祸首是一种新型的HIV。这说得过去，HIV的亚型有很多，而且病毒重组能力极强。可她和同事是如何被传染的呢？他们小心地按照流程操作，HIV通过性行为或公用注射器传播，一起洗漱、进餐和相互接触都不会感染，蚊子也不会传播。亨利得出结论，发展如此迅速的疾病只能通过空气传播，这也就排除了HIV及其任何可能的重组病毒。

亨利接到尚佩医生的主管吕克·巴雷从巴黎打来的电话，对方提出再发送设备或派遣人员。眼下，营地的人员亨利都应付不来。"当然，疫情暴发的话问题就会凸显。"亨利告诉他，并建议他安排隔离措施无法控制疫情时的应急响应人员。

挂断电话之前，亨利让巴雷谈谈尚佩医生。"她的病史记录很有帮助，"亨利说，"细致入微、见解深刻，显然训练有素。"

巴雷要回答时似乎难以发声，只好先停下片刻。"哦，弗朗索瓦丝，没错，她属于顶尖行列。"他不甚清晰地说。

"在我想象中，她像一名运动员。"亨利说。

“的确，她热衷骑马。跨越障碍，你明白吧，非常危险的运动，任何医生都明白这种骑手会受什么伤。她也明白，却又深爱得难以自拔。她是个自信的人，要求执行最危险的任务。坦白讲，我没想到此行她会涉险。我们一直在治疗 HIV，所以我没觉得是派她去送死。其实，她是我的未婚妻。”

收下亨利贿赂的瘦削军官正在发热和寒战，他的身上布满瘀青，表明有广泛皮下出血。不过亨利询问他病史时，他坚持住没有动。

“查哈亚。”亨利根据患者登记表读出他的名字。

军官无力地笑笑：“就是我，活不了多久了。”

“有什么感觉？”亨利问。

“呼吸困难，”军官说，“被山压着一样。”他咳嗽起来，泡沫痰顺着他的下巴流下来。亨利给他用纸巾擦净，产生的医疗废料将会被焚化。

亨利询问他手下的其他士兵。七名女性在不同的封闭场所隔离，没有上报任何病征。查哈亚军官说他们被派驻在营地外围站岗，好几名男性都已经死亡，有些似乎从感染中活了下来，亨利觉得查哈亚难逃厄运。

从医疗帐篷出来，亨利发现一名印度尼西亚警察正等着向他汇报。亨利已经通知印度尼西亚当局把疫情暴发后接触过拘留犯的所有人集中起来。一家食品供应商曾签约给拘留营提供餐饮，他们的司机，甚至是厨房工人，都被安置在当地医院隔离观察。安妮莎部长想抑制恐慌情绪，同性恋疾病感染雅加达居民的谣言已经开始传播，忧心忡忡的健康人群开始挤满医院，仅凭臆想的主诉症状涌入急诊室求医，或者要求注射疫苗来预防这种医学界也未知的疾病。

“掘墓人呢？”亨利问。

“他死了，长官。”

亨利感觉浑身上下一阵麻木。“死了多久？”他问。

“五天了，长官。”

死亡五天，可能染病得有十天了。谁知道在此期间那家伙已经感染了多少人？一支全速响应的感染调查分队得立即开工，追踪调查家庭成员以及他们和掘墓人在营地外的任何接触者，那可能有好几千人。假如疫情已经蔓延到雅加达，那么很快就会见分晓。

“我的司机班邦·伊德里斯先生呢？”

“他走了，长官。”

“去了哪里？”

“班邦先生他去麦加朝圣了。”

7
朝圣者

离开雅加达之前，班邦·伊德里斯还了债，这是去朝圣的第一步，意味着跟姐夫结清丰田汽车的账。班邦的妻子们帮忙准备朝圣服——朝圣者必须要穿的白袍，并制作斋月礼品篮。他请她们原谅自己对她们的冷落，请孩子们原谅自己过分严厉或冷漠的惩罚，还戒掉了几十年的丁香烟瘾。一个人必须只带干净的灵魂和善举去拜见真主。

他第一次乘坐飞机，升上天空后，他俯瞰印度尼西亚群岛——分布在一万七千座绿色岛屿上的祖国很快消失在灰蒙蒙的大洋中，由此产生的陌生感和神圣感相结合，把他环绕其中。吃过航空餐，班邦去卫生间换上他的朝圣服，这件衣服由两片无缝的白色毛巾布组成，一片搭在肩膀，一片围在腰间，本意是要模仿裹尸布。他能感受到里边一丝不挂的感觉，然后脱去鞋袜，穿上一双简易的凉鞋。穿上这样的装束，富人和穷人没有了分别，正如他们在真主眼中的样子。最后，班邦勉强摘去走到哪里都不离脑袋的帽子，所有人都能看见他闪亮的光头。

抛下那位小个子西方医生，班邦感到内疚。他深入死亡之地，多么英勇无畏！背叛了一位陌生人让班邦感到不安，这严重违反了伊斯兰教义。他真值得去朝圣吗？他真希望自己没那么害怕，没有恐惧地逃走。可是他安全了，这不值得感激吗？真主不会为他的虔诚感到高兴吗？

班邦向家人、朋友征集了攀登阿拉法特山那天的祈祷词，真主更有可能在那里满足以祈祷健康和兴旺为主的请求。他会为一个男人最年长而未嫁的女儿祈祷，为自己的外甥早日从监狱释放祈祷，他会祈祷自己在地球上的短暂时光里，成为一个更好的人。

他得研究某些祈祷，其中之一是献给逝者的祈祷。朝圣的信徒队伍漫无边际，其中有特别多的老年人，有人注定会死，这也是某种愿望。可是每年都会发生灾祸，莫名恐慌导致的突发踩踏事件会席卷人群，有时候一次就会死亡数千人。班邦听说有朝圣者在睡梦中被沙子吞没，当然疾病从全球各个角落接踵而至，造就了一个巨大的国际传染病市集。有人建议班邦买些小青柠，以保证对疾病免疫。

到了吉达他兴奋不已，飞机来自世界各地，穆斯林乘客都穿着同样的白色服装，班邦已经感觉自己属于这支伟大的队伍，不分种族、阶级、国家、民族，没有任何个人的痕迹——也许像一片雪花，虽然他从没见过，但是无尽的白袍让他想起暴风雪的画面。他的心在歌唱，他们是他信仰上的兄弟姐妹，他想，他们都是——和他一样的纯洁灵魂，准备拜见安拉。他们的表情当然也和他的一样——即使被领进一个巨大的围栏，等待载他们前往麦加的巴士，他们脸上也充满了兴奋和期待。

班邦等待着。夜晚降临，除了昧良心高价销售海枣、糖块和瓶装水的摊贩，没人有食物。他筋疲力尽地躺在混凝土地上，但也因为弄脏了纯洁衣衫而感到沮丧。他陷入一种困惑的停滞状态——兴奋、失望、生气，念念不忘自己很快就会发生灵魂上的转变。

一个身材瘦长结实的年轻男人坐在他旁边，精力充沛。班邦用糟糕的阿拉伯语向他问好。

“我不会那种语言，”年轻人说，“要么说英语，要么就不说。”

“你是英国人？”班邦问。

“你说对了，”他说，“从曼彻斯特来。”

他名叫塔里克，他们谈了一会儿足球，因为班邦是曼联队的球迷。

塔里克从他的行李箱掏出一包香烟，给班邦递过去一支。

“不允许吸烟。”班邦说，虽然他心里想抽得不得了。

“嘿，伙计，我们还没到麦加呢，我们还不算正式开始了朝圣之旅，对吧？只是坐在这儿，哪儿也没去。到了清真寺我就戒掉荣爵香烟。”

这种不敬和香烟一样受人欢迎。班邦觉得自己跌回到真实生活中——缺少尊严，但也感到愉悦和感激。

“你怎么看在罗马行动的兄弟们？”塔里克问。

班邦不了解这条新闻。

“你没听说？他们屠杀了六百名异教徒，”塔里克说，“就在罗马！”

从这个年轻人的语气里，班邦感受到罗马是个特殊的地方，特别敌视伊斯兰教。恐怖主义令他不解，他认为伊斯兰教是一个和平的宗教，可他认识的印度尼西亚年轻人已经被ISIS（极端恐怖组织“伊斯兰国”）吸引。在一次拉网式搜捕疑似基层组织成员的行动中，他的外甥被捕，当时他们正在策划袭击选举集会。其他许多家庭也都有相似的故事。

不管罗马发生了什么，塔里克不经意间表现出对暴行的支持，这让班邦感到震惊。六百个人？——怎么杀死六百个人？为什么要杀？

“人群拥挤，你或许以为被杀死的只有流血的马匹！那些表演把戏的马，”年轻人想到班邦不知道自己在说什么，便突然解释起来，“全都穿着盛装，参加某个基督教盛典。那是罗马。”

班邦没出声，他忽然觉得这个年轻人也许有另外的身份，也许是被派来诱骗班邦说些不负责任的话，也许认识自己激进的外甥。这真是个危险的地方。

“那是个奇迹，”塔里克还在说，“才刚刚开始，你不会相信，还有多得多的奇迹要发生。赞美真主。”

塔里克把烟头按灭在混凝土地面上，然后躺下，立刻就进入梦乡。

日出之前，巴士到来时，班邦也在睡觉。他醒来后身体酸痛，被路面冰得浑身发冷。他拖延了一会儿，等塔里克先上车，然后自己选择了另外一辆巴士。

通往麦加的高速公路挤满了朝圣者搭乘的巴士、私家车，有些人坐的是豪华轿车。对面方向基本上没有车通过。班邦以前没见过沙漠。它呈暗橙色，起起伏伏，没有树木，但是蓝山正在黎明中逐渐呈现，在沙土上投下长长的影子。还有几颗星星，恋恋不舍地留在无云的天空。

他们从麦加之门下通过，那是进入圣地的纪念性拱顶地标，只有穆斯林才能进入。门上方是一本打开的《古兰经》的象征，表示把经书呈给天堂。朝圣者相互拥抱，班邦甚至没有感觉到泪水流过他的面颊。他的朝圣之旅开始了。

8
萨尔瓦多

沙特阿拉伯，亨利正在通电话。在拘留营时，他的司机和他在一起，现在又去参加宗教朝圣。本来绝不应该允许司机离开印度尼西亚，亨利觉得自己应该为此承担责任。

“可是你怎么能想得到？”吉尔问，“你警告过他情况有多危险，告诉过他进行清洗并烧毁衣服。”

“没错，可是他照做了吗？”

“你不是说你已让警察去找他了吗？你不能一个人撑起全世界。”她时而站在衣柜前，对着亨利空荡的西装说话，“真的，亨利，你要把自己逼疯了，有些事情也许根本不是问题。”

“来自世界各地的近三百万人，”他说，“这是我所能想到的最糟的情形。”

“他真的病了才算。”

可是亨利不会原谅自己，他已来到机场，刚有机会就打了电话。

电话让吉尔感到紧张。按照本性，亨利会避免某些情绪，比如自怜。他很坚强，这几乎是他工作的先决条件。疼痛、苦难、死亡——几乎是他一直经历的常见内容，可他把它们收进情绪的档案柜里。吉尔永远也做不到，情绪极其过分地控制着她的人生，有时候她羡慕亨利的沉默寡言，还有些时候，她痛恨亨利独自应付可能伤害他的事情。

或许是因为身体上的畸形，亨利一直坚信没有女人会对他感兴趣。他们结婚时亨利已不是处男，可是在三十六岁这个年龄，他并没有多少性经验，而且被吉尔的热情吓到。他当然没觉得自己是个具有性吸引力的伴侣，但不妨碍他成为一个特别体贴的情人。他会做任何事情来取悦吉尔，吉尔也乐于引导他进入亲密关系的世界。他们之间还有一个心照不宣的约定，要把他们的性愉悦当作深藏的秘密，把两人的爱情不断延续下去。

吉尔从不觉得自己完全理解亨利，他特别克制，很少谈论自己的童年。不过作为一名教师，吉尔可以想象他在学校会受到何种待遇。吉尔的许多学生一贫如洗、失去双亲、病痛缠身，对他们来说生活是特殊的挑战，那些胜利者因为付出的努力而出人头地，可是成功的人少之又少。

亨利曾告诉她，自己的父母去南美做过传教士，在他四岁时死于空难。她猜测那就是亨利明确看待宗教危险性的原因。吉尔在北卡罗来纳的威尔明顿长大，自己的教会经历舒心，但她并不投入，而宗教好像是为数不多真正令亨利感到害怕的东西，科学是他防止被信仰诱惑的武器。

“你没对我开诚布公。”吉尔在结婚一周年纪念日那天对亨利说。本该是一次浪漫的约会，可是亨利的思绪却飘到了吉尔难以企及的地方。

“抱歉，你想知道什么？”他确实感到迷惑不解。他们约会的餐厅是庞赛·德莱昂以前的教堂改建而成，窗户上有精美的彩色玻璃，侍者们趣味十足地打扮成修道士和修女，那可能是亨利成年后唯一一次进入教堂。吉尔以为他会觉得有趣。

“你有烦心事儿？”

“没什么，”亨利说，“我很享受和你在一起。”

“讲讲你今天都做了什么？”

“和往常一样，我在实验室。”

“就这些？”

“我还去了埃默里医院协助救治一位病人。”

吉尔已经喝了太多红酒，有点咄咄逼人，觉得自己有资格知道亨利在结婚纪念日这天心不在焉的原因。直觉是吉尔最厉害的地方之一。

“病人是谁？”

“一个九岁的男孩儿。”

“叫什么名字？”

“你为什么想知道这个？”

“你真正了解自己在为谁治疗吗？他们只是病人还是有着不同特点的人？”

“他叫萨尔瓦多，”亨利说，“萨尔瓦多·桑切斯。”

“病情如何？”

“我们没能救活他。”

“上帝啊，亨利，难怪你这么心不在焉。这个男孩儿怎么了？”

“我们不应该讨论这件事儿，特别是今晚。”亨利说着伸手去够吉尔的手。

可她不会让亨利避开这个话题，她想知道亨利究竟在想什么。“给我讲讲。”她紧追不舍。

“他得了一种名为坏死性筋膜炎的罕见病。”

“那是什么病？”

“也被称作食肉菌感染。儿童中极少发病。医院让我来处理。”

吉尔被吓得往后靠，可她一门心思想弄清亨利的想法，觉得只要能看见亨利眼中的世界，即使只有一晚，她就会真正了解自己深爱的男人。“看起来什么样？”

“别这样，吉尔。”

“讲讲每个细节。”

亨利坐直身体，用他在男孩儿去世后记录观察结果的类似语气，描述孩子真正被活活“吃掉”的经过：他全身肿胀，布满血性脓肿和片片坏疽黑斑。医疗队不断地切除成片坏死组织，男孩儿的一条腿也被截肢了，可是救活的希望渺茫。十几名家庭成员待在等候室，祖父母和外祖父母、兄弟姐妹和表亲，以及眼窝深陷的父母。亨利和他们谈过，询问男孩儿是如何感染的——显然是因为被狗咬了——家庭成员们给他讲萨尔瓦多有多特别，世界的损失有多大。他们能看出亨利也很悲伤，试图像安慰孩子一样安慰他，一遍遍断言萨尔瓦多已经升上天堂，变成天使，融入灿烂的星河。

等亨利讲完下午的经历，吉尔已经泪流满面，一位打扮成修女的服务员过来看她是否需要帮助。“你需要我叫医生吗？”修女服务员问，吉尔听完破涕为笑。

那天晚上，她真正开始理解亨利。

吉尔不得不告诉孩子们亨利身处之地的一些情况，她带他们去了小五星区名为罗萨里奥的当地墨西哥餐厅。海伦一下子想到最坏的情况。“爸爸病了。”她说。

“不，不，他很好。”吉尔说。

“他们必须得把他隔离一周以确保安全，但是他完全健康。你了解你爸爸，他从不得病。”这不是真的，亨利的免疫系统不值得吹嘘，但是吉尔以此抵御自己的担心，“但是因为担心疾病扩散，他得去沙特阿拉伯。”

“为什么爸爸必须去？”特迪问。

“特迪，这个问题我自己也问了无数遍，”吉尔说，“我希望有别人能承担你爸爸的工作，可我猜他是个特别的天才。可以把他当成警察，有时候人们需要被保护起来，免受危险，这就是你父亲的工作，他保护我们不得病，他保护我们所有人。”

海伦没说什么，但是那时候她已经下定决心，长大也要成为一名医生。

9
彗星乒乓

蒂尔迪·尼钦斯基的怨言之一就是华盛顿没有安全谈话的地方，人们还在到处泄露机密信息。他们怎么没有被问责呢？亚当斯酒店的地下有一家酒吧，名字就厚颜无耻地叫作“不予公开”，数不清的非法交谈在那里进行。华文东方酒店的餐厅、潮汐港湾的公园长椅，她考虑的这些地方似乎都没有一点儿新意。

即使处于国土安全部的高层，蒂尔迪仍然无法看见整个情报圈。没有人能。情报圈不只由十六个官方机构组成，它们还都正式却无效地受到另一个庞杂的机构管理，那就是国家情报主任办公室。而除此之外，情报圈还包括派生机构、私人承包商，分布在整个城市及郊区，有些位于杜勒斯机场收费公路两侧或麦克莱恩壮观的玻璃建筑里，中央情报局或国防部的前高层人士去那里收获他们的功勋。超级秘密前哨隐藏在市井当中，比如水晶城的小型购物中心，弗吉尼亚北部山顶树林中国家反恐中心所在的自由十字路口。间谍圈每一天涌出的报告都可以把情报圈淹没在过量的信息中，有用或可以指导行动的信息却少得可怜。“9·11”事件后，恐惧成为刺激美国方向转变的因子。如今美国由惰性和贪婪所支撑，华盛顿特区成了惰性和贪婪之都。

没错，在一座间谍滋生的城市去哪里见面，蒂尔迪考虑了很久。蒂尔迪充分了解管理机构的私刑队会去收拾向媒体爆料的人。她自己曾经就有那种想法，一想起自己以前多么谨小慎微，她就会有黑色幽默的感觉。当时政府机密神圣不可侵犯，不能像棒球卡一样拿去交易。身份上的污点让蒂尔迪更加沉默，俄罗斯裔犹太人往前可以追溯到朱利叶斯·罗森伯格和埃塞尔·罗森伯格夫妇，他俩背叛美国，把原子弹的设计交给苏联，不光是原子弹，还有声呐、雷达和喷气发动机——所有美国独有的最重要的军事秘密。为此，二人被送上电椅，比朱利叶斯罪行更小的埃塞尔被电了五次。头上冒烟的情形印在了蒂尔迪的脑海里：那就是叛徒的下场——特别是犹太人叛徒。不过也是在年轻时，蒂尔迪就知道自己能越界。她和埃塞尔·罗森伯格的区别在于，埃塞尔伤害了美国，而她想拯救美国。

她的抱负是自己最大的秘密，不同于大家通常认识的华盛顿高层，在这座城市里没有人会为国土安全部副部长扭头，她偶尔作为嘉宾出席美国国会新闻网和美国公共电视网新闻节目，甚至还上过几次福克斯电视台，谈些没意思的政策点滴、基础设施需求和海关新规。无聊透顶。有时候她都怀疑，自己只是因为工作部门不想做出回应，才被安排上节目。至少她服务于一个目的——很难再找到一个既权威又无趣的人物。她既是人们在宴会上避开的那种书呆子官员，又是在压力时刻给出最冷静合理意见的人。在那种时刻，她的上级因为她客观的论断和坚定的责任感而重视她——这两点在其他场合反而是她最令人讨厌的特征。

没人会怀疑她。

她用现金搭乘出租车，还摘掉了眼镜，裹上一层头巾，这样的打扮在夜晚的寒冷中还颇有些合理性。她戴着手套，埋头于一份布鲁金斯智库的可持续发展报告，在这个策略研究者聚集之地，她和别人没什么区别，最不容易被记住，你几乎没见过她。做自己就是一种伪装。

她走进政治与散文书店，假装浏览——伪装成附近的居民。被发现的可能性极小。虽然住在公寓单元房，但她买了一本园艺书，然后又把围巾拉上头顶，走到街区尽头一家绿色门面的比萨店，店铺装饰着圣诞彩灯，名叫“彗星乒乓”，是个家庭聚会的好地方。孩子们在里间玩桌面足球，餐桌上铺着红白格的桌布，呈现了美国中产天真做派的精华，而且荒谬的是，和邦德电影中的接头地点截然相反。

可彗星乒乓却是事关这个国家未来的战场。2016 年 12 月，来自北卡罗来纳的年轻居家男人埃德加·麦迪逊·韦尔奇来到这里。如果是举家度假的话，他也许会带着两个女儿过来。可是韦尔奇带着任务，和蒂尔迪一样，他试图拯救美国。“我不能让你们在一个被邪恶腐化的世界长大，至少我要为你们反抗一下。”驾车离开索尔兹伯里时，他用手机拍了一段视频进行解释。

当年总统选举前不久，韦尔奇听信了一个故事，关于民主党候选人希拉里·克林顿的报道充斥在推特，说她所属的邪恶虐童组织在这家餐厅的地下室虐待儿童。韦尔奇听信了亚历克斯·琼斯和其他宣传这起离奇诽谤的阴谋论者，打算凭一己之力设法查明真相，保护自己的女儿们，拯救美国。

蒂尔迪一早就怀疑那是俄罗斯的诡计。一个荒谬的看法在反社会者制造模因的暗网中冉冉升起，被留着刺猬头的莫斯科朋克捡到手里。他们自称“奇幻熊”，是俄罗斯黑客活动分子的先驱，包括“暖心熊”“特拉”“沙虫”等组织，和名为“俄罗斯商业网”的犯罪团伙，他们全都受到资助，不受制裁，不仅有权参与，甚至可以发动一场新型战争。他们扰乱 2014 年乌克兰总统竞选，为他们次年更加老练地攻击美国政治揭开了序幕。收获信心之后，他们继续扰乱法国选举和德国与土耳其的议会。他们目的明确：毁掉信任。如此现代化的概念，几乎等同于消除友谊。蒂尔迪想，有可能吗？其实，容易得让人匪夷所思。所有的美德——忠诚、爱国、勇气、正直、怜悯，有一个算一个——都只是社会性概念，是遮盖我们赤裸裸的野蛮本质的补丁。2017 年，“沙虫”在乌克兰一家小型企业 Link–OS 集团的电脑里植入名为“NotPetya”[1] 的恶意软件。这家企业管理着乌克兰最常用的财会软件。NotPetya 正是部分基于从美国国家安全局窃取的恶意软件设计出来的。NotPetya 的推出被证明是有史以来最具毁灭性的网络袭击，它迅速蔓延到全世界，据估计造成了一百亿美元的损失。

蒂尔迪当然憎恨他们，让她揪心的是“奇幻熊”精于此道，摧毁世界给他们带去乐趣。“奇幻熊”侵入克林顿的竞选邮箱，攫取了竞选委员会约翰·波德斯塔的全部存档交给维基解密，让红迪网和 4chan[2] 的喷子们去猛烈抨击。拍脑袋提出一个荒谬想法，看大家能否被说服并相信这个想法，是件很有意思的事儿。有人提议用“奶酪比萨”表示儿童色情，约翰·波德斯塔又是彗星乒乓比萨店的常客，结果一切就从这里发展起来。就连特朗普的国家安全顾问都发推特说，约翰·波德斯塔在撒旦仪式上喝人血，这些都发生在彗星乒乓的地下室。

可怜的埃德加·韦尔奇，他这个受害者是如此具有现代性。蒂尔迪想象埃德加此刻穿过那道门，经过卡座上参加生日聚会的孩子、乔治·华盛顿大学的女子排球队和吧台上观看快船与勇士队比赛的男人们，埃德加经过时他们在想什么？一个留着胡子、身穿牛仔裤和 T 恤的小个子男人，挥舞着校园枪击案最佳选择的 AR–15 步枪，腰间还别着点三八口径左轮手枪。

---

1 NotPetya 是一种快速传播的恶意软件，表面上通过加密和锁死整个硬盘来进行勒索，但是研究人员根据一些不寻常的迹象推测，这种恶意软件并不是为了创造利润，而是为了迅速损坏设备。

2 红迪网（www.redditinc.com）由在弗吉尼亚大学读书的一对室友史蒂夫·霍夫曼和亚历克西斯·瓦尼安于 2005 年创立，是一个娱乐、社交及新闻网站。而 4chan（www.4chan.org）在 2003 年由来自纽约的克里斯托弗·普尔创建，原为分享图片和讨论日本动漫文化而建，现亦与英文互联网的次文化和运动相关，许多英文网络流行语也源自于此。

埃德加开了三枪，没有人受伤，其中一枪打开了一把柜门锁，他以为那里通往地下密室，便去寻找真相。真相是没有密室，没有地下室，真相揭露了他是个傻瓜。可怜的家伙！他努力成为英雄的梦想被击得粉碎，没人告诉他英雄的时代早已逝去。他很快被捕收监，如今他的女儿们离开了父亲，自诩要成为英雄的埃德加蹲了监狱。

蒂尔迪也许落得同样的下场，也是个傻瓜。

进门的不是埃德加·韦尔奇，而是《华盛顿邮报》的托尼·加西亚。一抹微笑浮现在他的脸上，好像他就要找点儿乐子。蒂尔迪猜他四十来岁，比想象中年轻，穿着打扮是老派的蓝色运动外套和灰色羊毛长裤。他的记录本应该在胸兜里，蒂尔迪会让他交出手机。

加西亚环顾卡座里一众不熟悉的脸庞，见蒂尔迪举起园艺书，便很快坐到她对面，做自我介绍。

“你知道我是谁吗？”蒂尔迪问。

“你希望的话我可以说不认识。”加西亚的回答挫败了蒂尔迪的威风。他猜测蒂尔迪一生都是官僚，很可能养猫，邋遢，但是觉得比别人聪明，总想抱怨愚蠢的老板。

除了猫，其他都对。

“你不能提我，名字、年龄、工作、性别，都不能提。”

加西亚同意，假如信息足够劲爆，他会重新争取。“结婚前我带妻子来这儿约会过一次。”这个话题选得很好，既不露声色又表达了心声，同时还包含着问题：为什么选这里？

蒂尔迪没管这些。“你以前在俄罗斯。”她平淡地说，听起来像是在指责。

“四年，莫斯科分部总编。”

“现在你报道文化、影视、图书、流行事件。”

“你说得我好像走了下坡路。”

“他们把你踢下了晋升之路，不是吗？”蒂尔迪用指控的语气说，“你当时正在往高处走，从一般报道转向政治。他们安排你参加罗姆尼的竞选，你得到个驻外选择，大踏步地走向上层。然后过去的一个小幽灵出现，可能是你已经忘记的一个女孩，可她没忘，对吧？”

加西亚面无表情：“所发生的事情应该完全是机密。假如她到处张扬自己的故事，会出现严重后果。”他显得犹疑，还有点儿害怕。蒂尔迪的话颇有杀伤力。“你想怎么样？”加西亚突然盛气凌人地问，“就为此把我叫到雪佛兰大通的一家比萨店？”

“你还以为是秘密，对吗？”蒂尔迪说，“在这座城市里保守秘密可不容易。你自己都没有把嘴闭严。桑德拉——是她的名字，没错吧？——没有违反她签署的保密协议，你才得以保住自己的工作——至少保住一份，写写影评和美食。你给她点儿钱把她打发走了。可我们的小幽灵们绝不会真正离开，不是吗？所以每隔一段时间你就会谈起，也许是和你的更衣室朋友们、一位律师或者心理医生。联邦调查局来为一项可能的政府任务做背景调查，你说出了真相。可真行，你把自己的秘密背在满是漏洞的袋子里到处走。你不是很擅长这个，是吗？”

急迫的汗水在加西亚的脸上闪着光。“你想要我怎么样？”他问。

“我想让你为自己的国家服务一次，如果干得好，你也许可以重回职业生涯的正轨。不过要是你搞砸了，我们两个人就都完蛋。”

就在这时，穿糖果条纹衬衫的服务员热情洋溢地出现在旁边。“我来一份‘耶鲁毕业生’，”蒂尔迪指的是蛤蜊比萨，但也揭示了托尼·加西亚的另一个背景，“他要一杯特区皮尔森啤酒。”

加西亚眨眨眼睛没说话，蒂尔迪连他喜欢喝啤酒都知道。

“我想让你知道一些信息，”蒂尔迪说，“但无法直接告诉你，你必须自己弄清楚。”

蒂尔迪必须得用一种日后能通过测谎的方式交流。“所以我们只能随便谈谈。”

“我们要谈什么？”

“俄罗斯。”

加西亚顺从地点点头，说：“奇怪的四年。”

蒂尔迪用俄语对他说：“他们说圣彼得堡的女人是全世界最漂亮的，你赞成吗？”

“呃，圣彼得堡的女人肯定这么想。”加西亚说，他流利的回答让蒂尔迪很满意。

“拒绝她们的主动献身对你来说一定很难——或者说你拒绝了吗？”

“我假定每个接近我的女人都是诱饵。所以没错，你很了解我，知道我不是每次都成功，但我从不出卖秘密，也从没有说出信源。笔记和录音都会锁好，我很谨慎，非常非常谨慎。”

“你写过黑客的事，‘奇幻熊’。你是首批报道的记者之一，我印象深刻。”

“我给你留下过印象？”

“有时候在秘密世界里你会渴望更优秀的记者，这样我们就能把没法亲自分享的信息透露给公众。‘奇幻熊’曾经危害极大。”

“现在也还是。”加西亚说。

“他们最近在干什么也许值得深入调查一下。”

“我负责电影、书评，还记得吗？你为什么不找贾雷尔·柯蒂斯。他负责情报圈，我不负责。”

“我控制不了他。”蒂尔迪直截了当地说。

他往后一靠，因为受到侮辱而噘起嘴唇。

“噢，别伤感情，”蒂尔迪说，“只能这么办，我需要保护，你这人靠谱。不过你知道界限，你伤害我我就伤害你，所以我们是平等的。”

“为什么这对你如此重要？”他问。

“你记得 2017 年对沙特石化工厂的网络攻击吗？”

“那年发生了很多次。”

“有一次很特殊，所有的攻击都是为了骚扰沙特，拖慢生产，也许是为了干扰沙特阿美[1]的私有化。我们料到了，他们从 1 月开始，攻击国家工业化公司这家私企，导致它完全瘫痪，硬盘数据全被删除，典型的‘伊朗兄弟会’那一套，其他工厂也接连受到袭击，他们使用了一种名为 Shamoon[2] 的病毒。可是 8 月又有了新的攻击，不只是为了让企业停摆，还要杀戮。他们的意图是使用安全控制器里植入的恶意软件炸毁工厂。”

“我以为那些控制器被设计得无懈可击，有三重故障安全机制。”

“没错，所以才令人感到不安。”蒂尔迪说。

“TRICONEX 控制器采用锁和密匙系统，你没法远程进入，必须得有物理链接才行。”

“所以他们有内应？”

“没有内应，这才是问题所在，他们设法从外部感染了系统，我们不知道怎么回事，就像魔术一样。他们打算把整个工厂炸飞，但是某个环节出了差错，植入软件有个微小缺陷，现在可能被修复了。”

“我不知道伊朗人有那种能力”。

“他们没有，是俄罗斯。”

---

1 沙特阿拉伯国家石油公司（Saudi Aramco），通常简称“沙特阿美”，总部位于沙特阿拉伯宰赫兰。

2 Shamoon（波斯语：شمعون），也称为 W32.DistTrack，其攻击目标是能源企业或能源部门，它能将受感染机器中的数据永久删除。在当地时间 2012 年 8 月 15 日上午 11：08，超过 30000 个基于 Windows 的系统开始被病毒覆盖，恶意销毁。某些受影响的系统在删除和覆盖其数据时显示有美国国旗的图像。沙特阿美公司在其脸书（Facebook）页面上宣布了这一攻击，并再次脱机。该公司花费了一周多的时间来恢复其服务。

加西亚糊涂了："为什么？其实我能明白俄罗斯把沙特阿拉伯看作石油竞争国，不过那样做就有点儿过分了。"

"我们起初以为他们只是为了帮伊朗一把，或者想赚点钱。现在我们认为那是一次测试，不过真正的目的在此，全世界数万系统使用类似的控制器，特别是美国，核电站、常规电站、炼油厂和水处理厂都在用。石油和天然气泄漏、爆炸、关键设施自毁，想想这些意味着什么，再想想核电站熔毁意味着什么。我们知道他们在针对我们的基础设施，本还以为领先他们一步，或者至少是棋逢对手。可是这种判断不对，错得离谱。"

"穷凶极恶，但也是天才设想，"加西亚说，"找出一个防篡改系统，把本来是专门防止灾难的设备变成一枚炸弹。"

蒂尔迪点点头。他明白了。

"还有要说的吗？"

"你得自己去查明。"

"把我找来，就说明还有别的问题。"

"我建议你考虑当前环境下可能发生什么。"

比萨端上来了，加西亚喝了一口蒂尔迪为他点的啤酒，直到服务员离开。"假如他们能进入一个系统，特别是本该防篡改的精妙系统，谁又能说他们没有破坏过其他系统呢？我确信你也想过这一点。"

蒂尔迪盯着他。

"就把这当作你的肯定回答吧，"加西亚说，"我想说这显而易见。唉，就如同一键操作，使整个国家停摆，对吧？花好多年才能恢复。"

对于已经要超出自己安全范围的问题，蒂尔迪没有回答。她站起身，把比萨和账单都留给了加西亚。

10
石击魔鬼

小型波音直升机颠簸着翻越山峰时，亨利抓紧了扶手。他从来都不喜欢直升机，高空也让他感到不适。

从天空中他能看见太阳在红海上落下，下方的陆地正在变暗。然后麦加出现在他前方，仿佛一座耀眼的光芒之岛，大清真寺像洋基体育场一样灯火通明，周围环绕着高楼大厦，显眼的广场好似白色沙滩，中间安放着一个大黑屋，即天房，全世界穆斯林祈祷的焦点。突然之间，白沙像一波大浪一样移动起来，那是三百万朝拜者从晚祷中起身。

“我们能更近一点儿吗？”亨利说。

“亨利，你成了穆斯林吗？否则的话是禁止的。”

亨利看着驾驶直升机的马吉德王子，他在笑，“我能接纳你皈依伊斯兰教，很容易”。耳机里异常清晰地传来他的声音。

“你知道我对宗教的态度。”亨利说。

“假如你继续做异端，咱俩就得降落在我们的警察哨所，这也是我的本意。瞧，”他指着山腰上俯瞰城市的帐篷住所说，“那里视野很好。”

亨利和马吉德结识于 2013 年，当时马吉德去日内瓦报告沙特阿拉伯前一年的一场流行病。伟大的病毒学家、鹿特丹伊拉兹马斯医疗中心的罗恩·富希耶第一个记述了这种名为中东呼吸综合征（简称 MERS）的冠状病毒疾病。MERS 疫情初次暴发时，四十四人染病，其中半数死亡。这种疾病随后在韩国暴发，感染了大约一百八十人。研究者发现中东呼吸综合征病毒在骆驼身上流行，但还不清楚是动物传染给人还是人传染给动物。有一个奇怪的特征是，80% 的人类受害者是男性。为什么会这样？马吉德发现病毒随沙尘传播，戴面纱的女性在一定程度上受到了保护——这个了不起的推断吸引了亨利的注意。

正是在马吉德头一次去日内瓦做报告期间，他的叔叔被开除，他突然被提拔为卫生部长，立即就开始面对上任后的最严肃抉择：是否叫停当年的朝圣。如果身体条件允许，每名穆斯林一生中都要受命去朝圣一次，禁止朝圣的话，会在宗教上产生后果，更不用说财政缺口了。除了石油，朝圣是沙特阿拉伯唯一真正的产业。随着上报的 MERS 病例减少，马吉德终于宣布，只有老人和慢性病患者应该取消朝圣。从结果来看，这是正确的决定，不过一名西班牙妇女回国后确诊感染。马吉德知道，结局另有可能，但运气站在他这一边。

尽管多年以来他们以同僚身份保持往来，但亨利以前没来过沙特阿拉伯，脑海里只有些对这个国家的刻板印象——沙尘、黑衣女人和梦幻般的宫殿。降落在吉达时，他在陪同下来到奢华的皇家航站楼。休息室里戴着面纱的女人——他猜测是公主们——抽着水烟，显得无聊。她们好奇地看着亨利，他是闯入者，既不是阿拉伯人，也不属于皇室，显然也不是名人。

一队穿着白袍的男人进入休息室，活像一群天鹅，他们英俊、健美、魁梧，而且外形搭配得很好，每个人都留着同样的黑胡须，戴着传统的红格头巾。他们围成一道警戒线，团团围住另一个打扮类似的人，只不过他还围着一条金边刺绣的黑色斗篷。亨利过了一会儿才认出自己的朋友：他从没见过马吉德穿自己的民族服饰，这才有点儿王子的样子。亨利头一次觉得，他的朋友以后可能会成为国王。

可是现在他们正乘直升机在山腰上盘旋，等待警察赶走起落场地上的一只山羊。马吉德熟练地把直升机降落在警车和营房之间的临时空场，过了一会儿，亨利的双腿才恢复到正常状态。

“你的手杖哪儿去了？”马吉德问。

“烧了。”亨利说。

马吉德奇怪地看着他，但是没有刨根问底。

亨利注意到一座无线通信基站和一枚碟形卫星天线。真走运，通信不成问题了。他瞥见帐篷里有一个指挥中心，汇集了来自朝圣区摄像头的闭路监控视频。他跟随马吉德进入最大的帐篷，一盏吊灯垂在中间，照亮了东方风格的地毯和色彩鲜艳的帆布帐篷。里面没有椅子，只有靠边放着的长沙发，所以中间留出很大空间——代表沙漠，亨利猜想。帐篷里很凉，亨利发现有空调在运行。

马吉德靠着长沙发坐在地毯上，动作利索自然，还摆手让亨利也那样坐下。亨利先是单腿跪下，接着向后坐下，马吉德看他行动不便，就伸手扶他。亨利想念自己的手杖，没有椅子让他感到很难受。

一名仆人拿出长嘴铜罐，往咖啡杯里倒了一点儿滚烫的液体。“阿拉伯咖啡，”马吉德解释说，“能闻出来吗？”

亨利吸了一口杯中的热气。“什么香味？”他问。

“豆蔻、丁香、藏红花，”马吉德说，“我们沉迷于这个配方。”他又用阿拉伯语和仆人说话，然后仆人冲出了帐篷。片刻之后，他和一名警察一起回来。马吉德介绍他是哈桑·谢赫里上校，黑皮肤，宽肩膀，棱角分明的面貌特征让他神似猛禽。他负责预警监控系统，监控朝圣者中可能会导致疾病暴发的症状。超过三万名卫生员在各自岗位上，为数量庞大的朝圣者提供帮助。

“听您调遣。”王子告知他亨利的卓越成就时，上校说。

亨利问他是否检测到传染病在朝圣者中暴发。

“只是通常的朝圣流感，”上校说，“今年医务室的病人更少，主要是肺炎患者。”

“有死亡吗？”

“目前大约两千人。”

“他们来这里赴死，”马吉德解释说，“把这看作一种福分。我们努力挡住传染病，但是很多朝圣者都有晚期慢性病。自然就得由我们把他们下葬再处理文书工作，特别令人头疼。”

“我需要找到印度尼西亚人班邦·伊德里斯。”亨利说。

“你什么时候需要他？”谢赫里上校问。

“越快越好。”

“应该不成问题，”上校说，“可眼下不可能。今晚朝圣者要分散睡在星空下，他们很快就会醒来，在黎明之前，然后祷告后回到帐篷。我们会把他给你带回来。”

“那就说定啦。”马吉德说着，仆人铺开了一条塑料布，“今晚我们聚餐，明天找你要找的人。”另外两名仆人把一只烤羊和一大碗红花饭放在地上，配以面包、鹰嘴豆泥、海枣和亨利不认识的菜肴。马吉德和上校盘腿坐在地上，不过就在亨利要笨拙地加入他俩的时候，有人给他拿了一把学校的旧椅子，扶手上还装有折叠托盘。仆人给亨利盛了一盘食物，多得他吃不了。他照别人的样子，只用右手手指进食。

他们在俯瞰城市的悬崖上围着宿营桌喝茶，此刻夜色已经铺满天空，点缀其间的星星似乎唾手可得。

“我能明白宗教为什么诞生在沙漠。”亨利说。

“对，我们有这个问题，”马吉德说，“真主总在我们头顶。”

疲惫突然击垮亨利，从离开雅加达起他就马不停蹄。仆人领他去自己的帐篷时，他意识到今晚没法再做什么，不禁心生感激。帐篷里有张真正的床，门帘合上以后，他一下倒在床上。他想起吉尔，思念她，渴望她。他的神经元释放着跟随了一路的焦虑，从前的情形在他头脑里闪过。他的梦境是一座战场。

班邦睡不着。他花了一整天在阿拉法特山的一块石头上祈祷，朝圣者们像一群鸽子分散在巨石之间，班邦幸运地找到一个可以独自思考的地方，替求助于他的家人和朋友祈祷。每次祈祷的效力都相当于在麦加之外祈祷十万次。有时候班邦的思想会开小差，他担心——在这个世界上最神圣的地方——自己的怀疑也会被放大几千倍。

下午的太阳酷热难当，他的皮肤被晒出了水泡，地面也很硬，但是他把疼痛和无休止的瘙痒当作一种牺牲，抛开不适，专注于祈祷。他携带的计数器记录当天他已进行了四百七十六次祈祷，他计算着扩大十万倍那得有多少次。比他一辈子祈祷的次数都多，相当于好几辈子，他自然会受到赐福。

他思忖起前一天进入大清真寺的经历，穿过拱顶进入八边形的大院，他觉得自己变成了人类海洋中微不足道的一滴意识之水。前方，天房在朝圣者中间赫然耸立，它是一个巨大的石质立方体，围着黑色帘幕，刻着金色铭文，朝圣者围着它逆时针行走七圈，班邦每走一圈就更靠近它一些，他希望能亲吻到黑石——镶嵌于天房转角的神秘遗迹，就在一个银色的入口里边。朝圣者怀着渴望和敬畏用手指向黑石，有人说它来自亚当和夏娃的时代，先知亲手把它放在了基石里。班邦走最后一圈的时候，大家用力推搡，争抢着去摸一下，班邦居然不可思议地摸到了，还在这件至尊圣物上亲吻了一下，过后他在大清真寺的最高点之一祈祷，能看见面前几百万摩肩接踵的信徒，仿佛一块布上紧密编织的线条。班邦激动万分，感觉获得了救赎，几乎变成了自己一直渴望的纯洁灵魂。

此刻他躺在穆兹达里法的平地上，盯着创世的图景。星星以统一的步调缓慢旋转，如此壮观，班邦觉得自己微不足道，但也充满快乐。然后他转向一侧呕吐起来。

似乎没人注意到他，其他朝圣者正在睡觉。班邦用沙子盖住呕吐物，虽然感到尴尬，但他也好奇这是不是个好的征兆。他曾祈祷排除体内邪恶之物，也许这就得到应验。突然之间，他以惊人的力量抛开了自己罪恶的负担，真正得到了净化。

可他也没了力气，头昏眼花，试图站起却只能跪着，最后不得不决定再次躺下，看着星星在天上移动。时间一小时一小时过去，班邦不明白为什么会这样，难道是被提升到更高的境界，朝着等待自己的命运转变。祈祷当然会令他提升，这种感觉肯定是个考验。

宣礼吏的声音叫醒了其他的朝圣者，他们铺开垫子，开始晨祷。睡在地上让每个人浑身酸痛，所以班邦也没觉得自己的症状很明显，他现在已经有力气站起来，但是还不想吃早餐。于是他融入了参加石击魔鬼仪式的第一群人，日出是完成这段旅程最神圣的时间，朝圣者在拥挤的道路上，拖着步子绵延几英里。班邦看不见队伍的头尾，太阳升起，有时候朝圣者们从洒水喷头下经过，才得以凉快一点儿。有人躺在石头上，疲惫、脱水，甚至也许死了，很难分辨。幸运的家伙们则撑着宣传埃及航空的阳伞。一架新闻直升机在人们头顶盘旋。

队伍经过蓝山下一条长长的隧道，朝圣者得到提醒，这是朝圣中最危险的地段，因为这时会发生恐慌。有人晕倒，有人停下来救护，后边的人不耐烦地继续前进，造成混乱，引发愤怒。然后，如同引爆一枚炸弹，疯狂笼罩一切，众人变成暴徒，有人遭到踩踏，数百甚至数千人都在同一瞬间死去，混乱来得快去得也快，没人知道原因，或者究竟发生了什么。

班邦有一个塑料罐子，里边装着他从阿拉法特山上精挑细选出的四十九颗石子，用来砸向代表魔鬼的三根大柱子，它们就立在仪式现场的一座围墙广场内。朝圣者再次演绎亚伯拉罕拒绝诱惑的行为，他曾在那里朝撒旦扔石头。道路分出许多岔道，每一条都通向一座类似多层停车场的建筑。吟唱的人群推挤着他，共同呼吸的空气中，氧气似乎已被耗光了，班邦感到头晕气短。岔道尽头的建筑中，嘈杂的声音在混凝土之间回响，积累成隆隆的吼声。一大股危险的能量从暴躁的人群中流过。

他曾希望登上建筑的顶层，却被分流到中间楼层。代表魔鬼的石柱在建筑的中间露出一部分，仿佛一堵花岗岩石墙从混凝土盆地中升起。大家能够看见它的时候，便更加坚决地向前拥挤，努力到达盆地边缘可以朝它扔石子的地方。还有些人一边咒骂撒旦，一边扔出凉鞋和雨伞。

班邦把第一颗石子拿在手里，但已经控制不住自己的动作。他被人群的力量粗暴地挤向前方，和身前的妇女紧贴在一起，恐惧和狂热像电流一样通过他的全身。喧嚣之中，他努力祈祷："我来了。噢，真主，我来了！为您服务，您没有伙伴，我来了。"没有瞅准就扔出来的石子朝他倾泻下来。

然后他被挤到盆地边缘，石柱像撒旦本人一样面对着他。朝圣者在他耳边尖叫，他伸手扔出了第一颗石子，但是还差一点儿距离，没有打中石柱。他被自己吓到了，怎么会变得如此虚弱？他的手伸向罐子又拿了一颗，可是罐子掉在地上，他感觉砸在脚上，然而弯腰拾起已经不可能了。他能感觉膝盖在弯曲，可他俯不下身，身体被挤得笔直。

现在他感受到都在扔出石子的人群拥着他在盆地边缘做圆周运动。他觉得自己可能在尖叫，可是怒吼声太吵，他听不见自己的声音。他被挤得离开了地面，丢掉了凉鞋，祈求得到拯救，祈求远离众人、不被接触。空气似乎已消失不见，他祈求呼吸，然后人群中打开了一个缺口，有人从盆地的边缘滑落。班邦倒在地上，心里感谢真主给他解脱。这时，朝圣者不由自主地踏上了他的身体。

11
研究进展

亨利在俯瞰麦加的帐篷里等待马吉德和谢赫里上校从圣城返回时，和日内瓦的玛利亚·萨沃纳、亚特兰大疾控中心的首席医务官凯瑟琳·洛德、仍在印度尼西亚孔戈里营地的马可·佩雷拉开了一场电话会议。马可有好消息：除了死去的掘墓人，雅加达没有报出病例。

然后凯瑟琳·洛德接管了会议："元凶属于正黏病毒科，很可能是流感，但我们已经把它和数据库中的数千条病毒序列做了比较，到目前为止还没找到匹配的。"

和自然界中繁多的危险物种一样，流感病毒很漂亮，病毒表面覆盖着血凝素（H）和神经氨酸酶（N）两种糖蛋白刺突，二者如同海盗中的登船队，血凝素像钩锚一样紧紧挂住一个细胞，把病毒微粒插入。到了细胞内部的病毒利用细胞的能量自我复制数千次，子代病毒聚集到细胞表面，神经氨酸酶把它们从细胞膜上切割释放。暴露几个小时后，人体就可被感染而具有传染性，每次咳嗽或打喷嚏就会向空气中释放五十万个病毒微粒。它们飘进周围人群的肺里，或者落在环境中任何物体表面并存活几个小时。流感病毒有许多传播策略，不过最狡猾的是变异能力——不断更新自己，从而避开了宿主免疫系统的特异性攻击，也让科学家研发有效疫苗的巨大投入付诸东流。

流感病毒分为四个明显不同的类型，目前最常见的和最致命的流感病毒是甲型和乙型。孔戈里的病例中，最有可能是甲型流感病毒在作祟，因为它通常比乙型流感病毒更致命。到目前为止，在甲型流感病毒中已经发现的血凝素有十八种亚型，神经氨酸酶有十一种亚型，但是只有 H1、H2、H3 和 N1、N2 通常会引起季节性人流感。比如 1968 年发生在香港的具有高致病性的流感是由 H3N2 流感病毒引起。乙型流感病毒只在人类身上发现过，也可以很严重，但不会像甲型那样引发大流行。还有丙型和丁型流感病毒，与甲型和乙型的区别在于没有神经氨酸酶糖蛋白。丙型在人类特别是婴幼儿中很常见，但是极少威胁生命；丁型通常在牛类身上发现，偶尔会传染给人类和家猪。

“另外我们似乎还无法培养这种该死的孔戈里病毒。”凯瑟琳继续说，“我们已经使用了鸡胚胎成纤维细胞、犬肾上皮传代细胞系，还有非洲绿猴、蝙蝠和幼仓鼠肾异倍体细胞，但是所有这些标准细胞系都培养失败[1]。”

“现在情况如何？”亨利问。

“我们刚开始在雪貂和鸡身上试验，”凯瑟琳说，“这是个难解之谜。”

“玛利亚，还有其他类似孔戈里的疾病正在暴发吗？”亨利问。

“已经有季节性流感在蔓延，都是甲型和乙型，不过毒株都在历史上出现过，不是新的，目前弱流行。”

这次对话紧张而急迫，但也令人困惑和沮丧。每个人都明白其中的风险，他们面对的可能是自己一生中最具灾难性的传染病大流行，必须得把它控制住。幸运的是，除了掘墓人，它似乎被控制住了。不像 2018 年埃博拉疫情在刚果民主共和国暴发，国际卫生工作者在那里被武装军阀杀害，在印度尼西亚，卫生工作者受政府军的保护。印

1 病毒必须在活细胞中方能进行生命活动，因此建立了细胞培养系统才能开展对病毒复制的研究。早期对病毒生物学特性的研究主要通过动物接种（鼠、兔、犬、牛、猴等）以培养病毒。目前动物接种仅限于研究病毒或毒株的致病性，或为确切诊断某种病毒为病原体。个别病毒（如流感病毒）必须在鸡胚中进行分离培养。

度尼西亚政府在尽职尽责。假如他们在孔戈里营地里能彻底调查疫情并开诚布公，专家就可以弄清它究竟是什么，国家卫生研究所和制药公司也就能尽快启动疫苗研发。幸运的话，人类也许可以躲过这次致命的危险。在麦加走失的朝圣者令人担忧，可他是个意外，除了找到他并将其隔离，别无他法。

“你拍摄电子显微镜照片了吗？”亨利问凯瑟琳。

“拍了，我们有一个负染样本揭示出典型的流感粒子，但也有点儿奇怪。”

“哪方面奇怪？”

“没有神经氨酸酶糖蛋白。”

亨利抑制住抱怨，这意味着那不是甲型流感病毒，唯一广泛使用的抗流感药物——神经氨酸酶抑制剂，比如奥司他韦——就不会起作用。在此之前，造成流感大流行的病毒都是甲型，现在它有了一个新的竞争者，具有从未出现的亚型组合特点。这是一种全新的病毒。

“你考虑过那可能是丙型流感吗？”马可问。

“当然考虑过，可是我让它经过电泳时，”——根据基团大小用电流分离细胞中不同蛋白分子的手段——“我们发现病毒带有八个基因组片段。”这是甲型流感的特征，并不属于拥有七条核糖核酸片段的丙型和丁型。“我从未见过这类病毒。”凯瑟琳总结说。

电话会议结束时，凯瑟琳恳求说：“亨利，我们需要你回来。你已经离开两个星期了，你和马可都得在现场，我们人手严重短缺。”

“我会尽快回去。”亨利说，“我只想确保沙特这里没有传染。再给我一周时间。”

“一周！”凯瑟琳非常沮丧。

玛利亚加入对话，提出再派一支世界卫生组织的队伍去负责监视朝圣。

“那要花多久？”凯瑟琳问。

“我能让他们三天就到吉达。”玛利亚说。

会议一结束，亨利就给吉尔打了电话。

“我周五就能到家了。”他欢欣鼓舞地说。

12
于尔根

1918 年大流感的阴影笼罩在亨利心头，五亿人感染，高达 20% 的病死率，青壮年受害者的占比高得失调。没人知道它究竟起源于哪里，被称作“西班牙流感”是因为当时正值一战期间，西班牙是中立国，媒体不受限制地报道疫情。后来的调查表明，第一批病例出现在美国堪萨斯州的哈斯克尔县，或者是底特律的福特汽车工厂，或者是中国、澳大利亚——没人知道具体在哪儿。但是蔓延到人员密集的军营和运兵船，它便成了一只狂暴的野兽，摧毁人类控制传染的所有努力，在全球的城市甚至最小的村庄里蔓延开，病死的人比战争本身还多。这种令人不知所措的疾病——不断地被误诊为霍乱、登革热、脑膜炎和伤寒——是一种比当时的医疗机构所遇见的任何疾病都更骇人的敌手。有些感染者经过一周才显现症状，但是有些病人午饭时还正常，晚饭时就去世了。和孔戈里病毒一样，当年的流感病毒也具有出血性，突发鼻腔出血是常见的症状，双肺也会布满血性泡沫痰。

孔戈里的疫情会直接平息的观点很有可能是一厢情愿的幻想，不过这种情况以前也发生过。1976 年 2 月，在新泽西州的迪克斯堡，一名叫戴维 · 刘易斯的年轻新兵在五英里行军后倒地死亡。大约在同一时间，超过两百名士兵得病。之后，医生在军事驻地检测到两种甲型流感毒株，其中之一是 H3N2——此前香港暴发流感的一种变体——被标记为甲型维多利亚系，具有高度传染性，但毒性一般。杀死大兵刘易斯并且可能还感染了一人的另一种毒株未知，所以驻地医生把样本送到疾控中心。

那是 H1N1 型病毒，和 1918 年流感有同样的遗传结构，此次它被称为“猪流感”，因为猪是这种病毒的储藏库。（1918 年，传播的方向可能是反过来——从人到猪。）猪也经常被指责为病毒工厂，因为它们几乎是禽流感和人类疾病之间的完美桥梁。一旦来到猪体内，病毒就会适应哺乳动物，打破物种屏障，准备占领全世界。

1976 年，福特总统担心迪克斯堡的疫情，呼吁竭尽全力使全部人口尽快接种疫苗以对抗猪流感。制药商被免除责任，得以加速开发疫苗。当年 8 月，另一场疾病在费城召开的美国军人大会上神秘暴发，造成二十九人死亡。起初的猪流感诊断显然不对——后来才查明那是一种非典型性肺炎，继而被命名为“军团病”[1]。可是媒体和政治机构大力拉响公共警报，导致对疫苗的一切怀疑都被抛开。9 月，第一批预防猪流感的疫苗接种工作启动，一个月后，人们开始病倒——不是因为流感，而是因为疫苗，因为它可能导致一种名为“格林 – 巴利综合征”的神经麻痹性疾病。12 月，疫苗项目被叫停。在这段时间里，再没有人感染猪流感，这对福特来说是一次政治灾难，对未来的政治领导者来说是一次警告。1918 年 H1N1 流感造成五千万人到一亿人死亡，1976 年仅导致一人丧命。

对于拼命寻找答案的亨利及其同事而言，1918 年大流感有个令人特别沮丧的特征，那就是记录极少。一百余年过去了，它已经不可思议地被遗忘掉——连同它自己的秘密，被埋藏在人类的记忆里。令它如此致命的原因是什么？为什么在年轻人和青壮年身上大肆传

---

1 军团病（legionella disease），1976 年美国宾夕法尼亚州退伍军人军团在费城的一个旅馆开会，共有 221 人相继感染肺炎。军团病由此而得名。后来人们分离出这种致病的、以往未曾认识的新菌属，将它命名为“军团病杆菌”。此外，致病菌尚可能引起另一种以发热、头痛、肌痛为主的临床类型。

播？那些人最不应该屈服于流感的杀伤力。1951 年，瑞典病理学家约翰·胡尔丁来到阿拉斯加州布雷维格教区的一个村落，1918 年，村里的八十名居民有七十二人死于这场流感，他们被埋在永久的冻土中。胡尔丁获得许可，挖出几具尸体进行检查。他没能分离出病毒，失败一直困扰着他。近五十年之后的 1997 年，他了解到，华盛顿特区附近的武装部队病理研究所有一位杰弗里·陶本伯格博士在进行研究。陶本伯格博士一直尝试复活 1918 年流感病毒，他使用的是保存在石蜡中的样本，来自流感中死亡的士兵。当时已经上了年纪的胡尔丁提出重返布雷维格教区再看一看，他只带了妻子的园艺剪这一样工具。这次他挖出了一具女性遗体，死亡年龄大约是三十岁，他称之为露西。露西身上丰富的脂肪保证了肺部没有被完全毁坏。胡尔丁用妻子的园艺剪剪下她的双肺，带回洛杉矶。他带回的也有可能是一颗氢弹。

胡尔丁把双肺组织邮寄给陶本伯格博士，那里面满是病毒物质，足够克隆出杀死露西的病毒。那些病毒先是被用来感染恒河猴，不出几天，它们的肺就毁损了。和露西一样，和孔戈里的法国医生一样，猴子们因自己的肺内液体窒息而死——这是它们风暴般的免疫反应造成的后果。

许多人质疑把 1918 年流感病毒复活的目的。不管他们多么仔细地处理，病毒有时候会摆脱实验室的控制。即使在疾控中心，世界上监控最严密的实验室，八十四名科学家——包括亨利——都曾因意外失误暴露于某个尚未失活的炭疽菌株。在英国，天花病毒曾多次从实验室泄漏，总共造成八十人死亡。在人类文明经受的各类威胁中，粗心大意是被低估的一类。

来到疾控中心之前，亨利曾在疾病的另一个领域工作：他创造疾病。华盛顿西北五十英里处是著名的内战战场，一座旧农舍仍然矗立在那里。之前的产权土地按照可行的最高安全等级围着围栏。这个机构名叫“德特里克堡”，由众多医疗团体构成，包括弗雷德里克国立癌症研究所、国家机构间生物研究联合会、美军传染病医疗研究所。“二战”期间，就是在这里，美国开始了生物武器的秘密研究。

把瘟疫推上战争舞台这种事有着悠久的历史，一直可以追溯到14世纪，当时蒙古人在克里米亚半岛把瘟疫感染者的尸体用弩炮发射到卡法城内。美国研究项目在志愿者——主要是拒服兵役者——身上试验炭疽热和其他危险疾病。第二次世界大战之后，对战俘和集中营受害者进行实验的纳粹科学家被引入美国进行研究工作，考察使用虱子、跳蚤和蚊子等昆虫散播黄热病和其他疾病的效果。他们研究日本的案例，日本曾在战争中向中国投放携带瘟疫的跳蚤，用霍乱和斑疹伤寒病源污染一千多口水井，引发的传染病到战争结束之后还持续了很久。1969年，尼克松总统宣布开发攻击性生物武器违法。新型疾病的实验还在继续，只是现在它们被归类为防御措施。

亨利不拒绝这种需求，它对国防至关重要，颇能鼓舞人心。他已经加入了一个朦胧而且隐秘的领域，对手们只通过声誉和传言互相了解，他们的牌局里很少有人亮出底牌。恐怖分子也在积极制造疾病，“基地”组织试图培养炭疽杆菌，像科幻小说写的一样，要毁灭世界的日本邪教组织奥姆真理教成员中就有微生物学家，他们也用炭疽杆菌和肉毒杆菌做试验。这些疾病至少不具有人际传染性，但我们也没什么理由相信恐怖分子会止步于此。

亨利擅长自己的工作，甚至可以说是出类拔萃，但他也足够谦虚地认识到这一黑暗领域的真正天才是于尔根·斯塔克，他的领导极具感召力。核物理领域的同人正在制造能清除地球上生命的核弹，亨利和于尔根实验室其他的年轻科学家基本上也在做同样的工作——摆弄自然界的存在，学习如何毁灭人类。

于尔根的工作组组建于国家生物防御和对策中心，整栋建筑都是涉密机构，没有外人知道德特里克堡这片区域是干什么的。他们的目标是使用基因工程学方法研制很可能被恐怖分子或邪恶国家制造的生物病原体。1972 年，美国和一百八十多个国家共同签订了严禁开发、生产和存储毒素和生物武器的《禁止生物武器公约》。苏联也签署了公约，可是他们把这看成是自己扩大生产并成为生物战巨头的机会。由于受到法律限制，亨利和其他人得偷偷努力才能跟上俄罗斯在最黑暗的科学领域取得的显著进展。

于尔根又高又瘦，北欧人的蓝眼睛透露着他独有的自信和聪明。他对自己的长相很自负，特别是淡银灰色的头发，白得就像他快步通过办公室时飘在身后的白大褂。他的头发很长，有时候挡在眉间，当他想表达某个特定观点，就会像一个骄傲的校园女孩，把头发甩开。那个实验室的每个瞬间都紧张、激动、充满意义，反映出于尔根迷人魅力的本质所在。他是亨利认识的最伟大的科学家之一——想象力丰富，技艺精湛，追求卓越。

就亨利所了解的，于尔根没有任何浪漫关系。他的性取向是研究者永远在猜测的内容，他很少找同事喝酒吃饭，除非出于安排好的工作目的，在这样的场合下，他可能会充满魅力。亨利知道那种魅力是于尔根戴上的社交面具，可是即便如此，他也惊异于于尔根改头换面的能力。

于尔根有洁癖，亨利从未见过如此干净整洁的实验室。研究人员的一个恶作剧就是弄歪恒温箱和菌落计数器，于尔根每次经过时都会不由自主去重新调整，似乎从不明白是怎么回事。有一次亨利发现男厕所因为于尔根要求维修而关闭。“墙角歪了。”他说。修完以后亨利也没看出区别。

有一天亨利要离开的时候，于尔根问他晚上要干什么。这个问题令亨利措手不及。“我去看电影。”他说。

“看什么电影？”

“《改编剧本》。”

“讲什么的？”

“是一部喜剧，讲一个家伙想写一部电影剧本。应该挺有意思。”

“你有人约吗？”

“没有，你想去看吗？”这似乎是他询问亨利的目的。

于尔根看起来有点吃惊，仿佛根本没有想到，“哦，不啦，我其实不怎么喜欢电影”。

这个回答有点气人，不过亨利觉得自己应该鼓励于尔根做自己明显想做的事，也就是享受别人的陪伴。最后他们在电影结束后一起吃了晚餐，那是亨利第一次听见于尔根的笑声，一种“嘻嘻嘻”的笑声，很有实验风格。

动物们摆在桌子上时于尔根很少进入实验室，有时候那些房间里的场面很可怕，特别是有灵长动物的时候，它们像个孩子一样无助，但也明白自己的处境并渴望复仇。有一条规矩说的是，不应该把动物放在别的动物面前实验。假如实验动物的尖叫被笼中等待命运轮盘的动物听见，它们会恐惧地哀号起来。

于尔根受不了这个，不止一次亨利撞见他正在哭泣。他只穿帆布鞋、吃素食，每当报告补充动物实验的必要性时，他的声音都在颤抖，以上种种都是他表达的忏悔。他是自己鄙视的领域里最杰出的人物，仿佛一位武士，虽然他痛恨杀戮，但也会看到失败所要付出的代价。他相信——亨利也开始相信——在马里兰州的旧农场改建成的德特里克堡，于尔根及其团队高度机密的研究把握着文明的未来，或者说人类的未来。那个未来还需要成千上万的动物做出牺牲。

亨利反思这些年的所作所为时，很少不去纠结自己的性格弱点，也就是他现在认为自己加入了邪教的根源。确切地说是科学的邪教，不是伪宗教，但它也带有任何一个强大邪教的印记，那些邪教都把自己呈现在思想监狱的对立面。自由是于尔根·斯塔克的卖点：自由想象、自由实验、自由创造一切，不论多么可怕或危险。我们在拯救人类的未来——他们告诉自己——而不是威胁人类的未来。如果我们转身离开，还有谁会负担起这项任务？还有谁拥有这些才能、判断力、洞察力和气节，以冒险进入人类智慧中最黑暗的房间？还有谁只为了阻挡会伤害我们的恶人就进入这个死亡密室？还有谁能破解世界邪恶势力的思维模式，等到——并非假设——他们发现和我们一样的病毒武器，我们早已备好了解药？“只有我们能做到”——这是亨利难以忘怀的一句歌词，他们都坚信不疑，并从彼此的信念中获得慰藉。

13
大事不妙

马吉德王子和谢赫里上校在一名叫马姆杜的童子军的引导下，快步穿过占地面积巨大的米纳帐篷城，此男孩闪躲着散步的朝圣者，像一只小山羊一样飞速穿过肮脏的道路。马吉德已经喘不上气，但还是被男孩的敏捷和莽撞逗得直笑。

数量如此庞大的人口已经受到管制。十万顶由防火纤维制成的特色白色帐篷根据各个原籍国组成了一个个社区。道路用颜色编码，帐篷用数字编号。每名朝圣者有义务戴一枚代表自己国家颜色的徽章，上边标有所在帐篷的号码。理论上没人会迷路，但仍有数千名像马姆杜一样的童子军在现场服务，护送依然迷失方向的人。

马姆杜转弯走上一条黄色通道，他们来到巨大的印度尼西亚营区——二十五万人，配得上穆斯林人口最多的国家。童子军男孩查询着 iPad 上的 GPS，根据班邦·伊德里斯的名字定位到帐篷编号。帐篷里约有五十个人，有的赤裸上身盘腿坐着，有的在低声聊天，有的在与人分享自己手机里的照片。

“班邦·伊德里斯？”谢赫里上校喊道，地垫上打盹的一些人被他吵醒。

一个人回答说，班邦先生在去石击魔鬼的途中和他们走散了。另一名朝圣者表示，他可能会去屠宰场献祭自己的牲畜或者去剃头。这些都是石击魔鬼之后的仪式，帐篷里的人只是在等人少点儿再去。

马吉德手里只有一张班邦的签证照片，从一大片相同穿着的人群里把他找出来很难，要是理发师给他剃了头那就更难了。王子立即让一个认识班邦而且会说英语的人加入搜索。

他们先搜索规模庞大的屠宰场，那里有一万名屠夫。他们能听见大叫的山羊等待着屠宰。购买祭祀动物的朝圣者都在办公室登记了电话号码，屠宰完成后他们会收到短信通知。名单里没有班邦的名字，朝圣者还可能选择自行屠宰，所以马吉德他们走过屠宰围栏上方长长的空中走廊，寻找一位六十多岁、略显矮胖的印度尼西亚人。屠夫里只有几名朝圣者，没有一个像是他们要找的人。

一千名理发师林立在麦加街头巷尾的摊位上，还有一大群顾客在等待着他们。谢赫里上校从一名负责朝圣事务的警察手中强制征用了一台扩音器，走遍城市的同时大喊班邦的名字。男孩们在马吉德王子他们旁边舞动起来，享受着这种难以言表的兴奋。童子军马姆杜在孩子们中间有了权威，他也在喊着班邦的名字，孩子们模仿他，很快，好几十人都在喊："班邦·伊德里斯！班邦·伊德里斯！"但是没有人应答。

马吉德接到卫生部副部长的电话，他的手下检查了二十五家医院和两百个朝圣医疗中心的记录。"大人，我向您保证，我们这儿没有这号人。"

马吉德努力控制自己不断增长的焦虑，其他人的脸上也显现出同样的表情。炎热的天气和努力的奔走让他们大汗淋漓。

最后马吉德问马姆杜是否知道太平间怎么走，童子军男孩儿点点头，向着朝圣区之外的穆艾塞姆走去。到达之后，马吉德让马姆杜回到原来的工作岗位，他不想让孩子和他们一起面对接下来可能出现的情况。

对比和朝圣有关的其他一切配套设施的工业化水平，眼前的太平间规模相对较小。马吉德王子和随行人员进去后发现，接待区空无一人，在桌子后方，他发现面对的是一张自己的官方照片。谢赫里上校走进大厅，找来一位胆怯的工作人员，他刚才一直在另一个房间里吸烟，等认出王子后一下子来了精神。

马吉德给他看了班邦的照片，工作人员耸耸肩，说自己不负责管理，主任已经离开去了墓地。

“接收了哪些尸体这里有记录吗？”马吉德问。

“当然有。”

“那么，记录在哪儿？”

“在主任的电脑里，大人。”

“那就去电脑上找找这个人。”

“不行，”这可怜的工作人员回答，“他没告诉我密码。他和副主任，他们在一起。”

马吉德要求去停尸间看看，工作人员陪他们走过一间黑暗的大厅，脚踩着打蜡的石板，经过几张轮床，最后推开一扇双层门，来到空空如也的冷藏室。

“尸体在哪儿？”马吉德问。

“跟您说了，大人。他们都被埋了。”

“他们都不标记坟墓吗？”亨利绝望地问。

“迅速下葬是我们的风俗。”马吉德解释说，“我们相信逝者都是平等的，所以即使国王也匿名下葬。”

“你知道他怎么死的吗？”

“我们最后从验尸官那儿了解到，他是被踩死的。”

亨利瘫在他的学生座椅上，完全没了主意。

“还有一件事，”马吉德说，“我不大敢讲。我们有三家医院报告朝圣者中出现出血热病例。”

这个消息像一股冰水把泄了气的亨利唤醒。“我得去检查他们，马上。”

“亨利，”马吉德说，“这个情况很复杂，我明白你很着急，可是非穆斯林禁止出现在圣区。这些病人已极度病危，无法转运异地治疗。”

“我肯定你们的真主宁愿他的信徒活着，而不是因为瓦哈比教派某条有争议的规定而牺牲。”

“我们有高水平的医生已经在处理这个情况了。”马吉德没在意亨利尖刻的话语，“他们能提供你需要的任何信息，检查、血样，我们甚至可以让你通过 Skype（国际通话社交软件）参与进来。”

“好，我们可以看下血检结果，分析扫描结果，但最需要的是尽快确诊。我们还有多少时间？”

“朝圣明天结束。”

“只有我亲眼见过这种疾病，我必须检查这些病人。”

“亨利！”马吉德大喊道，“根据许多项规定，让你这名非教徒进入我国都已经严重违法了。进入圣区是不可能的。”

“那么好，把我当成穆斯林。”亨利唐突地说。

马吉德转身请谢赫里上校先离开帐篷。只剩下他们俩以后，马吉德平静但坚决地说：“亨利，我亲爱的朋友，我不是要你成为一名伪君子，这对我们来说比做异教徒还要糟。以前我们面临过这种问题。1979 年激进组织占领大清真寺，抓住几百名人质。我们向法国朋友求助，他们不是穆斯林，但是假装成穆斯林。在那次事件中，我们让非穆斯林去完成血腥任务，因为圣区禁止任何形式的暴力行为，甚至连一片草叶都不能切断。可那些人必须得清除，法国特种部队替我们解决。

“现在我们的情况不一样，完全不一样！我们的医院里有能够胜任的穆斯林，他们没有造成伤害，而是在努力救人。我承认你有特殊的天赋，我想不出任何人比亨利·帕森斯更擅长处理这次的不幸事件。然而你若想进入我们最神圣的城市，就必须得有最纯洁的灵魂，我不知道你怎么变得如此怨恨宗教，但请你尊重我们的穆斯林身份。假如你侮辱我们的宗教，那等同于唾弃我们的灵魂。”

亨利被他朋友的真诚而不是理由打动，任何宗教都会在他内心唤起难以归类的强烈情感，他感到轻蔑、恐惧、好奇，还有其他情绪在他头脑中徘徊。但他认为恐惧和好奇与恐高的感觉类似，他不想走到高处的边沿，却仍受到吸引，那种内心的冲动令他恐惧。因此他要反驳。

“对你我非常尊重，马吉德，我敢肯定你一定明白，”亨利说，“我也没有对伊斯兰教不敬，宗教在我看来都一样。可是告诉我，1979年你们让法国士兵进入的时候死了多少人？”

“几百人，也许几千人，”马吉德说，“我们只是私下谈论过，也许世上已经没人知道那次事件的真相了。”

“你是医生，要对本国人民的健康负责。”亨利说，“告诉我，医生，如果一种新型传染病在麦加朝圣的人群中暴发，会有多少人死亡？”

马吉德沉默了。

“我见识过传染病对人类造成的恶果，”亨利继续毫不留情地控诉，“极度致命，痛苦的死亡。受害者之中也有穆斯林，不过只有几百人。你这里有几百万人，假如真的在乎自己的宗教，你应该行动起来。”

马吉德闭上了眼睛，亨利意识到他在祷告。有时候，涉及宗教时，还有一种情感会占据他的思维，那就是嫉妒。相信人自身之外，有一种力量关心着人类的遭遇——只要一个人能足够努力地进行具有说服力的祈祷并引起神灵的注意，他就能影响类似眼下这种困境的结果，那是多么快乐啊！亨利觉得神圣这个概念没有任何意义，但也承认马吉德在一定程度上生活在超自然的世界中，那里的想象具有真正的力量。有些东西对亨利来说没有道德权重，却给他的朋友们增加了可怕的良心负担。

马吉德睁开眼睛，突然召回还站在外边的谢赫里上校。为了让亨利能听明白，他们用英语交谈。“我听了真主的旨意，他告诉我亨利是真正的穆斯林。”马吉德说。谢赫里一脸愁容地看了亨利一眼，然后很快又转向王子。谢赫里的任何怀疑和敌意都被抛在一边。在沙特阿拉伯其实只有两种力量——真主和拥有这个国家的家庭——而且没有人质疑。谢赫里调来一辆陆地巡洋舰，三人开车下山，穿越环形路，进入标志着圣区的大门。

“帮我个忙，亨利。”马吉德压低声音说，“你受我保护，所以不要挑衅任何人。既然我没时间教你祈祷，我们就必须要在日落前出城。”

他们驶向麦加的途中，亨利的眼神一直在闪躲，仿佛避而不看就意味着没有真正进入圣城。尽管如此，他还是觉得这里有种为了现代化而对古城翻新的别扭感觉。狭窄的街头有摩天楼耸立，城市显得半新半旧。他还能感受到谢赫里的谴责从前座散发出来，仿佛拉响了只有信徒能听见的警笛。

一进入阿卜杜拉国王大学医院，亨利就少了些擅闯者的感觉。迎接并陪同他们立即进入消毒间的，是满头白发的巴基斯坦裔医生伊夫蒂卡尔·艾哈迈德。在那里，他们穿戴上防护袍、手套和口罩。艾哈迈德医生处于高度焦虑的状态，眉头几乎要竖到了发际线，眉毛间还有一层细小的汗珠在闪亮。他说起话来语调升高，语速很快，有着抑扬顿挫的巴基斯坦口音。“今晨我们有四个患者，不过现在有十个了，”他说，“十个！十个！而且其中之一还是护士。”

亨利注意到清洁的走廊和穿戴妥善的医务工作者。他们乘坐电梯来到五楼，进入双扇气密门之后的隔离病房。福尔马林的气味充斥着病房，很让人安心。亨利稍稍平复了一下自己的情绪。

病房里有六名病人，其中两人已经插管。亨利问艾哈迈德医生第一个病例是何时出现的。“才两天，第一例来自印度尼西亚，然后昨天增加了三例，今天增加六例，包括这个人。”他指向氧幕下一个清瘦的年轻男人。

“他从哪儿来？”

“英格兰，曼彻斯特。”艾哈迈德医生说。

亨利看了看记录，病人名叫塔里克·伊斯梅尔，发烧40.2摄氏度，一台心脏监护仪记录了极微弱的心电图波动，还有一根胸管排出胸腔积液。

“他入院时主诉耳痛，所以我们没太当回事儿，”艾哈迈德医生继续说，“查体时发现鼓膜已撕裂，我们做了鼓膜穿刺术以缓解炎症。可是后来疼痛转移到眼眶后，现在他已经完全失明，我担心他肺部的损伤已经难以修复。你也能看出来，他已出现发绀。”

年轻人的嘴唇和手指已呈显著青蓝。

“血检怎么样？”

“干扰素浓度极高。”

“发生了细胞因子风暴。”亨利说。那是一种失控的免疫反应，白细胞产生细胞因子可导致发热和关节破坏性疼痛，而细胞因子正是机体抗击感染的排头兵。机体感觉自己受到致命攻击时就会激发细胞因子风暴，把手头所有武器都投入使用，那是一种全面的战争，亨利在印度尼西亚解剖那位医生的尸体时看见过后果，她的肺部被自身失控的免疫反应所致的体液所渗透。

“还有一件怪事，”艾哈迈德医生说，“注意皮肤的肿胀。”他指出颈部和胸部类似小蜂巢状的斑纹，“皮下气肿，仿佛小气球，显然源自肺部漏出的气体”。

“他清醒吗？”亨利问。

“之前清醒。”艾哈迈德医生说。

亨利朝年轻人弯下腰，他们之间隔着氧气面罩和口罩，所以暴露感染的风险极小。但是亨利知道，这个房间的空气里充满着这种不知名的传染性病原体，是一种未知的疾病。

“塔里克，”亨利说，“你能听见我说话吗？”

塔里克的眼睛颤动了一下。

“你疼吗？”亨利问。

“不疼，”他用微弱的声音说，“是别的感觉，严重，很严重的感觉。”

亨利知道他所描述的，是死亡的感觉。

“塔里克，你记得见过一个从印度尼西亚来的男人吗？或许是在你刚到这里的时候。”

过了很长一段时间，塔里克终于开口：“不能。”

“不能什么？”

“思考。”

“这很重要，”亨利催促，“请努力回忆一下。他叫班邦·伊德里斯，你听见了吗？班邦·伊德里斯，大约六十岁。你见过符合这些描述的人没有？”

可是塔里克沉默了，心脏监护仪发出一声警报，听起来如同尖叫一般。艾哈迈德医生看了一眼亨利，然后关闭了心脏监护仪。马吉德王子和艾哈迈德医生简短地做了祷告。

“该死。”亨利忘记了自己身处何方。

艾哈迈德医生和一名护士好奇地看着他。“帕森斯医生刚刚加入我们的宗教，”马吉德解释说，“我是他的导师。”

屋里的其他人一下子大笑起来。“真主所愿，”艾哈迈德医生说，“赞美真主。”

“我们祷告的目的是帮信徒为自己的死亡之旅做好准备，”马吉德说，仿佛亨利在听他的指示，“我们请真主解除他的负担，把他要去的地方变得比离开的地方更美好。有时间我会教你。”

亨利像个感兴趣的学生一样点头，可他因为羞愧而涨红了脸。讨厌一切谎言的亨利如今成了欺骗者。他在乎马吉德，现在却已经让他妥协，这甚至可能危害到他。屋里的穆斯林因为相信亨利获得救赎而感到快乐，露出欢迎的微笑，可他却躲躲闪闪。亨利知道救赎永远都不属于自己。

艾哈迈德医生期待地看着亨利，显然是在等他承认自己皈依。可是亨利的语气变得激烈起来。“你说有十名病人，可是这里只有六名。”

艾哈迈德医生脸上的表情立刻一变。“我们没有更多病房进行隔离，”他怀着歉意说，“朝圣期间我们这里总是很拥挤，这个季节我们总是满负荷甚至超负荷运转。”

“那么其他病人在哪儿？”

艾哈迈德医生和护士沟通了一下，然后说：“三名在二层的病房，一名”——他在这里停顿了一下，和护士确认——“离开了医院。我们认为她回到了自己人那里。”

接下来的沉默让人胆寒，艾哈迈德医生急忙解释：“我们不知道要面对的是什么，现在仍然不清楚！你告诉我这是什么？某种鼠疫？”

“是流感，不过类型未知，”亨利说，“三家实验室已经在印度尼西亚的康复病人体内检测抗体，确认它们是否属于哪种已知的毒株。”

“这个人，”艾哈迈德医生指着他们旁边死去的男人说，“我们给过他抗病毒药。有什么首选的治疗方案吗？”

“除了补液，使用泰诺，我们也没有其他信息可以提供，”亨利说，“有人会康复。在印度尼西亚采用了姑息治疗，但是病死率是45%。”

“可这就像是在中世纪，”艾哈迈德医生说，“我们没有别的治疗方法可以用？”

就在这时，艾哈迈德医生接到一个电话。亨利冷静而又抱歉地看了一眼马吉德，还有一个需求压在他的心头，他曾考虑过的最重大的需求。

“糟糕的消息，”艾哈迈德医生挂断电话说，“非常糟糕的消息，我们有新病人出现出血热。”

“几个？”马吉德问。

“过去一小时有十七个，”艾哈迈德医生说，“电话里，沙特国家医院提出一个请求，他们被同样症状的朝圣者挤满，希望把病人送到这里，可我们这里也已经超负荷了！没地方收治病人，要说隔离这么多人更不可能。又有一个人去世，是我跟你们说过的护士。”他深吸了一口气，“她名叫努尔，是我们最优秀的护士之一。”

亨利决定开口说话的时候，马吉德抢先说：“隔离，我们得封锁医院，禁止任何人离开，我担心所有的医院都将面对同样的后果。”

亨利能看出艾哈迈德医生眼中的恐惧。与一种破坏力巨大的疾病关在一起，即使对于专业人士而言也极其吓人。卫生条件已经被削弱，不断涌入的新病例显然让走廊里充满了病毒。死亡的护士只是牺牲的第一名工作人员，肯定还会有更多。

“你们需要的所有食物和药品都会提供，”马吉德鼓励艾哈迈德，“补充的医护人员也会到位。现在到了国家紧急状态，我们会满足任何需求来帮助医院。当然你会因为勇敢和坚决受到认可。作为医生，有时候我们必须得把自己放在没人愿意驻守的地方，但这是我们的荣誉。”

“不仅仅是医院。”亨利说。

“没错，亨利，我们会同样要求一系列关键地区。有你在这儿给我们建议真是太好了。”

“麦加，”亨利说，“整座城市必须得关闭，不能让人从任何渠道离开。”

马吉德好像看着疯子一样看着他，“你知道自己在说什么吗？这里有三百万人！我们不能要求他们留下来——干什么呢？等死？那不人道，亨利！而且我认为也不可能”。

“三百万人，”亨利说，“明天他们开始回自己的家——摩洛哥、中国、加拿大、南美洲，甚至太平洋上最小的岛屿和中非不大的村庄，但是他们不是独自返回，还要带上这种疾病。没有预警，没有时间准备，转眼之间全世界就会被感染。我们此刻在这座医院的经历会在世界各地一遍遍上演。即使多争取一周或十天时间，对于争分夺秒研究疫苗和疗法、削弱疾病危害的科学家而言，那也将意义重大。必须得争取时间，这是我们唯一的办法。”

亨利一边说一边清晰地推演全面暴发的疫情。“我指的不仅仅是控制疾病大流行，”他用低沉平稳的声音说，“还有拯救文明。”

又一阵警报响起，打破了震惊造成的沉默。艾哈迈德医生走过去，关闭了刚刚去世的这位病人的心脏监护仪。

14
老天在上

国家安全委员会助理委员会的成员在周六一大早被叫醒，所以都有些脾气。离天亮还有一个小时，他们手里端着白宫食堂仓促准备的咖啡，昏昏沉沉地走进战情室，一名穿着军便服的年轻卫生官员正在准备幻灯片。豪华轿车排列在行政通道，尾气在凌晨的冷空气中缓缓升起。

“我们有情况，”各部门的副手们落座时，蒂尔迪说，“其实是两个情况。沙特阿拉伯可能会有流感大暴发；俄罗斯和伊朗达成一项国防协议。”

国防部代表发言：“俄罗斯把他们最新的防空系统转移到阿巴斯港，以支援霍尔木兹海峡的伊朗海军基地，那里是波斯湾的咽喉要道，全球最重要的地理位置。”

“为什么？”蒂尔迪问，“为什么是现在？”

“考虑到他们对海湾和地中海石油航道的控制，这步行动是在加强对黎凡特地区的控制，”国务院代表说，“他们此时行动是因为注意到沙特在大批采购我们的军火，发现这是跟伊朗做大买卖的好时机。”

即使在战情室，蒂尔迪也得小心谈论俄罗斯。有人因为对这个话题太过直率而被开除，不过国防部代表不再谨小慎微。“这对我们的策略提出了大问题，”他说，“新的俄罗斯防空系统是 S–500，他们称之为‘凯旋门’，击落我们最厉害的 F–35 隐形战机是它的目标。”

“所以我们在那一区域妥协？”蒂尔迪说。

国防部代表阴郁地点点头。

“我敢肯定你们对这种偶发事件有所准备。”蒂尔迪对参谋长联席会议代表说。

“我们从每个可能想到的角度都演练过，一般来说，我们总结出两种响应：流血牺牲的和不流血牺牲的。”

“我们听听流血牺牲的。”

“我们赶在他们完全准备好之前立即解决掉伊朗的防空系统，炸沉他们港口里的战舰，在霍尔木兹海峡布置水雷，轰炸核设施。我们要求现有政权下台。”

“听起来像是和俄罗斯开战的序曲。”蒂尔迪说。这个想法并没有令她感到不安，在她看来，俄罗斯是世界上主要的邪恶之源。她看过战争计划，知道那种危险，但是和普京打交道的人没有别的办法，只能下定决心，甚至还得有点儿疯狂。

“那就得说下另一种响应了，”参谋长联席会议的代表说，“也就是我们接受现状。这不是古巴导弹危机。”

“以色列不会袖手旁观。”国防部代表说。

“就是说他们会自行轰炸伊朗？”蒂尔迪问，“这可没人信。”

“我们不能替每个国家打仗，”国务院的代表说，“只有一个真正的选择，那就是外交。”

“所以我们只是去说服普京撤回他的装备？”国防部代表说，“我乐意听听你们的观点。”

“你们都以为普京控制俄罗斯，”特工人员轻蔑地说，“其实是一百万名官僚在运转那个国家，他们对大统领的关注少之又少。那是个伪装成超级大国的三流国家，经济总量也就与韩国相当，我们没必要如此重视。在这件事上，我们赞同国务院的观点。”

受此鼓舞，国务院代表继续说："那就更得说下疯王子了。沙特和伊朗之间一直剑拔弩张，所有人都知道沙特打不过伊朗，美国势力是沙特唯一的底牌。他们完全相信假如疯王子挥出第一拳，金主爸爸会来结束战斗。"

"我可以发言吗？"所有人的目光都投向战情室后边那位年轻女性。

"报一下你的名字。"蒂尔迪要求。

"公共卫生局巴特利特少校，长官。"她代表卫生和公众服务部参会。

"我认为你是来汇报流感的。"

"是的，长官。卫生局局长让我来给各位代表做简报，他不能亲自前来，向各位表示歉意，他——"

"我们还没谈完和俄罗斯的战争。"了解她的情况后蒂尔迪突然说道。巴特利特三十岁左右，刚从医学院毕业两三年，穿戴着不分性别的蓝色海军制服、白色衬衫和领带，夹杂着褐色的金发向后梳成条例规定的发髻。她看起来有点像当年的我，蒂尔迪心想，根据口音判断，她可能来自南方腹地。

"非常抱歉打断大家，我明白违反了规定，但这和沙特阿拉伯的形势有关，其实和一切形势都有关。"巴特利特少校这次用飞快的语速说，似乎害怕自己被赶出战情室，"我不是想轻视战局，不过现在真不是进入波斯湾的好时机。"

"这就是你的意见？"蒂尔迪问。她已经对这个年轻女人极其不耐烦。

"是的，长官，根据已经知道的情况，我认为你可以这么说。如果你能多给点儿时间听我说完……"

蒂尔迪点点头。必不可少的幻灯片出现了，第一张图展示出一个尖刺圆球，呈现红绿两色，看起来像一个圣诞节的装饰品。“谈到流感时我们要面对的就是这个东西。”巴特利特说。

“我们不怎么需要上流感课。”蒂尔迪说。

“好的，长官。问题是这种流感是新型的，我们以前从没见过，与任何历史毒株都不符。这才是真正的问题所在，因为一般人群没有建立免疫。”

“所以我们都会得这种流感？”特工人员问。

“很有可能。”

“你们有疫苗吗？”

“没有疫苗，我们正在研制，但还不清楚要应对的是什么。”

“开发疫苗需要多久？”蒂尔迪问。

“运气好的话，我们能在六个月之内开发出用于小规模测试的实验疫苗。我们已经有了病毒的初始核酸序列，目前正在分析病毒结构，从而找出一种新方法来攻击它十分出色的防御体系。在开始大规模临床试验前，我们得进行动物试验，这都需要时间，特别是要把生产规模扩大到数百万剂。可我们没有时间。”

“你什么意思？”蒂尔迪问，“我们有多长时间？”

“我认为只能到周一。”巴特利特回答。

“你究竟在说什么？”

巴特利特描述了麦加的形势，过去几个小时里，医院又上报十四起死亡病例。“我们没有明确的办法了解有多少人被感染，”她说，“不过世界卫生组织一直在对印度尼西亚暴发的疫情进行研究，他们计算发病率大约为 70%，意味着十个暴露在孔戈里拘留营的人，就有七个感染这种疾病。这是个容易的测试，因为那里每个人都被暴露在病毒之下，而且大多数人都死了。现在麦加的情况极为相似，只是规模更大。比如说现在有一千个人接触病毒，等到一天结束，他们每个人可能已经把疾病传给两到三个人，然后每个被传染者还会继续传染两到三个人。你看它成倍增加得多快，而且我要说，这些是非常保守的估计。所以明天至少会有两千名病毒携带者，他们还会继续传播。这一切的重点在于，明晚他们会登上飞机，返回家中。三百万人，我认为其中有两万七千名美国人，他们乘坐飞机的时候就会传染更多人。”她播出了下一张幻灯片，“我根据沙特阿拉伯的统计很快做出这张图，所以实际情况谁知道呢？不过这会告诉你们周一会发生什么。”

幻灯片显示了两万七千名美国穆斯林潜在的目的地，几乎每个美国城市都被绿点标示出来。有些地方分布密集——纽约、洛杉矶、迪尔伯恩、休斯敦。“这是美国以外的预测，”巴特利特一边展示下一张幻灯片上明亮绿点标记的世界地图，一边继续说道，“几乎立即就会在全球大暴发，成为我们已知的最致命流感。”

“老天在上！”特工人员感叹。

蒂尔迪感到呼吸困难，立即想到这个国家是多么缺乏准备。该拿那些回国的美国人怎么办？他们为什么要做穆斯林？她可以预想出可能的政治和社会后果，但是她把那些想法先抛在脑后，还有太多事情要考虑。“你估计这次疫情会持续多久？”蒂尔迪最后问道。

“普通流感季往往开始于十月底，在二月份达到峰值，有时候会持续到五月。这次疫情刚好在流感应该开始消退的时候袭击我们。可是如我所述，我们对这种可恶的疾病一无所知。它也许很快消失，也许持续更久。还有就是，流感病毒会疯狂变异，所以它可能变得没那么致命，或者更加致命。”

“新闻播出时，你会把大家吓得屁滚尿流。”特工人员说。

“那也属于公共卫生问题，”巴特利特说，“商店会出现抢购潮，药品、日杂、电池、汽油、枪支，没有不抢购的。医院会过载，不仅仅是因为病人，还因为恐慌。感染途径在变化，但是考虑到感染者的发病速度，我们预计他们在返程途中就会有不少人死亡。”

“人们在飞机上死亡。”商务部代表说。

“没错，还有机场、火车站。”

“我们谈的可是停摆整个交通系统。”商务部代表指责说。

“就该如此，”巴特利特没听出弦外之音，仿佛觉得商务部代表提出了一个绝妙的想法，“尽可能停摆，我们需要敦促人们居家隔离。最好今天早晨就宣布，这样就能做好准备——召集国民警卫队，增援警察，关闭边境，叫停体育和娱乐场所，遣散医院的非紧急病例，关闭学校，取消公共集会，关停政府。另外，境外旅途中的美国人必须赶在这场大流行登陆美国之前立即回国。”

各部门的代表们只能死死地盯着她看。

15
皇宫之内

马吉德王子驾驶着直升机飞过萨拉瓦特山脉，他们下方是一条以麦加为起点、沿着陡崖延伸的蜿蜒道路——它是由奥萨马·本·拉登的父亲所建，最终把王国统一为整体的道路，它为父亲建立起英雄的形象，并把儿子推向冥冥之中的命运。山巅之上是塔伊夫的度假村，更远处是无边无际的沙漠，像一座海洋，平坦而静谧，只有棕色波浪一样的漫长沙丘将其打破。

直升机的影子仿佛一只蜘蛛在沙漠上爬行。“从天上你看不出来，”马吉德说，“有些地方非常美丽，充满神秘感，但也就是表面的样子——空旷浩渺，一无所有。这是阿拉伯的灵魂。你必须得理解这点，才能真正认识我们。我们总觉得沙漠在等待我们回到它怀抱。几个世纪以来我们生活在匮乏中——一匹骆驼、一顶帐篷、一些海枣，我们甚至吃虫子！像某些原始部落一样，对汽车、厨灶、集市甚至自来水一无所知，这就是我祖父在这里的大部分生活，他还是国王！

“然后发现了石油，我们离开沙漠，但是沙漠没离开我们。这片空虚，它进入我们的内心，当我们坐在城市的宫殿里，它等待着我们。沙漠明白，有一天阿拉伯人会回到她那儿，她是一位耐心的母亲，但也类似一只怪兽。我们的一切都会被夺走，一无所有地回到沙漠。”

马吉德驶向一条穿越沙漠的公路，它的边缘被不断侵入的沙子变得模糊不清。两位好友觉得自己不单是被关在直升机的驾驶舱，还被某种禁忌的认知所包围。他们俩所在空间之外的世界刚隐隐意识到迫近的危险，但二人内心怀有的恐惧也会遍及世界各地，很快人人都会了解人类正面临着一场庄严而危险的斗争。

“朝圣过程中当然总有疾病发生，”马吉德说，“人们从全球各地带来疾病，脑膜炎、伤寒、霍乱——我们都治疗过。去年我们自行庆祝，因为朝圣中完全没有传染病出现。不过我总是想象，有这样一场大灾难在等待着我们。这是我最深的恐惧，我觉得这是对伊斯兰教的诅咒。这次的疾病由穆斯林引入，此时已经传染到我们大部分圣土。我们是受害者，可世界也会因此向我们问责。”

别的道路开始在沙漠的土地上出现，然后地平线上闪出首都利雅得，一座建筑低矮的城市，摩天楼的数量屈指可数。马吉德驶离主城区，飞向一片八角高墙封闭的建筑群，那是皇宫和舒拉议会所在地。亨利能看见皇家清真寺的穹顶、一连串的建筑和内部道路全都完全对称地呈现在他眼前，体现出伊斯兰教对于几何的热爱。

马吉德指向沙地上距离宫殿不到百米处的一个巨大黑洞。“一周前，这里被胡塞武装组织的一枚导弹击中，你们卖给我们的爱国者导弹就是这效果。”

直升机的起落坪就在建筑群的边界之内。他们降落时，亨利注意到炮位和马吉德提到的爱国者导弹发射架。沙特阿拉伯和神权主义国家伊朗之间的冲突愈演愈烈，伊朗持续给也门的胡塞武装组织提供现代化武器，包括差点儿击中皇宫的那枚导弹，真是火上浇油。

一辆银色劳斯莱斯汽车把他们送到巨大的宫殿，这里令亨利在法国和俄罗斯见过的那些宫殿相形见绌。大厅中装饰瓷砖的光泽让人眼花缭乱，亨利被这里的规模所震慑。在一个交叉路口，亨利往每个方向都能看到四十五米远，他们每走一步发出的回响都如同有一支队伍跟在身后。在亨利看来，皇权是一种暴政，它以真主之名或国家荣耀为自己正名，尽管如此，他对马吉德王子毫无阻拦地冲过守卫时所展现的权力产生了一丝敬畏。看见马吉德在自己熟悉的环境里如鱼得水，让亨利大开眼界，也刷新了亨利对这位朋友权力范围的认知。

一名皇家警卫敬礼后打开了通向国王私人客厅的中世纪手稿样式的鎏金大门。马吉德示意亨利随他在靠墙的椅子上入座。老国王手中拨弄念珠，眼盯着地毯上的花纹，大臣和其他官员分列在两侧。王储殿下坐在他旁边，不时和他耳语——大概是在告诉父王刚刚以他名义做出的决定。

亨利打量王储的容貌，他年轻英俊、冷酷无情，而且惯用监禁和屠杀对待敌人，无视全世界和家族对他的谴责，国民畏惧于他复仇的野心。

“他们在商谈伊朗问题。”马吉德轻声说。

亨利明知道没时间等待，但还是得等。

如果说客厅中的大臣们正在谋划与对手交战，那他们似乎消极得有些奇怪。讨论在有些悲哀的氛围中展开，王储一个接一个地听取意见，在每段发言之后都礼节性地点点头，表示他们的看法对他而言是多么无足轻重。军方人员也在场，他们的制服上装饰着勋章。现场还有一位留着长白胡子的失明阿訇和舒拉议会的另外十几名成员。即使不懂他们的语言，亨利也能明白决定已经做出，屋子里的每个人都明白。他还能读出每个人脸上的焦虑，战争就要打响了。

王储最后叫了马吉德，他恭敬且急迫地做出回应。显然他的陈述激怒了王储，亨利听见自己的名字被提起，看见宫殿里的朝臣不约而同地用眼神谴责他。先是在他们宗教的圣地，现在又来到权力的核心，亨利再次意识到自己的出现犯了多么大的禁忌。

“我们现在可以说英语了，”马吉德对亨利说，“他们很多人都懂，我已经告诉他们你是谁、为什么来。”

王储先开口了，“我表弟说你担心疾病在圣城暴发。这个问题我们每年都要面对，从来不需要在陌生人的指导下应对。我们感谢你的关注，但我们不愿阻止朝圣者返回自己的家庭，这无须讨论”。他露出笑容，仿佛是最终做了决定。

“殿下，您做出裁决之前我能向您告知情况吗？”亨利问，“我觉得您会对决定的后果负责。我不想让不理解您困境的人把您看得刚愎自用和漠不关心。至少您可以利用全面了解带来的单方面优势做出回应。”

王储的笑容逐渐凝固成苦涩的表情，亨利话中的侮辱以及背后的威胁，每个人都明白无误。一个非富非贵而且站都站不直的小个子说出这种话，这就让人愈加难堪。国王突然从恍惚中回过神，径直看向亨利，老人脸上的愤怒显露无遗。

“这个世界将要经受一次传染病的大暴发，”亨利继续说，“我们阻止不了它。到目前为止，我们已经可以把它控制在印度尼西亚。麦加不一样，许多沙特人因为日常工作去了那里，可能把疾病带到了王国的其他地区，我们很快就会清楚。可以肯定的是，三百万朝圣者中有很多人被感染，他们会把这种疾病带回自己的国家，没人能阻止它的蔓延。我向您要的是时间，通过隔离朝圣者，您可以延缓疫情的发展，或许可以给科学家带去开发疫苗或寻找治疗方法的先机。至少可以给政府一点儿时间应对接下来要发生的一切。”

“你建议多长时间呢？”

“一个月。”

王储笑了。“可这就是流感！”他说，“我们每年都有流感！我们都得流感，即使是皇室成员也不例外！”

“这种流感更像是现代瘟疫。您允许朝圣者离开圣城的那一刻，沙特阿拉伯将第一个感受到它全部的破坏力。如您所说，就连皇室都不能免疫。”

王储显然不知所措，头一次看了眼他的顾问。

然后失明的阿訇说话了，他浑浊的眼睛直勾勾地对着国王。对于他的断言，马吉德不得不给亨利翻译：“大穆夫提[1]说这是伊朗对我们的袭击。”

“假如有人这么做，那他不是在袭击沙特阿拉伯，而是在袭击全人类。”亨利说。

“那是你的看法，”一名舒拉议员说，“可我们怎么才能知道这不是伊朗攻击我国的阴谋？他们想取缔我们的正统性，指责我们不是圣地的正当管理者。这是德黑兰什叶派独裁者的动机。为了实现邪恶的目标，他们宁愿摧毁伊斯兰教。所以你告诉我们朝圣者中出现瘟疫时，我们就会自问‘谁会从中受益？’答案我们也很清楚。”

另一名议员补充说：“西方也想毁掉我们。”

穆夫提又说了一句话。

“他说证据在于什叶派教徒是否也被这种疾病感染？”马吉德说，“我告诉他我们会检查这一点。”见到亨利眼中的神情，马吉德小声说：“抱歉，我们必须得这样处理。”

一名军人向亨利发问如何实施隔离，马吉德认出他是国民警卫队首领霍马耶德将军。“朝圣者比我们的警察和军人多得多，”他说，“麦加也不是一个封闭的城市，人们可以从任何渠道离开。我们要用坦克和军队包围圣城，射杀任何想要逃离的穆斯林吗？”

“很显然，我不是一名军人，”亨利说，“你可以把城里的每个人都看作自杀式炸弹袭击者，他们不知道自己的身体已经变成武器。毫

---

1 穆夫提，阿拉伯语音译，意为“教法解说人”。伊斯兰教教职称谓，即教法说明官。职责为咨询与告诫，对各类新问题、新案件的诉讼提出正式的法律意见，作为判决的依据。

无疑问，他们感到害怕，我也不会怪他们想要逃离，可是任何离开城市的人都随身带着死神。你们的职责就是保护麦加之外的人不暴露给病毒。”

“就让里边每个离家的人在陌生的地方染病？假如我们执行隔离会死多少人？”

“数十万，”亨利说，“也许上百万。”

王子们、朝臣们和国王仿佛看着疯子一样看着亨利。

“一百万名穆斯林。”穆夫提不耐烦地脱口说出英语，仿佛他的疑虑得到了证实。

“假如这种疾病继续保持现在的危害性，那么和接下去的患者相比，一百万人也是个小数目了。”亨利说，“我不能夸大这也许会有多危险，我们没有药物减轻症状，没有疫苗来抑制它的发展，如果有时间，或许这些问题可以解决。而我们能赢得哪怕一丁点儿时间的唯一方法就是阻止朝圣者回家，阻止他们马上开始传播病毒。受害者可能达到数十亿人。”

“这是真主的决定，不是我们的。”穆夫提说。

“疫情结束前我们能满足所有朝圣者的需求吗？”王储问一名议员。

“殿下，我们可以试试，”议员回答，“可我们的资源已经很紧张了。”

“我们没法腾出军队干这个，”将军说，“否则我们就任人宰割了。”

“我们面临着更大的敌人，”马吉德说，“它已经在这里，侵犯了我们的圣地，屠戮穆斯林——就是现在！”

“我们需要时间考虑。”王储说。

“我们没有时间，必须立即行动！”马吉德表示。

“你用这个消息打断我们的战争会议，”王储说，“告诉我们别无选择，用这个理论上的结果恐吓我们，要求我们相信你。可我们有许多其他的重要责任，无法同时做好每件事。这些主张必须得经过调查。”

“假如不立即决定采取措施，我们会失败。”马吉德说，“过了今天再行动就毫无意义了。我们必须现在就决定。”

王储瞪着马吉德，眼神再次变得冷酷无情，亨利开始担心马吉德的安全。突然，国王说话了，音色清晰而果断。然后王储和他的顾问以及穆夫提起身离开了客厅，只留下了军方人员。国王召唤马吉德坐在他旁边，抚摸着他的手说：“尽你一切努力阻止疾病传播。”

他们离开宫殿时，亨利忽然觉得，有时候一言堂的确更有用。

16
殉道者问题

华盛顿的天气终于暖和起来，托尼·加西亚决定从《华盛顿邮报》的办公室步行几个街区到富丽堂皇的杰弗逊酒店。在十六大道和M.伊文大街路口，午后的天色渐暗，他从阴影走进阳光，似乎脸上一红，可以感受到温度的提升。富兰克林广场的树木在发芽，看见年轻女子穿着半袖衣衫，他的心情也愉悦了不少。

加西亚从蒂尔迪·尼钦斯基对他的侮辱中恢复过来。他原本连那个女人的名字都不会知道，却被蒂尔迪选中。蒂尔迪做过调查，知道加西亚能干什么，所以才给出内幕。重大新闻，也许会帮他获得——好吧，现在考虑得奖还太早，不过他的的确确又开始干起了老本行。

杰弗逊酒店的奎尔酒吧装饰着黄铜灯具、蓬松皮椅和挂着总统像的红木墙板，是首都政治掮客中著名的会面场所。那里充斥着财富、历史和权力的气味。只要进入那间屋子，人们就能感到自己有了权势和地位，就连饮品都美丽耀眼，仿佛魔水一般。加西亚奔着调酒器的声音走去，酒保正在准备制作鸡尾酒。

“我来这儿见理查德·克拉克。”加西亚说。

酒保指了一下吧台后边的一个包间，加西亚以前从没注意过，屋里摆满了书和19世纪美国原住民的平版印刷品。克拉克正在打电话，给出简短的回答。他有雀斑，以及发际线正在后退的白发，曾经的红发还留有些痕迹。他戴着眼镜，穿蓝色西装，脸上是险恶的笑容。他朝一把椅子指了指，加西亚落座后，把一台录音机放在了二人之间的玻璃咖啡桌上。克拉克摇摇手指，加西亚只好把录音机又收起来。

他以前从没见过迪克[1]·克拉克，但是听过他的大名。克拉克曾在白宫三个部门供职，特别是曾在乔治·W. 布什治下负责“9·11”反恐工作。如今他运营一家针对企业风险管理和战略情报的咨询公司。此人的有用之处——或者批评者眼中的危险之处——在于他策略性地安插在不同政府机关的无数门徒。克拉克把手伸到了官僚机构的五脏六腑，在这座贪婪的城市里，几乎没有人如此周密地扶植真正推动政府工作的人，他们对他报之以信息。

又一通是或否的回答之后，克拉克把手机放在一边，问道：“有什么事？”

“先说说 2017 年发生在沙特阿拉伯的一起网络攻击。”加西亚说。

“这是个问题吗？”

“你认同是俄罗斯干的吗？”

“大家是这么说。”

“大家怎么会知道？”

克拉克耸耸肩，加西亚发觉他得获得回报，才能不像挤牙膏一样提供信息。

“我以前报道过‘奇幻熊’。”加西亚试探着说。

“然后你现在报道电影。”

看来是这么回事。

一名女服务员进来，克拉克点了一杯提托的吉布森鸡尾酒，加西亚也点了同样的。

1 迪克是理查德的昵称。

“你看，我得到情报，然后跟进。信息源自管理层，位置相当高，”加西亚满怀希望地说，“事关俄罗斯对美国公共事业单位的渗透。”

“哦，蒂尔迪那一套，”克拉克说，“她一直向听信她的记者叫卖这个故事。”

“的确，我猜我就是其中之一。”加西亚蹩脚地说。

“我喜欢蒂尔迪，”克拉克说，“她很聪明，有点儿痴狂，不过在工作中她需要那样。所以，你想知道什么？”

“先说说我们怎么得出结论，认为是俄罗斯人袭击了发电厂。”

克拉克淡淡地一笑。“这还真不是个蠢问题，”他好像是在恭维，“事发时，我和所有人一样，以为是伊朗人干的。他们针对沙特阿美公司已经进行过一次数据清除式袭击，目的是为震网病毒事件[1]报仇，删除了三万台工作站的所有软件。沙特不得不寻遍世界每一个角落购买硬盘，不过没有人真正受到伤害。新的袭击看起来只是伊朗把斗争升级，在地面上溅了一点儿血。然后我们追踪到俄罗斯人，现在知道用来袭击沙特的代码出自俄罗斯。”

“他们出于什么动机？”

“可能是一次试运行，俄罗斯人在乌克兰干过不少次，比如‘沙虫’，只是在动真格的瘫痪电网之前先试试身手。‘奇幻熊’也是一样，插手操纵美国政治之前，他们放出许多假新闻来完善技术，然后布置好兽夹。”

“即使打了幌子伪装成伊朗人，我还是不明白俄罗斯人为什么会攻击沙特阿拉伯。”

---

1 震网病毒又名Stuxnet病毒，是第一个专门定向攻击真实世界中基础（能源）设施的“蠕虫”病毒。震网病毒于2010年6月首次被检测出正在悄然袭击伊朗核设施，目前已经感染了全球众多网络，伊朗遭到的攻击最为严重，60%的个人电脑感染了这种病毒。震网病毒感染的重灾区集中在伊朗境内，且复杂程度远超一般电脑黑客的能力，因此美国和以色列被怀疑是震网病毒的发明者。

“这样想想，”克拉克说，“沙特阿拉伯和伊朗之间的战争会给俄罗斯输送什么利益？”

“油价一飞冲天，俄罗斯经济得到挽救。”

“再深入点。”

“引发美俄战争。”

“这一点我表示怀疑，”克拉克说，“俄罗斯人是走钢丝的人，他们希望不用真正开战就让美国在中东越陷越深。”

“伊朗不会立即端掉沙特阿拉伯的油田？毁掉沙特的经济？”

“他们不倾向于那个目标，”克拉克说，“沙特大部分原油在东部省境内，那里居住了大量什叶派教徒。伊朗人打算吞并那里，控制沙特的资源。他们有很多导弹，知道沙特所有海水淡化工厂和电厂的坐标。没有了水和电力，沙特阿拉伯就剩不下什么。”

加西亚在心中记下克拉克所说的一切，不过很快还是会忘掉。“那么这会如何影响美国？”他问。

“我们会被拖进另一场长达数十年的战争，国家会被榨干。与此同时，俄罗斯会拔掉我们电网的插头，正如蒂尔迪所描述的。”

“所以我们会停电一段时间。”

“比那严重得多，你记得几年前波士顿北部的煤气爆炸事故吗？房子被炸飞，消防员同时要扑灭八十起火灾，可能都因为某个喝醉的技术员不经意间把压力提高了三倍，致使煤气泄漏，一遇到火花就发生爆炸。所以，假如你可以控制全国公共事业的阀门和仪表，想想你能造成怎样的破坏。很多净水厂和核设施由那些相同的 TRICONEX 系统管理，设计目的就是为了保证沙特公共事业的安全性。它们会引爆变压器和发电机，导致停电数月甚至数年。俄罗斯潜艇四处寻找海下电缆，切断或破坏，能毁尽毁。几乎这个国家赖以运转的一切都能够被关停。”

“这对俄罗斯来说不也是一样吗？”

“他们对自己的基础设施有大得多的控制权，可能有一套专用程序来把控系统，独立于互联网。这样他们在以民用基础设施为目标的网络战争中，就有相当大的竞争优势。”

“你说的这一切我都可以引用吗？”

“我还没想好，”克拉克说，“等你快要发表的时候我会告诉你。”

最后，克拉克确实允许他使用自己的名字，但是区别不大。这篇文章刊登在《华盛顿邮报》的头版，先是受欢迎，随后又被遗忘。

亨利通过 Skype 和马可·佩雷拉通话时，后者已经回到亚特兰大的疾病控制和预防中心。“你长胡子了。”马可发现。

亨利戒备地捂住下巴。“时间不够用，我觉得不刮胡子可以节省一点儿时间，”他说，“你觉得吉尔会喜欢吗？”

“相当帅气，”马可说，“我觉得你应该留起来。”

亨利笑了：“我会认真考虑。”

“另外巴特利特少校也和我们一起连线。”马可说。

亨利很快认出她。“简！”他喊道，“你加入这项任务我就放心了。”

巴特利特脸红了，亨利·帕森斯是她的偶像之一。像马可和众多年轻的流行病学家一样，巴特利特曾在亨利手下实习，然后开启了自己在公共卫生领域的职业生涯。

“你还在沙特吗？”马可问。

“我必须留下来，直到建立起隔离。”亨利说，“你们现在有什么发现？”

“一些惊喜，”马可说，“你想猜猜吗？”

“更早期的暴发。”亨利说。

“该死，和你玩儿可真没劲。你怎么知道？”

“你知道，1918 年他们也发现了这方面的信息。有些先兆，当然是轻症，上年纪的人的确有些免疫力，这表明肯定有种类似的毒株在 19 世纪流传，可是后来病毒变异，把自己变成了杀手。”

“这次发生在中国，”马可说，“两次暴发，一次是在去年十月的扎龙，另一次是在一个月后的鄱阳湖。我们认为有七人死亡。世界卫生组织派出兽医去检查水禽，结果他们在鹤身上发现了孔戈里病毒。有传言说朝鲜出现过严重大暴发，巴基斯坦的部落地区也有情况，伊朗北部疑似出现鸟类数量骤减现象。除了没法确认让人恼火以外，你认为这些事件还有什么共同点？”

“候鸟迁徙。”亨利说。

“就是这样，所以看起来或许是鸟类从西伯利亚感染上一些东西又飞到鄱阳湖，数百万只各种鸟类相聚在中国最大的淡水湖度过冬天，互相传染。也许一只鸟同时感染了两种流感病毒，它们进行重组，分享基因片段，就此诞生出孔戈里病毒，自然界最致命的造物之一。”

“可是为什么我们以前从没见过它？”巴特利特问，“一种完全新型的流感，血凝素糖蛋白与众不同，与任何已知的甲、乙型流感亚型均不匹配。缺失了神经氨酸酶糖蛋白，我们就失去了治疗靶点。此外，PB1 基因[1]和 1918 年的相同，”以 1918 年流感病毒为参考，正是这种基因表达的蛋白基团使病毒具有强致病性特点，“这种病毒致命性高，防御性强，传播迅速。这完美的组合特征不得不让人佩服。”

“它就像是被设计出来的，以造成最大杀伤。”亨利提出看法。

“说真的，亨利，”巴特利特问，“你觉得这是人造的？”

---

1 PB1（polymerase basic 1）即甲型流感病毒的第二个基因组片段编码聚合酶碱性蛋白 1 基因，PB1 基因序列中的框架编码蛋白突变可延迟宿主体内干扰素的激活并加重肺部免疫病理损伤，是导致 H1N1 和 H5N1 这两种流感亚型高病死率的原因之一。PB1 编码的蛋白基团与另两个病毒蛋白 PB2 和 PA 基团共同产生病毒聚合酶。该聚合酶负责病毒基因组的转录和复制，是影响病毒毒力与宿主适应性的重要因素。

“生物武器一直都存在于超级大国的武器库。如果最后证明它是实验室制造出来的，我们也不用感到意外。我们知道俄罗斯人已经在鼓捣流感病毒了，参与其中的都是一流科学家，假如用某种与大自然合作的方法来打造终极战争武器，一种不留痕迹地毁灭敌人的武器，也许他们想看看能达成什么样的效果。”

“只有他们同时开发了疫苗才说得通。”巴特利特说。

“或者他们不在乎自己也会死，”亨利说，“认为自己会成为殉道者。”

“这对‘基地’组织来说似乎都过于极端了。”马可说。

“我们知道‘基地’组织曾经试图购买生物武器，”亨利说，“想想奥姆真理教，有微生物学家为他们工作。他们要是掌握我们当下的技术，就有能力编辑基因。我们不应该低估任何恐怖组织制造新型病毒的能力。”

“我只是无法想象真正的科学家会这么做。”马可说。

亨利没有答话，他不愿意分享那样一段生活经历。

朝圣最后一天的黎明前一个小时，布满天空的几百架直升机用轰鸣声吵醒了困倦的朝圣者。他们大多数人都已经打好包，准备在上午的晚些时候离开。朝圣活动的长途巴士正等待着将朝圣者送到机场，然而等到宣礼吏召集祈祷时，麦加已经被坦克和吉普包围。军人驻扎在路障旁，竖起篱笆并展开一卷卷铁丝网。朝圣者成了笼中鸟。

马吉德和谢赫里上校在俯瞰城市的海岬上祈祷时，亨利在他们麦加山中的营房里观察城市的包围圈。他无心祷告，正反思着自己走错的每一步。他不该只想着尽快回家，没做好准备就带着简陋的防护装备进入孔戈里营地；他不该在前途未卜的情况下，允许可怜的司机班邦·伊德里斯陪他进入营地；他不该在没有确定班邦是否被感染的情况下，让他离开自己的视线；他不该不坚持隔离司机并阻止他离开印度尼西亚：所有这些失误拷问着亨利的良心。以这种方式批评自己，他耗费不起心力，可他又不能原谅自己，永远都不能。

现在在他的强烈要求下，三百万人被包围起来无法离开。许多人会丧命，最终疾病会寻路溜出城市。不管怎么样，它已经在禽类种群中扎根，很快就会出现在鸟儿们的落脚之处。面对一场难以避免的大流行疫情，亨利眼下所能做的只有延缓暴发。但这场大流行将导致政府垮台、经济崩溃、战争爆发。我们为什么以为自己的摩登时代会对微生物免疫？那可是人类最狡猾和坚韧的敌人。

祈祷结束后，马吉德进入通信帐篷，即将要传达的消息真的像重担压在他身上。“兄弟姐妹们，我们被选中做出伟大的牺牲。”他对着麦克风说。他的话同时被翻译成十几种语言，通过安放在圣地各处的扬声器播放出去。他解释了在麦加蔓延的传染病。“阻止这种可怕的疾病继续传播是我们的责任。要保持冷静，你们的需求会得到满足，我们会提供食物，医生会照顾病人。我们会保护你们，但你们千万别试图离开。”

亨利观察到朝圣者聚集在城市边缘，盯着军车和炮位里边的士兵。马吉德还没说完，一个年轻人就抗命走向没来得及围挡的地方。紧张的士兵注视着他靠近。

“我重复一遍，”马吉德说，“别试图离开。”

那名年轻的朝圣者突然跑起来，在他身后，其他的朝圣者也汹涌向前。然后亨利眼睁睁看着年轻人的身体被机枪的火力撕碎。朝圣人群突然停下来，他们的哭号声一直传到群山之间。

“愿真主原谅我们，”马吉德王子说，“愿他接受我们痛苦的牺牲。”

II

大流行

17
人民不会原谅

吉尔已经四十八小时没有收到亨利的消息，之前亨利几乎每天和她联系，特别是知道她担心自己的时候。现在吉尔满心焦虑，可电话还是没响，甚至连电子邮件都没有。

最后，她发去一条消息："还好吗？"

亨利总算回复了："嗯，抱歉。随后联系。"

当天晚上孩子们上床以后，她在 MSNBC 频道看到了男孩在麦加被打死的新闻，原来男孩是库姆一位阿亚图拉[1]的外甥。愤怒的伊朗当局发出威胁，寻求正义，可是在这次事件中正义意味着什么还有待商榷。CNN 频道的记者纳迪亚·纳布在麦加城内报道说，医院不提供任何关于疾病、患病人数甚至死亡人数的信息。"据非官方人士说这是为了避免恐慌，可是真实的疫情信息缺失，谣言四起，让人们不知所措。"

十点刚过，亨利终于打来电话。

"天哪，你那边几点？"吉尔问。

"很晚了，"亨利说，"我刚刚才有机会给你打电话。"

"我明白，如果不是非常忙碌，你不会这样。可是说真的，亨利，我都担心死了。你看起来特别疲惫，脸上怎么回事儿？"

---

1 伊斯兰文化概念，根据波斯语音译而来，意为安拉的显迹。伊斯兰什叶派十二伊玛目支派高级教职人员的职衔和荣誉称号。

“我一直没刮胡子，”他不好意思地说，“入乡随俗。你不喜欢的话我会刮掉。”

吉尔打量着屏幕上他模糊的影像：“可以等你回家后我们再定，什么时候能回？”

“吉尔，说实话我也不清楚。他们这里需要我，可我当然想回亚特兰大。主要是这里已经隔离了一段时间，惊人的是沙特在麦加之外没有出现这种流感病例。”

“我刚刚在看报道，”吉尔说，“很多人说反应过度了。”

“谁在这么说？”

“伊朗驻联合国的大使说这只是普通感冒，他国的朝圣团没有人得病，他们要求立即释放同胞，让他们回家。”

“撒谎，”亨利说，“伊朗朝圣者和其他人一样得病。这都是因为地缘政治，根本不是为了国民的健康。”

“我只想让你离开那里。”

“这也是我最希望的，我会尽快离开。不过你听我说，吉尔，这种疾病不会一直留在麦加，即使我们能把朝圣者关押到这一波暴发结束，鸟类也携带着病毒。我不知道它还有多久会出现在美国，也许一星期，也许一个月。我想让你带上孩子，待在你妹妹的农场，囤积一个月的生活用品，别见任何人，甚至别碰邮件。躲避起来等我。”

“我知道你担心我们，可是亨利，实际上还有很多情况要考虑，我不能直接撇下一切空降到玛吉家无限期地居住。”

“求你了，吉尔，我知道局势看起来安全，可是这种疾病传播非常迅速。我恳求你，逃走，逃得远远的，尽可能找个远离别人的地方，和孩子们躲起来，直到这种传染病完全得到控制。”

亨利从来没有说过这样吓人的话。

亨利看见马吉德一个人站着，凝望封锁中的城市灯火。看到朋友因为做出生死抉择而苦恼，亨利再次陷入没能控制住这场瘟疫的内疚。两人一起站了一会儿。“我们的做法会毁掉我们，”马吉德说，“这一切，”——他指向城里——“无论结果如何，城里的人不会原谅。”他深吸一口气来厘清头绪，“告诉我，亨利，疫苗前景如何？”

“我和艾哈迈德医生谈过，”亨利说，“他提供了从最近一位病人身上分离的病毒，疾控中心把它和我从孔戈里获取的样本做比较，结果有差异。”

“那可能是好消息。”

“嗯，可能是，也可能是病毒在突变得更具传染性和致命性。问题是我们也许能够造出预防眼下这种病毒的疫苗，但是只能猜测它朝哪个方向发展。”

“我们得给他们一些希望，”马吉德说，“承受痛苦的某种理由。”

“我在疾控中心的团队自认为已经分离出病原体。如果他们没出差错，也许能在两个月内开发出候选疫苗，进入第一阶段临床试验。”

“太迟了，”马吉德回头看着麦加说，大清真寺仿佛漂在黑暗海洋上的光明之舟，“说实话，我不知道能否相信我国的军队。把兄弟姐妹关在圣城，把他们献祭给这种该死的疾病，很多人说这是针对伊斯兰教的阴谋。”

他的声音里有某种感觉在吸引亨利提出问题：“你觉得呢？”

“我静观其变。”他说。

“复杂不定，”第二天早晨马可用 Skype 电话和亨利解释，“我们在采集感染者康复后第七天的全血标本时，观察到有种独特的细胞出现，你一定知道是哪类细胞——”

“浆细胞。”亨利奇怪为什么自己之前没想到。

“没错，这类细胞的基因可以编码产生针对感染病原的特异性抗体。”

“然后你们克隆那些基因，制造合成单克隆抗体。”

“完全正确，我们会用它们模拟自然免疫反应。”

“那需要多久？”亨利问。

“筛选最有效的中和病毒抗体至少需要几周时间，另需要几周时间创建细胞系，然后用一个月时间大规模生产。单克隆抗体虽然不是真正的疫苗，但是也许能提供些被动免疫能力，当然只是在相当少数的人身上有用。可是假如我们不采取措施减缓疫情发展，就没有希望取得成功。”

亨利敲打着嘴唇沉思，琢磨别人没想到的办法。“以前是有过这个研究的，”最后他说，“关于 1918 年输血疗法。”

“你记得它的作者和发表期刊吗？”马可问。

“我只记得一百年前的医生和我们现在的处境一样，他们尝试的办法我觉得也许会管用。”

“我会找到的。”马可说。

马吉德走进帐篷，耐心地等待亨利结束通话。“我们可以谈谈吗？”他说，“发生了新情况。”

王子没有了往日的优雅，重重坐在地毯上。过去几天显然让他心力交瘁，这段时间他们都是只睡了几个小时。

“这件事与流感无关，而是涉及王储和议员与我们见面时说的那些情况，”马吉德说，“我刚得知一个表妹被刺杀。阿米拉当时正在西西里岛度假。她年轻漂亮、外向开放，至少对沙特阿拉伯来说是这样。你们的一家时尚杂志拍了她的一些照片，引起广泛讨论。很多人谴责她，特别是伊朗说她淫荡，是我们家族堕落的典型。所以也许某个受到冒犯的穆斯林决定杀掉她。可我们的情报显示，伊朗革命卫队的一众杀手跟踪她，把她困在游泳的沙滩上，然后按在水里淹死。”

“你觉得这是在为隔离时被杀的男青年复仇？”

“似乎有可能。不管怎么样，王储和议员们正寻求同伊朗开战，他们要求美国在波斯湾增派海军。”

谢赫里上校突然打断了他们的谈话。亨利注意到他的右眼在紧张地跳动，双手也在发抖，他几乎到了崩溃边缘。“怎么了，哈桑？”马吉德说，一切应有的礼节都被他抛开。

“我们担心会发生暴乱，”他说，“我们用无人机监视不同地点形成的四大群人，每一群都不专属于某个国家。似乎有些煽动者控制了大清真寺，里边的警察没起任何作用，甚至可能会一起参加暴动。”

马吉德不由自主地长叹一声，试图消化这条信息：“我们不应该定性为暴动，他们没受到指控就被囚禁，很可能会丧命。告诉我，哈桑，你如果是其中一员会怎么办？”

“殿下，我一直忠心耿耿，可我认为我的叔叔就在里边，他是个好人，我父亲的弟弟，在国民警卫队当差多年，如今他所在的部队包围了城市，这太不正常了。我们很多人都有亲戚朋友被困在里边。”

马吉德点点头：“我没和你说过这事，可我妹妹也在里边参加她人生中第一次朝圣，现在我颁布这条法令可能会要她的命。她的孩子不断给我打电话，我能和他们说什么？这关系到我们每个人，作为兄长，我也感到愤慨！可是作为卫生部长，我就是他们的囚禁者。我不能拷问良心，因为我没有明确的答案。”

谈话中，他们听见宣礼塔发出一声刺耳的噪声，原来在大清真寺有人笨手笨脚地打开了麦克风，可是离祷告时间还早。“穆斯林同胞们！”一个年轻人用尖锐的声音喊道，“我们一定要像笼中的动物一样死去吗？我们有几百万人，他们杀不死所有人，可是假如我们留在这里就全都会死去！”

马吉德和上校走上外边的岬角查看，亨利紧跟在后边。眼下的形势至关重要，他想。每个困在城里的人都渴望活下去，可是死神潜伏在许多人体内，即使他们设法逃离，也摆脱不掉，不管去哪儿，他们都会带上这种疾病，并把它传染给最关爱的人——孩子、配偶、师长、朋友、同事。一个吻、一通咳嗽、一次不经意的握手就能要了他们的命。一些人感染后会获得免疫而幸免于难，然而其中的生物医学机制尚不得而知，截然不同的命运会等待着大多数染病者。

“这是谋杀伊斯兰教徒的阴谋！”年轻人的声音在群山间回荡，“把我们困在这里的人是在为敌人服务。他们在杀死我们的兄弟姐妹！我要对他们说，地狱在等待着你们！”

朝圣者们鼓起勇气表达决心，即使在这么远的地方，山顶观察的人们也能听见隆隆之声，仿佛有暴风雨在逼近。

“我们必须阻止他们，”马吉德对上校说，“告诉指挥官：禁止通过，迅速开火阻止人潮，先杀领头的。”

上校冲进通信帐篷。

亨利想知道下边手握武器的士兵心里在想什么，他们会把人群看作穆斯林同胞吗？他们手无寸铁，陷入包围，毫无道理地被困住，会被看作渴望安全回家的朋友和家人吗？还是说士兵会在他们的脸上看见死神？一旦病人逃向外面的世界，死神也许会找上更多的人。

“起来，穆斯林同胞们！”年轻人喊道。

震耳欲聋的欢呼声响起，片刻之后，数万朝圣者聚集在边界高喊：“真主伟大！”很快，聚集人数就上升到好几十万人。随着大量人群冲向围栏，喊声也变成一股咆哮，行动迅速的一批先到达围栏并开始攀爬，可是接着自动武器开始轰鸣，人群倒下。仿佛高潮过去一样，人群慢下来，但没有停下。来自后方的压力推动着整个人群向前，跨过领导者的尸体。枪声还在继续，但是已经减少了很多。人群的力量把前边的人挤到路障上，然后围栏倾覆了，自由的朝圣者穿过已经停火的士兵，冲进沙漠里。

18
鸟

吉尔睡前得知了消息：全世界对沙特阿拉伯实施隔离，航空公司停飞，边境关闭，油轮掉头，不再进入沙特的港口。数百万朝圣者被困在那个国家。

亨利滞留在那里。

“那是必要的预防措施。”他终于打来电话。

“可是，亨利，这里也需要你！不仅仅是我们，整个国家需要你！凯瑟琳和马可打电话来要求我想办法让你回家。所以不是某个不顾一切的老婆在这么说，你的同事需要你！你的孩子需要你！”

“吉尔，我也想回家，真的！我已经和这里大使馆的人说过，以为他们一定有外交航班或者军用飞机。”

“结果呢？”

“他们没有，是全面封锁，就因为穆斯林流感这件破事儿。这只是不让他们离开的借口，但也可能帮助减缓疾病传播。”

“亨利，其实不是你批准隔离的，是吗？”

“我们可以说他们由于错误的原因做了正确的事。我们没什么办法抗击这种病毒，每次我们通过隔离来遏制，疾病都会找到出路。不过我们争取到一点儿时间，或许还能再争取一些。不过当然，我还是回不了家。”

吉尔只是觉得亨利被囚禁在一个国家，伴随他的是他们这辈子遇到的最严重的疾病。

马可的脸出现在屏幕上，起初亨利以为他病了。马可蒙眬的眼睛和憔悴的面容在荧光灯下突显出他的疲惫。“你没事吧？”亨利努力隐藏自己的担心。

“我可好了，”马可说着咧嘴一笑，还是那个爱开玩笑的马可，“另外，我检索到你提到的那项研究了，我不知你是怎么把这些事儿都记住的。”

论文出自2006年的《内科医学年鉴》，是1918年大流感新型疗法的元分析。作者分析了疫情期间开展的八项研究，但是当时没有找到有效的疗法——像现在一样。在绝望中，某些医生求助于输血疗法，把生还者的血清输给有临床症状的病人。“这些都是糟糕的研究，”马可说，“没有设定随机对照组，没有设定治疗剂量，一切都不是标准的临床试验。他们是在战时的审查制度下完成的，也许会阻止负面结果的公开，但还是被传得到处都是。”

马可坐在疾控中心病毒实验室的办公桌旁，他的同事们聚在一起，亨利渴望回到他们中间。他们所有人的脸都和马可一样，仿佛得了失眠症，但他们眼中也闪着希望。

“可是？……”亨利说。

“可是病死率大幅降低。”

每个人都知道，输血本身有一系列危害，包括可能致命的肺损伤，是不得已的手段。对于常规输血来说，献血者和接受者都需要接受化验，献血者还要筛查各类携带病原体。输血过程必须在严格的无菌环境中进行。假如输血疗法成功，潜在的接受者就会比捐献者多出许多，导致严重的病情分类鉴别问题。

“我还找到其他研究，时间上离我们更近。”马可说。这项研究发表在2006年6月的《新英格兰医学杂志》上，一名中国卡车司机测试H5N1甲型流感呈阳性。那是一种大流行的禽流感，在曝出的几例人类病例中具有高致命性。卡车司机病了四天才去深圳的医院看病，得到抗病毒治疗，但是病情没有被遏制。在绝望中，医生获取了几个月前的一个康复患者的血浆，给司机输了二百毫升。“不到二十四小时，患者体内病毒载量就已经检测不到了。”马可说。

“让简·巴特利特加入通话。”亨利说。

过了一会儿，巴特利特少校的面孔显现出来。

马可解释了困境，巴特利特很快就掌握了情况。血浆疗法不同于单克隆抗体治疗，后者可以被提纯、检测和大规模生产。另外，一名康复者一次就能提供充足的血浆治疗几名患者。

“你说的是过去几百年的研究仅有的一个确认（治疗有效）病例。”巴特利特查看了所有提到这类研究的检索文献后提出自己的看法，“我不知道基于单一的研究证据是否足够做出医疗决策，疾控中心愿意推荐这种疗法？”

马可等待亨利回答。“没经过人体试验的治疗方案是不推荐的。”亨利承认。

“所以还需要六个月，”巴特利特评述说，“假如我们没有医保和私人保险公司参与，谁会为治疗买单？”

“你不能让卫生与公共服务部将此认定为一次公共卫生紧急事件吗？”

“亨利，我当然能，但医疗风险谁来担？这项治疗完全未经临床试验，已有的研究数据既不可靠又不充分。医生的责任太过巨大，也许都无法承担。”

“可是假如你在治疗一名孔戈里病毒患者——高热，病毒载量攀升，任何治疗手段都无效——你会做何建议？”亨利问，“你会怎么做？”

“不惜一切代价。”巴特利特有些破音，大家立即听出她表达的情绪。他们都失去过亲人朋友，明白正面临着什么。

虽然存在恐慌，但起初美国几乎没有孔戈里病毒疫情暴发的迹象。明尼阿波利斯的一次轻微暴发很快被控制住，传染源是一个从中东地区旅行归来的输入型病例，当地充斥着关于穆斯林病毒的阴谋论传言。结果那位旅行者是前往圣地的福音派基督徒，他是如何感染孔戈里病毒的，还是一个谜。

与此同时，在明尼阿波利斯已确诊了一千二百多例季节性流感病例，几乎均为甲型 H1N1 流感病毒——1918 年大流感的曾孙辈病毒——至今仍然被认为是一种强毒株，在 2017 年夺走八万美国人的性命，全世界死亡人数多达五十万人。不过目前只有四名病人的孔戈里病毒测试呈阳性，包括那名旅行者，他们全都存活下来。这给一种理论带来了支持性证据，高致病性的流感病毒也许能让宿主产生一些抵御新发大流行传染病的免疫力。

小石城暴发的第二波疫情中甲型流感相对较少，那里的孔戈里病毒被证明要更具传染性，不过病毒呈现的致病率数据仍然会让人们觉得那只是流感季节的常态。一周之内，日用品店重新开业，其他企业很快效仿，开放边界让经济得以喘息的政治压力逐渐增加。在没有曝出流感暴发的地方，人们告诉自己目前还算安全。

接下来是费城。

在所有受传染病严重影响的城市中，历史给予费城最多的警示来助它承受这次打击。1918 年，费城这座两百万人口的城市被腐败无能的官员束住手脚，受到流感的重创。费城的死亡病例从数以百计上升到数十万——1918 年 10 月的一周就有四千五百九十七人丧生——是疫情发生以前所有原因致死居民数量的十倍。医生和护士英勇工作，但他们也是死亡率最高的人群。掘墓人不是死亡就是停工，堆积的尸体本身又带来卫生问题，但最重要的问题是打击城市的士气。尸体留在家中好几天，墓地葬礼的价格高涨，家属们被迫自己动手去挖坟墓。最后城市用蒸汽铲车开掘集体墓地，让牧师在尸体被投入深坑时进行祈祷。

一个多世纪之后，孔戈里病毒潜入费城，神不知鬼不觉地在整座城市散播。在复活节那个周日，数十万人去做礼拜，感染的教众在人群中成为传染源。不出几天，城市在病毒中沦陷。

宾州长老会医疗中心和任何大城市顶级医疗中心一样，有精良的设备来应对流行病，但是根本没准备好应对成千上万绝望的患病市民。宾夕法尼亚州和新泽西州在费城周围各县的医院也都出现了同样的状况。

费城市长雪莉·杰克逊研究了大流行病的历史。她母亲曾是一名护士，所以她是伴随着医疗这种职业成长起来的。她曾参加过约翰斯·霍普金斯大学的桌面演习[1]，应对一场假想的致命疾病暴发。她熟知程序，天性果决。沙特之外一检测到这种疾病，她就启动了事故指挥系统，强制协调当地卫生官员、医院、急救人员和联邦机构。她联系上公共卫生局的巴特利特少校。除了担任白宫联络人，巴特利特还负责协调城市卫生响应。杰克逊市长要求国家紧急仓库额外提供医疗物资。她联系大都会地区三家医学院的校长，指示他们立即培训急救护理专业的学生。大都会区所有急救人员都收到连接智能手机的红外热成像仪，这样他们就能随时监测有发热症状的病例。费城七十六人队主场威尔斯·法戈中心开辟出临时医疗场所。非大型城市的领导者

1 桌面演习（Table Exercise），指扮演紧急管理角色和职责的关键人员聚集在一起，讨论各种模拟的紧急情况。 因为桌面的环境没有威胁性（即没有发生“真正的”紧急情况），所以聚集在桌子周围的人们可以冷静地演练角色，提出问题并解决问题区域。

把准备抗击传染病的工作完成得更好，《纽约时报》头条文章赞扬了雪莉·杰克逊领导有方。

令杰克逊市长始料不及的是恐慌。激增的还有自杀和他杀案例，特别是针对城市北部的大规模穆斯林社区的仇恨性暴力行凶。但是现在，此病起源地——印度尼西亚的一个穆斯林同性恋拘留营——已经人尽皆知。阴谋论者散布着孔戈里病毒的故事情节，更加煽动了民众的恐惧。第一种说法是穆斯林制造这种疾病来毁灭基督文明；第二种说法假定穆斯林是新纳粹科学家要清除的目标；第三种说法提出了针对同性恋的全球战争假设。在俄罗斯网络机器人的引导和网络谣言贩子的推动下，这些奇想在社交媒体上到处传播，在远程操控下挑起争端，策动被不断警告居家隔离的人走上街头。费城最大清真寺的伊玛目劝说教众别信阴谋论，可他正说的时候，两枚燃烧弹被投进了清真寺。

到这时，雪莉·杰克逊市长才被看作一位了不起的国家公民领袖。公教牧师丈夫因癌症去世后，杰克逊投身政治，全身心开展公共服务事业，因为那能让她的痛苦获得意义。她天生就懂得如何与恐慌和苦难中的人交谈。“费城人民正在经受考验。”她在自己发起的市政委员会每日视频会议上发言，“我们的医院瘫痪，不仅仅是因为流感重点袭击了医生和护士，我们损失的还有技术工作者、医务助理、理疗师、药剂师和——至关重要的——清洁工人。在某些机构，缺乏人手清理污物，细菌污染造成的死亡比流感还多。”她继续描述死亡和恐惧对殡葬业的毁灭性打击，私人救护车基本消失。她征用联邦快递和 UPS[1] 的卡车充当运尸车，把尸体运送到城市公园匆忙挖掘出的集体墓地。数不清的尸体无人认领或者未被发现。“在这座城市里，我

1 UPS：美国联合包裹服务公司，是一家美国跨国包裹运送和供应链管理公司。

们不会被恐惧分裂，”她说，“费城仍然而且永远是手足情深的城市，我们费城人民就是如此。不管你在互联网上读到什么，不管有人想让你谴责谁，我们的责任就是关爱我们的兄弟姐妹，在这场灾难中抚慰他们，把我们这个群体团结起来。保持冷静、宽容，救助有需要的人，我们会一起渡过难关。”费城人民在市长的激励下共迎挑战，加入了当地医院的尸体焚烧处理工作志愿者团队中。她以身作则，照顾受疫情摧残的无家可归者。

疫情暴发的第十天，杰克逊市长死于孔戈里病毒，这一沉重打击让费城从此一蹶不振，然而疾病还在蔓延。

堪萨斯州的一位农民死于孔戈里病毒，当时他的去世没有引起什么波澜。作为小山村的一名童子军团长，他带领自己的童子军队伍在周末去了一趟小石城，由此判断他是在那里染上疾病的，可是没有一名童子军病倒。这位农民去世一周之后，疾控中心才了解到，他是一位养鸡的农民。县里的卫生官员收到警告，要谨防家禽感染。

玛丽·卢·肖内西是美国农业部明尼苏达州圣保罗地区办公室的一名田野兽医，她的工作就是确保出口家畜的健康。整个产业都可能在瞬息之间崩溃——当初威斯康星州的一头奶牛身上检出疯牛病时，三十多个国家立即停止进口美国牛肉。明尼苏达州对于禽流感问题尤其敏感，因为它是全美最大的火鸡供应州——全州六百座农场有近五千万只火鸡。明尼苏达州刚好还是密西西比候鸟迁徙路线的主要中途停留地，这条线路连接加拿大，深入到北冰洋的最北端和路易斯安那州的墨西哥湾海岸。

玛丽·卢与工作伙伴——州兽医埃米莉·兰考，驾车行驶在 23 号公路。两个女人之前搭档过，此次主动执行任务，好多花时间相处一下。她们俩在大学参加过一个合作小组，一起执行外出任务时也很和谐。她们这次的目的地是火鸡饲养业的中心坎迪约希县，2015 年那里曾暴发高致病性 H5N2 禽流感。当时的情况可能是家禽被亚洲候鸟感染，超过四千八百万只火鸡病死或被扑杀。

她们驶过谷仓和铁路道口，这个时节没有多少风景可看。明尼苏达州的这片地区有平坦肥沃的土地，但是三月份还没有开始耕种，再过一个月地里才会播种玉米和大豆。“不如我们先去史蒂文森那里。”埃米莉说。

“你的意思是先把他那块地处理妥当？”玛丽·卢问。

史蒂文森先生——二人只记住了他的姓，都没能记住他的名字——很难对付，他是当地最大的农场主之一，但也属于明尼苏达州一个名为“3%”的民兵组织。这个组织名称来自一个论断，在美国独立战争中，只有 3% 的美国殖民者拿起武器抵抗大英帝国。“3%”民兵组织因使用炸弹袭击布鲁明顿的清真寺而为人所知，不过史蒂文森没有因为那次事件受到指控。

他的农场大门很容易辨别，因为旗杆上倒挂着星条旗——这个烦人的标志几乎惹恼了县里的每个人。史蒂文森明确表示他不在乎，他是一名生存主义者[1]，在家教育孩子，所以在任何情况下和外界都没有多少互动。

玛丽·卢把白色福特探险家停在房子旁边，车门上美国农业部的标志清晰可辨。她和埃米莉下了车，换上最令人愉悦的表情。史蒂文森已经站在了纱门背后。

“史蒂文森先生，今天怎么样？”玛丽·卢说。她在南方长大，轻

1 生存主义者（survivalist）会积极地为区域性或国际性的社会崩溃、自然灾难做准备，也为个人的意外困境做准备，如失业或被困于野外。他们主要是通过储备生活物资自用或与他人进行物物交换，学习在灾难中的生存技能，接受急救医疗及自卫训练，建造生存堡垒或地下避难所之类的安全住所，来渡过可能面临的灾难。生存主义者一词的使用可以追溯到 20 世纪 60 年代初。

而易举就能用热情绕过任何一丝敌意。

“你们应该提前通知，”他隔着纱门说，“我没收到，完全没有任何通知。”

“对，呃，你没有电话，上次我们谈过这点。”

“我收邮件。”此时此刻，他的孩子们已经聚在周围。

“我们有权进行实地考察，史蒂文森先生。我当然会打电话或发邮件，可我们有紧急情况。”

他的表情放松了一些：“什么紧急情况？”

“哎呀，史蒂文森先生，你不看新闻吗？出现了严重的流感，很多人生病，特别可怕。在费城有大暴发，我们肯定希望别扩散到明尼苏达州！问题是我们得检查家禽，确保它们没事儿。”

“我的家禽都很好。”

“很高兴听你这么说，我们只要看一看，然后就离开。”

她们驾车来到房子和鸡舍中间一片空旷的草地。埃米莉展开一块厚重的塑料，两个女人开始卸下她们的装备——垃圾袋、冷藏箱、拭子、消毒用的泵式喷雾器，以及个人防护装备。史蒂文森家的孩子们坐在草地或秋千上，看着她们穿戴自己的装备。

“我怎么觉得自己像脱衣舞女郎？”埃米莉嘀咕着说，“我们的工作好像正相反啊。”

“也许我们应该稍微舞动起来。”玛丽·卢说。

“我可不想。”

她们先穿上带帽子的防护服，给网球鞋套上双层塑料鞋套，接着戴上一副塑料手套，再用胶带把它们缠在防护服的袖子上，然后再戴上一副手套、发网和护目镜，最后戴上 N95 口罩。她们把消毒液喷洒在防护装备上，消除外界的污染。这套防护服会降低感知能力——视野受限、听力受阻、步伐笨拙，很容易就产生幽闭恐惧和妄想症，还有点愚蠢。史蒂文森家的孩子们跟随她们来到第一座鸡舍。

这一座里面养的是公鸡，另一座里是母鸡，两座鸡舍共有两万七千只，埃米莉拉开门，不得不承认，鸡舍管理得很好——清洁、明亮、氧气充足、垫草新鲜。尽管如此，每次进入家禽饲养农场，她总会意识到它和监狱的相似性。这些火鸡都是白色的，围着一排排的喂食器，好像放风的犯人。它们有肉垂的脖子呈粉色，脸颊显得有点偏蓝，一点儿都不像羽毛艳丽、长相威严的野生近亲。它们不停地进食，喉咙几乎是步调一致地在颤抖。鸡舍里的气味还是像往常一样难闻。

史蒂文森的一个孩子穿着鞋套和工作服来到鸡舍里。“怎么称呼？”玛丽·卢问他。

“查理。”

“这些火鸡多大了？”

“十七周大。”

“就快要上市了，我猜。”

“没错，女士。”

她们在大群火鸡中穿行，火鸡们闪开，警惕地绕过她们。埃米莉注意到她们身后的火鸡，健康的一般都很好奇，通常会像史蒂文森家的孩子们一样尾随。趁玛丽·卢和查理交谈，埃米莉开始取出拭子。她抓住一只公鸡，掐住脸颊让它张开嘴，然后用拭子擦过黏膜，把它放进五毫升聚丙烯试管并贴好标签。她让玛丽·卢帮忙把这只公鸡翻过来，这样她就能用拭子在泄殖腔擦拭一圈，收集上皮细胞。

“你们在干什么？”

埃米莉抬头看见一个光脚穿着脏围裙的小女孩儿。

“亲爱的，你不应该在没有爸爸陪同的情况下一个人进来，他没告诉过你吗？”

女孩儿点点头。

“那就回去找他，他会告诉你我们在干什么。”

女孩儿犹豫不决的时候，查理大喊着让妹妹出去。她带着别扭的表情走到鸡舍门口，没有完全出去。

从翅膀下的血管抽血之后，埃米莉才完成对第一只火鸡的操作，然后她继续对随机选择的另外十几只取样。

“埃米莉！”

她转身看见玛丽·卢和查理站在鸡舍的另一侧。

“瞧瞧它们。”埃米莉来到他们旁边时，玛丽·卢说。一只火鸡坐着，用脚戳它都不愿站起来。埃米莉跪下检查它的脸，它耷拉着脑袋，眼皮也肿胀起来。

“查理，你们最近有火鸡死去吗？”

查理没回答，他正盯着鸡舍大门，史蒂文森先生手插在防护工作服的衣兜里，背对着太阳站在那儿，在鸡舍的地上投下长长的影子。突然之间，他转身离开了。

埃米莉和玛丽·卢完成取样工作后回到车旁铺开的塑料布那儿，按相反的顺序脱掉防护装备。她们站在足浴缸里，卷起防护服，装进垃圾袋，然后喷上消毒液。她们也给车的轮胎消了毒，还用洗手液擦拭双手和面颊，然后便开车冲到圣克劳德的联邦快递网点，把取样样本发往艾奥瓦州埃姆斯的农业部实验室。

“我有不祥之感。”玛丽·卢说。

19
并非疫苗

“日复一日，你发给我们的都是同一份报告。”蒂尔迪责备巴特利特少校，后者已经成为附属委员会会议上的一个不祥之征，仿佛圣诞幽灵将至[1]，她用南方人的长腔简明地传达出严酷的前景——“没有疫苗，”蒂尔迪一边重述，一边用手指数数，“没有疗法，没有药物。你得告诉我点儿积极的啊！美国人民已经担心死了。”

巴特利特投来遗憾的表情，蒂尔迪瞬间会意。“我们有计划，女士。在疾控中心、国家卫生研究所、约翰斯·霍普金斯大学、沃尔特·里德陆军医学中心，我们很多年前就制订了计划，各种各样的计划，只是根本就没有获得足够的资源和人员去执行。比如，我们估计也许医院出现严重流感症状的病人中，也许有30%需要呼吸机，眼下我们只能满足1%的需求。与此同时，其他常规可治愈性疾病死亡率也在上升，因为基本药物储备不足，供应链生产商都在印度和中国，而这两个国家也在受到疫情的侵袭。注射器、诊断测试工具、手套、口罩、杀菌剂，我们的医疗用品和个人防护用品等所有物资都要用光了。”

“亲爱的，我认为你不明白。”一个深沉的声音突然插进来。作为

---

1 出自查尔斯·狄更斯1843年创作的小说《圣诞颂歌》。小说讲的是吝啬鬼斯克鲁奇在圣诞夜被“过去之灵”“现在之灵”“未来之灵”三个圣诞精灵造访的故事，其中“未来之灵”能够引导主人公看到未来。

前任州长和电台主持人，副总统以强硬的举止著称。总统已经任命他为抗击疫情的官方负责人，最近他一直在参加国家安全委员会附属委员会的会议。他一开始参与进来，会议室里就挤满了职员和做记录的家伙。“我们要进展，今天就得有！总统要看到行动，现在就要！”

巴特利特僵住了：“我知道你们想让我说什么，可那不是我的职责所在，对吗？我应该给你们提供信息，真实的信息。你们用来做什么是你们的工作。现在人民受苦受难，经济一落千丈，墓地尸体堆积如山，都是因为你们这些人不在乎公共卫生，不满足我们的需求。假如你们一直都承担职责，给我们提供所需的资源，我们也许就不会坐在这里一筹莫展。”

副总统好像被敲了一记闷棍，一时间谁都不敢说话。

“主要是我们得拿出点儿成果，让总统安心，”蒂尔迪温和地说，“给总统希望，让他看到进展。比如说，很快人们就会接种疫苗，受到保护。”

巴特利特轻轻地摇头，又露出遗憾的表情：“即使我们有了疫苗，问题是先给谁接种呢？产量提升需要几个月？而且没有免责保护，制药公司甚至不会启动生产。我的意思是，即便为了节省时间，跳过标准的人体安全性试验，假设第一周生产一万支疫苗，第二周生产十万支，第三周生产五十万支，按此类推，要达到足够的数量以产生群体免疫效应，仍然需要几个月的时间。即使到那时，为了确保安全有效，你也许得接种两到三次。”

重新拾回尊严的过程中，副总统戴上老花镜，埋头翻阅简报文件夹。“这个抗血清是怎么回事儿？”他问。

“国家卫生研究所正在测试康复病人的血清，以确定能否应用在被动免疫疗法中。”巴特利特说。

“那么，能吗？”

“理论上有一些暂时可以。”

“我们能让总统说疫苗正在开发中吗？”

“这不完全是疫苗。”

“那它究竟是什么？”

“单克隆抗体，感染或接种疫苗后免疫系统自身的产物。但是我们可以人工合成，这也许可以提供几个星期的免疫。”

副总统在沮丧中咬紧了引人注目的下巴：“他可以说存在一种有希望的疗法——”

“那不是一种治疗方法，最多只能提供几星期的——”

副总统警告似的伸出一只手，表明他很不高兴被巴特利特打断：“我们正在取得真正的进展。我觉得我们就得这样说。”副总统收拢简报文件并举过肩膀，他知道身后会有一个助理接过去。

“我们还没有进行人体试验，”巴特利特申辩说，“正在雪貂身上测试。”

“告诉我一个情况，”副总统说，“雪貂还活着吗？”

“大多数还活着，不过试验还在进行中——”

“假如它们没有注射这种血清，死的就会更多吧？”

“不能这么说，我们还没有死亡率的数据。”

“那你们什么时候统计出来？”

“大约两个星期之后。”

副总统噘起嘴唇。“为什么不开展人体试验？”他问，“为什么不立即开展？”

“研发一种药品要花费数月时间，即便那样，在病毒快速突变的情况下仅用单克隆抗体治疗是无济于事的。所以这项工作风险很高。与此同时，您应该考虑列出优先级，对于大规模人群，抗体血清会是稀缺品，按何种优先顺序注射抗体血清。政府人员？急救人员？

儿童？军人？孕妇？国民警卫队？抓阄儿？这些是你们需要做出的选择。”

“我承认我们需要这么做，但不会抓阄儿或公开进度。那样会造成政治混乱，我们应该把疫苗的情况保密——”

“副总统先生，那不是疫苗，”巴特利特提醒他，“而且要记住，几周之后如果我们没有真正的疫苗，人们还需要再注射一次。”

副总统用他上镜的蓝眼睛唤出全部力气瞪着巴特利特：“我们会等我们的社会主力军得到用药保障后再公开这个信息，这样舆论就不会纠结‘领导们注射增强剂时会有多少孩子死去’的问题了。”

“疫情已经席卷费城，距离这里只有两小时路程，所以你能理解我们有点儿着急。”蒂尔迪用她最谦恭的语气说。

“华盛顿特区也已经出现流感了，女士。”

“天哪，”副总统说，“这是什么时候的事儿？”

“市内的三家医院今早报告的，目前一共出现十九例。假如疫情发展得和费城一样快，五天内就会全面暴发。”

蒂尔迪陷入沉默，她扫视了一圈会议桌，看见每个部门副手的脸上都写满绝望，她相信自己的表情也是一样。

“好消息是，”巴特利特说，众人一下来了精神，“好消息是，假如走运的话，我们可以在六个月后大规模生产出有效的疫苗，有希望赶上第二波暴发。”

“什么？”

“通常情况下，传染病大流行要经过两到三波暴发才会平息下来，变成每年你们都会得的季节性流感，直到下一次大流行病的到来。所以如果这次和1918年大流感一样，真正的大暴发将在十月到来。不过当然了，我们不知道这次会有什么后果。”

一个大喷嚏打破了沉默，所有人都倒吸了一口气。

“我过敏。”特工人员辩解说。

“你说这是一种全新的病毒，”蒂尔迪说，“人造的可能性有多大？天才们在实验室里搞出来的那种。”

“我们还无法确定它是不是设计出来的病毒，”巴特利特回答，“它不具有实验室病毒中常见的基因序列特征，但也不是我们曾在大自然中见到的样子。”

“谁有能力制造这种东西？”

“这不属于我的专业领域，女士。”

蒂尔迪看向特工人员。“俄罗斯最有可能。”她说。

“俄罗斯人已经被灌输孔戈里病毒是美国的阴谋，”国务院代表说，“他们已经为此疯狂了。”

“呃，是吗？”蒂尔迪问。

这个问题被搁置下来，最后副总统说：“别扯了。”

20
互相治疗

在马吉德王子位于吉达的王宫里，亨利研究着电脑上显示的世界各地孔戈里病毒疫情密度地图。麦加疫情暴发一个月之后，虽然采取隔离措施，但疾病已经大范围传播开。不同色调的红色指示出疾病出现的地点。沙特阿拉伯和伊朗是深红色，疾病从那里开始传播，伊朗的颜色稍淡一些，阿富汗和土耳其的颜色变浅，是一种淡淡的粉色。奇怪的是，除了莫斯科呈现粉红色的一点，俄罗斯未受到影响。中国东部地区是白色，西部呈红色。印度被城市上的粉点覆盖，但是巴基斯坦几乎没有被影响。一块较大的粉色痕迹覆盖在北欧。美国分布着不同深度的红点，但没有大块的粉色痕迹，疫情主要出现在城市。加拿大只有多伦多暴发出轻微疫情，南半球几乎没有出现。入冬以后，这种情况可能会发生改变。

“我们知道这种疾病发生在禽类身上，所以这能解释某些偶然性，”亨利说，“但我还从没见过这样的流感地图。”

马吉德站在他身后。“这些疾病有可能被人为投放在某些地方吗？”他问。

“我也有同感。假如这是一种人为设计的病毒，实施者挑选目标就可以说得通。”

马吉德等了一会儿，然后说：“俄罗斯有点儿奇怪。”

“周围有很多地方暴发，俄罗斯本身却没什么问题。他们有一种非正统的季节性流感疫苗，和世界标准截然不同。那是一种优化的减毒活疫苗，通过吸入而不是注射的方式接种，成本更低廉。他们还加入了名为溴阿佐姆的化合物，那是一种免疫调节剂，据称有许多难以解释的药理反应，很难说会有药到病除的效果，但是国家卫生研究所肯定在开展这项疫苗试验。”

“假如这和你想的一样，我祈祷幕后主使是俄罗斯而不是‘基地’组织，”马吉德说，“全世界已经把穆斯林全都当成恐怖分子了。”

亨利默默回想起为抗衡俄罗斯生物武器项目而工作的岁月。顶尖的苏联科学家在他们的研究机构——主要是位于西伯利亚的俄罗斯国家病毒学与生物技术研究中心（VEKTOR）和奥博连斯克的生物武器研究机构——研究无法治愈的致命疾病。

苏联时代国家病毒学与生物技术研究中心的首席科学家是尼古拉·乌斯季诺夫。他当时研究马尔堡病，引起此病的马尔堡病毒是鲜为人知的丝状病毒家族成员。马尔堡病起初在同名的德国城市暴发，因此得名。1967 年，一名实验室工作人员死于非洲青猴肾细胞中培养的病毒，另外七名研究者在做完感染猴子的实验后死亡。九年后，另一种丝状病毒传染病在扎伊尔暴发，它因为埃博拉河而得名。

没有人比乌斯季诺夫更了解马尔堡病，和许多疾病研究者乃至大家一样，乌斯季诺夫是致命失误的受害者。当时他正举着豚鼠要注射病毒，他的助手不小心把针头刺入他的手指。

亨利曾有机会听过一堂卡纳茨汉·阿利别科夫的课，此人曾是苏联生物制备局的第一副主任。1992 年，阿利别科夫叛逃到美国，改名为肯·阿利别克。他体格魁梧，圆圆的胖脸，戴着大眼镜，展现出哈萨克人的血统。阿利别克用稍有变调的俄罗斯口音讲述了乌斯季诺夫医生的遭遇。意外被注射病毒之后，乌斯季诺夫被给予抗血清，可是病情继续发展，接下来几天，出于科学研究的目的，乌斯季诺夫准确描述了他感染的过程。病程初期还可以和护士开玩笑，但后期这种疾病进展为神经性头疼、恶心、麻痹，他瘫痪了。“他变得冷漠消极、沉默寡言，”阿利别克回忆说，“他的面容因为病毒性休克而僵硬。”他身体上遍布小块的瘀青，眼睛变成红色，有时候会突然流出泪水。然后在第十天，他似乎突然好转，情绪有所改善，还问到自己的家人。可是在他体内，病毒已经完成任务，随着血液在皮下血管淤积，瘀斑扩大，变成青紫色。然后他的身体、口腔、鼻腔和生殖器开始出血，他断断续续地失去意识。感染两周之后，和蔼可亲的尼古拉·乌斯季诺夫去世了。在尸体解剖过程中，他的肝、脾和血液被取出。进行解剖的病理学家在取乌斯季诺夫的骨髓样本时，穿刺针头不小心刺到自己，结果落得与乌斯季诺夫同样的命运。

下葬前，乌斯季诺夫的身体上喷得满是杀菌剂，还裹上了塑料，然后被放进金属棺材里焊死。然而杀死他的病毒活了下来，从乌斯季诺夫的内脏中提取分离出来之后，他的同事们为了纪念他，将他内脏分离出的病毒命名为U型毒株。

因为被隔离困在沙特阿拉伯，亨利和马吉德一起花时间待在现场。利雅得庞大的卫生部有一个没充分利用的研究场所，马吉德征用亨利需要的所有设施，让研究场所运转起来，但是他找不到同时具备疫苗开发的专业知识和操作经验的实验室助手。亨利用他能搜集到的唯一武器——康复患者的抗血清——和疾病斗争。

他和马吉德清楚其中的风险，这个计划使用感染症状已完全恢复的患者献出的常规血液。每个人都被强制要求（这是个君主制国家）每周献出五百毫升全血。装满血液的试管被放进一台离心机，分离出血小板和血细胞，一层琥珀色的血清浮在血红细胞上方，包含一个人所有的抗体。一名康复者血清只够用于一次注射剂量的抗血清，而且纯度也难以确定，所以，数量远远不够治疗几万名感染者。危险在于血清也许含有病原体，包括没有被滤除的孔戈里病毒本身。

马可和疾控中心的团队也在尝试做同样的事情，希望找对剂量。“到目前为止，我们的体外实验格外成功，我们正在猴子身上做试验。”马可说，“你从你的病人身上了解到什么？”

亨利困惑地摇摇头：“出于某种原因，我没法从卫生部拿到记录。今晚见到马吉德我会要一个答案，这肯定是有什么原因，他和我一样清楚这很重要。”

马吉德一整天都在走访医院，亨利回到宫殿，发现他在书房，既疲惫又沮丧。“没有地方安置所有的病人，”他说，“感觉就像半个国家的人口都病了。我们已经把体育场改为临时病房，但是没有足够的医护人员支撑。这是一项挑战，亨利，我不知道国家在这种局面下如何再坚持一个月。”

“更有理由集中力量研究血清治疗方案了，”亨利说，“我们已经极大地拓展了献血者数量，可是没有数据就没办法评估成功与否，你必须告诉我是怎么回事儿。只是官僚主义的无能还是另有原因？”

马吉德没法直接面对亨利，只好移开了目光。“告诉你这件事让我很惭愧，”马吉德说，他的声音比耳语没高多少，“我的家族已经强占了目前收集到的全部血清。”

“他们清楚危险性吗？”

“他们看见人们在死去，就感到害怕。因为他们是王子，就觉得自己有优先自救权。”

“假如我相信有不朽的灵魂，我会说它将最先被疾病荼毒。”亨利说。

“我们穆斯林相信疾病是真主对我们的测试。”

“听起来像是惩罚呢。”

“完全不是。《古兰经》教导我们，如果真主要按照实际的罪行惩罚人类，地球上就不会有人类存在了！我们还得到教诲，每种疾病都对应一种解药，所以得由我们来找到它，我的朋友！”

马吉德走到书架旁，从穆罕默德言行录中找出一段话来支持自己的说法：“我忘了原话是怎么说，但是——”他说话间，一盏台灯飞过了房间。好像慢动作一般，他腾空而起，身上的袍子在周围扬起。然后他用惊人的力量撞向一面墙，身后伴着一声巨响溅起玻璃和砖石碎片，亨利被台灯砸中脑袋时，这声巨响才结束。

亨利醒来时，感觉充满了烟尘的房间天旋地转。虽然呼吸很浅，但他还活着，没有疼痛，只是感到麻木和迷惑。有那么一会儿，他都想不起自己在哪儿，只有一片黑暗的废墟，像梦境一样陌生的地方。他感觉迟缓生疏，仿佛自己上了年纪。

“马吉德！”

亨利一发现自己的朋友躺在地上就什么都明白了。然后房门打开，亨利想都没想就扑在马吉德的身体上。

他感到一双手把他拎起来，是马吉德的保镖。

“殿下！”保镖喊道，“您受伤了吗？”

王子困惑地看着保镖，然后挣扎着坐起。保镖扶他站起来的时候，亨利阻止并喊道：“别动！他可能骨折了。”

他小心地移动马吉德的四肢，确认是否完好无损。“你在流血。”亨利说。

“你喊这么大声。”马吉德说。

“是吗？我几乎听不见你。”他自己的声音好像是从另一个房间传来的。

马吉德转向保镖，听取他的介绍。一名自杀炸弹袭击者，来到大门旁边。他很年轻，有东部省口音，他说马吉德王子答应施舍他。宫殿的守门人不让他进入，他就引爆了自己身上的炸弹，现在守门人也死了。看见马吉德还活得好好的，保镖便冲出去保护宫殿，直到警察到来。

马吉德和亨利坐在地板上，头晕目眩地凝视着对方。只有生还者才会像他们一样感到惊恐，每个细节还历历在目，每个清晰的瞬间都像是池塘上的一层薄冰，真真切切地将两侧的生与死微微隔开。

“你的医疗箱在哪儿？”亨利问，“我需要处理你的伤口。”

“我必须去查看我的工作人员。”王子抗议说。

“首先，我们处理你脸上的伤，你不能流着血还到处走，那会把大家吓死。”

“有那么严重？”

“没有毁容，”亨利安抚他，“但是我在你眼周发现一些刺伤，让我确认下是否靠近神经。”

亨利帮马吉德站起来。王子震惊地看着炸毁的房间，宫殿的前门已经被炸得向城市敞开，他似乎被这一幕诡异的美感震撼。夜晚的空气飘进屋内，爆炸物的气味乘着少见的微风刺激着他们的鼻孔。吊灯突然坠下，把两人吓了一跳。马吉德晕头转向，还有点儿摇摆不定，亨利扶着他来到宫殿里更安全的一个地方。

幸运的是王子寝宫的灯还能用，他们对着卫生间的镜子自己检查，身上都已经落满白色的灰尘，看起来像两具尸体。亨利注意到自己左肩有血，头部一侧的伤口很难看。

“那么，”马吉德说，“我们互相治疗。”

趁马吉德清洁好自己的伤口，亨利给探针和镊子消毒，然后检查了马吉德太阳穴和鼻孔周围的几处轻伤，从距他眼睛几毫米的地方摘出小玻璃碴儿。“你真走运，哈比比[1]。”他用阿拉伯语亲切地说。

脱掉衬衫让亨利感到难堪。他童年患病留下的后遗症很明显：脊柱侧凸让双肩不平，胸骨突出，前臂粗大。除了吉尔，亨利从没有像这样把自己暴露给任何人。马吉德礼貌地假装只关注肩膀上的伤口。“噢，”他说，“你需要缝合，从医学院毕业，我就再没操作过了。”

这段奇怪的插曲充满了意想不到的亲密感，他们已经一起经历了许多至关重要的时刻。然而死里逃生的最后时刻虽然还有些难以理解，但也让他们意识到二人结下了永恒的最亲密友谊。

马吉德说：“你救了我。”

“我没做什么，谈不上救了你。”亨利不同意他的说法。

“你打算救我，可这是保镖的义务。你对我没有义务，却愿意牺牲自己。你是个比我更高尚的人，而且比我勇敢得多。”

“过誉了。”亨利觉得担当不起，“不过我可不希望你以后再给我缝合伤口。”

“这正是我待在办公室而不是医院的原因。”

爆炸带来的震惊逐渐消退，两人开始不由自主地颤抖起来，这很难控制。他们晕乎乎地笑着，还在惊叹自己没被炸死。可是留在宫殿里也不安全。

其实在朝圣之前，沙特就一直在叛乱中挣扎。“这些都是我们的人民，来自东部省的什叶派教徒，”马吉德吐露了心声，“他们在伊朗人的支持下袭击皇室，这不是他们唯一的一次行凶，一个月前他们炸毁了国民警卫队总部。他们毅然决然、无所顾忌，我们当然会做出回应。”他贴着创可贴的脸突然变得扭曲，“这一切都太愚蠢啦！我们——全世界！——正在面临着巨大的危险！可这些狂热分子只想趁

1 哈比比在阿拉伯语中是“亲爱的”和“好朋友”的意思，多用于同性之间。

火打劫！我们把这场疾病怪在伊朗身上，说这是什叶派的阴谋，这样人们就会把注意力转移到战争而不是革命。”

终于，马吉德用职业的目光打量起亨利变形的身体。“你知道我们中东地区现在还有这种病，”他说，“没有道理。我们的阳光比世界上任何地方都充足，可是人们藏在屋里，而且维生素D的摄入量不足。这个国家里七成的女孩儿都缺乏维生素D。她们把自己埋藏在黑袍里，所以结果不奇怪。哺乳期的母亲拒绝补充营养剂，所以病也传给了孩子。”

亨利说有一天会把自己的故事告诉马吉德，不过现在不是时候。最后，警察终于到来，王子和他的客人会被带到一个安全的地方。

21
泡沫扑杀

把史蒂文森家谷仓团团围住的，是来自明尼苏达州动物卫生委员会和当地消防队的卡车，以及一辆沙科皮州立监狱的巴士。当天还有九座养鸡场需要去扑杀，由于完成这项任务的人手不足，明尼苏达州已经招募犯人志愿者参加全州范围内的扑杀工作。玛丽·卢·肖内西和埃米莉·兰考到来时，他们正站在院子里穿戴防护装备。史蒂文森先生坐着摇椅，大腿上还放着一把霰弹枪。作为现场的高级卫生官员，埃米莉不得不硬着头皮去应对他。

“早上好，史蒂文森先生。”她说，“对于测试结果我很遗憾。”

“我不同意这样处理，”史蒂文森说，“完全不同意。”

“你知道规矩，会给你补偿。”埃米莉递过夹着文件的写字垫板，史蒂文森看都没看。“今天早晨他们统计出两万五千六百七十三只健康的火鸡，”埃米莉说，“另有七十只似乎染病，然后我认为你还有一些鸡蛋会得到补偿。”

“你来之前一共有两万七千只。”史蒂文森抗议说。

“你这么说也行，不管怎么样，那意味着你在几天之内死了一千多只鸡。我们不赔偿死鸡，但会少量赔偿病鸡。所以我们谈论的是健康火鸡的合理市场价格，以及扑杀和清洁的标准费用。”

“要弥补损失那还差得远。”史蒂文森说。

“没错。不只是你，整个州的农场都面临着同样的情况。可现实就是如此，不管你愿不愿意，我们都要杀死你的火鸡，然后清理干净，给你提交账单。假如不签这份文件，你就不会得到任何补偿，这点毋庸置疑。另外我希望你把那支枪拿到屋里，它会让人紧张。”

“你们让犯罪分子来到我的院里，还担心他们是否紧张？”

“坦白讲，我不知道他们使用监狱的劳力，不过我确信他们不会有出格的举动。”

史蒂文森把牙一咬，埃米莉觉得他就要说些会令自己后悔的话，所以她问：“史蒂文森先生，你介意我问你的受洗名吗？”

他看上去挺吃惊。“杰尔姆。”他说。

“我能称呼你杰尔姆吗？你知道这件事必须要做，不是政府专门找你麻烦。这是一场可怕的灾难，到处都有人身陷危险。我认为你的家人也很危险，他们需要好好照看。你得小心任何发烧或患病的症状，而且一旦发现要立即上报，然后尽快联系医生或去医院。”

“他们屁事儿都做不了。”

“我听说的是补液很关键，还可能很疼，医生可以帮助缓解。受到照顾的病人康复和痊愈机会更高，我知道你希望自己的家人受到照顾，杰尔姆。我只是提醒一下，保持警惕。我猜你已经做得很好了。”

“你猜对了。”他说。

“那么，签字？”埃米莉说。

杰尔姆签上名字，递回了写字垫板。

即使在动物卫生领域摸爬滚打这么多年，玛丽·卢也从没亲身经历过大规模扑杀，对此也没有什么期待。可能导致这种结果的检查她进行过许多次，但是参与扑杀的重任从没落在她头上过。犯人们已经竖起塑料板把鸡舍完全围住。围栏的高度达到玛丽·卢的下巴，里边是两万多只不幸的火鸡，左顾右盼地看着可怕的人类。犯人们穿着罩头的白色塑料防护服，正把粗大的软管拉向鸡舍。软管连接在背对着鸡舍两侧大门的两辆液罐车上。

玛丽·卢靠近以后才认出护目镜后面埃米莉的眼睛。“你准备好了吗？”埃米莉问。

“大概吧。”

“听我说，这比其他某些备选措施强得多，有时候他们用长柄园艺剪这类工具一只接一只地截断它们的脖子。相信我，这种方法要干脆得多。”

“他们要使用毒气？”

“泡沫，”埃米莉说，“基本上和消防队使用的东西一样。小气泡正适合吸入并堵在气管，使它们窒息而死。”玛丽·卢被吓得浑身一颤。这时埃米莉说：“不管怎么样它们都难逃一死，我们只是让它们死得舒服点儿。”

一个家伙来到埃米莉身旁，他穿着定制的防护服，胸前印着公司标志——明尼苏达发泡剂。埃米莉同意让他开始。

每条软管需要两人操作，他们从鸡栏相对的两侧开始，沿着平行的线路缓缓移动。泵中传出吓人的噪声，还没等泡沫喷出来就把火鸡吓得够呛。泡沫颜色微蓝，均匀地堆积，像玛丽·卢喷在感恩节蛋糕上的搅打奶油一样稠厚。健康一些的火鸡匆匆逃开，但是被围困住的时候，有些把头伸进泡沫或者沐浴在其中，它们的好奇心占了上风。很快你就只能看见又长又红的火鸡脖子从不断高涨的蓝白色泡沫里伸出来。泵的噪声之上，你只能听见紧张喧嚣的火鸡叫声。然后，鸡栏里边泡沫堆积到更高的地方，火鸡开始消失在其中，你可以通过泡沫下它们拍打翅膀引起的躁动来判断。终于，泡沫的天幕盖住最后几只火鸡。玛丽·卢仿佛看见轻快的微风吹拂起一片海浪，然后微风停息，扑杀结束。

埃米莉和玛丽·卢转身离开时，看见史蒂文森家的孩子们正在鸡舍门口，查理、穿围裙的女孩，以及另外两个。

“回去找你们的爸爸，查理。”埃米莉说。

查理走回到门廊上史蒂文森先生坐摇椅的地方。埃米莉忽然想起，史蒂文森夫人似乎从没露面。带着这些孩子，他一定很孤单，没有人可以交谈。埃米莉想告诉他，新的一年会到来，前景会更好，他可以重新开始，也许可以找个人帮他摆脱困境，这样说或许能在如此艰难的时刻给他安慰。然而她无法这样许诺，只能举手告别。史蒂文森先生会意地点点头。

22
玛格丽特女王

自从费城的疫情大暴发，吉尔就带着孩子去了她妹妹的农场。她这么做是为了让亨利安心，亨利离开他们去危险的地方她早就习以为常，而且很自豪自己能一人操持。她动手能力强，掌管家庭收支，没让家务影响自己的教学。没人挑剔她的能力和独立性，可是如今危险遍布，吉尔也吓坏了。亨利知道如何应对盘踞在吉尔内心的焦虑，可此刻他不在这里，无法支持吉尔和安抚孩子。吉尔既痛恨他的缺席，又对他日思夜想，她努力把他抛在脑后，沉浸在另一种生活里——她妹妹的生活。

海伦和特迪爱他们的玛吉姨妈和蒂姆姨父。他们在威廉姆森县纳什维尔城外经营二百四十英亩农场，那里是田纳西州最美丽的地方之一。他们的农舍风景如画，内战前曾是一座驿站，这个细节让美国史迹名录将其收录其中。玛吉和蒂姆头一次驾车经过修复的桥梁，停在农舍前铺满石子的车道时，它还是一片断壁残垣。“修复工作差点儿让我们破产。”蒂姆回忆。可是如今他们的家成了一道风景，还在一集《这栋老房》中出镜。房前的苗圃里种着杜鹃和百合，车道两旁栽有山茱萸。

玛吉和蒂姆的独女肯德尔比海伦大两岁，不过海伦更高一些。她俩看上去就像双胞胎，都是左撇子，长着红头发和蓝眼睛，是一对集合了众多隐性基因特征的罕见个体。海伦一来到这里，两人就消失在众人面前，长时间待在肯德尔的房间或谷仓里。肯德尔加入了威廉姆森县的四健会[1]，房间里摆满了奖杯、缎带和她获奖动物的照片。

一天，蒂姆带着肯德尔和海伦去参加富兰克林的农畜拍卖会，肯德尔要在那儿买一头小猪饲养。“我已经有了两头巴克夏猪，”她告诉海伦，“今年我要养一头汉普夏。它们都很常见，但是评委们挺喜欢。”

黑白花小猪扑扇着耳朵，向前拱着鼻子，好像在求你抚摸它们，海伦逗弄着它们，简直停不下来。“它们太可爱了！”她惊呼。

可是肯德尔注重的是其他方面的品质。“肩角，这很重要，”她说，“胸部尺寸、腰部肌肉。基本都与肉有关。”最后她挑了一只五十磅的小母猪。两个女孩儿坐在蒂姆的皮卡后边，海伦得以把小猪抱在腿上，回去的一路她都在和表姐谈论着名字。肯德尔说这在裁判眼中很重要，最后给小猪取名为玛格丽特女王，因为那曾是她爸爸对妈妈的爱称，对此两个女孩笑个不停。她们到家时，为了防止从拍卖帐篷把疾病引入农场，蒂姆让她俩更换衣服和鞋。

姑娘们去拍卖会的时候，玛吉开拖拉机带着吉尔在自家的地产上观光，后边挂的拖车里垫了很厚的垫子，特迪就坐在里面。皮珀斯跟着拖拉机奔跑，兴奋得直叫。吉尔和玛吉姐妹有很多往事要叙一叙。玛吉去年患了乳腺癌，还在从病痛的煎熬中恢复，不过她坚持回到农场工作。“每一天我都在想，仍然留在这里，”玛吉说，“仍然和蒂姆、肯德尔在一起。我们一起拥有这一切，这是多么幸运！我真高兴自己还活着。”

吉尔看着外边一排排的玉米都已经长到快一米高。玛吉的生活和她的大相径庭，她思忖着玛吉已经拥有但自己绝不会拥有的那些东

1 四健会（4-H Club）是美国农业部的农业合作推广体系所管理的一个非营利性青年组织，创立于1902年的美国。它的使命是“让年轻人在青春时期尽可能地发展他的潜力”。四健（分别对应英文的4个“H”字母）代表健全头脑（Head）、健全心胸（Heart）、健全双手（Hands）、健全身体（Health）。官方的四健会标志是绿色的四叶苜蓿。

西——比如与大自然的亲密感。玛吉不去投票，甚至没有电视机，但是她能仅凭鸟类的叫声就识别出它们。她的菜园里种满了吉尔从没尝过的香草和各种各样连超市里都没有的番茄。

另外，吉尔怀念居家的感觉——生活在自家的房子和社区，在静水公园跑步，聆听面对生活困境的学生们的声音。离家在外似乎与世隔绝，当然这也是她和孩子们过来的目的——避难。不过流感还未波及亚特兰大，所以，为了预防传染而丢下工作并且中止孩子们的学业似乎有些枉然和放纵。

“患病有种奇异的好处，”玛吉正在讲话，“我们因此承担了巨大的经济损失，我也受了很多痛苦。帮我渡过难关的是这个……”她把拖拉机停在一间干燥房前方，“我们最初买下这座农场时，他们在这个地方生产烟草。”她一边说，她们一边走进去。一捆捆叶子悬挂在架子上。

“这是什么？”吉尔问。

“你真不知道？能闻出来吗？”

吉尔嗅了嗅：“老天哪，这合法吗？”

“勉勉强强。”

特迪带着皮珀斯进来时，吉尔正关注着玛吉身上的问题。“哦，这是什么臭味？”特迪问。

“就是这些草的气味。”玛吉说着向吉尔嘲弄地一瞥。皮珀斯受到气味的刺激，不明就里地跑了一圈。

“亲爱的，去外边等一下。”吉尔提示特迪。

玛吉拽过一根正在干燥的茎秆，掰下顶部：“我疼得厉害时，一位朋友给我带来了大麻。的确有帮助，然后我们发现可以种植它来生产大麻油，如今这在田纳西州是合法的，只是不能添加里边的好东西。所以我们种植大麻确实为了产油，但也是为了人类，你懂的。这是我们种植过的最赚钱的作物。顶级大麻，相信我。”

发现玛吉是一名“毒贩子”，吉尔目瞪口呆。“你搞种植从来都有一套。”她开玩笑地说。

“孩子们睡觉时，我让你试试。”

晚餐玛吉准备了猪大排。海伦弄清肉来自哪里后便不想再吃，她暗中发誓，他们一回到亚特兰大，她就要像父亲一样，做一名素食主义者。她难受得不敢想象哪天要吃掉玛格丽特女王。

“大概就像是要吃掉皮珀斯吧。”睡觉时她告诉肯德尔。

“玛格丽特女王不是宠物。”

“你不喜欢它？它那么可爱。”

“它不会一直可爱。每天它大约长两磅肉，很快就会变成一头大块头的老母猪。留着它毫无意义，除非你打算让它产崽。假如它赢下大奖，我猜也有可能。此外——”她停顿了一下，“它们挺恶心的。”

“此话怎讲？”

“它们到处拉屎，甚至拉在自己的食物和水里，你得每天清理。”

“那可真是太恶心了。”

“我打赌，咱们的妈妈们在楼下抽大麻呢。”肯德尔说。

“你开玩笑吧。”

“我妈妈是瘾君子。”

海伦大惊失色，她总以为玛吉姨妈比自己的家长更让人喜欢，可是想象自己的母亲吸毒可真让人不安。

“我觉得我得睡觉了。”她说。

蒂姆忙于处理文件时，玛吉给了吉尔一块巧克力蛋糕。

“我在节食。”吉尔说。

“这是低卡路里的，不是普通的巧克力蛋糕。”

“哦，”她咬了一口，一小口，“还挺好吃的。”说完又咬了一口。

“我已经注册了商标‘玛吉的魔力大麻食品’，就等这里的法律允许了。”

“如果没有提前被抓进去，你会挣大钱。”吉尔说。

“我们去外面看星星吧。”

吉尔跟着妹妹来到屋后的田野上。之前为了拍电视节目，玛吉已经在那里种上了牡丹。月亮还没有升起，但星光明亮，照出吉尔的影子。她们躺在一块草地上，周围遮挡着一片悬铃木，奇特的树干映射出星光。这样的情境既美好又神奇。

“假如玛莎·斯图尔特[1]是上帝，世界就会变成这样子。”吉尔说。

玛吉笑道：“吃了我的巧克力蛋糕就会说这种话。”

她们凝望着天空，吉尔感觉星星坠落在她身上，结结实实地把她的身体压进泥土，大自然的气息像篝火产生的烟雾萦绕着她，大地正在融化，所以她仿佛在宇宙中飘浮。“银河，”她在呓语，“好久不见。上次看到还是多年以前在德索托营地！记得晚饭后我们露天坐在码头看见的星星吗？”

玛吉指出自己最了解的行星和星座，吉尔只知道猎户座和北斗七星，玛吉却记得特别多。“上次我看见这么多星星，还是亨利带我们进行的疯狂西部之旅，”吉尔说，“喔！那是一颗流星吗？”

“那是卫星，”玛吉说，“等下，不对，我觉得那是国际空间站。”

“哇喔！”吉尔说。

“哇喔！”玛吉模仿姐姐的语气，“你听起来真是上头了。”

吉尔也开始笑起来，假装自己变得更加兴奋，结果她们俩陷入一阵又一阵的欢闹之中。

---

1 玛莎·斯图尔特（Martha Stewart，1941 年 8 月 3 日—），是美国零售业的女商人、作家、电视人、前模特和重罪犯。2004 年，斯图尔特因与 ImClone 股票交易案有关的指控而被定罪。

吉尔的电话铃声打破了魔咒。是亨利打来的。

“我的情况还好。”他的语速似乎慢得奇怪。

“你怎么了？”

“挺好的。”他说。

“可我没问过啊，”电话打来时吉尔还沉浸在刚刚的兴奋情绪中，她淘气地看了一眼玛吉，“我没问过‘你怎么样’。”

“你听起来有点儿怪怪的。”亨利说。

“我是奇怪，”她说，“此时此刻完全是另一个人。”

玛吉几乎忍不住就要狂笑起来。

“我猜你最近没有一直关注新闻。”亨利说。

“上帝啊！新闻，没看。我和玛吉坐在外边看星星呢。我们都特别兴奋，她认识所有的星星，简直不可思议。还有火星，你真能看见它有多红。”

在他们整个婚姻生活中，吉尔从没展现出对毒品的任何兴趣，她甚至都不是一个嗜酒的人。亨利无法想象她会吸毒。“我觉得应该明天再打给你。”他说。

“不，我想谈谈！已经两天没听到你的消息，我知道你很忙，可我不想等明天了。告诉我怎么回事？”

“这里发生了一次爆炸袭击，”亨利谨慎地说，“我一切正常。”

吉尔在自己不同寻常的状态下，花了一点儿时间才充分理解：“发生了爆炸袭击？天哪，亨利，你没事儿吧？”

“没事儿，这就是我要告诉你的。我没事儿。”

“肯定不止你说的这样。”

“我撞了一下头，还有点儿擦伤，都不严重。明天我再跟你细说。我知道这有点儿让人不知所措，你那边挺晚了。”

“亨利，我只想让你回家，”听到消息的吉尔此刻已经完全清醒过来，“我知道你很忙，在做很重要的事，可我们都想让你回家，安全回家。”

“呃，你知道旅行禁令，而且他们真的需要我留在这里。我觉得应该对这堆烂摊子负点儿责任。”

“又扯这些！我确信一直以来你走对了每一步。没人比你更认真负责。”

亨利告别时，吉尔哭了起来。玛吉试图安慰她，可是最后两人都在啜泣。亨利已经离开两个多月，在此期间世界已经陷入疯狂。吉尔发现，没有亨利，她突然觉得自己很脆弱。

“妈妈？”

吉尔吃惊地看着穿睡衣的特迪站在草地上：“怎么了，亲爱的？”

他不解地看看吉尔和玛吉。“没事，我们只是伤心地聊了一会儿。”玛吉一边抹去眼泪，一边解释。

“过来。”吉尔说。特迪走过去，爬进妈妈的怀里。“看那些星星，”她说，“是不是很奇妙？你有没有觉得一伸手就能够到它们？”

特迪点点头，对于这样一个大胆的小男孩儿而言，他出奇地听话。也许是因为他撞见了我感性的瞬间，吉尔心想。她用手臂摇晃着特迪，让温暖抚慰着两个人。

“你闻起来真奇怪。”他说。

“是玛吉姨妈的香水，你喜欢吗？”

“不喜欢，真难闻。”

“我不会再喷了，宝贝儿。”

吉尔在心里发誓，她以后都要做个称职的母亲，直到孩子们长大成人，不再需要一个完美无瑕的母亲。

“妈妈，我好像看见鬼了。”

“真的吗？你知道没有鬼的，对吧？”

特迪低下头，没有回答。

“鬼长什么样？”玛吉问，“他是一名士兵吗？”

特迪点点头。

“有人说一名内战时期士兵的鬼魂常在这里出没，可我还从没见过，”玛吉说，“蒂姆或肯德尔也都没见过。他一定是觉得你格外特别。”

特迪想了想，然后说：“我只想回家。”

23
兰巴雷内

亨利到德特里克堡工作不久，他的上司于尔根·斯塔克便带着问题来找他。“感染埃博拉病毒的病人有40%以上都死于这种疾病。可是很多埃博拉病人的护理者虽然对这种病毒的测试结果呈阳性，却从没显示出任何临床症状，”他说，“为什么？”

亨利喜爱这样的问题，这才是科学的开端。

“你确定他们以前没感染那种疾病？”他问，“如果没有，他们怎么能形成免疫呢？”

“你去查明。”于尔根回答。

于是亨利飞到西非的加蓬，访问阿尔贝特·施韦泽于1913年在兰巴雷内创立的医院。阿尔贝特·施韦泽是阿尔萨斯神学家和管风琴艺术大师，在三十岁时决定学医，然后一生致力于减轻人类的痛苦。很少有哪个历史人物比他对亨利的童年产生过更大的影响。他和妻子海伦娜·布雷斯劳在当时位于法属赤道非洲的奥果韦河畔创立了一家医院，他们治疗麻风病、象皮病、睡眠症、疟疾、黄热病——所有的丛林疾病。

施韦泽创立的乡村医院几经改造，亨利到访时，它经过不断扩建，已形成一片红屋顶的低矮平房，凸出的门廊抵挡着热带风暴。施韦泽的愿景是建立一座本地村落，而不是一间机构，这个最初的理想还完好保留着。精力充沛的埃博拉病毒专家范妮·米耶医生来自法兰西国际医学研究中心，她领着亨利参观了研究设施。米耶医生负责一项加蓬人口调查工作，调查对这种疾病的免疫水平在当地人群中的分布。“在农村社区中，我们发现超过 15% 的人拥有抗体，在某些村庄甚至高达 33%，”她说，“这些人完全没出现任何埃博拉病毒引起的临床症状，甚至从没去过埃博拉疫区。所以我们自问，他们在哪里暴露给病毒？”

“通过蝙蝠。”亨利试着回答。

“很有可能，但是他们为什么没有发病？他们是如何获得这种免疫力的？”她解释这些接触过蝙蝠的人体内拥有的抗体对埃博拉病毒特异性蛋白质具有免疫反应，这些反应等同于一个成功的疫苗所产生的免疫效应。“我们只能得出结论说这些人天生就有保护性免疫力，但仍不能从这个现象得出因果推断。”

“抗体反应有可能是假阳性，”亨利说，“或者是由一种类似埃博拉但不会致病的病毒感染后产生的免疫。”

“嗯，我们当然考虑过这点，可是截至目前，这种疾病还没有被检测出来。”

每一种新出现的大流行疾病都会在早期提出一个扰乱医学的难题：为什么某些人对新型病毒具有免疫力，而它在另外的人口中却泛滥成灾？20%~30% 的流感患者从未出现症状。对内罗毕性工作者的研究表明，某些妓女天生对艾滋病免疫，还有一小部分具有北欧血统的人可以感染艾滋病，但绝不会出现任何症状。在这两类病例身上也许存在 CCR5[1] 基因突变，而病毒就需要未突变的 CCR5 基因才能侵入细胞。这些都是有趣的发现，可是到目前一直没有以此为基础开发出艾滋病疫苗或疗法。

1 CCR5 是 HIV-1 入侵机体细胞的主要辅助受体之一。CCR5 基因的突变可以提供对艾滋病毒的保护。

在亨利来访的最后一晚，米耶医生带他去参观阿尔贝特·施韦泽朴素的墓地。然后两人一起在河边鱼馆咖啡店的茅伞下用晚餐。

亨利看见外边河面上有什么东西在动。

“那是一条蛇吗？”他问。

“一只鸟。我们称它蛇鸟，因为它把脑袋伸出水面，特别像一条蛇。”

“我一直害怕丛林。”亨利坦白说。

“丛林中有什么让你害怕？”她问。

“我把野外看作死亡之地。”

“可实际上那里充满生机！”她说，“我认为那正是施韦泽医生来这里的原因，丰富的生命，极具多样性，人们说他沐浴其中——这个英语修辞对吗？他沐浴在这地方的各种生命里，走到哪儿都被它们环绕。”

“那当然是非常生动的描述。”

亨利继续聊施韦泽的事迹和哲学对自己的影响。尽管亨利是一名无神论者，而施韦泽是一名非正统的路德教传教士，可是他的观念在亨利的思想体系中扎根。施韦泽曾经乘船沿这条河旅行，从一群河马中穿过，他在自己的思维中寻找道德行为的共同基础，一种超越宗教阐述的表达。他曾想到一句话来作答，便写下来：“醍醐灌顶，妙手偶得：敬畏生命。”施韦泽确定，道德不过如此。“也就是说，敬畏生命成为我基本的道德原则，善包括维持、促进、增强生命，毁灭、伤害、阻碍即为恶。”这些话常驻亨利的心中。在某种程度上，动物权利和环境运动皆诞生于阿尔贝特·施韦泽的文字中。亨利说他和上司于尔根·斯塔克倾诉过自己对施韦泽的敬仰。

一提到于尔根的名字，米耶医生露出一片茫然的表情。

“你认识他？”亨利问。

“我们见过，”她说，“和你一样，他来过这里。”

“真的吗？他没告诉我。”

“作为朝圣者来访墓地，我们每年都接待那种人。当然他们是理想主义者，否则不会走这么远。通常我们很喜欢他们。”

“但不喜欢于尔根？”

“你比我更了解他。”她把注意力转移到河上，似乎不愿意多说什么，然后她又补充，“有些人过分地执行这种观念，他们看着人类对大自然的破坏，忘了人类也是动物，也值得敬畏。”

“我得说他是个相当冷漠的人。”

“我觉得他令人害怕。”

“何出此言？”

米耶医生不愿进一步说明。“我不怎么了解他，”她申辩说，“已经谈得太多了。”

亨利在返回德特里克堡的大型游轮上染上了严重的诺如病毒，这种病毒导致了在游轮上蔓延的肠道疾病，传染性极强，但是对A型和AB型血的人群易感性稍弱。不幸的是，亨利是O型血。目前还没有人搞清血型为什么和这类疾病易感性有关。

亨利一恢复健康就回到实验室，于尔根询问他有什么发现。“我发现免疫力仍然是个谜。”亨利报告。

他没提米耶医生对于尔根的观察结论。不过从那以后，亨利更仔细地了解他的上司，寻找他那令米耶医生不安的特质。或许同样的特质也呈现在亨利身上，所以他才应征走上这个危险的——有人说是邪恶的——职业方向。

24
三杀出局

“死了不少人，他们不会告诉我们。”四年级的老师米尔德丽德说。吉尔和其他人正在教师休息室吃午餐，此前他们一直在谈论自己很走运，因为亚特兰大没受太大影响。随着疫情有所缓和，全国的学校已经重新开学。人们正回到工作岗位上，涌进餐馆就餐，聚在剧院和运动场所消遣。他们不再佩戴口罩，自由地呼吸不久前还令人生疑的空气。吉尔也在之前决定回到城市。

“死了谁？”

“我确信安德森·库珀[1]死了，他已经不上节目了。”

“我听说布拉德·皮特也死了。”另一位老师说。

“不要啊！”

“这可不确定。”

“不过泰勒·斯威夫特是确凿的。”

米尔德丽德似乎对交谈的新走向感到兴奋。死亡面前人人平等激起她民粹主义的愤怒。若是穿越到法国大革命，米尔德丽德会是一直掌管断头台的刽子手。“他们在纽约地铁上发现一个人离开家时还好好的，半小时后就去世了，”米尔德丽德继续说，“一个华尔街的家伙。”

---

1 安德森·库珀（Anderson Hays Cooper，1967 年 7 月 3 日—），是一名美国记者、新闻主播和作家，是有线电视新闻网（CNN）的新闻节目《安德森·库珀 360°》的主播。

“他们知道死了多少人吗？”一位老师问。

“他们说光美国就有超过二百万人死亡，”吉尔说，“不过我认为没有人完全清楚。”

“好像养老金没指望了吧？”米尔德丽德说。

这个国家刚从第一波孔戈里疫情中缓过一口气，却发现股市已经跳水一万三千五百点，经济正处在历史上最严重的衰退期。美国航空公司宣布破产，其他航空公司也受到旅行禁令的威胁，行将崩溃，整个交通运输业都受到了震动。人类是群体动物这一事实从没有如此明确，几乎在一夜之间，他们从地铁、巴士和火车上消失，然后几乎又在一夜之间，尽管数量少些，但他们又回来了。人们告诉自己，最糟的情况已经过去，是时候重拾之前放下的生活了。

欧洲和中东的疫情依然严峻，不过费城之后，美国没有别的城市受到重创。CNN一些专家表明，病毒已经变异，毒性降低了。福克斯新闻网的评论员引述广受批评的旅行禁令，称赞政府部门阻止疾病的强制措施。

米尔德丽德没有打住的意愿。“你们听说死在教室里那位老师没有？”她问，“就在学生面前倒地而亡。”

“米尔德丽德，我们还活着！”一位老师宣告。

“而且还保住了工作。”另一位随声附和。

吉尔回到教室后，坐在桌前观察吃完午餐返回的学生。考虑到他们面前的阻碍，他们面对着极度挣扎的生活。两个不同家庭都姓达伦的小孩都有一个蹲监狱的父亲，卡内莎是班上最聪明的，她的母亲薇姬尽力保护她，可是和她同一社区的女孩儿们，不管有多聪明和漂亮，都生活在恶劣的环境中。虽然存在家庭问题和资源不足，但是吉尔相信孩子们会挺过去，他们某些人会获得成功，卡内莎会成功。

只要别让他们出什么事儿，吉尔心想。

当天下午晚些时候，吉尔去静水公园跑步。从那里到疾控中心总部步行距离很近。偶尔在午饭时间，她和亨利会到坎德勒湖边野餐。她会把玉米卷喂给野鸭和常驻湖中的天鹅，后者很贪婪，争先恐后抢吃的。兜兜转转的土路穿过茂密的树林，学生们晒着日光浴，加拿大鹅在周围的草地上进食。绝佳的天气似乎让学生们有点儿过于茫然，根本看不进书。吉尔看见一对情侣在湖边接吻，这个情境仿佛来自另一个时代。

她比以往任何时候都想念亨利，但是也明白全世界都需要他。对于亨利的重要性，她没有天真的想法，但是会想象上了年纪后完全拥有亨利的情形，到那时，长期的分离终于结束，世界不再渴求他的关注。他们谈过要在北卡罗来纳或者圣达菲的山里买一间木屋，她为两人考虑过相当多可能的时刻，但也知道那都是幻想。亨利绝不会主动停下，甚至不会减速。吉尔永远不会完全拥有他。

吉尔在佐治亚州立大学读研究生时，和亨利在一场亚特兰大勇士队的棒球比赛上相遇。她和当时的丈夫马克一起去看比赛，马克那时正在埃默里医院进行住院医师培训。观看席上吉尔坐在马克和亨利中间，马克因为亨利的知名度而认出了他，就隔着吉尔与他交谈。亨利很有礼貌，但是显然他更喜欢看比赛，可马克想给他留下印象。当时有两件事儿让吉尔记忆犹新。一是马克对他的敬仰，吉尔还从没见过马克像对亨利这样如此直白地想要结识别的知识分子。他们谈话的内容非常专业——必然是与当时肆虐埃默里医院的一种耐药细菌性肺炎有关——从马克的反应来判断，亨利的回答很有原创性，而且出人意料。马克的缺点之一就是容易夸夸其谈并在专业上自视甚高，但是和亨利在一起他似乎没法表现。

吉尔注意到的另一件事儿是亨利对自己的兴趣。起初她觉得亨利只是显得热情，在南方你常见到绅士们即使不感兴趣也要优待女性，比如为她扶门。亨利不是南方人，也不会为了习惯和礼貌自我妥协。可是在马克的整出独角戏里，亨利的回应都照顾到了吉尔，即使他们的话题吉尔完全不懂。比赛中有一次费城队三人上垒，无人出局。马克正在侃侃而谈，而亨利在充满期待地密切关注着比赛，几乎很明显在暗示马克闭嘴一会儿。一发高速地滚球被击向三垒，三垒手接球后踏上垒包，投向二垒，然后二垒手投向一垒。亨利和吉尔一跃而起，冲动下，吉尔抱住了亨利。

“怎么回事？”马克问。

“三杀！”亨利喊道。

吉尔以前也没见过这种场面，比赛令人激动，但吉尔觉得自己的反应有点儿怪。她为什么要抱刚刚才认识的这个小个子男人？

对社交规则可能浑然不觉的马克，却注意到了那个拥抱。赛后他邀请亨利下周共进晚餐，接下去还有几次这样的见面，马克在谋求些什么。那不是一份工作——他努力追求并很快开始的是自己执业，他注定要成为在巴克黑德住着塔拉式庄园[1]大宅的一名医生，还会供职于一家主流药企的董事会。吉尔不反对过上这种优裕的生活，公平来讲，也许他们两人都有求于亨利。马克渴望在科学造诣的金字塔上更进一步，达到可以私下谈论竞争诺贝尔奖的程度。他本人永远不会成为那类人——他还没有傻到看不清自己的天花板——但他可以跟那种人成为朋友，一个独立而且喜欢受到关注的新人。吉尔明白，马克正在滥用她和亨利相互间的吸引。在某种程度上她为马克感到遗憾。

可是吉尔从中得到了什么呢？

她对此迷惑不解。自己已婚，又没什么不满。亨利是个让人感兴趣的人物，心里充满了秘密，这一点让吉尔着迷。他心思复杂，但又

1 塔拉是玛格丽特·米切尔小说《乱世佳人》中位于佐治亚州的虚构庄园，具有美国内战前富丽堂皇的建筑风格。

灵活得足以全身心投入一场棒球比赛中。他在交谈中很风趣，而这也让吉尔不禁好奇在床上他表现如何。从任何常规的角度出发，亨利都不会成为她的性目标。他比吉尔矮一点儿，罗圈儿腿，还患有脊柱侧弯，走路用拐杖。可是当吉尔允许自己从身体上思考亨利时，很快映入脑海的是他的脑袋，大得比例失调，但也英俊高雅，她想，准确地说是活跃。所以当马克为了一位拥有对冲基金财产的女继承人而与吉尔分手时，她感到震惊，但没有伤心。她知道亨利在等待，在某种程度上相信他一直在等待，就像吉尔一直在等他。

尽管亨利的才智非凡，但他卓越的头脑包裹在残缺不足的身体里。然而他从不对那些低估或用怜悯神情看他的人生气。吉尔鄙视他们所有人，他们不理解亨利·帕森斯拥有的一项非凡品质，在吉尔心中他超越别人的一个特征是：他了不起的爱的能力。

还有一个品质吉尔不断地想要了解，亨利有一种深藏的负罪感。他们在球场头一次相遇时，亨利已经从德特里克堡临时分配到疾控中心。他生活在一个隐秘的世界中，永远不会披露在那里做过什么。他们相遇后不久，他接受了疾控中心的永久工作。那已经过去了十六年。

亨利把自己又活了过来归功于吉尔，几乎可以说她给了亨利新生。亨利总说他们的婚礼是他曾经最幸福的时刻，吉尔也这样觉得。可幸福是一种无常的特征，吉尔常常害怕一股绝望的浪潮在等待着她，让她为多年的幸福付出代价。

那个男孩儿在攀爬架上呕吐时，特迪正在操场上玩。一名看管人员带着男孩儿去了护士办公室，那里已经有三个孩子出现流鼻血或恶心的症状。刚刚听到消息的校长通过公共广播系统说十二号规则立即生效，这意味着老师们要把孩子留在教室，家长来接之前不能让他们出现在走廊。有些家长已经得到消息，匆匆赶过来接他们的孩子。他们的眼中充满恐惧。

过去二十四小时之内，十七个城市中孔戈里病毒致死的美国人新增一万八千例——包括流感致死超过二百人的亚特兰大。新闻报道了各种故事：死在晚餐桌上的家长留下四名孤儿；底特律监狱十二名罪犯死亡，另有十三人染病，导致县政府直接敞开监狱大门，因为他们无法保护罪犯……人人都以为行将结束的这场灾难会将社会瓦解，这些故事就是社会的寓言。

大多数人死去都是因为机体对感染的猛烈反击把他们迅速拖垮，而其他的病人会拖上十天才去世，通常都是死于严重的呼吸道疾病症状，致命的重症肺炎。随着孔戈里病毒的流行，新型耐药菌株激增，流感和肺炎相结合的死亡率接近 50%。

吉尔得等到自己最后一名学生被接走，才能带特迪和海伦回家。她饥肠辘辘，急急忙忙地赶在所有商店关门前购买生活用品。她冲到家附近的天然食品商店，以为那里会少些恐慌，结果还是遇到疯狂的人群。穿着瑜伽服的女人们（隔壁是一家健身工作室）在过道里横冲直撞，穿着西服的商务人士推着两辆或更多推车，其他人怀里满满地抱着待购商品往外走。吉尔考虑也采取同样的方法，两名店员正在尽力维持现场销售秩序，可他们也害怕，迫切想要离开可能暴露给病毒的环境。

“只收现金。”一名前额印着红色蒂拉克[1]印记的瘦小印度裔女孩说。

“哦，别这样，我身上没带那么多钱。”

“信用卡系统没有反应，”她说，“所以用现金，只能这样。”

1 在印度教中，蒂拉克通常就是画在前额上的一个印记，在日常或宗教仪式中使用。

吉尔注意到身后的商务人士手里拿着一把钞票，不知为什么每个人都知道得比她多。她从钱包里找出四十三块钱，收银员直接接过去，都没清点她买的商品。吉尔自己把它们装在袋子里，然后离开了商店。她感到头晕目眩，喘不上气。

吉尔到家时，亨利呼叫她进行视频通话。他正在沙特阿拉伯卫生部，穿着一件写有阿拉伯文字的白色实验服。不知为何，看见亨利新的工作引燃了吉尔的愤怒。"你为什么还留在那里？"她问，"你不属于那里，应该回家照顾我们，管理你的实验室。可是你远在沙特阿拉伯！"

吉尔的愤怒令亨利措手不及。"我在尽力想办法回家，"他说，"美国大使在帮我暗中疏通，可沙特阿拉伯仍处在隔离状态，所有的航班都禁飞，我不知道还能怎么办。"

吉尔的泪水夺眶而出，亨利只是听她哭了很久。她感到害怕，发疯似的想要努力保护孩子。亨利的眼中也充满了泪水，当他再次开口时，声音也颤抖起来。"让你照顾一切不公平。"他说。

"'公平'，"吉尔脱口而出，"你不知道这里变成了什么样子。"

"给我讲讲。"

"我从没觉得人们会变成这样，人人自危，不知所措。人们囤积食物，不拿出来分享，也不用现金提供帮助。原本有一些社区食物银行，可它们也关闭了。我猜是因为没人想和别人一起排队，或者食物已经没有了。所有人只为自己着想。"

"听着吉尔，我保证会很快回家。我的确有些门路，凯瑟琳在想办法帮忙，玛利亚也是。所有人都想让我回家，会成功的，我保证。"

"人们正在逃脱隔离，我听说了。你不能开车穿过沙漠，去一个别的国家？"

"边境关闭了。伊拉克边境有空中巡逻，其他国家可能也有。我不知道也门的情况能好多少，但不会一直这样。讽刺的是，我就是鼓吹这项措施的人，现在阻止孔戈里病毒的传播已经来不及了，我被困住了。”

“老天呀，我真希望你在这里，”吉尔说，“我知道这样想很自私。唯一重要的是，你得找到阻止疾病的方法，它把人吓得瑟瑟发抖。我知道你会说不只是你一个人在想办法，可是只有你才行，亨利。”

25
维护领导力

副总统怒不可遏。“怎么回事儿？我们都已经消灭这种病毒了。”他盯着巴特利特少校质问。

“显然没有，先生，”巴特利特说，“它消隐了几个星期，这种情况并不罕见。你也许还记得，上周你建议所有人复工时，我们说过这一点。”

副总统对她怒目而视，不过蒂尔迪现在清楚得很，巴特利特从不曲意迎合或暗中威胁，她是一名纯粹的科学家，坚持讲真话把她推到了屋里其他所有人的对立面。蒂尔迪已经逐渐羡慕起她执拗的诚实。

“这种经济形势一天就会损失——多少来着，两万亿美元？一天！就一天！我不知道我们什么时候能再次开放市场，你告诉我死了多少人！”副总统再次把责任推给巴特利特，但没有停下来等她回答，“我们让医院关门，让病人离开，甚至连死者都来不及下葬！我们怎么会对此毫无准备？”这是明知故问。“真他妈一团糟。”他的总结丢弃了自己福音教徒的虔诚，“你叫什么名字来着？”

“巴特利特，先生，巴特利特少校。”

“你谈过的那种抗体，你们有了吗？”

“单克隆抗体，有了，先生。我们正在水貂身上试验。”

“甭管啦，按你所说，这是我们建立某种免疫的最大希望。这种该死的病毒在华盛顿到处传染，我们需要维护领导力。”

什么领导力？蒂尔迪想。在如何应对病毒的讨论中，总统几乎完全缺席，只会指责反对党在他接任前忽视公共卫生需求。

“好的，巴特利特，听我说，”副总统继续说，“我想让你今晚去白宫报到，带一剂那种抗体给总统，”他想了一下又说，“和他的家人。”

“我要给您也带一剂吗，先生？”

蒂尔迪惊异于巴特利特能波澜不惊地问出这个问题。副总统考虑该如何回答时，所有人都盯着桌面。这是泰坦尼克号上最后的救生筏，蒂尔迪想，你想要自救还是展现人性？

“我们有多少剂？”他问。

“大约两百剂，”巴特利特说，“现在我们不能保证任何一剂的安全性和有效性。每个人都存在个体差异，有不同的免疫水平。正确的剂量还不可知。”

“两百，”副总统用手指敲着橱柜桌，“两百个名额，要救谁？唉。”

蒂尔迪决定帮他摆脱窘境。“你应该接受，”她说，“为了保证指挥链不会中断。”

“不，”副总统说，“别人比我重要，军事将领、内阁成员、急救人员……上帝，真是难以抉择。我得为此祈祷。”

蒂尔迪头一次对他产生了一丝同情。“还有一件事，”就要散会时她说，“我认为这场大流行终止之前，我们不能再冒险面对面开会了。白宫会安排电话会议。在风险消失之前，或许巴特利特少校可以给我们一些指导性建议。”

除了要居家隔离，勤洗手，戴口罩和一次性手套，非绝对必要不外出，巴特利特能提供的建议不多：“假如你出现症状，记住医院已经人满为患，根本不是你的最佳选择，除非你需要上呼吸机。如果家里没人照顾你，确保至少有两个人每天都会给你打两个电话。多喝水，躺在床上休息。”

“可以吃阿司匹林吗？”

“绝对不行！”巴特利特的声音吓到了所有人，“这是出血性疾病，你不能服用任何抗凝血药物，萘普生、艾德维尔、拜耳痛经片、美林、复方羟考酮、我可舒适和百服宁都不行——让你感觉能变好的药物最好都别吃。”

这个说法简直太符合巴特利特的性格。“泰诺没事儿。”她说。

他们收拾公文包的时候，参谋长联席会议的代表问特工人员：“你听过地球卫士这个组织吗？我二女儿对它着迷，要我说像邪教。”

特工人员没有听说过，蒂尔迪也没有听说过。

“我提起这个组织是因为他们反对人口增长，我的意思是极端反对。你或许在示威活动上看见过他们，都到了要推翻全人类的那种程度。他们那种人似乎不介意从地球上铲除几十亿人口。我女儿没到那种程度，但她支持。”

“联邦调查局在洛杉矶逮捕过他们一些人，”司法部代表说，“他们竟然闯进一家精子银行，捣毁那里，关掉冷藏箱，毁掉了所有库存。”

蒂尔迪说，听起来好像是由某个疯子领导的小团体。

“那是你的看法，”司法部代表说，“可他们的领导者过去曾在政府任职，在德特里克堡主持了很多不可告人的工作。然后他被开除，加入私人承包商开展了一些不法活动。”

“一名科学家？”蒂尔迪问。

“对，一名微生物学家，名叫于尔根·斯塔克。”

26
人体试验

那是一次机会，于尔根告诉亨利，价值连城的机会，可以验证他们的理论。这件事发生在于尔根被追责而离开德特里克堡之后，国会当时正在调查某些难以评价防御效果的实验。调查都是秘密进行，但是消息开始泄露出来。最后的决定是中央情报局要与外包给德特里克堡的秘密行动脱开关系，那意味着开除制造病毒的天才领导者。

在情报圈外围的灰色领域，于尔根·斯塔克人尽皆知。他一走向市场，众多企业竞相报价聘用他。“9·11”事件和伊拉克战争之后，私人安保公司如雨后春笋纷纷诞生。他们的工作人员受过最好的训练，来自世界各地——海军陆战队、中央情报局、摩萨德、南非准军事组织。政治顾问、学术人士和来自国家安全局的电脑黑客也加入这种混合组织。除了提供杀手雇佣，此类公司也承担一揽子项目或扮演防务部门的角色，假如费用到位，甚至还能派出一支真正的军队。

于尔根为最终雇用他的公司——AGT 安全联合公司——带去了一项竞争优势。公司名称故意保持低调，没有暴露任何信息，不过对于在灰色领域中运作的那些人而言，AGT 是出了名的业内选择。类似 AGT 这类私人承包商的下一步计划是微生物学。雇用于尔根是一步高招，他立即成为炙手可热的人物与公司的未来。于尔根有先见之明，了解了所有的秘密，其中之一便是亨利·帕森斯的秘密发现。

在德特里克堡，亨利一直在研究脊髓灰质炎衍生病毒。脊髓灰质炎是20世纪早期最可怕的疾病之一。和流感病毒一样，脊髓灰质炎病毒也是一种RNA病毒，但它通过被人类粪便污染的食物和水传播——这也是游泳池要用氯消毒的原因之一。20世纪40年代和50年代，每年都有数千名儿童瘫痪，医院里摆了一排排的“铁肺”——把人束缚住的机械呼吸器，有些患者注定要带着它度过一生。脊髓灰质炎无法治疗，但是索尔克疫苗和萨宾疫苗的引入几乎消灭了脊髓灰质炎病毒，这是医学上的一次伟大胜利。不过于尔根明白，没有接触过脊髓灰质炎病毒的人群也带来了一个机会：病毒的高传染率和它对神经系统无法预测的影响使它成为生物武器研制的热门对象。

亨利又把精力转向名为“手足口病”的常见儿童传染病——也被称作肠道病毒71型（EV71）——它和脊髓灰质炎的相似性很高，临床症状通常较轻微，不过造成永久性神经系统损伤的重症病例有时也会出现，特别是在亚洲。尽管亨利的任务是把肠道病毒当作潜在的武器来研究，但是作为医生，他认为如果能理解一种无害疾病向灾难演变的机制，他也许就能解锁一个大自然尽力保守的秘密。

亨利研究出一种整合EV71和脊髓灰质炎病毒核酸的方法。整合后的病毒在初次暴露的小鼠身上产生了绝对罕见的效果：三天后小鼠都瘫倒在地，昏迷数小时，随后它们清醒过来，没有明显副作用。只有短时和轻微的效果。同一笼中没有接种整合病毒的小鼠经历了类似的反应，这表明病毒可以在小鼠间传播。没错，它极具传染性。

于尔根立即想到这种整合病毒的一个应用。他一心表扬亨利的天才之处，用还未取得的成果来肯定亨利。我们将改变战争的方式，于尔根说，不是靠常规武器或核弹，而是靠细菌、病毒和毒素。精准靶向、潜心制备的亨利气雾剂版——怎么称呼呢，失能毒剂，某种麻醉剂？——可以降伏敌人，使之长时间失去行动能力，进而被我方俘虏或者解除战斗力。兵不血刃，从表面看就是一起自然事件。亨利，你的发明使这成为可能，你了不起的发明。

失能毒剂？麻醉剂？一种催眠剂？在于尔根口中，它似乎那么温和，实际上没人知道它究竟是什么，它还没有经过人体试验。可于尔根急不可耐，他私下以个人名义在沙漠、丛林和无监管的内陆地区悄然开展研究工作，有可能会出现捷径。现在就有一个绝佳的机会，他告诉亨利，那就是你曾向往的人体试验。这样想象一下：在玻利维亚和巴西的边境雨林中有一群毒品恐怖分子，罪恶滔天，是哥伦比亚革命武装力量的叛变分子。多年来他们躲避抓捕、袭击村庄、焚毁庄稼、强奸妇女、抢夺劫掠、散播恐怖。巴西人来找我们解决，而你已经找到了办法！

亨利和 AGT 团队在圣保罗会合，行动将从一座空军基地展开。整个团队敏捷、有力、高效，毫不怀疑自己会取得成功。他们将把“药剂”——他们对亨利发明的称呼——装进一架喷洒农药的飞机，在科伦巴村附近亚马孙雨林中的一条跑道上降落，等待夜幕降临。目标与外界隔绝，所以几乎没有向外界传染的风险。恐怖分子藏身小屋的灯光会引导他们，黑暗会给一切反击造成麻烦。农药飞机会在那座村庄上空飞过数次，不同于必须直接吸入的炭疽，亨利的药剂具有传染性，所以会很快传播。三天后，军队会进驻，于尔根和亨利会作为医疗团队跟进，去记录效果。一切都会顺利的。

可亨利却感到不安，这不是科学，一点儿都不着边际。可话说回来，对志愿者进行人体试验无论如何都是必需的——“药剂”正处在那个阶段。短时麻痹一群恐怖分子似乎更说得过去（假如亨利的发明有效的话），而且，巴西人民迫切需要，于尔根也对成功充满信心。可是这些鼓动性的想法并没有让亨利安心。

亨利和于尔根在雨林里度过的第三个晚上，舒适的微风吹走了潮气，把雨林变得更加通透。他们喝着玉米酒，倾听吼猴用喉咙发出的叫声，它们正在受一种流行性黄热病的折磨，于尔根把那归罪于人类的不良卫生习惯。两人谈起治疗野生动物的阻碍，除了在星光下闪亮的银发，亨利几乎分辨不出他的面貌特征。后来于尔根说了一句话，亨利永远不会忘记。“在人类对抗自然的战斗中，我不站在人类这边，”他说，“我背叛了同类。”

这是酒精和黑暗引出的告白，在此情此景中，白天清醒时无法言说的亲密熟悉之感被出卖了。亨利回想起米耶医生在奥果韦河边鱼馆里说过的话，她说于尔根是个危险分子，可于尔根的工作中没有证据表明他有任何危险，只是后来亨利才理解他告白的真正含义。

27
费城血清

傍晚六点，巴特利特少校来到白宫西北门，她的医疗背包里有七剂抗血清，其中五剂来自费城，另外两剂来自明尼阿波利斯。关于给总统注射哪一剂，国家卫生研究所进行过一次秘密讨论，费城毒株致命性更强，抗体也许可以保护他不受最危险的流感病毒变种侵袭。但是从另一个角度出发，明尼阿波利斯血清可能更安全，不过这种事也不可能明确。巴特利特既可能救了总统，也可能要了他的命。如果注射后只出现轻微的感染，她都会把悬着的心放下。

她被领到楼上家庭成员的住处，被带进从没听说过的美容室，里边灯火通明，摆着一整架化妆品、各种刷子和一只专业干发器，一张日光浴床靠墙放置。等待她到来的是总统的医生，他有唇腭裂，戴着三焦点眼镜，是一位空军上将。巴特利特向他行了军礼，他无力地回礼。

“你要我来执行注射，还是你来？”他问，“我不确定这东西的操作流程。”

“技术上没什么特殊的，”巴特利特说，“我推荐从臀大肌注射，因为注射量多，三角肌不好吸收。”

“那样的话，我给总统注射，你给第一夫人注射，他对自己的腰围有点儿敏感。其他人我们一人一半。”

成年子女先来，他们一本正经地说着要感染丛林热的无聊笑话，丝毫没有因为脱裤子而感到尴尬，这样巴特利特才能从骨盆带下边的臀部侧方注射。她好奇他们是否考虑过危险，是否考虑过自己也许夺走了更有用的人生存的机会——比如护士、警察、怀孕的母亲。还是说这就是生活——权贵和名流必然会得救。她觉得自己太天真，当然注定是这样，我们的国家已经变成这样。

她完成任务后，总统的孩子们提上裤子，揉着屁股上疼痛的地方，走出房间。

总统走进来，他真的很胖，巴特利特想。她好奇总统的甘油三酯水平。总统看了她一眼，她转身离开，去扔掉注射器，收拾背包，然后听见总统说："她不必留在这里。"

"她在等第一夫人。"上将说。

"哦，她不来了，我猜她不信任你们的人。哎哟——"说话间，费城血清注入了他的身体。

28
冰激凌

尽管有外出公共场所警示令，吉尔还是决定去看一看母亲。她才一个多星期没有去看，可是母亲节到了，她想确保诺拉得到了悉心的照顾。她从自己的花园摘了些金鱼草带去，可是养老院门口贴着她从没见过的告示：禁止访客入内。

吉尔戴着口罩和手套，她一直接不通诺拉的固定电话，可诺拉又没有手机。吉尔认为“禁止访客入内”的规定不能用于家人，所以她走了进去。前台没有人接待，她也没看到其他任何人，便乘坐电梯去了三楼，诺拉摔伤了臀部之后就搬去了那里。走廊里空荡得可疑，不过吉尔能看见房间里还住着人。

“嘿！嘿，说你呢！”一个男人从后边叫她，“救救我！”

吉尔转身看见一个房间里有位老人正盯着她。他的脸上涌现出强烈的情感，可吉尔很快注意到他正在流鼻血。

“你在这儿工作吗？”他问，“我需要救助。”

吉尔后退了一步。“我会找个人来。”她说。

“他们不会来，没有人来。你得帮我，我感觉不太好，而且没有人来给我换纸尿裤。”

“抱歉，我是来看我母亲的。”

“我真的需要换一下了，纸尿裤就在那边。”他说着用骨瘦如柴的手指指向橱柜。

“真希望我能帮你，真的。”吉尔说着匆忙离开。

老人继续可怜地从后边叫她：“救救我！没人来救我吗？”

吉尔进去时，诺拉正在看电视。“你怎么去了这么久？”她厉声说道，“我都饿了。”

“妈妈？是我，吉尔，你的女儿。”

诺拉定睛一看，记忆的碎片根据新的信息重新组织起来。她的状况通常比这要好，也许是口罩让她没认出来。吉尔听见走廊传来别人的叫喊，他们一起可怜地呼救，好像咆哮的狗。

“你感觉如何，妈妈？”

“和你说了，我饿。”

“挺好，这是好现象，”吉尔说，“他们没给你拿吃的吗？”

诺拉发出一个鄙夷的声音。

“这样吧，”吉尔边说边调整花瓶里的枝叶，那是海伦参加夏令营时手绘的花瓶，“我去厨房给你拿点吃的。你想吃什么？麦片？还是来点儿冰激凌？”

“冰激凌。”诺拉赞同吉尔的选择。

“好嘞！我去去就回。”

吉尔现在彻底明白，老人们已经基本上被抛弃了，养老院的行政办公室似乎也已经人去楼空。但是她看见院长的办公室敞着门，杰克·斯珀林顶着黑眼圈坐在里边，脸上满是绝望的表情。

“杰克，你一个人在这儿？”吉尔问。

“第一例流感病例出现时，我们大部分员工就离开了，”他说，“我觉得他们有些人是真的病了，不过大部分只是害怕。他们所受的培训不足以应对这种突发医疗事件。”

“可是谁照顾这些老人呢？”

“我们还有几个工作人员，但把每个人都照顾到需要一段时间。

抱歉，你母亲可能还没有吃东西。”

“你们还有吃的吗？”

“我们从农业部得到一些紧急救助，但是缺乏必需品，比如花生酱、奶酪条、巧克力奶之类的软食——老人们喜欢的那种。安素奶粉已经完全用光了，但是真正的问题是药物，”他指着桌上的一堆文件说，“我们大多数住户的大部分长期口服药，我联系的每家药房目前都限量供应。我花了一整天时间努力求购糖尿病和心脏病药物，我们有人急需降压药，可是那得先满足重症患者治疗。还有其他的问题，我不想让你听了难受。”

“比如孔戈里病毒。”吉尔说。

斯珀林叹了口气：“三楼和失忆症病房已经开始蔓延了。”

“为什么你不给我打电话？”

“告诉我，吉尔，你真想让我通知你吗？你想把你母亲带回家吗？如果是这样，没问题，请自便，少一个人吃饭、洗澡、上厕所、半夜吃药，我们乐意至极。你算是给我们帮了大忙，但是你的家人知道你在这里暴露过就不会这么想了，考虑一下吧。”

吉尔在地下室里找到厨房。一名厨师在几只大桶里搅拌着麦片，她微微做出一个动作，吉尔认出是警示自己别靠近。

“有冰激凌吗？”吉尔问。

女厨师摇了摇头。“早就没了，”她说，“需要的话，麦片准备好了。”

吉尔端了一碗麦片、拿了一个塑料匙回到诺拉的房间。幸运的是诺拉已经忘了冰激凌，吉尔就坐在她母亲的床边喂她吃。

“我和你讲过我去了玛吉家吗？”吉尔边说边观察到她母亲的眼睛在搜索这个名字，“我们常常谈起你，你会为她感到自豪，她和蒂姆在农场做了了不起的工作，那里已经成了景点！”她说个不停，好像诺拉能理解似的。吉尔明白，即使名字和细节早已从记忆中散落，重要的还是创造一种熟悉感。可是随着讲述，她脑海里的另一个声音也在说：“哦，妈妈，我该拿你怎么办呢？”

孩子们一停学在家，亨利在利雅得就开始每天上午十点联系他们，这样吉尔就能有机会出门。尽力凑够钱或买到生活用品成了每天的战斗，大多数商家都已经停业，一切皆可买卖的黑市在不同的社区纷纷涌现。人们对现金的囤积导致自动取款机里取不出钱，联邦政府有大量的现金储备，他们正在努力将其注入经济。可是这批现金储备里大部分是被人弃用的两美元纸钞，没法通过自动取款机提取。

传染病毁掉了一切群体，吉尔回忆起其他的自然灾害，比如她童年时期经历过的北卡罗来纳的飓风。威尔明顿市会立即变身成为一台组织有序的人道主义机器。她的父亲有一艘钓船，街上洪水泛滥的时候，他去拯救困在房里的邻居，诺拉带着两个女儿制作食物篮。大家齐心协力，彼此关心，吉尔和玛吉难忘那段患难与共的时光。

疫情不同于此，邻居们彼此隔离，囤积食物。似乎每个人都武装起来——枪店是最后关门停业的商店。最大胆的人成了贪婪的黑市商人。吉尔毫不怀疑大多数可以买到的黑市商品都是偷来的。卖家打过如意算盘，这是他们赚大钱的机会，瘟疫结束他们就会富甲一方，他们只需要活下去。吉尔用一条珍珠项链换来一袋番茄和一磅粗通心粉。

政府不断试图安抚市民说他们正在尽一切努力，然而安抚性的谎言只会让最骇人听闻的阴谋论愈加可信。因为彼此畏惧，人们避开保护社会不被瓦解的常见社交仪式。真相的缺失和信任的打破为恐惧敞开了大门，把社会撕扯得四分五裂。

一天早晨，吉尔找机会去静水公园例行跑步，雨后的小路仍然有点儿潮湿，她感觉自己身处一部僵尸电影，城里没什么人，剩下的都处在生与死之间的战栗状态。可是眼下我还活着，她想。周围一个人都没有，她摘下了口罩。

绕过第一座山的时候，她撞见了一只死鸟，便停下来检查。它身上是橄榄绿和黄色，头顶和下颌是黑色。是某种漂亮的鸣鸟，她想，玛吉会认识吧。也许这只鸟是这片树林里常见的种类，可是吉尔以前从没注意过。要是我能渡过难关，她想，以后要多关注一下。

她记得上一个冬天，湖水刚刚开始结冰，它从来没有真正完全冻住。她带孩子们来散步，特迪先发现冰面下的狗。“可怜的家伙，它肯定想在冰上走来着。”吉尔边说着边觉察出那是特迪第一次真正目睹死亡。他被当时的情形震撼，然后找来一根棍子想要敲碎冰面。“特迪，别那样，”吉尔当时说，“我们得等冰融化。维护人员会处理的。”可特迪继续敲打冰面。“想想它的主人，”他哭喊，“想想皮珀斯。”

“我明白，宝贝儿，这很难受。可它已经死了，我们没办法使它复活。”

特迪了解死亡——抽象地了解，就如同孩子们谈论性——可这下他明白了，真正地明白了。这样的领悟让他浑身颤抖。现如今想起这段对话，吉尔好奇自己还可以怎么对特迪和海伦诉说死亡。他们感到害怕，可吉尔也是一样。她如今渴望早已失去的信仰，渴望孩童时她对上帝和天堂几乎确定无疑的感觉。那些信仰和感觉，特迪和海伦都没有。吉尔心想，我们没有向他们表达过。或许宗教完全是谎言和神话，构建在她此刻对死亡的恐惧之上。无神论者自豪于世界所有可证明的事实。亨利对宗教抱有极大的敌意，吉尔绝不会考虑向他提起精神向往的话题，可她此刻就有这种感觉，但是不知道该如何是好。

跑到公园的主干道时，她注意到不少身着迷彩服的人在喂鸭子，他们就站在几天前吉尔站着的地方，当时世界还没有天翻地覆。他们令吉尔感到奇怪，在湖后边倾斜的山坡上，吉尔看见一群加拿大鹅，可它们都倒在了地上。

“你们在干什么？”吉尔对一个喂鸭子的人喊道，发现他的外套胸口别着一个徽章。

“哦，女士，抱歉，你不用在这里观看。”

“你们在扑杀这些鸟？”

“我们在执行命令，没人乐于这么做。”

吉尔走向杀鸟人时，看见一只天鹅挣扎着从湖中走向步道。吉尔认出这只天鹅：假如不喂它玉米卷或碎面包，它会拍打着翅膀啄吉尔的鞋，以此展示藐视吉尔的权威感。此刻它像喝醉了一样跌跌撞撞，耷拉的脑袋仿佛是沉重的负担，最后它倒在了路对面的草坪上。

吉尔出去跑步期间，海伦和特迪通过视频通话告诉亨利自己在做的科学项目和阅读的书籍。反过来，亨利一边在沙特阿拉伯空荡的街道上散步，一边向孩子们展示所有人都居家隔离时简朴的街道是什么样子，一如他们所在的亚特兰大。此时夜晚刚开始降临，阳光已经不那么灼人。

大部分时间特迪都很生气，显得特别反常。“你都不关心。”亨利问起他制作的矿石收音机时，他说。

“不，我非常感兴趣，”亨利说，“初中时我也曾尝试制作，但是一直没有成功。”

亨利没有做成某事的说法让特迪很感兴趣，不过也让他问道："你为什么不能治愈这种疾病？这种事儿你不是应该知道如何做吗？"

"我猜我应该知道，"亨利说，"也在尽自己的努力。但是很难。"

轮到海伦说话，她提到另外一件令人担心的事情。"妈妈状态不佳，总是心烦意乱，"她说，"她装作能搞定一切，可她好像经常哭，不当着我们的面罢了。"

"这是个难熬的时期，"亨利说，"人们不得不面对他们不曾想过要面对的事情。我知道你也是一样，也知道你很坚强。海伦，你也许是家里最坚强的人，妈妈和特迪可以指望你。你了解自己这点，对吗？"

海伦非常平静地回答："我猜是吧。"

"我希望能把你当成小女孩儿对待，也许我们很快就会再有那样的机会。可是眼下你真得做个大人。"

海伦思考着他的话，然后说："爸爸，你相信天堂吗？"

亨利能看见她的目光从屏幕转向别处，也许是因为唐突地问出这个问题而感到尴尬，也许是因为害怕。

"我不是不相信。"亨利说。

"告诉我你真正的想法，别把我当成小孩儿。"

亨利发觉自己在回避这个问题，海伦问过他的最重要的问题之一。"我不信仰宗教，你知道这点，"亨利说，"我是一名科学家，把宇宙看作待解的谜团。可我越了解生命，就越感到困惑。我们为什么存在？我们不知道，也许永远不会知道。上帝存在吗？我透过显微镜观察某个极小的生命体时，常常被它的美感和机能震撼，甚至不得不退后一步，调整呼吸。我们是如何存在于世的？为什么我们能这样进行对话，而不是像特迪的机器人那样听命于主人？我在尽量向你展示我自己都从来没弄清楚的一些想法。这么说吧：表面上，我认为生命惊人地简单。比如你可以命名颜色，品尝饮食你就能了解味道，听见声音你立刻就能判断出是不是音乐，面对镜子你会看出镜中人是自己。

“可是如果你观察那个人的身体内部——海伦的身体内部——你会觉得非常复杂。海伦从一个单细胞开始生长，从初始细胞分裂形成的数万亿细胞，才组成了如今的海伦，它们的功能各不相同。即使海伦会变成上年纪的老太婆，每分钟也会有数百万海伦的细胞凋亡，新的细胞也在诞生——但海伦仍然是海伦。”

“那些细胞去哪儿了？”海伦问。

“它们被身体吸收，它们的能量被用来产生新的细胞。不过它们都是海伦的细胞。如果你观察那些细胞的内部，甚至会发现更复杂的东西。你记得在我实验室里看过的电子显微镜吗？”

“嗯嗯。”

“我能把一个细胞放大一千万倍，能想象吗？我探索得越深入，就会感到越吃惊。而且总有一扇门我打不开，里边有一个我永远无法揭示的秘密。假如我能打开那扇门，也许我会发现类似灵魂的东西。”

“那天堂呢？”

“我不知道，说实话没人知道。我听说过有在手术台上去世后又被救活的病人说见到了他们去世的亲朋好友。我是视之为我们所谓的基准点，有趣但无法证明。我希望可以告诉你存在死后的生活，你在乎的每个人去世后都会出现在其中，我们会永远在一起。可我无论如何都无法证明。”

海伦点点头，亨利担心自己让她失望了。然后她说：“我相信天堂，我认为它在我们的梦里。”

“此话怎讲？”

“就好像我们已经在生活中拥有了所有这些人和经历，然后在梦里我们重新安排一切，获得新的经历。有时我们遇见新人，参加大冒险，那就像天堂。有时会发生坏事儿或做噩梦，那就像地狱。我想说的是，为什么我们必须要把天堂当作一个只能死后进入的场所呢？假如说，我们有一半的生命是在地球上清醒地度过，然后有一半在天堂，最后我们完全进入天堂，那才是死后的情形。”

“这个理论可太妙啦！”亨利佩服地说。

29
外婆的饼干

吉尔再次去养老院看望母亲，这次她一进去诺拉就认出她来。“戴上手套”是诺拉对她说的第一件事。吉尔从窗台的盒子上拿出一副一次性手套，然后又给诺拉戴了一副。吉尔拉住母亲的手说：“我要带你回家。”

“不，不要。”

“你上一次吃东西是在什么时候？”

“我不饿。”

“看，我给你带了点儿东西。”吉尔伸手从塑料袋里拿出一盒香草冰激凌。这花去吉尔二十四块钱，她只能凑够这么多现金。

“你不应该来这儿。”诺拉说。

“迁就我一下，妈妈。我正想要喂你吃呢。”

诺拉笑了，这是几个月来吉尔头一次见她这样。她舀了一小口送进妈妈的嘴里：“香草是你最喜欢的口味，对吧？”

诺拉点点头，吃过第一口之后，她便大快朵颐起来。

“你的孩子……”诺拉含糊地说。

“海伦和特迪，他们挺好，就是感到无聊，等不及让你和我回家了。”

“我爱他们。”

“我知道，他们也知道。”

“我现在不能去。”

“妈妈，我不能把你扔在这里。”

“我病了，不能去。”

吉尔努力想要平静，可她的心还是怦怦直跳：“妈妈，我想要照顾你。”

“你也不应该来这里，”诺拉说话时，下颌在颤抖，“我把遗嘱之类的文件存放在某个地方，你和你妹妹……”诺拉用力地看着吊顶板。

“玛吉。”

“一切都归你和玛吉，”她思索了一会儿，“我还有一辆汽车？”

“妈妈，我们别说这些了。”

“我不想要隆重的葬礼。”

“好吧。”

“葬在奥克兰，你父亲的旁边。你知道我们有块墓地。”她记住的都是最让人意外的事情，或者也许对她来说只有这些才是最重要的。她想让自己的牧师——吉尔知道她指的是格伦纪念联合卫理公会的那位——致悼词。吉尔没有告诉她，即使教堂还开门，即使牧师还活着，那也不可能。

“我爱你，妈妈。”她说着眼里流出泪水。

“我知道。”

吉尔又舀了一口冰激凌送进母亲的嘴里。

三天后，吉尔在奥克兰公墓埋葬了母亲，那是南区一片美丽的旧址。因为有太多尸体要埋葬，他们就挖了一条大沟。和其他大多数人一样，诺拉裹着一张布单。因为对感染的恐惧和棺材的稀缺，停尸间已经关闭。尸体由租用的卡车运送过来，很少有尸体穿着寿衣，有些穿着睡衣，其他的没穿衣服。工作人员穿着防护服把尸体装上运货板，一辆叉车把他们下放到沟里。前来吊唁的人寥寥无几，这是一场注定无人见证的葬礼。

有那么一会儿，吉尔的思绪被一只知更鸟的叫声所吸引，它栖息在一棵木兰树上，鸣唱各种欢乐的调子。不管有没有我们，吉尔心想，壮美的生命都会一直延续。然后她颤抖着哭起来。

突然她感觉到一只手抓住了自己的臂弯，隔了片刻她才认出口罩后面的脸：是自己最喜欢的学生卡内莎的母亲薇姬。二人默然无语，吉尔注视着一个穿防护服的男人从薇姬的汽车后备厢里取出一具包裹好的小尸体，放在了运货板上尸体堆的最顶部。

吉尔的手指肿成了香肠，她撒落了所有东西，小扁豆撒得炉灶上到处都是。“我们昨晚不就吃的这个吗？”海伦问。

吉尔按捺住自己的脾气，没有向她发火。“今晚不一样，”她故作轻松地说，“今晚我们吃小扁豆和辣酱。”

“哦，太好了。”

吉尔在储藏间里找了找，肯定还有别的什么可以和小扁豆一起搭配，她担心自己没给孩子吃饱，但也觉得应该限量使用必需品，直到瘟疫过去、商店重开、取款机投入使用、所有人恢复正常生活。储藏间里还有些额外的罐装食品，冷冻室里也有几样吃的——雪糕、一袋冻芸豆、一条不知道什么时候放进去的鳟鱼——但是维持不了几天。

在冰箱的里边，吉尔发现了一袋面粉。她母亲总是坚持南方的旧习惯，把面粉放在冰箱里，避免生虫子。剩下的黄油还够做饼干。小女孩时代的吉尔和玛吉多少次站在凳子上，帮诺拉揉面团做曲奇、馅饼和饼干，特别是饼干——热乎乎的薄片，在厨房里散发出浓郁的香味，吉尔现在还能在记忆中清晰地感受到。她的膝盖一软，不得不扶着厨房操作台撑住自己。

“没有牛奶。”她无力地说。

“妈妈，你还好吗？”始终关注母亲心情的海伦问道。

“我要做饼干，可是我们没有牛奶了。”

“必须要用牛奶吗？”特迪怯生生地问，是他把最后的牛奶喝光了。

“假如你们想吃外婆的饼干，就需要。”

海伦提出一个令人畏惧的建议：“也许可以问问楼上的埃尔南德斯太太是否愿意用一些牛奶换点儿饼干？”私下里，海伦和特迪把埃尔南德斯太太看作女巫。

“你们为什么觉得她有牛奶？”吉尔问。

“她有猫，所以就有牛奶。”

吉尔递给海伦一个量杯：“带着特迪一起去，看她会不会用四分之三杯牛奶入伙。”

海伦没打算自己去问，可吉尔心烦意乱的动作让她不安，她迫切地想让母亲高兴起来。一种严肃但无法言说的气氛笼罩着他们。

孩子们一离开房间，吉尔就坐在餐桌旁哭起来。

大家都叫她埃尔南德斯太太，可是家里没人知道她是否结过婚。吉尔猜她依靠社保和不多的养老金生活，这些收入——根据她垃圾箱里的瓶瓶罐罐来判断——大部分都买了酒和猫粮，她二十四小时开着电视，经常订外卖的生活用品或比萨，或者说以前常常订。她有一辆小型福特福克斯，但是车很少离开车库。吉尔猜她有公共场所恐惧症。

埃尔南德斯太太不会更换灯泡，走上黑暗的楼梯时，特迪拉住了海伦的手。孩子们只到楼上去过两次，都是在万圣节，当时埃尔南德斯太太给了他们火星巧克力棒。楼梯顶部有一扇镶嵌着玻璃的门，海伦敲了敲，他们能听见埃尔南德斯太太走过房间来开门时地板发出的“咯吱咯吱”声。一位丰满的白发女人穿着蓝色浴袍出现在他们面前。

“你们好啊，孩子们。”她说，然后一只大猫从他们旁边溜进楼梯间，“哎，小黑！”它犹豫不决地站在那里。“它很快就会回来，”埃尔南德斯太太说，“它只是去看个究竟。”

“我们在做饼干，”海伦说，“你想来点儿吗？”

“哦，你们太贴心了！”

“可是我们没有牛奶。”

一只虎斑猫蹭起特迪的腿，看起来奇怪的是，埃尔南德斯太太在这样的大好天气里关闭了所有的百叶窗。

“牛奶？你说你们需要牛奶？可我的猫咪们也要喝，”埃尔南德斯太太严厉地盯着海伦，“你们要给我多少饼干？”

“你要多少？”

“六块。”埃尔南德斯太太说。

“四块。”

“没有牛奶你做不成饼干。”

“没有面粉和黄油，你也吃不成饼干。”

“五块。”埃尔南德斯太太说。

“四块。”海伦固执地说。在接下来的沉默中，她拉上特迪，转身就要离开。

“要多少牛奶？”

“妈妈说一杯。”

特迪要说些什么，可是海伦用手肘轻触了他一下，所以他又闭上了嘴。

埃尔南德斯太太打开冰箱，海伦看见里边有三瓶牛奶，还有很少的食品。埃尔南德斯太太倒了正好一杯。“四块饼干。”她又重复了一遍才把牛奶递给海伦，“那只黑猫跑哪儿去了？”

小黑正在挠外边的门，想要逃走。埃尔南德斯太太把它抱了起来。

吃完晚饭，海伦也刷好了碗，吉尔叫她和特迪来到客厅，他们需要谈谈。

吉尔感觉到自己的语气有不祥之感，可她情不自禁。“你们知道这场可怕的流感非常危险，对吧？”吉尔说，海伦和特迪点点头，“你们知道有谁生病了吗？”

“我班里有四个男孩儿，”特迪说，“我觉得可能更多。”

“确实更多，”海伦说，“多得多。”

“我想象得到，”吉尔说，“电视上报道了不少，全世界都有人得了重病。”

“爸爸还好吗？”得到暗示的海伦问。

“嗯，亲爱的，他很好，正在竭尽全力保护大家。我们都应该以他为傲，你们不觉得吗？”

海伦严肃地点点头，特迪说：“我很生气他不在这里。”

“我明白，”吉尔说，“我也希望他在这里。他会知道该怎么说，因为他非常聪明。”

“怎么啦，妈妈？”海伦刨根问底。

吉尔练习过这段话：“你们知道许多人病得很重，有些人不会好转，有些人会去世。你们理解那意味着什么，不是吗？”

孩子们点点头，吉尔能看出他们眼中展现的理解：“玛吉姨妈给我打了电话，你们的表姐肯德尔生病后没有好转。”

海伦的脸色变得苍白。

“周一发生的，她病入膏肓，没有任何办法。”

“她是怎么得病的？”特迪问。

“没人清楚，特迪，但是有人说猪身上有病毒。”

“玛格丽特女王病了吗？”海伦问。

“它也死了。”吉尔说，但是省略了玛吉把所有牲口赶到远处牧场射杀的信息。她没有说蒂姆姨父也已经生病，也没有说那天早晨她埋葬了他们的外婆。一次只说一件事吧。

30

有何建议

病毒在进化、增强、猛烈地反扑，无法控制病毒的科研人员因此垂头丧气。“我们错过了每个机会。”亨利在 Skype 会议上对他的团队说，“你们了解国家卫生研究所的通用流感疫苗吗？”

“那是用于甲型流感和乙型流感的，而且还处在试验阶段。”马可说。

“哦，志愿者还活着吗？那也许表明它有某种抑制孔戈里病毒的跨界潜力。”

“我们会去确认。”

“辉瑞的疫苗呢？”亨利问新来的实习生苏珊。她才刚刚来到团队中最优秀一员的手下实习，但那个人不再来实验室了，没人知道苏珊该怎么办。

“从初步动物试验来看似乎很有希望。”苏珊回答。

“你就了解到这些？”亨利尖锐地问，“这都是两天前的情况啊！”

“我们没有——”

“没有基线数据，没有初始数据——”

“那些我们都没有！”苏珊说着就要哭了。

“亨利，我们都在全力以赴，”马可说，“没人睡大觉。我们不见家属，有一半员工就凑合睡在实验室。我们正在竭尽所能。”

“我知道，知道你们在努力，抱歉。”亨利说，“我看得出你们和我一样沮丧。”指出他们还需要更多时间毫无意义，每个人都清楚，也知道没有更多时间。

蒂尔迪和她上了年纪的哈巴狗巴斯金坐在沙发上，观看美国历史上一个重要的瞬间，她已经知道总统要说什么：明天联邦军队将进驻美国城市保护财产和政府机关。卫生保健工作将由国家统一指挥，购物中心的停车场将设立临时医院。红十字会接管大规模志愿者计划。制药公司将被强制征用，按要求专注开发疫苗——不仅针对孔戈里病毒，还要用于任何一种流感毒株，提供全生命周期的保护。总统会援引“二战”时盟军的胜利和消除天花病毒的成就，那在当时看来似乎不可能达成。他会保证，美国政府将全力以赴保护本国公民和世界上其他国家的人民，抵御人类历史上最危险的瘟疫。

所有频道都在直播总统在椭圆形办公室的讲话。CNN 电视台参与讨论的评论员都戴着白口罩和橡胶手套，舆论哗然，因为这些物资就连医院里都很短缺。评论员用严肃的语调评述，但显然他们对这个场景感到兴奋。多年以后，评论员戴着口罩的这一幕将被记入史册，评论员们将永远和这一历史时刻联系在一起，甚至他们的讣告都会提到这点。

终于，总统出现在椭圆形办公室的坚毅桌[1]后。他似乎晒出了很深的肤色，不是过度的日光浴，就是因为吃多了煎饼。尽管如此，蒂尔迪想，他看起来还是紧张，也许是被这个挑战吓到。《华盛顿邮报》报道他全家打了预防针，由此引起的舆论轰动总统也已经知晓，而那正是蒂尔迪一手安排的。

1 1853 年，英国皇家海军“坚毅号”军舰在北冰洋迷航，被美国捕鲸船所救，美国随后将“坚毅号”归还英国。“坚毅号”退役后，其船身木材被打造成一张书桌，1880 年由维多利亚女王赠送给时任美国总统海斯，这张书桌因此被称作“坚毅桌”。

“美利坚同胞们，”他用比平时高了半个音调的声音说，“我们再次面对巨大的挑战，世界再次看向我们，因为只有我们能做到，我们会成功，会打败这种疾病，我向你们保证。”总统挥手赶走了一只恼人的苍蝇。

“今晚我宣布，面临这场严重的危机，我国将做出重大调整，”他继续讲道，“首先，我要说，我们的宪法制度会经受住这次考验。”接下来总统开始引述他要采取的大规模行动，他的精神似乎被调动起来。“戒严令，”他用力捶着桌子说，“我明白，我明白听起来是什么感觉，可是曾经坐在这间办公室里的一位伟人曾说，我们已经无所畏惧，但是——”

说话间，一滴泪水似乎流下总统的面颊，总统悄悄地抹掉，可是又有一滴流下来。就在这同一瞬间，蒂尔迪、总统本人和全国人民都觉察出那不是泪水，而是血液。总统的眼睛在流血。还没等他说完那句话，电视信号就被切断了。

二十秒之后，蒂尔迪的安全电话响起。“我们正在启动 COOP。”里边的声音说。COOP 指的是业务连续性[1]计划。总统还活着，但是我们认为他已失去执政能力，所以副总统就任。就在同一时刻，副总统和高级内阁成员正被转移到韦瑟山。弗吉尼亚州的蓝岭山脉之下埋着一座微型城市，有二十座地下办公建筑，有些是三层高的。除了拥有独立的污水处理和供电系统，韦瑟山还有一座广播电视台（隶属于紧急警报系统）和一座火葬场，以及总统、内阁成员和最高法院法官的休息间。他们被空运到距华盛顿特区近八十公里远的地方，不少人干脆拒绝离开家人，一个人甚至已经病重得无法前往（任何情况下，出现症状的人都被禁止离开）。众议院议长是下一顺位总统继任者，

1 业务连续性（business continuity）也称为操作连续性（continuity of operations，COOP），是一组能使组织在面临某些不利事件时保持正常业务操作的流程。

也被重新安置到戴维营[1]，那里有另一座地堡——在总统的阿斯彭小屋地下，可以通往国防部在马里兰州凯托克廷山脉挖出的军事基地。

蒂尔迪后来了解到，因为副总统接触过患病的总统，他到达韦瑟山后被安排进一颗使馆防御生物袭击的大塑料球。贵为如今世界上权力最大的人之一，副总统通过一根管子让人投喂食物，待在那个消毒气球里管理美国。

从公寓朝向江滨的窗户望出去，蒂尔迪能看见空荡荡的码头，河水冷漠地流淌，正如大自然背弃了人类。

1 美国总统的别墅和休养地，在首都华盛顿以北的山地中。

Organic Vapor

III

低谷

31
爱达荷州

去年夏天，亨利做出一个不寻常的疯狂举动，买了一辆还相当新的雪佛兰萨博班旅行车，它足有小型校车大小。亨利装上睡袋、帐篷、冷藏箱、钓鱼竿，然后载着家人一路穿越美国，在假日酒店下榻，到了山区就在国家公园宿营。吉尔学会了在科尔曼火炉上做饭，早餐还能用浅煎锅做蓝莓薄饼。晚上他们在篝火上烤土豆和鳟鱼，亨利和特迪钓鱼的溪流清澈无比，甚至有时候很难分辨出水面的位置。海伦虽然情绪多变，但是大自然令她沉醉。她会一个人看书或听音乐，吉尔对此很担心，因为她不希望孩子们离开自己的视线。但随后海伦就会转回来，头上还插着野花。

美景无处不在，可危险——这个都市家庭从来没有完全经历过的那种危险——也无处不在。不过带他们深入更遥远的野外正是亨利的本意。亨利有一种理论，觉得适度的艰难困苦会让他们对生活中将要面对的更大挑战产生免疫力。远离网飞（Netflix）、Wi-Fi、冰箱、马桶等文明的工具，在西部山区过艰苦的生活能使人展露出内心的勇气。如果不抛开现代化设备在星空下入睡，你将何以感受自己的心灵？在科罗拉多州安肯帕格里高峰脚下的一座小营地里，他们头一次睡在星空之下，特迪说“好像睡在圣诞树下”。一只小鹿舔食海伦脸上的盐分时她惊叫着醒来，一群受惊的鹿消失在森林里，仿佛来自另一个世界的幽灵。

文明能带我们远离真正的本性，以至于我们丧失了真正的自我。至少亨利坚信这个观点，所以他才教特迪和海伦如何削木头、打结、生火。特迪参加了幼童军，已经学会这些基本技巧，年长四岁的海伦也很快学会。亨利有自己的恐惧，他不太担心被蛇咬或跌落山崖，反而更害怕领着家人接近危险但又无力保护他们。

尽管如此，他还是坚持深入地图上道路尽头的地方。离开了黄石公园和大蒂顿山，他便不再前往配备舒适洗浴和厕所、需要预订营地的国家公园，而是沿着运输木材的道路在覆盖西部大片土地的国家森林中漫游，地图上的绿色区块表示公有土地，无边无际，任由他们去探索。因为身体的不便，亨利无法长距离行走，但是寻找正好适合大型萨博班旅行车通过的无标记野外道路，亨利自有诀窍。吉尔一直担心亨利会搞坏变速箱或底盘上的关键部件，让他们被困在荒郊野外。可是只要油箱里有油，亨利就不担心。他不在乎迷路，甚至似乎以此为追求。坐在副驾驶座位的吉尔可能会嘀咕着减速或掉头，可是突然之间他们会开进一片野莴苣和金菊花中间，景色美得让人目眩。气人的是，亨利总有这种运气，能一个接一个地发现美不胜收的景致，不管是花丛、群山，还是冰河，仿佛都是突然出现，壮美得各有特点。喜悦伴着疲惫，全家人都缺乏睡眠，而且渴望能洗个澡。

到达爱达荷州时，亨利才有了租用马匹、背上行囊、深入内兹佩尔赛森林的想法。他一直在研究高地地图，发现道路尽头有个诱人的地名：麋鹿城。它从一座古老的采矿城镇遗留下来，有一家沙龙餐厅、一家咖啡馆和其他不多的店铺——正是亨利所期待的。当地一位美国原住民旅行代理愿意给他们当向导，把他们送到梅多克里克的一个偏远地点。“会是你们见过的最美的地方，”他承诺，“有人说那里是仙境。”他缺了一颗门牙和几根手指，可不知为什么取名叫吉祥。

他们在黎明前出发，不过即使在黑暗中，马儿也认得路。五个人骑着五匹马，还有两头骡子驮着帐篷、睡袋和一周的食物。特迪和海伦以前都没骑过马，特迪的脚甚至够不到马镫，不过在亨利看来，他们应该更有理由经历这趟旅程。吉祥很警惕熊、麋鹿、毒草和林狼，亨利却不在乎，而且最初正是被这些危险吸引而来。不过吉尔非常小心，独自身处深山，完全远离文明社会，周围都是陌生的危险，这样的前景让她心中充满不祥的预感。她无法洞悉亨利的迷恋，随着马匹穿过云杉、冷杉和黑松，在林间小道上蹒跚而行，她的焦虑在加剧，她对亨利把孩子置于险境很是生气。还生气吉祥带着一把手枪，一方面是因为她不喜欢与枪为伍；另一方面，如果形势所需的话，他们家人自己手里却没有枪。几个小时过后，她出现鞍伤，不得不下马走在旁边。亨利十分了解吉尔，知道此时不能去安慰她。

亨利打量吉祥轻松地坐在马鞍上的样子，审视他对大自然的亲密之感和对每个瞬间的快乐享受。与之相比，亨利自己还在逃离责任，他渴望完全摆脱让自己分心的事，想全身心地享受自然、关爱家人。当然，那也是他越来越深入野外的动力。

他们在一块岩石上的自流泉旁停下吃午餐。吉祥告诉特迪如何埋头到苔藓中饮水，特迪想学吉祥做所有事情，所以他让水从自己的脸上流过，“咯咯”笑着抬起头，然后海伦就得照着做，很快所有人都饮下冰冷的泉水。野外似乎也没有什么恶意，清冽泉水的洗礼似乎给他们带来了新生。

重新上马后，吉祥让吉尔领队，后面跟着她的孩子。吉祥随在亨利后边，这样他就能与亨利安心地谈一谈。

“即使是我，在这样的野外都有点儿害怕，”吉祥说，“一周的时间相当长啊。”亨利明白吉祥在给他提出一个好建议，可他在心里任性地觉得，一周的野外冒险才刚好可以拯救他的家庭于……不管那是什么。

“我可以三天后去接你们，再给你一个折扣。”吉祥主动提出。

亨利考虑了一下，然后说：“我觉得，五天吧。”

“没有问题，这个时间很好，全听你的。”

亨利希望吉尔能因为自己主动妥协而有所改观。

孩子们不愿意继续赶路的时候，吉祥开始唱歌，他的声音低沉悦耳，他唱的歌亨利也隐约听过：

把山翻、把河渡，
踏着尘土飞扬的小路。
弹药车，也不停步，
来来回回赶路，听我们报数。
掉头返回，到位驻扎，
弹药车，也不停步。

“什么是弹药车？”特迪问。

“我也不是很清楚，”吉祥承认，“这只是我以前参军时我们经常唱的歌。”

“我觉得是运弹药的车厢。”亨利说。

“还真是的，你可能说对了。”吉祥说完又把这首歌唱了几遍，然后特迪模仿吉祥和他一起唱，不一会儿他们都唱起来，这样时间过得快些，也赶走了威胁挫败亨利伟大实验的恐惧。

亨利一点儿都不了解爷爷奶奶，坦白讲他也不愿意去了解他们，他们从没以任何方式支持过他。他曾在外公外婆家长大，他们名叫弗朗茨·博日克和伊洛娜·博日克，是被苏联挫败的 1956 年匈牙利事件的难民。弗朗茨背着亨利当时两岁的妈妈阿格奈什，穿过雷区进入奥地利，他相信“不自由，毋宁死”。

除了阿格奈什，伊洛娜和弗朗茨曾经拥有的一切都失去了。他们学习新的语言，辗转于不同的文化，利用瞬息万变的机会，最终来到印第安纳波利斯。弗朗茨曾在布达佩斯理工大学任经济学教授，来到美国却成了一名家具工人。伊洛娜讲授钢琴。他们不怎么爱说话，可能是因为一直没有精通英语。亨利进入他们的生活时，他们都已经六十多岁，身体健康岌岌可危。亨利当时四岁，他们还没准备好再次照顾一个孩子。

伊洛娜善良但消极，曾经理想中的生活被打碎让她大受打击。她不知道哪里能容纳自己，应该如何适应。她的策略就是鼓励别人。亨利从小到大听她表扬自己的学生，奖励他们榛果曲奇或小圆面包，即使他们都没有练习。对待亨利，她也是一样，尽管自己过着微不足道的生活，但是对别人来说她是鼓励的源泉。不过她在园艺和厨房中自得其乐，更主要的是，她沉醉于音乐。房子里总是充满乐曲声，不论是学生胡乱弹奏施墨曲库中的小奏鸣曲，还是伊洛娜用自己在生活中绝对没有的激情弹奏匈牙利作曲家——李斯特或巴托克——的曲子。她最喜欢的作曲家是忧伤的奥地利人舒伯特，她会一边听弗拉基米尔·霍洛维茨即兴弹奏一首沉重的舒伯特钢琴曲，一边哭泣。她的善良在某种意义上是在高尚地表达悲伤。

然而弗朗茨却常常用他的残暴和苦痛恐吓亨利。也许是他对于自己强加给家人的生活感到后悔，他一定怨恨自己失去了原来在布达佩斯的社会地位，曾经作为一名有声望的教授，他很享受那种有保障的生活。直到生命的尾声，他才和亨利谈起过去的日子，接下来仿佛是在回忆一段逝去的爱。失去的一切的确奠定了博日克家的基调。他们一起失去了亨利的母亲。

弗朗茨告诉亨利的两件事他记了一辈子，一是他对宗教的仇恨，他怪宗教控制了自己女儿的思维，导致她在空难中丧生。“他们夺走了她！像强盗一样把她夺走。”弗朗茨用有口音的英语说，对危险信仰体系竟能掌控理性思维，他怀有充满困惑的愤怒。

弗朗茨告诉亨利的另一件事是让他做好准备。他觉察出亨利体弱多病，内心充满恐惧，但也发现亨利身上的力量——他看到了聪颖和好奇心。亨利后来猜测自己母亲也拥有这些品质。“你的母亲，她聪明能干。”弗朗茨告诉亨利。他不说女儿名字，全身心地确保亨利能抵挡住生活的打击。亨利需要在身体上强壮起来，得有怀疑的态度和智力上的严谨，必须从事一种永远能为他人提供支持的职业。

最重要的，亨利得面对他的恐惧。他容易受到惊吓，羞于对峙，在他很小的时候，弗朗茨就会奚落他，对他发出嘘声或者把他抛向空中，之后，他还会打击亨利的想法，迫使他站起来反驳。弗朗茨死于心脏病，他的教导有时残忍，过于迫切。他明白时间不等人，他过世时亨利正在念高中二年级。

亨利一生中总是失去自己亲近的人。他得到的教训就是别人无法保护我们，这也是弗朗茨想要灌输给他的。和弗朗茨一样，亨利也需要走出过往心伤，可伤痛已经无法修复。外公的去世促使他走上医学的道路。家境贫穷，他不得不做到最好，所以学习成绩优异，一路获得了普渡大学和约翰斯·霍普金斯大学医学院的奖学金。假如父母活下来，亨利不会成为现在的样子。是弗朗茨和伊洛娜教会他如何生活。

和外公外婆生活的时间虽然短暂，但他们至少给了他家庭的概念。亨利明白自己天生不是特别有同情心，他最乐于待在实验室或坐在阅读椅上。像众多拥有杰出智慧的人一样，他也可能沉迷于自己的想法，以至于把自己从周遭的生活中剥离出来。他可以坐在一家嘈杂的咖啡馆，完全不顾身后的交谈，在心里进行盘算。他可以轻松地独自生活，甚至以为自己命中注定会是那样。可是后来他遇见吉尔，开始一起生活，还有了孩子。是爱情唤醒了亨利。

7 月初的山路还有雪覆盖，吉祥给他指出动物留下的痕迹，亨利才认识到自己对实验室之外的自然界知之甚少。在很大程度上，他生活在微缩景观之中，透过显微镜观察生命。此刻在山川树木和他安排的冒险之旅的衬托下，他感觉自己微不足道，而这趟旅程也开始变得像是一个陷阱。

森林渐渐变得稀疏，山路特别蜿蜒曲折。马儿们从一片石头地里取道，鼠兔在石头上和他们玩捉迷藏。“如果你们撞了大运，也许会看见一只狼，”吉祥说，“真看见的话，你们可以想想我。”

“为什么？”吉尔问。

“这是我的印第安名字，黄狼。我部落里的许多人都用狼来命名。我们认为狼先生这个称呼显得非常聪明和狡猾。”

最后树木消散，陆地上敞开一片大草原，上面生长着高高的草，还开出了花朵。白雪覆盖的比特鲁特山脉横在地平线上，蔚为壮观。吉尔倒吸了一口气。“真是太美啦！”她说。

“他们发现金子前就是这样，那之后一切都变了。”吉祥说。他把马匹都拴在一棵挺拔冷杉下的马桩上，带领大家来到溪流铺展成一片池塘的地方，那里聚集着在河口获取食物的溪红点鲑。吉祥帮助亨利搭起帐篷，然后用一根绳子拦腰绑住食品箱，在一根枝干上把它吊起五米高。“防止经过的灰熊够到。”他说。

“这里有灰熊？”吉尔问。她可不希望碰见。

“不一定，黑熊确实有。也许有过一两次遇见灰熊的报道，但我们从没见过。它们非常怕生。不过最好还是别让它们够到食物，别给它们希望。”

吉祥得在天黑前翻山返回，所以他赶着马匹离开亨利、吉尔、海伦和特迪。这才是亨利渴望的，不过，他们待在这片天堂，没有了马匹基本上就与外界隔绝，至少对亨利来说是这样的。

头天晚上他们坐在宿营椅上观看前来小溪的动物。一群麋鹿在对岸啃着青草，后来，一只雄性驼鹿踏进了池塘，它的角有两米宽，形似展开的手掌，手指尖锐，有些分叉足有三十多厘米长，亨利以前从没有感受到这种角有多致命。这只驼鹿用一大声嘶吼宣告自己的到来，第一天晚上就吓得孩子们都钻进了帐篷。每天的黄昏时分，它都会伴着同样清晰的叫声过来，特迪开始叫它“螺号公牛”。一只秃鹰栖息在附近的大石头上整理自己的羽毛，没有受到亨利一家的打扰。所有动物都展现出一种冷漠的威严，似乎只是在容忍亨利一家的出现。它们以同样的好奇心凝视着观察它们的人类，仿佛在说，在这里我们都是动物。

第三天晚上下起了大雨，头顶电闪雷鸣，帐篷里如同被闪光灯一遍遍照亮。海伦蜷缩在睡袋里，但是特迪颇喜欢这场大自然的表演，直到一道近处落下的闪电把他们吓了一跳。吉尔紧紧靠着亨利，孩子们的睡袋也一点点挪向他。亨利虽然躺着，但是像哨兵一样清醒，直到暴风雨过去，雷声变成远山的低吟。他最后睡去的时候想到，这正是他此行的目的，获得一种让他们紧密团结的经历，让大家明白吓人的东西并不一定致命。

特迪问亨利：“我和吉祥差不多，是不是？”

亨利和儿子正在雨后捡柴火，亨利教特迪如何剥掉木棍上潮湿的树皮，留下里边的干木头。“你是说你们都是印第安人？”亨利说。

特迪点点头。

“嗯，是的。你们属于同一人种，但是在其他方面有很大差异。

内兹佩尔赛人距你巴西的部落数千公里呢。”

“可他们还活着，是吗？吉祥的部落。”

“对，还活着。我确信他们很多人还生活在这一地区。”

“我的部落叫什么来着？”

“Cinta Larga，意思是‘宽腰带’。”

特迪蹙起眉头：“奇怪的名字。”

“嗯，我猜他们喜欢那样的穿着。不过我猜外人怎么称呼，他们没法选择。他们怎么称呼自己我也不是很清楚。比如内兹佩尔赛的意思是‘穿孔的鼻子’，你不觉得那是因为他们喜欢用珠宝装饰自己的脸吗？”

“我的部落还有人活着吗？”

“还有一些散布在巴西的丛林里，我不知道具体的人数。你想哪天回去见见他们吗？”

“我认为不是这样，”特迪说，“我觉得他们其实都死了。”

“你为什么会有这种看法？”

“你就是这么对妈妈说的，不是吗？你说他们都死了，只剩下我一个。”

“妈妈告诉你的？”

特迪点点头。

“我认为她的意思是你们那个小村庄的人都死了，不是整个部落。他们得了一种病。”

“你没能救得了他们。”

亨利欲说还休，只好又开始削木头。

亨利猝然醒来，好像手里捡了块燃烧的木炭。

“怎么了？”吉尔急忙低声询问。

“没什么，”亨利说，“噩梦。”

“你浑身都被汗湿透了。”

“继续睡吧，”他说，“没事。”

吉尔知道不对劲，在他们结婚之初的几年里，亨利有睡眠障碍，经常在可怕的噩梦中颤抖，但是正常的生活已经压制了噩梦。此时亨利翻过身，假装睡去，最终吉尔也渐渐进入梦乡。

亨利躺在那里，听着家人节奏一致的呼吸声，发觉是别的什么东西促使他来到荒野，与他的妻儿完全无关的东西。不堪回首的往事威胁着将他拉回最令他恐惧的时刻，他还在抗争，拒绝被过去的创伤打倒——可是，他为什么要把妻儿拉进这趟旅程来面对自己的恐惧和失败呢？吉尔一开始就告诫他。他这样做的原因他们谈论过多少次？他说这种冒险能让孩子们紧张起来，能成为加强家人之间关系的纽带。他曾告诉自己，这是为了让吉尔和孩子们有准备地——在他不在的时候——面对降临在他们身上的意外之险，就像亨利的外公教给他的那样。他们没有在意外的危险中保护自己的技巧和本能，在亚特兰大漂亮的砖房里，他们安全、娇惯。可是亨利没有对吉尔说实话，甚至没有对自己说实话。他来这里有自己的原因，回到野外必然会触发充满恐惧的回忆。

吉尔躺在帐篷里，最后是咖啡的香气把她唤起。和她害怕被完全排除在文明社会之外一样，她也同样感谢亨利促成这次旅行。她在某种程度上感觉新鲜，家人从没像现在这样亲密，每个人都增长了自信。赖在睡袋里的时候，她不得不承认亨利的计划达到了效果。早晨他们去徒步或钓鱼，每天下午大家都会拿上一本书，独自坐上几个小时。作为一名早熟的读者，特迪正在看“哈利·波特系列”的第二卷，海伦正沉迷《饥饿游戏》。亨利带了一本新出版的玛丽·居里和皮埃尔·居里的传记。至于吉尔，她已经匆忙看完了本以为会看上一路的两本艾丽丝·默多克[1]的长篇小说，便只好用几个小时的美妙时光画野花。她思考内兹佩尔赛人如何在山中探寻灵境，独自寻找化身为动物或鸟类的守护者，以保护他们的余生。她好奇那种事是否还在发生，吉祥带他们来这里是不是有某种原因。

后来她终于从帐篷里出来，肩上搭着毛巾，虽然身上已经变脏，但是在亨利看来却颇有魅力。她坚持保持清洁，所以每天早晨孩子们醒来之前，她不畏寒冷，走进小溪，用环保洗发水洗头发，然后在篝火旁梳理。

“你昨晚起夜了。”亨利说。这是他们的第四个早晨，吉祥明天就会来接他们。

“我来月经了，”她说，“你知道还发生了什么吗？海伦也来了。”

“海伦？这么早？”

“她十一岁了，这并不奇怪。”

“奇怪的是你们俩都——”

“说的就是。”

“她还好吗？”

“她感到羞愧，我觉得在某种意义上她也感到自豪。不，你清楚她有多讨厌去露天厕所，现在她还得处理这事儿。明晚我们住汽车旅馆。”这是个命令。

趁吉尔揉烙饼面团时，亨利生起科尔曼火炉，然后去叫醒孩子们。这是他们的最后一整天，早餐后大家就立即雄心勃勃地启程去徒步。亨利把自己日常的手杖换成他用白杨树枝打造的一根徒步手杖，颇有了些《旧约》中先知的风范。时间尚早，鸟儿还在一个劲儿地叫

1 艾丽丝·默多克（Dame Iris Murdoch，1919 年 7 月 15 日—1999 年 2 月 8 日），英国作家，出生于爱尔兰都柏林，1942 年毕业于牛津大学，1987 年被授予大英帝国女勋爵头衔。《钟》（*The Bell*）是她最知名的作品。

个不停。暴风雨后的黄松散发着刺鼻的树脂气味，亨利走得蹒跚，可他们选择的路线沿着草甸溪往北，向终点塞尔韦河延伸，是个较缓的下坡。他们在比特鲁特山脉和克利尔华特山脉间的谷底行走，当亨利需要休息时，他和吉尔坐在岸边，孩子们采摘越橘或在溪流中蹚水。世界上的其他地方仿佛都不存在了，只剩下他们眼前的这一切。

坡度加剧的时候，溪流变得宽阔激荡。亨利选择道路往下走，在陡峭的地方就用手杖撑住自己。他们开始听见前方的瀑布，一种模糊但持续的“哗哗”声，仿佛公路上的车流，他们最终来到黑色花岗岩山上开凿的古老水渠，水流融汇，剧烈喷薄，声音也变得强烈。河水冲下石堆，冲过树木，在池塘中搅起旋涡，又掀起很长一段激流，紧张狂暴，仿佛一大群人在逃离某种无法言说的灾难。

一家人沿着一条崎岖的道路向下，走到可以清楚看见瀑布的地方。然后特迪发现了跃起的鲑鱼，在空中舞动着尾巴向前。鱼很大，有些一米多长，可是似乎抵不过激流。

“它们已经开始产卵。”亨利说。

“那是什么意思？”特迪问。

“它们在瀑布中产卵，但是首先要回到它们出生的地方。它们从太平洋逆流而上，一路游过一千六百公里，然后生育后代，最后死亡。这是它们最后的旅程。”

一条大鱼高高跃起，似乎摆脱重力，在空中悬停了一会儿，才落入水流之中，海伦随之大喊：“哇哦！”

“你们也许是见证这些的最后一代人。沿河大坝和变暖的海洋已经削减了鲑鱼的数量。当你看见它们的英勇行为，会感到心碎，是不是？”亨利说着，一只鱼鹰从山谷的岩壁上像箭一样射下来，抓起一条刚刚到达河流上游的鲑鱼。来回扭动的鱼似乎比鱼鹰还大，但是鱼鹰舞动着强有力的翅膀，提着鱼翻过山谷的崖壁，飞进了森林。

返回营地的一路上，孩子们沉默不语，海伦还掉了几滴眼泪。当晚他们吃掉了最后的热狗，孩子们爬进睡袋后，亨利和吉尔坐了一个小时，一边喝着波本威士忌，一边看星星布满宇宙。或许亨利若是头脑更清醒一些，他就会把食品箱重新吊在树上。可是食物已经不剩多少，所以吊起来也没什么意义。

在帐篷里他从来睡不安稳，外边的沙沙声一下子就把他吵醒，毫无疑问那是一只熊。它把食品箱扔来扔去，想要把它砸开，但又失望得直哼哼，亨利听起来感觉它是在生气。

“爸爸！”特迪着急地轻声说。

“嘘！”

此时他们全都醒过来了，熊离他们特别近，每迈一步发出的声音大家都能听见。他们听见它抓树，然后又反复敲打了一会儿箱子，现在里边除了麦片和奶粉已经什么都没有了。虽然有安全销，但是亨利只希望熊能够把它打开，然后他的愿望实现了——外面传来强有力的爪子扯开硬塑料的声音，充满了令人震惊的暴力。帐篷另一侧的一声低吼回应了这只熊“呼呼”的喘息声，随后一声大吼把他们全都吓呆了。亨利察觉出外边有两只熊，都饿得发疯，要争夺剩余的奶粉。

接着两只熊安静下来，一家人能听见他们绕着帐篷移动。亨利决定采取一些行动。他要拉开帐篷出口的拉链，然后冲进溪流，尽力吸引两只熊远离自己的家人。他抓起可以当作棒子使用的手电筒，等待最后的时机。

一只熊隐现在帐篷之外，用鼻子戳着帐篷的布料，它热乎乎的气息透过了薄透的尼龙，接着用他们前所未闻的音量大吼一声，帐篷的另一侧也传来回应。

突然之间，特迪歌唱起来：

把山翻、把河渡，
踏着尘土飞扬的小路。
弹药车，也不停步……

一只熊又发出嘶吼，特迪还在唱歌，然后全家人都唱起来，声音洪亮而又坚定：

野战炮兵的部队，
相互问候显友谊，
然后大声地报数。
不管你去到哪里，
心中永远会记住，
弹药车，不停步……

他们一直唱到外边没有了声音。

中午时分吉祥赶来了，他在营地走来走去，一边查看痕迹，一边惊讶地摇头。食品箱已经被扯碎，吉祥说从爪印来看是一公一母两只灰熊，不过交配季节已经过去。雄性灰熊的熊掌从指尖到掌根有六七十厘米长，这还没有算上利爪。他根本想不明白。

“你们做了什么？”吉祥问。

“特迪起头的，”海伦自豪地说，“他唱歌。”

“唱歌？”吉祥问。

“对，你教我们的那首歌。”特迪说。

他们骑马离开营地，返回文明社会时，全都一脸严肃。他们还活着，但是一切都改变了。他们是谁这个问题还没有明确的答案。最后来到麋鹿城时，吉祥拒绝收他们的钱。“不是你的错，”亨利说，“我坚持要付。”他递过钱，想塞进吉祥只剩三根手指的手里。

“不是那个意思，”吉祥说，“你们的经历在我们看来是神圣的。”接着他又补充道：“我们会一次又一次地讲述你们的故事，会称你们为‘熊人’。”

32
请记住我

“我们穆斯林总是在天上寻找凶兆。”马吉德说。亨利在马吉德表兄位于塔伊夫的宫殿屋顶找到他。他们一起来此躲避，用望远镜观察，星星亮得炫目。

“你从中看到了什么？”

“对我来说，那些消息通常都是关于我的失败。星星都是挑我毛病的丈母娘。”

战争曾一触即发，只待新一轮的刺激，而沙特用一枚导弹袭击了伊朗在哈尔格岛上的油库，这一行动满足了这一刺激。这是在报复马吉德王子宫殿发生的自杀式爆炸和对沙特国民警卫队总部的袭击。伊朗驱逐舰已经动身封锁了霍尔木兹海峡，关闭了波斯湾的原油通道。战争已经开始。

“你对我一直很好，”亨利说，“现在我还想请你帮个忙。我必须得想办法回家，已经试过了所有办法。我知道你已经尽力，可我不能再等。我得回家，刻不容缓。”

马吉德一脸悲伤地看着亨利：“我承认你必须得离开，这里太危险。这场战争将会非常残酷，这一天我们已经期待了几百年，如今狂热分子想要做个了结，尽管这会毁掉伊斯兰世界。我能用我的私人飞机送你回家，可是禁令仍在生效，而且我的飞行员已经死于孔戈里病毒。我很愿意亲自驾驶飞机送你回去，但眼下这场愚蠢的战争不允许。”

“肯定有什么办法。”亨利绝望地说。

“都没有保证，不过假如你能前往巴林，那里有美国的海军基地，也许他们能帮助你。我没直接告诉你，是因为那里也是战区。俄罗斯已经大规模驰援伊朗，海湾甚至比这里还要危险得多。”

亨利早就不把危险放在眼里：“我怎么去那儿？”

“晚饭时我本来要向你告别，我必须得带一支队伍去东部省。从那里出发有一条近路。假如你真想冒这个险，那就收拾好自己的东西，我们日出前行动。抱歉，我无法提供更多帮助，不过至少分别前我们还可以再多相处几个小时。”

亨利努力在黎明前睡了一小会儿，可家人的样子不断浮现并谴责他。在他们需要的时候离开这么久，他深感内疚，难以平复。根本就不应该来沙特阿拉伯，他究竟提供了什么帮助呢？无论如何，传染病都会不可避免地泛滥，他的行为就像是螳臂当车。和所爱之人拥在一起祈祷才是唯一该做的事情。

让他感到震惊的是，自己的脑海里闪现出祈祷的想法——正是他无助的体现。他深爱的每个人都处在危险之中，他们经历痛苦，需要他在身边，可他却海天相隔。

凌晨四点刚过，马吉德敲响了亨利的门。他不多的随身物品都装在吉尔邮寄的行李箱里——才过去六周时间吗？马吉德穿着军装，似乎再次变成另外一个人，完全不同于多年前亨利头一次见到的西装打扮，或是和亨利在沙特日夜操劳的皇袍王子形象，此刻他是一名战士。“我不是去参战打仗，我是去抵抗战争本身，”马吉德开着敞篷吉普前往国民警卫队基地，那里已经有一小支部队乘坐悍马吉普或装甲运兵车集结，“我要尽力阻止这场天大的闹剧。可说到底，这里是我家。”

太阳出现在东方的地平线时，马吉德领导的队伍已经深入壮丽的沙漠，危险就在前方，他们毅然赴险，每个人都有各自的理由。几个小时的焦虑引出了两位朋友一直保守到现在的自身经历。

“我母亲是一名奴隶，”马吉德坦承，“好听的说法是‘小妾’。不过我父亲因为虔诚娶了我怀孕的母亲，她是父亲的第四位妻子，深受另外三位的鄙视。父亲很快对她失去兴趣，不过在那时候我已经出生了，所以他供养我，即使离婚也没有不管我。现在说起他好像是我痛恨他，可是实际上，我爱我父亲，他恰如其分地代表了我们的文化。要不是受过教育，我也许会成为他那种人。在剑桥和斯旺西的那些年，我不仅学医，还学习以其他的方式看待生命。我了解了沙特阿拉伯以外的世界如何看待我们。

“跟你讲，亨利，我常常考虑再也不回沙特阿拉伯。再一次生活在沙漠中，只有平缓的地平线隔着你和来生——终于出逃的我为什么还要回来呢？我可以生活在伦敦的上流社会，作为内科医生行医，和幽默风趣和富有经验的朋友在一起，他们对世界的了解比我曾经可以构想的都多。然而在这里，”——他朝空旷的沙地比画了一下——“思想和沙漠一样贫瘠，我们居然相信真主独爱我们。为什么会这样？我们用宗教、谣言和传说教化自我。尽管如此无知，可真主还是给了我们全世界最大的奖赏！三千亿桶石油！我们凭什么获得这份天大的厚礼？答案只有一个：我们的虔诚得到了回报。于是我们变得更加虔诚。《古兰经》教导我们，真正的虔诚是信仰真主，关爱需要帮助的人，解放受到奴役的人，耐心面对不幸。然而对于极端分子而言，虔诚变为一种竞争。关怀他人和为自由而努力还不够，不，‘我们’必须消灭有其他信仰或不如我们虔诚的人，‘我们’所谓的那些‘异教徒’必须要受到惩罚。所以我们挥霍这份伟大的奖赏，用我们的财富肃清世界，把它变得和极端分子的头脑一样空空如也。”

马吉德王子在情绪的爆发之后陷入沉默，心情变得酸楚，这样的一面他从来没有向亨利展露过。“那你为什么回来？”亨利问。

“我也经常这样问自己，”马吉德说，“我梦想回到伦敦，但是考虑到我的身份，那根本不可能。”

“我猜作为皇室成员要尽很多义务。”

“我们说福兮祸之所伏。所以没错，我是一名王子，有一万个和我一样的堂兄弟姐妹。我们很有钱，不假，也很有权。但是我们接受了这样的想法，总有一天部族的统治会被推翻，我们都知道这不可避免，我们不清楚的事有两件：何时被推翻，以及我们会有什么下场。我们对此置之不理。我们就像是听见警笛的小偷，但是无处可逃。”

“为什么你不结婚？”亨利大胆地问。

“我曾有个极其常见的幻想，就是我会娶一位金发碧眼、品位出众、学识渊博的西方姑娘。实际上我也娶到了。”

“你从没告诉我你结过婚！”

“我离婚了，她名叫玛丽安，曾属于我规划的整个未来。伦敦梅菲尔的联栋住房，高收入的医生工作，午后的茶点，葱郁树木、雾霭街道和高尚朋友组成的文明生活。一整套的海外移居梦想！可是如我所说，福兮祸之所伏。对我来说，这个诅咒就是发现自己永远也不会过上那样的生活。我会一直站在外边，像个间谍一样朝窗内窥视。我爱我的妻子，可是玛丽安的世界和我的世界之间存在阻隔。我在他们的眼中观察自己的身份，那是一个阿拉伯人，一位穆斯林。这是最主要的，不是王子，不是医生。‘9 · 11’事件之后，我常常想到这点。

“后来发生了‘七七爆炸案’，你记得在伦敦地铁发生的自杀式炸弹袭击吗？超过五十人丧命，七百人受伤，包括我金发碧眼、受过良好教育的漂亮妻子，他们在她右臂手肘之上进行了截肢。我发誓我爱她，现在还爱。可是她无法再和我一起生活，不是因为我是阿拉伯人或穆斯林。玛丽安无法忍受我的羞愧。”

“她后来如何？”

“再婚了，还是嫁给一位医生，名字里有连字符的那种英国人，一个非常好的人。我一直很感激他把玛丽安照顾得非常好，他们有两个可爱的孩子，我在脸书上看过他们的照片。”

“你的故事让我认识到自己有多幸运，”亨利说，“我收获了太多不应得的东西，家庭是我最大的幸福，可我总是害怕他们会被夺走，可能会是因为我的过错——此刻发生的事情就是如此。”

“运气站在你这边，亨利，大多数人会从这场传染病中活下去。”

“我很无助，没法去救他们简直要了我的命。”

“你祈祷过吗，我的朋友？”马吉德问。

“从来没有。”

“你想过要那么做吗？渴望祈祷吗？”

“只有昨晚想过，我努力睡觉时，祈祷的想法出现在我脑海，不过那只是我完全无能为力时的一个手段。”

“也许那是一个讯息，难料的世事在敲门。”

“我希望你别介意，我已经戒除了一切形式的迷信，包括宗教。我对伊斯兰教没意见，正如我不反对一切信仰。”

“这种想法可太穆斯林了，亨利！”

“不是那种反对，我是一名坚定的无神论者。”

“一方面，你表明自己受到的保佑都不是应得的；另一方面，你坚信自己对发生的一切悲剧负责。这可太符合伊斯兰教的看法了。”

“你别抱太高期望。”亨利说。

太阳在他们眼中仿佛一盏探照灯，马吉德递给亨利一块头巾遮挡毒辣的阳光。

“瞧瞧，这下你看起来都像一名真正的沙特人了。”马吉德满意地说。

“我觉得自己更像一只煮熟的龙虾。”

马吉德笑了：“我以前遇到过不少无神论者。在伦敦，没人信教，他们从来不考虑我一直担心的事情。我们信徒说因为相信才成为好人，可是我见过的没有信仰的人也是好人，大多数都是，和穆斯林、基督徒和犹太人一样 。所以我就好奇有信仰和没信仰的差别到底在哪里。”

“我的一位朋友曾经说过：‘好人做好事、坏人做坏事时，没人感到意外，可是当好人做坏事时，那一定是动用了宗教的力量。’”

“我觉得他在你们身上看到了一道无法愈合的伤口。”

太阳此时已经升到了头顶正上方，用热量把天空变成一片白色。影子消失，沙漠变成了平板一块，仿佛是一口煎锅。在他们身后，武装部队在公路上延伸好几公里，前方有一场战争已经开始。亨利想知道他的朋友能否在这场战争中活下来，他无法想象马吉德这样鲜活宝贵的人会在一场愚蠢的军事冒险中被杀掉。可是在如此随意的死亡中，一个人生命的尽头似乎近在咫尺。他们俩都担心这也许是二人最后的交谈。

“几天前我答应你讲讲自己的故事，”亨利说，“我要说的内容曾经只对几个人讲过。他们听后惶惶不安，所以我决定再也不讲这个故事。我不喜欢被别人评头论足或是可怜，所以我假装忘记童年的细节，或者捏造虚假的历史让别人欣然接受。即使那些和我最亲近的人也不知道完整的故事，谁会在父母和铭刻自己一生的疾病上撒谎呢？可我就撒谎了，一遍又一遍，似乎谎言可以撵走真相。

“我父母忽视我的证据显而易见。我忍饥挨饿，他们不是故意的，没打算要残忍地对我——实际上正相反。他们是深陷一场运动的理想主义者，社会正义、种族平等、非暴力，这些是他们那群人的教义，混合了马克思主义和福音主义。他们要在地球上打造天堂，或者说他们的领袖这样告诉他们，此人目标远大，生性偏执，总是在逃离想象中的敌人，先是迁到旧金山开展运动，后来去了一个南美小国。

“我父母是真正的信徒，觉得他们的领袖是一名先知，类似耶稣或穆罕默德。我确信他们都是好人——善良体贴——但是没有时间照顾一个婴儿，他们忙着拯救世界。我经常被送到侨居地的托儿所，不过有时候他们干脆就把我忘掉——至少我是这样推测的。我只记得孤独和饥饿，以及没人来接我的恐惧。

“现在我从医生的角度来回顾自己的经历，不难诊断出造成身体缺陷的病因。想象一下我们身处热带，但是幼年的大部分时间，我都被限制在一间茅屋里，吃香蕉和稀饭。我不长个儿，双腿弯曲，经常随随便便就骨折。驻地没人能诊治已经罕见的佝偻病。有一次我被带到领袖那里疗伤，我只记得他一边用吓人的黑眼睛盯着我，一边念出可以矫正四肢并助我长个儿的咒语。可是那当然没有效果，我成了一个耻辱，成了对领袖治疗能力的非难。四岁的时候，他们终于决定把我送回到外公外婆生活的印第安纳波利斯。只有这件事儿救了我——我所患的疾病最后为我带来了救赎。我猜你可以称之为祸兮福之所倚。两个月之后，那个营地的所有人都死了。我的父母应该是头一批。”

“发生了什么？”

“氰化物，他们都喝了毒药，超过九百人死亡。”

“那是琼斯镇惨案[1]！”

“没错，”亨利说，“琼斯镇。”

“唉，亨利。”马吉德眼含泪水，不知道该说什么。

---

1 琼斯镇（Jonestown），又称人民圣殿教的人民圣殿农业计划（Peoples Temple Agricultural Project），位于南美洲国家圭亚那西北部的丛林地带，是一种农业型人民公社。1974 年开始在美国邪教组织人民圣殿教教主吉姆·琼斯（Jim Jones）的领导下由众教徒集体开发。1978 年 11 月 18 日发生琼斯镇惨案，九百多人惨死于琼斯镇，为集体服毒自杀，除两人外均明显被氰化物毒杀，其中包括两百多名儿童。套用教主吉姆·琼斯的话，他们不是被毒杀，而是“革命自杀”。

“我求求你，别为我遗憾。把这个故事藏了这么多年，就是因为我知道它会改变别人对我的看法，就好像在说自己的父母是纳粹、麻风病人或更讨厌的人。虽然有这样的身世，我还是我，不想被判定为某个无助的受害者。我已经有过教训，直接藏起那段经历会更好。”

马吉德还是震惊得无法回应，他想去安慰，可自己都没法承受朋友的伤痛。最后他说：“我忍不住对你的父母感到怒火中烧。抱歉，亨利。我只是太生气他们对你的所作所为了。”

“这是我的困境，不是你的。也许有一天我会原谅他们。可是我年龄越大，就越明白他们在我身上犯下的错误。看明白我其实和他们一样，这是最难的地方，我明白屈服于一个强有力的构想或人格意味着什么。我们也许都幻想自己有强大的道德基础，可是那些反复引导我们在世间行善的本能也许会屈服于最卑鄙的行为。”

在穿越阿拉伯半岛的过程中，亨利和马吉德继续交换着私密的人生哲学。最后这支队伍翻过一片高耸的红色沙丘，在他们面前，夕阳斜映着世界上最大的加瓦尔油田，抽油机漫无边际地布满沙漠的土地，瓦斯灯像路灯一样照亮储油库。亨利注意到天上另一道刺眼的光，就在地平线上方，仿佛一颗低飞的彗星，很难说那是什么。起初亨利把它当作这片奇景中的另一个特征。

马吉德突然猛踩刹车，向后边的队伍打出停止的手势。“导弹！”他喊道。

在亨利眼前，沙特的防御系统发出一系列反导弹来拦截入侵的伊朗导弹。它们划过一道道弧线迎击目标，在空中留下一道道烟迹。一颗巨大的橙色火球像太阳一样引爆，几秒钟之后传来雷鸣般的爆炸声。第二枚导弹在地平线上的另一个区域出现，然后是第三枚，引出了数十枚反导弹。

第一次爆炸的烟雾飘到了停止的队伍这里，把他们包围在一片酸雾之中。

马吉德通过无线电与他后方悍马车上的指挥官联系。“散开！”他要求，“在这条路上我们都成了移动的靶子。”一颗伊朗的导弹穿透油田防御系统，击中一座储油罐，引燃了一大团烈焰。

眼前的场面既壮观，又让人目不忍视，把亨利惊呆了。他一下子明白了战争的诱惑，然后看见又一枚导弹掠过沙漠，直接朝他们飞来。它调整着方向，透过烟雾搜寻着他们。死神的装备又快又准，毋庸置疑。而马吉德猛踩油门，似乎要急着迎上去。亨利的嘴里发出一个声音，可他自己都无法听清。马吉德突然转向一旁的沙地，导弹就在他们身后的路边爆炸。冲击波摇晃着吉普车，不过马吉德立即回到了公路上。“经过油田我们就会安全一些，那里需要尽全力保护，不过我们是可以牺牲的。”

夜幕降临，达曼的灯火在远处闪烁。马吉德朝无线电吼出命令，亨利能看见拉斯塔努拉的炼油厂在东方的地平线上闪亮，那是一座为机器而存在的城市，缺乏美感和慰藉。导弹不是击中目标就是在空中爆炸。储油罐和井口清晰炽烈地燃烧，火焰从外到内按红橙黄白的颜色过渡，直到底部最接近火源燃料的地方，颜色蓝得如同一片冰湖。南边的地平线被布盖格炼油厂的火光衬托得一片漆黑。

“亨利，我有个坏消息，”马吉德向他宣告，“通往巴林的路堤被炸毁了，我可以把你送到达曼的海港，最多只能做到这些了。”

亨利点点头，回家的想法，甚至是多活一天的想法，似乎越发渺茫。

行军队伍继续驶向拉斯塔努拉的驻地。马吉德和亨利离开队伍，单独驶进工业城市达曼刚刚被炸毁的空旷街道。他们驶过一栋刚刚被整齐割裂的公寓大楼，仿佛一把刀从中切过，暴露出厨房、卧室和挂着衣服的橱柜，这让亨利想起多年前他给海伦制作的玩具小屋。马吉德指向一堆瓦砾：“那是我们半岛这一侧最主要的海水淡化工厂。”他说完体会着后果，陷入了沉默。

他们来到海港码头，那里已经没有人，庞大的超级油轮已经撤退到外海。卫兵室里没有人开门，肉眼所见也没有一艘船。“我不能把你留在这儿，”马吉德表情坚决地说，“也不能带你回去。”

“我会有办法，”亨利说，“巴林离得不远，对吗？”

“距这里不超过八十公里，肯定有什么办法！”马吉德俯身钻过栏杆，亨利跟着他走上一座码头，经过一片停泊区。两个男孩儿正在黑暗的水中钓鱼，水面上还闪烁着油污。马吉德厉声告诉他们身处的危险，可他们对他报以嘲笑。遭此漠视，马吉德眼中的震怒亨利都能看到。战争已经摈弃了任何权威、义务和尊重，沙特阿拉伯再也回不到从前了。

在黑暗笼罩的码头尽头有一艘小型双桅三角帆船，两个人走到跟前才发现它。马吉德喊了三声，但是没有人应答。“亨利，你会驾驶帆船吗？”他问。

突然，一个戴着头巾的小个子男人挥舞着一只手枪出现在甲板上。二人警觉地后退，马吉德用阿拉伯语和那个人说话，但他用英语回应。“你们打算偷我的船！”他喊道。

“别这样，朋友，我们会付钱。”马吉德说。

“虽然你们这么说，但本来是打算要偷的。”根据他的口音，亨利觉得他是印度人或孟加拉人。他害怕地左顾右盼，握着的手枪似乎更具威胁。

“是真的，我走投无路。”亨利坦白说，“我得回到美国，为了再见到家人，我做什么都愿意。”

“你觉得这艘船能去美国？”

“我只需要到达巴林，到那里的美军基地。”

马吉德摘下手表举起来。“这只手表和你的帆船一样值钱，如果你把我的朋友送过去，我就把表给你。”

船主放下手枪，检查着手表，然后朝亨利点点头。“不过你得明白，我只负责把你送去，”他说，“不会返回。”

亨利同意，然后转向马吉德。“谢谢，我的朋友，”他说，“不知道我们会不会再见面。”

“我们的命运早已写好，”马吉德回答，“每位穆斯林都清楚。”他把手伸进制服的口袋，“这样东西可以让你记住我，一本英文版的《古兰经》。你不是非得读它，不过要是真的读了，你也许能发现一些智慧，或许获得一点儿安慰。总之你可以记住我们的友谊，这就足够了。”

他们彼此拥抱，然后亨利登船。

33
刀光剑影

俄罗斯外交部长高大英俊，具备完美的外交官形象，仿佛矗立在复活节岛上的一尊巨石雕像，面对着太平洋上的台风，明白每一场暴风雨都会过去，而谎言都经不住推敲，所以表现得泰然自若。“我们在伊朗没有任何企图，”他在福克斯新闻网记者克里斯·华莱士的采访上宣称，“我们向他们出售军事装备并提供服务。所以这是我们唯一的缔约。”

“假如美国在沙特对伊朗的战争中支持沙特，俄罗斯将做何反应？”华莱士问。

外交部长不屑一顾地摇摇头：“不，不，这场讨论预设了我们在这场冲突中的立场，我们不做这个选择。”

“美国情报部门的说法与此相反，”华莱士说，“《华尔街日报》的报道说，你们最先进的苏-57隐形战斗机已经被部署到伊朗的大不里士和梅赫拉巴德，是这样吗？”

“没错，那是我们最先进的战斗机，除此之外，你说的都是子虚乌有，我们没有在俄罗斯的国境之外部署这种战机。”

“你看过屏幕上这张照片吗？”华莱士指着一张卫星拍摄的飞机场的模糊照片说，“报道说这些是你们在大不里士停放的飞机。”

外交官盯着华莱士，仿佛他是一只撕扯自己裤脚的小狗。“你在指控我们发布虚假信息和欺诈，”他说，“我们也可以指控在造成当今最大规模的瘟疫——孔戈里病毒事件上，你们美国向全世界隐瞒了真相。”

“你的指控究竟是什么，先生？”

外交官的眼睛一眯：“我们有情报，我们的科学家分析了这种病毒，这不是自然产生的，而是来自实验室。只有一个地方有能力设计这种恶性疾病，那就是德特里克堡。”

“你是在声称美国制造了这种疾病吗？美国死亡一千多万人，全世界死亡数亿人。我们为什么要这么做？”

“原因我们只能猜测，也许病毒是因为失误而被泄漏了。这种事情发生过。不过我们可以肯定地说，这是美国制造的。”

“回顾20世纪90年代，苏联政府操纵了一次虚假宣传，名为感染行动，”华莱士回忆，“虚假的科学论文指控美国在德特里克堡的生物武器计划中创造了艾滋病。你们自己的克格勃主任后来承认，那是一项政治宣传活动。你们这次新的指控有何证据？”

“证据显而易见，”外交部长说着愤怒地叉起双臂，“这种病毒是人造的，我们没有制造，还会是谁有能力制造这种病原体呢？只有你们德特里克堡死亡实验室里的美国人。”

“那些实验室多年以前就被关闭了。”华莱士指出。

“这只是你的说法。”

“美国死亡率远高于俄罗斯，”华莱士说，“许多站在我们这一边的人暗示说俄罗斯创造了孔戈里病毒。否则你们怎么能为自己设计出形成一定程度免疫能力的疫苗呢？”

“这不奇怪，”外交部长说，“俄罗斯的医疗水平远比西方先进。”

“尽管如此，美国和欧洲的科学家已经分析了你们的疫苗，发现它毫无效果。他们说所有的大流行病在不同的大洲都具有不同的致病性。”

“他们肯定得说点儿什么来解释为何无法生产有效的疫苗，”外交部长说，“那是彻头彻尾的谎言，是假新闻。”

马吉德王子一进入位于拉斯塔努拉以北朱拜尔的海军司令部指挥中心，便觉察出房间里危险的氛围。他的叔叔哈利德王子是国防部负责计划的老部长，是皇室中最虔诚的人，他被安排在这个位置基本上是为了安抚神职人员。堡垒中的将军们想架空他的影响力，可哈利德是个热衷于制造声誉的老糊涂。和许多高级别的王子一样，他怀有有生之年当上国王的梦想。

马吉德左右张望，寻找是否有人可以限制自己任性的叔叔，可是眼下没有。他们毕恭毕敬，看着马吉德时眼中流露出无声的请求。马吉德没有假装对战局有所了解——他来此是为了提出关于军队健康的建议——可他也是现场仅有的另一名皇室成员。国民警卫队的霍马耶德将军把马吉德拉到一旁，对他紧急耳语了一番。“他打算立即袭击德黑兰和伊斯法罕。”霍马耶德将军说。

“为什么是这两座城市？”

“他们比军事基地的防御更低，他希望打击平民。”

“国王清楚吗？”

“哈利德王子说知道，但是我们怀疑。”

“王储呢？”

“坏就坏在他也同意这个决定。”

马吉德蒙了，没法找别人求助，只能去见他的叔叔。此刻哈利德正弯腰站在海湾地区的地形图旁，浑身散发着自傲，伊朗和沙特的军事力量，按各自作战程序部署在他们面前。配有导弹的共和国卫队快速攻击艇成群驶向沙特舰队，而且已经炸沉了一艘护卫舰和两艘轻巡洋舰。加瓦尔油田已经陷入火海。最后一批鹰式反导弹无力抵抗伊朗的无人机集群。与此同时，沙特深入伊朗的军事推进被俄罗斯的反飞行器防御体系迅速击退。“我们的 F–15s 战机已成功抵达阿拉克并炸毁了反应堆和重水工厂，但是付出了极大的代价，”进行简报的空军上将说，“我们还看到登陆艇在阿巴斯港集结。”

“可是美国人在哪儿？”马吉德问。

“他们正在赶来！”哈利德王子高呼，“我们必须先煽动俄罗斯人进入战场，我们有美国总统的承诺，伊朗必被毁灭，俄罗斯也救不了它。”

“国王同意之前不应该采取这种行动，”马吉德担心地说，“袭击平民不仅是战争犯罪，也是对伊斯兰教犯罪，那意味着两个国家全都灭亡战争才会结束。”

“我已经得到委托来做这个决定，”哈利德王子专横地说，“国王让我全权负责神圣领土的防御。选择已经做出，结果已经书写。真主赐予我们这种力量，我们必须使用它。”老王子转向空军上将说：“你听到我的命令了。”

马吉德站了一会儿，在震惊中没有缓过神来。然后他走出了碉堡。

夜已冷，他找到自己的吉普，脱下制服，换上一件简单的沙特传统长袍，穿上拖鞋，经过那群忙乱的水手，出了大门，继续穿过空旷的市镇。一阵微风把沙子吹过满是尘土的街道。

军事基地的外围有一座军官俱乐部，俱乐部里有一条骆驼赛道。马吉德穿过牲口棚，燕麦和骆驼的气味让他感到既熟悉又安慰，骆驼是漂亮的动物，不该就这样死去。他打开牲口棚的大门，把它们赶进茫茫的夜色。骆驼通人性，对它们来说，马吉德是一位陌生人，自由也并不熟悉。可它们喷着鼻子，不情愿地接受了自己的命运。

其中最好奇的一只骆驼疑惑地看着马吉德，它低下头，让马吉德抚摸它两只大眼的中间。“我亲爱的朋友[1]，”马吉德说，“你会带我离开这里吗？”

马吉德找到一条毯子和一套鞍具，然后骑上了骆驼。这头母骆驼高大有力，他们一起探索出一条深入沙漠的古道。

战争的声音让亨利无法入眠。随着帆船切入波光粼粼的波斯湾，军用飞机在他们头顶呼啸而过，音爆在飞机身后紧紧追随。远处的爆炸照亮了波斯湾两侧的地平线，有些威力适中，其他的——军火库或者炼油厂——极其剧烈，范围广大，如同初升的太阳点亮了天空，亨利感觉好像在水底的另一个世界观察着战争。这么多东西迅速地被炸毁，多年的劳动成果和难以想象的财富瞬间消失，随后除了几十年的苦难还会有什么？与平日里纷争不断的和平相比，战争的代价从来没有如实清算过，即使是胜利者，在某些方面也遭受了绝对无法完全考量的损失。亨利忽然发现自己在见证石油时代的终结。

借着被点亮的天空，亨利察觉到巴林这个海岛酋长国出现在船头的一侧，摩天楼隐约呈现在这片弹丸之地，仿佛游客站立在独木舟上。亨利感到好奇，战火不可避免地烧到邻近各国时，这些骄傲的建筑还会挺立多久？这一地区已经站队，中立完全不存在，战争的属性向来是扩张和摧毁能够波及的一切。

帆船转向一座被炼油厂和港口环绕的大型港湾。自称拉梅什的船长向前方一片死寂的大规模工业中心示意。“美国的。”他说。

就在此时，亨利发现两艘巡逻船以最快的速度向他驶来。他朝他们挥手，但是很快就明白，他们不是来欢迎的。“掉头！掉头！”一个声音通过广播系统喊道，“你们进入了禁区，再靠近的话就开火

1 原文为阿拉伯语。

了！”同样内容的警告用阿拉伯语又播放了一次。

“我是美国人！”亨利喊道，可是没有人听见。即使有人听见，也不会起什么作用。

拉梅什放缓速度，可是一阵枪声在他前方溅起水花，他突然掉转帆船，船帆也急剧地改变方向。

“不，等等！”亨利朝他吼道。可是拉梅什不打算再次成为被射击的目标。

亨利飞快地考虑了一下，然后跳入了水中。

他不是一名强健的游泳者。在他的注视下，船帆在风中扬起，帆船离他而去，拉梅什把他抛弃在海峡中间，只是短暂而又毫无悔意地看了他一眼。亨利远离陆地，根本不可能到达。过了一会儿，一艘巡逻船轰鸣着驶回基地，留下亨利在它激起的波浪中起伏，另一艘巡逻船停在水中。两名海军军官戴着套头式太阳镜，面无表情地注视着他。亨利开始游向他们，船员驾船缓慢向后行驶，谨慎地保持距离。他们只会看着我淹死，亨利想。他的衣服和鞋子在拖着他往下坠，他一直采用狗刨的姿势——还能怎么办呢？最后巡逻船停住，让他游到能够交谈的距离。

“先生你究竟要干什么？”驾驶员问。

“我想要回家。”

“恕我直言，还没被我们射中算你走运。你往那边游，”——他指向超过三公里外的一个登陆点——“就会到达阿联酋领土，他们能接收你。”

“你知道我根本游不到那儿。”

“做选择的是你，不是我们。这里是战区，我们得遵守规章，先生。这里已被严格隔离，不许任何人进出，也是为了你的安全。”

亨利懒得回应这个荒谬的建议。“求你了，我是美国人，”他说，

“是医生，只想回家去——”

“你是医生？”驾驶员突然改变了语气。

“我是。”

“看病的医生？”

“没错。”

驾驶员瞅了一眼他的同伴，然后对亨利说：“上船，先生，我们有一些船员病了，急需一名医生。”

亨利游到船尾的梯子，一离开水面他就浑身发抖，不是因为寒冷，就是因为此前的绝境带给他的恐惧。另一名军官递给他一件救生衣，与此同时，驾驶员猛踩油门，飞速驶向基地，让亨利坐上了有生以来最快的船。他的牙齿开始不由自主地打战。

“先生，看见那艘潜艇了吗？”驾驶员说。形似鲸鱼的潜艇庞大、灰暗、光滑，头部不太真实地竖着一根翅片，仿佛十字架一般。“它要前往金斯湾，船员已经请求了医疗援助，但是被禁止进入基地。”

“佐治亚州金斯湾？”亨利说。这仿佛是一个奇迹。

“孔戈里病毒在潜艇上传播。”

“我愿意冒这个险。”

“你自己选择，先生，不过有生命危险。”

亨利只是觉得，自己终于能回家了。

34
金鱼草

吉尔去世一周，海伦才终于鼓起勇气把她埋葬。她等到特迪睡着，然后去后院挖掘坟墓。她难以相信挖掘是如此困难。越深的地方，土壤就越坚硬。后来她挖到一大块树根，就再也进行不下去了。她坐在草地上哭泣，这个坑还很浅，她站进去的话，地面甚至还不到她的膝盖。

邻居的灯也都熄灭了，外面漆黑一片。除了特迪，海伦几天以来没见过任何人。她想找人帮忙，但又不知道去问谁。也许再也不会有人帮我了，她想，也许所有人都死了，尽管还没有准备好。但我得扮演成年人的角色。她对自己的父母感到愤怒——因为亨利不在身边，因为吉尔已经去世，只留下她照顾特迪和挖坑埋葬。

她的父亲肯定也去世了，他背叛了她，欺骗了她，让她曾经以为他绝不会让自己失望，可是后来他消失了。“我们再也没收到他的消息。”以后她会这样告诉别人，这个说法像洗脑歌曲一样让她无法摆脱。

曾有一段时间，海伦因为自己的父亲而觉得尴尬，她开始注意到别人如何看待父亲。海伦很漂亮——这是她生命中确定无疑的事实。亨利却不一样，海伦想要摆脱父亲，想要在别人眼中变得完美无瑕、天生丽质，而不是和可怜的人联系在一起。亨利理解，也给了她在公开场合避开自己的空间，亨利的崇高品质最终融化了海伦的心。海伦一想到自己有多爱父亲就哭起来，因为自己曾为父亲感到尴尬而羞愧难当。现在父亲失踪了，她再也没有机会弥补。她恨自己曾鄙视父亲身体的缺陷，也无法想象不完美地活着是什么感觉。可是她的内心是丑陋的。在心里，她畸形渺小，父亲高大英俊，他是世界上最聪明的人。

可他没能来救吉尔。

挖掘母亲的墓穴成了海伦曾做过的最重要的一件事。假如她能做好，那么活下去也许就不那么难了。她会成为那种可以挖掘墓穴的成年人，动物无法轻易扒开的墓穴。这个想法令她毛骨悚然。

她在车库里找到一把斧子，然后怀着不知道来自何处的愤怒和决心，开始砍树根。她隐约意识到自己在啜泣，树根的粗细几乎赶上她的脑袋，起初她只是一次又一次地砍同一个地方，可是后来她回忆起亨利砍柴火的情形，亨利告诉她如何把斧头稍微向右偏，然后再向左偏，这样就能在木头上砍出一个V形切口。木头碎屑飞舞，最后海伦筋疲力尽地瘫倒在地。

她怀着仇恨看着树根，因为这个障碍而无法完成挖掘。这不公平，这个挑战过于艰难，她得砍断每个树根。要完成这项工作，她还得继续挖掘土壤，那又是一项令她憎恨的任务。

她的眼睛适应了黑暗，可是坑里更黑，所以她回到屋里，打开厨房的灯，照亮后院。在屋里，她母亲死亡的气味环绕着她。抽屉里有一支手电，她拿到外边，放在了墓穴的边沿。

厨房和手电的光把她的影子投向邻居的车库，仿佛巨大的卡通形象。她想象特迪在嘲笑她，可是接着她好奇什么时候会有人再次露出笑容。就连想到这件事很好笑她都感到羞愧。然后她感到反叛、黑暗和邪恶，这又给了她砍树根的力量，直到树根的一端从树上断开。

她在草丛中躺了一会儿，身上满是泥土和汗水。曾经她生命中一切的精彩都变得奇怪和糟糕。至少我还活着，她想，可是肯德尔死了，妈妈死了，爸爸可能也死了。生活还在继续，似乎我们的存在根本毫无意义。唯一重要的就是挖出墓穴把母亲埋进去。她盯着三岁时父亲给自己造的小玩具屋，她在那里边度过了很多时光，不知不觉就过去好久。

认为她曾经完美是一个愚蠢的想法，她个子很高，是班上最高的女生，比大多数男生都高，注定会长成一个巨人。有一次她问亨利为什么自己这么高。亨利个子矮小，吉尔是平均水平，十一岁的海伦已经比他们俩都高了。“你的身高遗传自我的家族。”亨利说。海伦从没有真正考虑过亨利的家族，除了他的外公外婆，他没有任何人的照片，也从不谈起自己的父母。

“可是你不高啊。”海伦说。

“我有高个子的基因，”亨利说，“是一种疾病让我没长起来。我记不太清楚我的父母有多高，不过有人说我母亲身高一米八，我父亲比她还高十几厘米。所以你不应该惊讶自己具有吸引所有人眼球的巨大优势。”

“你母亲漂亮吗？”海伦问。

“我觉得挺漂亮，我外婆有她小时候的照片，她相当迷人。我见过她唯一一张成年时代的照片，她的脸被笼罩在一种墨西哥宽檐帽的阴影中。我父亲容貌出众，有鲜明的五官和像你一样的红发。总之不同于身高，美丽没有对应的基因。”

“他们的丧生真让人难过。”

“没错，确实如此。”

“是飞机坠毁还是类似的事故？”

“类似的事故。”

那是不能说的秘密，亨利已经走出房间，如今海伦再也不会知道。

她又砍又挖，天空已经开始亮了起来，她继续砍树根，挖泥土，流眼泪。

亨利不信仰上帝，但是海伦信，那是她私自的反叛。上帝成了她真正的父亲，完美、有同情心、时刻在身边。不过那都是以前的事，现在已经不是了。日出仍然美不胜收，上帝正用此情此景告诉世人："那又怎么样？我不需要人类存在于我的世界。"海伦想：我有了新的"信仰"——我相信上帝存在，但他恨我们。

她筋疲力尽，树根的这一端甚至更粗，当然这是上帝想要的，让它不可能被砍断，斧子的每一击都在证明上帝是错的。一只还没有被灭绝的鸟儿在唱歌，如果海伦有枪，她会打鸟。它们携带致命病原体，甚至会传染给宠物。皮珀斯已经死了，海伦希望自己能抱着它，并相信爱仍然重要。

她想要在特迪起床前完成工作，还放任自己思考：为什么不能是特迪而是妈妈去世？我为什么会成为监护人？特迪毫无用处，简直就是负担。可她又不想自己孤身一人。

树根终于断成两截，海伦也倒在地上。她不知道自己睡了多久，但是醒来时阳光照在眼睛上，她正躺在母亲的墓穴里。

她重新暴躁地挖掘，胃部痉挛都没能让她停下。土壤变得太硬，她就用斧子砍，然后把土捧出去。她知道墓穴得有将近两米深，可那不可能做到，那么深她甚至都爬不出来。她开始在良心上和自己讨价还价，能指望一个十二岁的女孩儿挖多深呢，现在深度已经及腰，她想要墓穴形状达到完美，可实际上还差些。

"你在干什么？"

特迪穿着睡衣站在门廊的台阶上。

"你觉得还好吗？"海伦问。

特迪点点头。

“饿吗？”

他又点点头。

“还剩一点儿麦片。我很快忙完。”

特迪回到屋里，问题没有得到回答，但是他已经明白。

海伦又开始挖掘，天气非常热，但是脚下的土壤很凉爽。汗水流进她的眼睛里，她突然坐在墓穴边沿，完全没有了力气。她需要吃东西，需要喝水，吉尔会告诉她这些事儿。此刻她几乎能听见母亲的声音，她会停止玩耍，回到屋里，桌上会摆着午餐。可这种事儿再也不会发生，都怪上帝。

她的脚悬在坑里，深度似乎够了。

海伦回到厨房：“还有麦片剩下吗？”

特迪愧疚地摇摇头。还能想起母亲为他们切去面包皮的蛋黄酱土豆三明治、巧克力酸奶、品客薯片、鸡汤面。那些都没有了，除了几天内就会被吃光的小扁豆，储藏室里一无所有。冰箱里有一块火腿和那种包着锡箔纸、形似一小块馅饼的笑牛牌奶酪。海伦的一切食物都要从特迪的份额中争夺，但是海伦不在乎。或许她在乎，因为没有了别人，她不确定自己和特迪是何种关系。

海伦觉察出特迪看自己的表情充满畏惧，或者是类似的情绪，比如惊愕。可能是因为她身上太脏了。然后特迪看看别处，又看看空空如也的麦片盒。“谢谢你埋葬妈妈。”他说。

“我还没埋葬她呢。”

“我知道。”

海伦吃完奶酪，她和特迪又来到外边，站在墓穴旁。“不是很深。”海伦说。

“我觉得可以了。”

“是吗？”

特迪点点头。

海伦返回屋里，尸体的气味再次迎接她。她从炉灶把手上拿下一块洗碗布，像个强盗一样裹在自己脸上。“回你自己的房间待会儿。”她对特迪说。

海伦经过走廊，打开她父母卧室的门。她母亲张着嘴，皮肤呈现和床头柜上瓷器台灯一样的蓝色。床单上布满了丝丝血迹，从眼睛、耳朵、鼻子流出来的血仿佛干涸的小溪。上帝就是这样对待我母亲的，海伦心想。

吉尔的手冰冷无比，如同一直保存在冰箱里。尸体本身怎么能如此冰冷？关于吉尔的一切都又硬又冷，她的尸体似乎被固定在床上。海伦抻平床单，穿着睡衣的母亲已经衣衫不整。海伦要盖住她，但随后又告诉自己，这已经不是我母亲，而是个笨重的物体，散发臭味，死气沉沉。

海伦抓住吉尔的脚跟，朝自己的方向扭转尸体，它移动起来就像一整块厚木板，胳膊形成某个既怪异又熟悉的姿态，似乎吉尔就要接受一件礼物或拥抱别人。海伦把母亲拽向自己，睡袍被蹭起的时候她把目光转向一边。突然之间尸体整个从床上掉下，砸在地板上，下落的过程中，吉尔的头部重重撞在床架上，海伦听到了骨头断裂的声音。她想尖叫，可是随后又告诉自己，这不是我母亲，这不是我母亲。

她来到走廊，掉转尸体的方向，拖着它穿过厨房，来到后门的门廊上。她休息了一会儿，然后来到门厅的壁橱，取出特迪的橄榄球头盔，给母亲戴上，接着继续把尸体拽下台阶，每下一级，头盔就撞击一下。

她停在墓穴的边缘，害怕把母亲滚到里边，因为她可能会面部朝下，那样是不对的。她站在墓穴里把母亲拖向自己。吉尔的尸体从挖出的土堆上缓缓滑下，然后仿佛忽然有了生命一样撞向海伦。海伦向后倒下，被她母亲僵硬的蓝色大腿死死压在狭窄的墓穴里。她扭动身体把母亲推向一旁，从重压之下脱身，接着又整理了母亲的睡袍才爬出去。然后她拿起铁锹，朝不愿再看的母亲脸上扬下第一铲土。

天快黑下来，墓穴才被填满。堆在吉尔身上的泥土像是一块刚出炉的面包。海伦站在那里时，特迪来到她身旁，手里拿着一捧从前院花圃剪下的金鱼草。他们一起把花放在了吉尔的坟墓上。

35
众生宝贵

在孔戈里病毒的肆虐下，世界各地的政府都已垂死，不出意外，薄弱的政府都垮台了，黎巴嫩、伊拉克和阿富汗接二连三陷落，无政府的混沌状态追随着病毒传染的脚步，斩杀着最强大的政府，碾轧着弱小的政府。意大利和希腊在 6 月 30 日同一天陷落时，西方社会的脆弱性昭然若揭。文明就像极地的冰盖，在数十年的全球变暖过程中变得越来越薄，融化流走。法国是接下来的一个。

不过国家安全附属委员会的成员通过安全通信线路召集了视频会议，主要商讨中东地区的战局。一架苏 –57 战机和一架 F–22 猛禽战机在扎格罗斯山区空战，导致双方被极为先进的雷达制导导弹击落，技术已经发展到很难错失目标的程度，空战引发了美俄及其代理人之间更大规模的战争。沙特的油田还在猛烈燃烧；在伊朗，伊斯法罕古城大部分都被摧毁，德黑兰的伤亡者数以万计。双方已然开战，尽管战争的火力已被疫情弱化，然而正如 1918 年人们所经历的，军队成了传染病的温床。医院已经住满流感（孔戈里病毒）患者，给战争伤员的治疗空间所剩无几。可是战争还在激烈上演，把这两个国家及其邻国拖入了前工业时代。现代化留给这个世界的遗产除了武器，已无处可寻。

战争的第一个致命伤，总是体现在结局的不可控制上。

“我们摧毁了阿巴斯港的伊朗海军基地，但也被俄罗斯的防御系统击落四架飞机。”参谋长联席会议的代表汇报说。

国防部代表回顾当地的双方力量对比。“我方优势很大，但形势多变，”他说，“海军第五舰队驻扎在巴林，中东最大美军基地的空军在卡塔尔开展军事行动，现有的B–52轰炸机已准备好去炸毁伊朗，轻松就能到达俄罗斯本土。俄罗斯的太平洋舰队正飞速赶往海湾，此外，极其先进的俄罗斯飞机也部署在伊朗，后续还有更多。俄罗斯在保护一个更强大、更有韧性的盟友，在这方面比我们更有优势。如我们所知，沙特的计划从来都是让我们冲锋陷阵。”

“战争造成的环境污染效应也正在扩散。”国务院代表说，“东部省已有数千人死于吸入的烟尘，风正携带着有毒烟雾向西吹，黑色的天空一直蔓延到西班牙南部。”

商务部代表怀着非主流的看法发言。“沙特还值得我们保护吗？”他问，“这些国家中任何一个都需要很多年时间才能在世界经济中再次崛起。”

国务院代表赞成这个观点：“伊朗是一方面，可是我们真希望和俄罗斯全面开战吗？”

“他们一定也在做同样的考量。”国防部代表说。

美国和俄罗斯都陷入了猜疑和憎恨的狂热之中，渴望着某种刺激的结局，但设法不涉及全面核战争。尽管如此，蒂尔迪视此为把俄罗斯关进牢笼的关键时刻。“等待的话我们能得到什么？”她说，“现在趁他们的舰队还没到阿拉伯海，立即开火，把他们赶出波斯湾。和普京对抗，你不会有很多明显的先机。”

会议最后，他们向各部门负责人提出一个建议：派出B–52轰炸机，炸毁俄罗斯的防御系统，阻挡他们的太平洋舰队。假如俄罗斯还想把战争进行到底，它将付出惨痛的代价。

当天晚上，蒂尔迪坐在她的狗巴斯金旁边，一边吃微波快餐，一边看新闻。美国疫情最严重期间，政府机构关停，国会不再开会。新任总统和其他高级官员仍然躲避在韦瑟山广大的地堡里。新任总统就紧急警报系统进行了一次安抚性讲话，说明治疗办法已经初见曙光，商店很快就会重新开业，棒球赛季会继续——全是谎言，所有人都清楚，但还是恭敬地进行了报道。

“今晚我们进行麻省理工学院白石研究中心[1]生物研究实验室遭到破坏的特别报道。”伍尔夫·布利策在播报，镜头给到白石研究中心，布利策描述它是世界领先的动物研究机构之一。和每一所重要的生物医学研究机构一样，白石研究中心也应征开发孔戈里病毒疫苗，已经获得了疾控中心提供的病毒样本，并在猴子、雪貂和人源化小鼠身上成功培养出病毒。很多解密这种新型病原体的研究者就住在实验室，睡在走廊的铺盖卷儿上。因为暴发了传染病，实验机构的安保工作名义上是最严格的。德特里克堡乐于使用的多层分级围栏、摄像头和扫描装置这里从来就没有。后来的一个早晨，一群人——安保摄像头记录下五十二人——戴着口罩和手套，穿着实验服，乘一辆大巴来到实验室。“我们以为他们也许是来换班，或者是新来的保安。”一名科学家说。他们一言不发地走过大厅，上了电梯。“他们知道密码，”那位科学家说，“没人质疑他们，没有权限的人根本不会进来，可他们却进来了。”

他们径直去到饲养动物的房间，那里有四个房间，两间给雪貂，一间给绿猴和小鼠，一间空着。他们没穿防护服就进入那么危险的房

1 白石研究中心（Whitehead Institute），中文也称“怀特黑德研究所”，是麻省理工学院的一个财政独立实体，位于美国马萨诸塞州剑桥市。白石研究中心由实业家和慈善家埃德温·C.“杰克”·怀特黑德（1920—1992）于 1982 年成立，致力于通过基础生物医学研究改善人类健康。白石研究中心被定为分子生物学和遗传学领域全球顶级研究机构，其基因组研究中心成为人类基因组计划的最大贡献者。

间，简直是疯了。每个戴着口罩的闯入者搬走两个笼子，主要针对的动物是灵长类，剩下的动物直接被释放到大厅里，沾染了那里的一切。雪貂跑得到处都是，其中许多都无精打采地躺在实验室的地上，病得没法动弹。小鼠像平常一样直接消失在办公室，不是躲在书架后方就是书桌底下。视频显示被抢走的灵长类动物在哈佛广场被释放。布利策采访了剑桥市警察局局长，他说自己的警力和国民警卫队成员整夜猎捕猴子，只要见到就会射杀，最后的两只最终在地铁红线的隧道里被拿下。

“警察怀疑这次袭击的领导者是动物权益组织‘地球卫士’的成员。”布利策说。“地球卫士”的领袖于尔根·斯塔克出现在演播室，虽然“地球卫士”成员曾经潜入过白石研究中心，但他否认自己或其组织成员与这次里应外合的袭击有关。布利策显然不相信斯塔克的否认。“他们有安全码，”他说，“对目标的位置一清二楚。”

“是挺让人困惑的。”斯塔克不置可否地说。

“你觉得这不是一项反人类的罪行？”

“明人不说暗话，”斯塔克说，“不光在白石研究中心和德特里克堡，还有全国的许多其他研究机构，人们对动物的所作所为是一项反自然的罪行。那些实验动物对我们没有任何危害，它们在科学的名义下被折磨和谋害。我知道这些，因为最令我感到耻辱的是，曾经我也那么做过。对人类有利就值得牺牲那么多动物吗？我说不值得。”

“大多数科学家认为值得，”布利策说，“全世界有数百万人已经死于孔戈里流感。我们已经把得到的反馈制成表格，目前数据显示死亡人数将超过三亿人，确切数字超出统计。”

“和八十亿总人口数相比，这个数量可以接受吧。”斯塔克冷酷地说。他查看了一下自己的眼镜，然后擦了擦镜片。“想想鸟儿，有多少被屠杀？你知道吗？你也为鸟儿做过‘反馈列表’吗？反馈情况好吗？我告诉你超过自然的倾覆点会发生什么。你等着遭殃吧，肯定会比眼下我们遭遇的更严重。你还觉得此刻我们已经得到了教训。”

“你是认为众生平等吗？”布利策问。

“众生宝贵，”斯塔克说，“这有什么可问的呢？”

“我只是好奇——必须选择的话，你是拯救一个人类的婴儿还是一只黑猩猩的幼崽。你选哪一个？”

“这是个有趣的问题，但我不再做这种选择了。选择只属于我的过去。”

“你相信病毒的生命和人的生命一样宝贵吗？”

“病毒没有生命。”

“可它们是大自然的一部分。”

“没错，它们必不可少。”

“但是人类就不是吗？”

斯塔克瞪着布利策，迟疑地权衡着自己的回答。“人类已经成为一个问题，”最后他说，“以人类的身份发言，我自私地希望我们的种族延续下去，然而很少有人怀疑，这颗星球没有我们会更好。”

36
狄克逊船长

亨利一登上潜艇就感到不安。佐治亚号潜艇的船员并没有对登船的新医生充满热情。上一位医生带来了孔戈里病毒，因此这艘潜艇被隔离。现在一百六十五名船员中有五名染病，那个医生死去后被装进称为“冰盒”的大冰箱里。潜艇上满是勇敢的年轻水手，但他们被无法抗击的敌人包围。

通常情况下，船员的医疗照护由一位培训过医疗急救和较轻的紧急病症救护的军医负责。潜艇上还有一间药房，药房有个水平方向的门，躺在担架上的病人可以直接被转移到检查台上，因为走廊里没有推车回转的空间。在药品柜里亨利发现了苯达莫司汀和伊布鲁替尼[1]，难怪需要医生登船。

潜艇是疾病的理想温床，所有人都呼吸持续循环的空气。“假如有人感冒，我们所有人都会得上，”医务兵萨拉·墨菲二级士官带亨利参观时告诉他，“没有办法避免接触。”

大家都称她墨菲，同船水手通常都以姓氏互相称呼。她循规蹈矩，公事公办，不过也理应如此。潜艇上只有十位女性，每一位都把头发梳成紧紧的发髻，像剪了短发的男性一样，凸显出自己的面容。

1　这两种药物均为抗血液系统肿瘤药。苯达莫司汀（Bendamustine）是一种抗癌化疗药品，属于烷化剂的一种，用于治疗慢性淋巴细胞性白血病和生长缓慢的慢性非霍奇金氏 B 细胞淋巴瘤以及华氏巨球蛋白血症。伊布鲁替尼（Ibrutinib）是第一代布鲁顿酪氨酸激酶抑制剂，用于慢性淋巴细胞白血病和套细胞淋巴瘤靶向治疗。

墨菲是来自明尼苏达州德卢斯的农场女孩儿，说话带着口音，会把家乡说成“明尼嗖达”。水手们打趣她是挤奶的女工。她瘦小敏捷，下梯子时像体操运动员一样轻松，而且放慢了速度让亨利跟上。然后他们通过一个圆形舱口，仿佛进入一间保险库。里边是一个装有二十四根口红色导弹管的狭长房间。每一根导弹管里装着一枚三米多长的“三叉戟”洲际导弹。“我们的装备有一点点不同，先生，”墨菲说，“我们用战斧式巡航导弹替换了核导弹。”每两根导弹管之间是一间九人的宿舍，铺位靠墙安置成上中下三排。亨利无法想象比这更糟的呼吸环境了。

感染的船员只需要待在他们的住处，假如他们进入疾病晚期，就会被送到控制室下方的小卖部，这样他们的同伴就不会眼睁睁地看他们死去。整个房间充斥着血液里的金属气味。

“你怎么治疗他们？”

“挂生理盐水。”墨菲说。

“抗病毒药呢？”

“不起作用。”

在小卖部里有三名晚期病人，两男一女。墨菲掀起其中一人盖的布单，他的脚已经黑了。“之前那个医生也出现同样的症状，”她说，“黑脚，蓝脸。”

一名病人意识还算清醒，知道他们的到来。“你是医生吗？”他问。亨利点点头。“我是要死了吗？”他还不到二十岁，嘴唇已经发青。亨利已经看清他的命运。

“我觉得你会没事儿的。”亨利说。有时候只有希望可以提供，即使是虚假的希望，不过他会责难自己撒谎。

年轻的水手开始哭泣，墨菲用一张婴儿湿巾擦了擦他发热的头部。

“我特别害怕。”他说。

等他们来到没人能听见的地方，亨利问墨菲："你们怎么处理尸体？"

"目前的处理方法是送回到船籍港，我们的冰盒里有地方，不过说实话，这是个问题。"

去世医生的住处——导弹室末端地板上的一块床垫，就在为整艘潜艇提供动力的核反应堆旁——被分配给亨利。亨利用消毒剂在那个地方喷洒了一遍，去世医生的随身物品都在粘在墙上的一个塑料袋里，他的衣物都铺开在床垫底下。从一双运动鞋可以明显看出，他的衣服亨利穿都太大，而亨利此时还穿着跳船后湿透的衣服。墨菲清理了一遍去世水手的衣橱，清出满满一袋子脏内衣和袜子。

这艘潜艇进港是为了维修一台损伤的活塞，因为缺少部件没有维修成功。所以它使用损伤的活塞穿越漫漫大西洋，不断发出秘密潜艇最不希望发出的噪声。

在潜艇上感受不到运动，但是下潜时，亨利感到耳胀，每次潜艇调整方位，亨利都发现自己站成一个奇怪的角度，水手们似乎都没有注意到自己没有垂直站立。亨利期盼自己能逐渐习惯这个狭窄的内部世界，习惯这种微妙的摇摆，但是不得不尽力摆脱警报响起时的影响。他断断续续地睡去，不安的梦总是把他惊醒，可是醒来后他又一点儿都不记得。

在潜艇上的第一个早晨，他被早餐的香气唤醒，后来才意识到自己有多饥饿。食堂给人一种俱乐部的感觉，里面摆着来自各个港口的纪念品、海军三角旗和佐治亚州前任州长及唯一当选总统的潜艇人吉米·卡特的照片。船员们的盘子里装满了炒蛋、香肠和蘸了肉汁的饼干。他们都这么年轻，亨利一边想，一边拿了三块吐司和一碗干麦片。

亨利坐下时墨菲刚刚吃完。“你好，先生。我以为你和长官们在军官室吃早餐。”她说。

“那里的食物更好吗？”

“不可能。”

“我觉得中校把我当成一位不请自来的客人，我也认为我是，”亨利说，“以前我从未登上过一艘海军舰艇，更别说一艘潜艇，我都有点儿不知所措了。”

“船，先生，在海军中，只有潜艇被称为船。中校是他的军衔，不过他的职务是船长，也是我们对他的称谓，叫他老大也行。你得理解他，他平等对待每个人，也就是说，他是个强硬的浑蛋，但也是我当兵遇到的最好的军官。”说到这点时，墨菲的脸红了一些。

“对于这份工作来说，他看起来太高了一点儿。”

墨菲笑了：“即便是身材一点儿都不高大的我，也总是撞到那些该死的管道或类似的东西上，我们头部总是受伤。你说的对，我不想长他那么高。”

“那么这些人都是谁？”亨利示意吃早饭的二十几个人。

“和我一样的军人，先生。不是跟军官作对，可实际上是我们在运行潜艇。那些家伙，”——卡座里的一伙人——“他们是导弹控制操作人员。我们希望能把他们当成正常人。说实话，我确实把他们全都当成正常人，他们和其他人一样，假如有谁收到亲戚去世、与妻子离婚的家庭电报，他们会和别人一样沮丧。”

“那你做些什么呢？”

“我母亲是一位儿童心理学家，她会给那些心情低落的孩子凸眼毛球玩具。也许你在药房看过那种好像装了不少圆形硬糖的罐子。那种毛球叫‘暖茸茸’。我知道那不是真正的药物，但是最近我一直在分发。”

“试着给点儿什么总是不错的。那些强壮的先生们是谁？”

“他们是海军陆战队的，我们偶有侦察或类似的任务时，就把一支登陆队员放下船。他们都很可爱，基本上除了吃饭就是训练，不过你懂的——别惹他们，”她可怜地看了他们一眼，“登船时，他们表现得就像超人，似乎没什么能吓住他们。可是这场流感让他们胆战心惊，看他们多压抑，他们似乎比别人更脆弱。”

“你不也挺害怕吗？”

“那当然了，我害怕啊。所有人都把这艘潜艇称为死亡之船，说对了。我们被困在这里，我觉得自己一无是处，甚至不得不用上我的暖茸茸。我只希望你能帮帮我们。”

吃过早餐，亨利又去查看了三名新出现症状的船员，而另外一名已在夜里去世。

亨利刚登上潜艇时，还意外地觉得宽敞，可是很快就被局限的感觉笼罩。他原本没有幽闭恐惧症，可是封闭的住处结合深海之下的可怕体验让他深感恐惧，而且担惊受怕的船员也被疾病带来的恐惧包围，这更加剧了亨利的感受。和墨菲在药房工作，亨利很快找到节奏感，尽可能缓解恐惧。他分装了几袋赞安诺和烦宁，用来治疗最头痛的惊恐障碍[1]，但是那无法驱散笼罩全船的焦虑气氛。船员们都在绝望中挣扎，他们都清楚概率，到目前为止只有几名出现症状的病人，可是每个人都暴露在致病环境中，一旦染病多半都会死去。

第二天，亨利被叫到船长的单间。对于一名潜艇人员而言，弗农·狄克逊船长身材大得出奇，个头高挑，尽管人到中年，但是肌肉

1 惊恐障碍（panic disorder）简称“惊恐症”，是以反复出现显著的心悸、出汗、震颤等自主神经症状，伴以强烈的濒死感或失控感，害怕产生不幸后果的惊恐发作（panic attacks）为特征的一种急性焦虑障碍。

健硕，声音也洪亮悦耳。

“我们船上通常没有真正的医生，”船长说，“潜艇船员都很健康。假如有任何潜在的疾病，船员是不能出海的。进入港口时，我们也尽量小心，但是总有粗心的时候。”电脑旁边的小桌上有一个鸟笼，船长一边讲话，一边用粮食和花椰菜给里边五颜六色的小鸟喂食，“这种该死的流感到来之前，我们不得不抛下在吉布提因文身而染上肝炎的几个笨蛋。所以你的前任医生身患流感登船时，我们已经人手短缺了。哟，你可真是个饥饿的小傻瓜！”他对一只鸟说。

狄克逊重新填满鸟笼里的水槽，亨利借此时间看了几张粘在船长衣柜上的照片——一对年轻的黑人男女穿着学位服，亨利觉得他们是船长的成年子女，但是没看见他妻子；共同服役士兵的一些集体照；穿着南加州大学橄榄球队服的青年弗农·狄克逊。“噢，你就是那位弗农·狄克逊！”亨利恍然大悟。

狄克逊抬头平静地看着他，好像因为被打断而不满，随后又爆发出意味深长的笑声，“厉害，你记忆力很好嘛。”他说。

“我当然记得玫瑰碗上的那次冲刺。”

狄克逊愉快地笑起来。“那天可不同寻常，”他说，“总之，我们确实差一点就被俄亥俄州立大学教训了。”

鸟儿们都很美丽，展现出各种不同的鲜艳颜色，比如绿色的后背、红色或黑色的头部、蓝色的尾巴、黄色的肚子、紫色的胸膛——仿佛是由其他无法与之比拟的鸟儿的各部分身体组成。“它们是七彩文鸟，”狄克逊解释说，“在多哈的露天市场买到的，给这里添点儿彩，你觉得如何？”他用自己的大手抓住一只鸟儿，用一把微型剪刀小心翼翼地给它修剪趾甲。“这只叫查基，我觉得是它们的头鸟。”

“它们美得醉人。”

“他们跟我说是濒危鸟类，我猜如今所有的鸟儿都濒危了，所以觉得自己在救它们，就像挪亚方舟。”

两人观察着一边跳来跳去一边啄一根玉米棒的叽叽喳喳的鸟儿。

“听着，伙计。我的船员们病倒了，他们充满恐惧，”狄克逊说，“我的首席领航员也去世了。我们需要全面的补充才能开动这艘潜艇，而且我们已经减员，还存在安全风险。我知道你没什么仪器设备，可是你能不能做些什么？任何措施都行。我没法承受继续减员了。”

“船员们也不能失去你。”亨利说。

“船上的每一位潜艇人都不可或缺。”狄克逊坚定地说。

“可是没有人比你面临更大的风险，我已经看见药品柜里的伊布替尼，也读过你的病历。你化疗多长时间了？”

他大身板上的肩膀下垂了一些。“大约一个月，”他说，“他们告诉我是白血病。”

“慢性淋巴细胞性白血病，”亨利说，“你肯定知道，癌细胞缓慢生长，但是带来一系列问题。因为它是一种白细胞疾病，所以会令你更容易感染孔戈里病毒，而且更无力抵抗这种疾病。”

“嗯，这些他们都告诉过我。通常他们不会让一名病人登上潜艇，但是这种病不传染。他们没有同样军衔的军官顶替空缺，所以我力排众议，强行回到潜艇。这次航行之后，我猜他们就会让我退休了。”

“我不是肿瘤科医生，”亨利说，“但我们谈谈治疗选择，以及，我想让你戴上这些。”他递给船长一枚口罩和一副手套。

狄克逊船长满腹疑虑地看着它们：“你给别的船员也配备了吗？”

“十枚口罩和一盒手套。它们可能有用，或许并不能阻止疾病的流行，但也许可以给你增加一层保护。”

狄克逊把它们还给亨利。“这艘潜艇上的每个人都有被传染的风险，不仅是我。他们任何人都有可能死亡。我要和其他人一样冒这个险。”

“你的精神让我敬佩，但是逻辑我不敢苟同。你的危险比潜艇上任何人都大，而且你更重要。”

“一艘船就像一支管弦乐队，”船长说，“哪种乐器都必不可少，我只是一名指挥——只要大家都照乐谱演奏，那我可以说是最不重要的人。你还是先弄清楚如何救助我的船员，然后怎么关照我都行。”

37
浴室风波

亨利正在适应潜艇上陌生的节奏，照明强行制造出一种白天的感觉，公共区域“晚上”较暗，“白天”较亮。一些潜艇按格林尼治时间——军事术语是“祖鲁时间”——运行，不过横穿大西洋的途中，狄克逊船长更愿意遵守当地时间，这意味着他们到达美国东海岸时，时钟得往前调九个时区。亨利的昼夜节律一直有点儿不对，在潜艇上有很多空闲时间，间隔着一些剧烈而且难以捉摸的活动。死去的医生留下一台电子阅读器，亨利很高兴在上面找到了很多经典名著，并潜心阅读。他打开《战争与和平》，前任医生读到穿着燕尾服上战场的皮埃尔，他接着继续阅读。

一天墨菲给他拿了一条改小的蓝色海军工装裤。“只需要在裤脚之类的地方稍微调整一下。”她谦虚地展示这份体贴的礼物。亨利大受感动，穿上这条裤子，他才明白自己在外表上融入了船员，而且非常需要理个发。理发师是把剪头当作额外工作的助理厨师，名叫西斯尔思韦特，可是人人都叫他曲奇。“你想剪什么发型？简单修剪一下？”他问。

“最地道的海军发型。”亨利告诉他。

“胡子不要了？”

“不，留着胡子，”亨利说，“不过你可以稍微修剪一下。”

后来在铺位上，亨利打量着镜中的自己。他看上去好像变了一个人，脑袋上头发茬儿扎手，几乎变成光头，脸庞也显得更大，好像透过放大镜在看自己。他的胡子被剪短，修成好看的形状。他想，我接下来这辈子都要保持这个造型。

亨利回到药房后，发现墨菲和一名难受得缩成一团的潜艇船员在等自己，他一定有十九岁了，脸上长了一片红色的粉刺。

“发热吗？”亨利问墨菲。

“智齿。”

亨利把墨菲拉到旁边的走廊，说：“我不是牙医。”

“没错，先生，我知道。”

“他知道吗？”

“我们潜艇上从来没有牙医，所以是的，先生，他明白。”

亨利回到药房，年轻人眼露恐惧地看着亨利。他的名牌上写着“麦卡利斯特”，是他的姓。

“你的名字叫什么，年轻人？”

“杰西。”

“你有多疼，杰西？”

“很疼，先生，否则我肯定不会来这儿。”

“张嘴让我们看看。”

亨利拿着压舌板，观察麦卡利斯特的口腔。他能看见下臼齿后方的牙床感染肿胀，因为斜向往外生长的智齿在把臼齿向外顶。他显然需要拔牙，可能上边也需要，但是它们没有感染，所以亨利可以先不用管。亨利用探针碰了碰肿胀的牙龈，麦卡利斯特疼得跳了起来。

“墨菲，我们有利多卡因吗？”

“有，先生。而且，先生，如果你要做手术，我们应该转移到军官室，那里的照明更充足。”

亨利检查了一遍手术工具。潜艇上有一些基本的选择，只能用于小手术：两把不同大小的手术刀、一根吸引管、一把刮匙和一把用来夹握组织的小镊子、止血钳、钢丝扩张钳、用于缝合的持针器、各种牵开器。这些足够亨利使用，可是他已经很久没有做过任何手术了。

亨利和墨菲带着他们闷闷不乐的病人来到军官室，船长和军士长正在里边打牌。军官们未发一言就收起他们的牌局，墨菲清理桌子，打开头顶的手术灯。极度节约的空间总是让亨利印象深刻。

幸运的是，墨菲的注射很熟练，很快麦卡利斯特的牙床被麻醉，可是亨利拿起手术刀时，他的目光就没有离开过亨利。

“杰西，如果我们运气好，你不会感到一丝疼痛，”亨利说，“我会尽量小心，你别咬我的手，好吗？”

麦卡利斯特轻轻发出一个声音，也许是被逗笑了。

亨利在肿胀的牙床后方和前方各切了一刀，露出往外挤的牙齿。亨利扯开组织，墨菲吸走血和脓水。随着切口变得更深，亨利能闻到感染的气味，他在寻找臼齿的根部。麦卡利斯特因为焦虑而浑身颤抖。很久以前亨利就被调离外科，因为他不喜欢施加痛苦。

牙齿轻松被他拔掉，可是下颌骨都被感染，没有牙钻或其他工具，亨利只得从骨头里凿出脓肿。他冷酷地把工具扎进颌骨，一次又一次，越来越深，麦卡利斯特惊恐地发出呻吟。最后血窟窿终于都被清理干净，没有了杂质。

“不算太糟，对吧？”亨利骄傲地说着便开始缝合拔牙后的伤口，墨菲在周围塞上了棉花。麦卡利斯特担心地点点头，清楚还有什么在等着自己。

“现在我们拔另一边。”亨利说。

当天晚上，亨利一生中最窘迫的时刻出现了：他进了女浴室。他学着潜艇船员的样子，穿着前任医生肥大的浴袍和拖鞋，脖子上搭着毛巾，径直进入了三名女性正在洗浴或擦干的房间，其中就包括墨菲。亨利站在那里足足愣了有一秒钟。“滚出去！”其中一个女人给出建议。亨利飞快地回到自己的住处，羞愧万分。

半小时后外边传来轻轻的敲门声。是墨菲来了。

“老天在上，”亨利说，“我怎么道歉都不够。”

“没事儿，先生，我们知道不怪你。没人向你解释规章，洗澡分男性时间和女性时间，你只能根据门口的图片区分。”

“我没注意到。”

“多莉·帕顿[1]代表女性，约翰·韦恩[2]代表男性。没人认为你是故意的，是我们的错，我们应该告诉你。”

亨利去食堂的时候，大家正在看电影《黑豹》，亨利发觉潜艇上的每个人都知道了自己闯进女浴室的经历。他们互相提醒，低声说着“搭船客”——也就是他这个陌生人——的俏皮话。转眼间，他就成了一个天大的蠢蛋或者变态。他不知道他们还会说他什么，他也不想听见。

“嘿，医生！”一名海军陆战队员说，他的同伴想让他闭嘴，可是他耸耸肩继续说，“我的伙计今早去世了。”

“他是哪位？”亨利问。

“二等士官杰克·柯蒂斯，你告诉他没事来着。”

亨利能看出这位年轻人脸上的悲愤。“抱歉，我也无能为力。”他说。

“那你在这儿干什么？眼看着这该死的传染病把我们一个接一个干掉？”

---

1 多莉·帕顿（Dolly Parton，1946年1月19日—），生于田纳西州，美国歌手，代表作为《约书亚》（*Joshua*）。

2 约翰·韦恩（John Wayne，1907年5月26日—1979年6月11日），生于美国艾奥瓦州，演员，以演出西部片和战争片中的硬汉而闻名。

“我们还无法治疗——”亨利开始解释。可是那位年轻的海军陆战队员还没说完。

“我在这里是因为知道自己该做什么，”他说，“可你只是在占用空间。”

亨利根本无法反驳。

38
埃尔南德斯太太

“你要再喝点儿番茄酱汤吗？”海伦问特迪。她受够了伺候特迪，可是身边没有别人可以交谈。她可以用妈妈的手机给朋友打电话，偶尔会有人在她家门廊上放些食物，可是那也不够。他们的小扁豆也吃完了，纸箱已经空了，海伦想，就和童话故事里一样。

特迪没有回答，他正忙于鼓捣吉尔的电脑。

“你在干什么？”海伦问。

“我得想办法破解妈妈的密码。”

“那有什么用？”

“取款。”

“密码不会在电脑上。”

“我觉得我已经知道了。”

“是什么？”

“你的生日 0325。”

“你为什么觉得会是这个？”

“她所有的密码都是生日，有时候她会写下来，比如这里。”他给海伦看了吉尔的塔吉特购物卡网页，“密码是 March25，个人识别码是 0325。”

海伦看着特迪想，他可真是个怪小孩儿，也许是个天才，或者挺接近天才。他怎么能搞清楚这种事？他们俩是如此不同，特迪棕色皮肤、个头矮小，海伦金发白肤、个头高挑；特迪聪明独立，海伦漂亮迷人。海伦过去常常总结他们的差异之处，以此强调他们并没有多少共同点。可现在，他们只有彼此可以依靠，任何事都要共同面对。

尽管亚特兰大的病情已经过了峰值，人们还在犹豫能否外出，一些商业已经重启，但是饭店大多关闭，商店的货架基本也都空着。海伦列了一张清单，免得在有机会购物时丢三落四。清单上有花生酱、曲奇豆冰激凌、通心面和奶酪、蜂蜜坚果麦圈、果脆圈和厕纸。

孩子们在房子里仔细搜索，寻找现金。吉尔的钱包已经空了，里面有信用卡，但是很可能用不了，而且儿童也没有权限使用。吉尔在离世前的最后几天不够清醒，没法为孩子们所要承受的结果做好准备。

他们俩骑自行车去小五星区，那里有一台美国银行的自动取款机。外面的情形有些诡异，让海伦想起大暴风雪来临前，所有街道仿佛被施了魔法一般空空如也，学校也没有人上课。眼下的情况除了没有下雪，和那时候一模一样。

取款机里没有钱，庞塞·德莱昂街上的那台也没有。

“我们可以偷东西，”特迪说，“所有人都那么做。”

“我害怕被抓住。”

“可是假如我们被抓住，他们会照顾我们，对吗？”

似乎是这么个逻辑。卡罗琳街有一家克罗格超市，可是他们看见武装警卫时，海伦害怕了。特迪想进去，可是海伦却掉转自行车回家了。

“现在我们怎么办？”特迪问。

海伦又在橱柜里搜寻一遍，大概唯一剩下的东西就是爸爸放在酒柜里的波旁威士忌。海伦盯着它对特迪说：“我们要做一笔交易。”她边说边挥舞着瓶子，“埃尔南德斯太太是一个酒鬼，酒瘾很大。她愿意用任何东西交换。”

特迪皱起了眉头。

“我也不想去，”海伦说，“可我们得做点儿什么！”

他们俩站在楼梯间的底部。“埃尔南德斯太太。”海伦呼喊的声音有点儿太小。没有人回应。

“也许她不在那儿。”特迪轻声说。

“她的车在家，而且不管怎么样，她从来不去任何地方。”

楼梯间的坏灯泡还是没有更换，踩上台阶时还有吓人的“吱吱”声。海伦敲了敲楼梯上方的门，但是没人应答，也没有脚步声。海伦等了一会儿，然后又用力敲门。“埃尔南德斯太太！”然后特迪也加入进来，他们两个一起喊：“埃尔南德斯太太！埃尔南德斯太太！”

门被锁住了，海伦担心地看着特迪，然后用酒瓶敲碎了一块玻璃，伸手打开了门。

客厅里有一只死猫都已经发臭。

两个孩子不知所措地站着，心脏怦怦直跳。

“埃尔南德斯太太？”海伦的声音比耳语高不了多少，她已经开始胆怯，可是接着特迪走到了她的前面。走廊的尽头是埃尔南德斯太太的卧室，门半掩着，一股熟悉的刺鼻气味从里边传出来。

“埃尔南德斯太太？”

特迪推开门，一开始很难辨别里边究竟发生了什么，然后海伦发出一声尖叫，那只黑猫正在吃埃尔南德斯太太的脸，它转身发出“咝咝”的叫声。特迪关上门，两人一起跑向楼梯。

突然海伦停下来，内心深处比恐惧更强烈的想法占据了她。她充满求生欲，坚决要让特迪活下去，不管代价如何，她都不会放弃。

她强迫自己回到埃尔南德斯太太的厨房，查看储藏间。里面有一些成人麦片、果冻、不新鲜的面包，以及二十盒左右的猫粮。冰箱里还有好几瓶葡萄酒、牛奶、三瓶汽水、几根胡萝卜，以及可能变质的半盒鸡蛋。海伦找到一个杂货袋，把所有东西都放进去。“找出她的手包，”她对特迪说，“她也许有点儿钱。”

他们翻遍了埃尔南德斯太太的住处，盗走了自认为可以食用或交易的一切，可是手包哪里都没有。最后他们又回到卧室，这一次黑猫冲出了房间。他们没看埃尔南德斯太太尸体的残骸，特迪在书桌上发现了她的手包，里边放着钱包、发刷和一把小手枪。特迪一言不发地把钱包交给海伦，把手枪装进了自己兜里。

39
魔鬼降临

在中东地区和俄罗斯摊牌后，总统很快宣布胜利。一枚巡航导弹出其不意地击中俄罗斯战机驻扎的空军基地，炸毁了跑道和至少半数苏–57 战机，打掉了他们在这场冲突中的制空权。俄罗斯的太平洋舰队绕过马尔代夫时，受到美英联合舰队的阻拦，这是一次令俄罗斯蒙羞的战略撤退。在克里姆林宫内部，有传言说普京执政的时代要结束了。

蒂尔迪·尼钦斯基却如日中天，总统采信她的建议，看到取得的成果，总统通知蒂尔迪，打算让她担任国家安全顾问。这向内部人士释放了一个信号——对俄罗斯领导人采取怀柔政策的时代结束了。

总统和大部分内阁成员躲过了传染病，终于可以离开韦瑟山回到白宫。商务部长和三名最高法院法官去世，国会至少有四十名成员丧生。还需要几周时间，基本的交通运输服务才会恢复正常。人们也开始觉得可以安全地从他们的避难所里出来，当然，大家有很多葬礼要参加。

大多数国家的孔戈里流感新增病例开始下降，情况的复苏似乎指日可待，可就在这个时候，希望之光又熄灭了。因为闹钟没响，蒂尔迪醒得很晚。她去刷牙时发现停水，炉灶上的煤气也停止供应。她尝试给白宫总机打电话，可是没有信号，不论座机还是手机都没有。总统宣布她的任命后，还没有给她配备安全电话。

蒂尔迪没有洗脸，戴着休斯敦太空人队的棒球帽藏住头发，步行去往白宫——倒霉的是，天刚好在下雨，她沿着第七大街走向国家广场，风吹得她拿不住伞。狗在街上乱跑，她注意到商店被抢，警察没有出现，街头只有危险的青少年，他们也许是她听说过的一个孤儿黑帮的成员。蒂尔迪经常听到枪声，前一天夜里还听见好几声爆炸。蒂尔迪提醒自己她是这个国家最有权力的几个人之一，可是独自待在公寓，她感觉自己像一个被吓坏了的老太婆。

雨下得很大，路上的坑洼都积成了水坑。到处都没有灯光，没有交通信号。三辆消防车挡住了 D 街的十字路口。曾经伫立街角的不少连栋房屋如今成了一堆瓦砾。“煤气主管道爆炸，”一名消防员在做解释，雨滴在他的头盔上飞溅，“城里到处都发生爆炸。”他们正在挖掘尸体。

至少还有消防员，也就是说还有政府，所以文明还在延续。这些事情考虑起来感觉很疯狂。

白宫启动了备用发电机，给人一种正常的感觉。可是里边的一切都处在过渡时期。前总统的大多数内阁成员——那些活下来而且能正常工作的——都在任上，可是新总统想安插自己的心腹，所以一位新任幕僚长接待蒂尔迪。

“我知道他想要见你，”幕僚长说，“我们找不到人，你直接来就对了。”

她给了蒂尔迪一条披肩遮住打湿的肩膀。新任幕僚长作为头一位任此职务的女性创造了历史——如果还有历史可以创造的话，蒂尔迪悲观地想。其实华盛顿特区的小圈子之外，没人知道发生了什么。互联网已经崩溃，没有电视和广播，只有几份报纸还能印刷……现代文明的基石正一块块被拆走。

前任幕僚长的家庭照片仍然摆在桌子后边的书架上，蒂尔迪裹着披肩，一边等待一边观看。她知道照片上的一个孩子已经离世，她估计所有的照片以后都得经受这样的审视：谁活下来，谁没有。

幕僚长回来了，她示意蒂尔迪进入总统办公室。

总统正凝视窗外，手里拿着标准拍纸簿[1]。办公室里空空荡荡，前任所有者的痕迹已经被清理干净，就连办公桌都已经被更换，这一张是西奥多·罗斯福总统用过的。“蒂尔迪，”总统指着金色的沙发轻声说，他们俩面对面坐下，“你怎么看？”

“俄罗斯人。”

总统点点头：“他们有这个能力。”

“有多少系统停止运行？”

“时好时坏。不过也许半个国家已经停电了。得克萨斯没事，他们自己供电。水处理系统、煤气，不是这儿就是那儿，都是严重的问题。病毒攻陷了大部分互联网，云端数据被擦除，私人工业被毁，股市关闭。我们已经进入20世纪30年代以来最严重的大萧条时期。我不知道何时我们将以何种方法让一切恢复运转。我们有大麻烦了。”

“您最担心什么？”蒂尔迪问。

“我非常担心我们的核设施。有报告说亚拉巴马贝尔丰特核电站的安全机制已经被攻破，其他机构的消息我们还没有听说。大谷力坝已经完全放开，冲毁了下游的一切。其他大坝也有可能，人们会被淹死。煤气管道超压会导致房子爆炸，医院也都停电了，他们的确挑了个艰难时刻按下开关。”

“我们该拿它怎么办，总统先生？”

“我们得做出回应，但是都准备好得花好几天时间。建立某种安

---

1 拍纸簿又叫拍纸本，形状一般为竖开的笔记本，内页有横线或者网格，或者是空白等很多形式。一般本子的最后一页之后有厚于内页的纸张或硬纸板。标准拍纸簿（legal pad）尺寸比较大，横格黄纸，通常是22cm × 36cm，一般放在书桌上便于书写。

全的通信机制，这样我就能和我的指挥官们通话了。”

“要是他们在那之前发动进攻呢？”

“我们的应急系统一切就绪，可以轻易发动反击，直接把俄罗斯彻底消灭。可那是我们想要的结果吗？说实话，全球定位系统重新上线，我们才能采取行动。现在我们有很大危险。”蒂尔迪看他已经在本子上记录，第一条就是核打击。

蒂尔迪已经深谙和有权势者的相处之道，所以就等待被问到。总统正在苦苦寻找答案，蒂尔迪从没真正尊敬过他，但是此刻却觉得他颇有道义，肩负起从不渴望承担的重大责任——实施复仇，并很可能因为他的一个决定就杀死史上最多的人口。而这是他上任后的第一个行动。

最后他说：“你觉得我应该怎么办？”

“你有能力让俄罗斯的公共事业停摆吗？”

“没法完全做到他们对我们的打击，我怕那会让美国显得虚弱。普京的优势在于有一套不像我们这样依靠高科技的系统。”

“然后还有流感的因素。”

“你也觉得他在背后捣鬼？”

“俄罗斯似乎对孔戈里病毒更具免疫力，从这点可以推测他们有可能先研制出了孔戈里病毒疫苗，而后把病毒释放出来，在世界范围内散播。”

总统盯着蒂尔迪，嘴巴微微张开，然后他摇摇头：“我确实相信邪恶，可是他们能下作到这种程度？撒旦降临人间了吗？”

“我不知道，总统先生。”

“我们还得考虑未来。我不知道还要多久社会秩序才能恢复到之前的状态。刚听到估测数据，世界人口可能减少 7%，经济影响还无法估量，不过单说我国的话，我们的国民生产总值可能会降到原来的

40%。我们已经进入一个新时代，敢于迈出下一步吗？”

蒂尔迪认为普京总是测试限度，扩张界限，设置陷阱。瘫痪电网行动已经谋划多年，这是他抓住美国软肋的机会，他不会白白浪费。这是为他在伊朗事件上受辱而做出的报复性回击。

“首先，你应该杀了他，”蒂尔迪说，“长远考虑，这是最合算的反应。”

总统考虑了一会儿，然后又在自己的列表上添加了一项。

40
苏伊士运河

亨利听见叫喊时，正待在药房。他冲到传出喊声的宿舍。里边的其他船员正要制服一名恐慌的船员，后者正在和他们搏斗。“放开我！我病了，我病了！”他大喊，其他人立即后退。

他名叫杰克逊，亨利说服他来药房做检查。他没发热，没有淋巴结肿大，除了焦虑性血压升高以外，根本没有任何症状。“我没生病？”杰克逊难以置信地问，“我感觉不对劲儿，喘不上气，觉得要窒息了。”

“目前你的生命体征都正常。”

“你是说我只是被惊吓到了？”

“每个人都害怕。”

杰克逊摇摇头，眼睛盯着地板。“我真是个懦夫，”他说，“我猜自己一直都明白，现在所有人都知道了，我觉得自己无法面对别人了。”

“人们最害怕的是，情况超出他们的控制，”亨利说，“这也让我害怕，我也许更甚于你，因为我受过专业的培训只为攻克这个特殊的敌人，却仍然毫无头绪。”

亨利又一次没睡好觉，损坏的活塞发出沉闷的撞击声，不断把他吵醒。他想起狄克逊船长恳求他采取措施拯救恐慌的船员，想起食堂里悲痛欲绝的海军陆战队队员，想起既可怜又害怕的杰克逊。每一天感染的水手都在增加，越来越多的尸体被装进冰盒。生龙活虎的年轻人本应该最能抵抗传染，可是和 1918 年一样，他们强劲的免疫反应为了杀死病毒，使肺内渗出液灌满了呼吸道，这个过程让机体如同溺水，逐渐窒息。免疫系统正在杀死他们。

亨利搜索着记忆，检查自己知道或自以为知道的关于流感治疗的一切信息。他考虑提取感染病人的鼻腔分泌物，用微波炉杀死病毒，然后再把失活的病毒涂抹在未感染者的鼻子里。可是最好的情况下，病毒数会达到每微升一百万到一千万个——即使用来注射都远远不够引起免疫反应。

他回忆起天花的例子，那是曾经折磨人类的最具传染性的疾病之一，也是最残酷的一种。一旦吸入病毒，它们会从肺部和淋巴结进入血液和骨髓，起初症状就像流感：咳嗽、发热、肌肉痛，随后出现恶心和呕吐。感染两周之后，舌头、喉咙和黏膜上出现红点儿。随着这些病变增长和暴发，新的病变出现在前额，然后开始遍布全身，在身体表面形成肿胀但稍有凹陷的脓疱，使身体看上去像密布着蜜蜂一样。脓疱干了以后就会结痂。在活下来的病人身上，这些病变消退成特有且丑陋的天花疤痕。

1796 年，一位名叫爱德华·詹纳的英国医生发现有一类人享有奇妙的天花免疫力，她们就是挤奶女工。当时詹纳对病毒一无所知——任何人都不了解。可他热忱地相信，可以在事先感染过牛痘的年轻女人身上找到免疫的关键。牛痘是一种和天花相似的轻微疾病，最先在动物身上发现，人类接触感染牛痘的母牛乳房就会得上那种病。对自己的理论深信不疑的詹纳甚至从感染牛痘的牛奶女工萨拉·内尔姆斯手上提取一些组织，注射到他家园丁八岁大的儿子詹姆斯·菲普斯体内，詹纳把这一过程称为“种痘”。这个词本身来自拉丁语代表母牛的词语 vacca。六周之后，为了证明自己的观点，詹纳给小菲普斯注射了天花脓液，菲普斯没有得病。那是医学史上一个打破世俗伦理的传奇性时刻。詹纳决定用小男孩的生命来冒险的行为必须得在这样的背景下权衡：仅欧洲一年死于天花的人口就有四十万人左右。全世界一度有大约十分之一的人口死于这种疾病。生还者中有三分之一成了盲人。

牛痘是一种欧洲疾病，在美国罕有发现。为了应对西班牙殖民地大范围暴发的天花病毒，国王查尔斯四世命令一艘小型护卫舰把疫苗运送到新大陆。当时没有切实可行的办法跨洋运送活的牛痘病毒。国王的宫廷医生建议，让感染牛痘的人一个接一个地把病毒传染给未感染者，这样牛痘病毒会不断新生，到达美洲大陆时仍会保持活性。宫廷医生建议由一位西班牙医生弗朗西斯科·哈维尔·德·巴尔米斯领导这次远征。西班牙国王为他提供了这次任务所需的新成员：二十二名年龄从八岁到十岁的男性孤儿。把疫苗送到美国后，巴尔米斯远征队继续前往菲律宾以及中国的澳门和广东，仍然是只带了感染牛痘的孤儿。

亨利感觉自己像极了很久以前的那位海上医生，在一艘暴发传染病的船上生活。可巴尔米斯医生一路带去的是治愈的希望。

亨利渐渐睡着，然后再一次从疼痛的勃起中醒来。他总是梦见那几个洗澡的女人，脑海里保留着她们清晰的图像，三个年轻漂亮的裸体女人，特别是墨菲，直到浴室中的那一刻，亨利看见她有多美，看见她四肢、乳房和细腰的曼妙身材，才真正注意到她是个有性别的造物。亨利抵抗着那个画面，努力摆脱。然而亨利这时发现自己想象的不是墨菲的身体，而是吉尔的。

他失去吉尔了吗？肯定是，吉尔肯定已经去世，一起带走的还有丑陋残疾的他曾希望和女人一起拥有的亲密感。还有他的孩子，他们还活着吗？一想到他们，一想到失去他们，亨利的心就变得冰凉。他所看重的一切都失去了，所以感到忧伤孤独，感到一无是处。有生以来头一次，他考虑通过死亡来解脱。

“早上好，先生。”

墨菲坐下来吃早餐时，亨利脸一红。

“今天是个大日子，”她说，“我们要驶过苏伊士运河。”

“听上去激动人心。”亨利倦怠地说。

“那意味着我们要升到海面，了解新闻和比赛结果之类的消息，呼吸新鲜空气。”

亨利一下子来了精神：“我能打电话吗？发邮件呢？”

“船员只能接收简单邮件，但我们不能回复。这属于安全问题。肯定会一直让你想东想西，但是几个月后你就会屏蔽掉那些想法。更有经验的人告诉我们，胡思乱想没有意义。”

早餐之后，亨利用接下来的几个小时实践自己能想到的每一个阻止疾病传播的措施。他回忆起自己在西奈山的医学院用豚鼠进行的一次实验。患病豚鼠的笼子和未患病动物的笼子放在一起，用风从前者吹向后者。通过改变温度和环境湿度，研究人员了解到，疾病的传播率随着温度和湿度的升高而降低。当温度达到 30 摄氏度，疾病就完全停止传播。在潜艇上那会起作用吗？亨利提高温度，让加湿器全力输出。所有人都大汗淋漓。“这简直是洗桑拿！”一名军官对亨利吼道。不过众所周知，亨利有船长的支持，而且大家祈祷排出的汗水能削弱这种严酷疾病的危害。

亨利思考自己的童年疾病，缺乏太阳的紫外线照射，身体就不产生维生素 D，反过来也就限制了抵御疾病的白细胞数量。可是潜艇船员的生活注定没有阳光，他们都变得像纸一样苍白。尽管亨利内心抵制增加肉类摄入的倡议，可他还是说服厨师多用富含维生素 D 的食材做菜，主要是蛋黄、金枪鱼、强化豆奶和牛肝，鱼肝油也被巧妙地混在辣酱和沙拉调味品里。

亨利正在制定新的规范时，突然感到船体发生一阵不熟悉的晃动，船长命令打开舱盖，亨利发觉潜艇已经浮上水面。空气，真正的新鲜空气，进入了舱内。

亨利攀上导弹甲板，其他的船员也聚在那里。抚慰身心的埃及阳光照射在他们身上。亨利感到有点儿恶心——可能是不习惯的船体摇晃导致他晕船。

“医生！”

亨利转身看见狄克逊船长在高处的舰桥上：“上来！”

亨利爬上狭窄的梯子，侧身挤过舱口，心里好奇狄克逊船长的庞大身躯如何在这里通行。“你让船上的气味喜人，”船长说，“和更衣室似的。”

“你要求我尽力阻止传染。”

“嗯，女浴室里没有病毒了。”狄克逊“呵呵呵”地笑起来，不过看见亨利明显感到不安，他就换了话题，“考虑到你的平民身份，我不应该告诉你这件事。可你现在是船上的一员，所以也可以知道。到处都是坏消息，所有的互联网都已经崩溃，我们不知道持续了多久。发生了一场对美国和西欧基础设施的大范围网络攻击，互联网只是目标之一。假如情况真的不妙，而且某些浑蛋们考虑按下按钮，那么这艘潜艇也许会听从命令投入战斗。”

“你觉得他们会按下按钮？”

“有可能。如果你可以找到其他办法回家，我可以让你在赛义德港下船。”狄克逊说。

“有其他办法吗？”

“鬼才知道呢。”

“我觉得我会一直留在船上，如果你不介意的话。”

亨利凝视着平坦的埃及地貌。运河像一条蓝色的公路从沙漠中切过，笔直得不那么自然。狄克逊船长在前方运河里发现了一艘俄罗斯驱逐舰，它属于一支护卫队。

“真枪实弹地发射一枚核弹头，”亨利问狄克逊，“对你来说意味着什么？”

“我尽量不去考虑那个。”

“但你确实会考虑。”

“作为一名有信仰的人，或者说至少想要拥有信仰的人……”他在话中间打住，亨利在等他说完。最后船长说：“我的确想知道我是否会下地狱。”

“你只是在服从命令。”

“我真的怀疑圣彼得堡会考虑到这点。很高兴现在核弹不归我管，那些战斧式导弹是了不起的武器，但不会毁灭世界。我曾在一艘弹道导弹核潜艇担任执行官，我们还把那种舰船称为‘三叉戟’核导弹潜艇，任何一艘都可以毁灭人类半数文明。你只是不断进行训练，但是无法确定如果接到那种命令会有怎样的想法。”

“我自己没有宗教信仰，”亨利说，“不过我经常会想，假如是上帝把我们打造成这样，那他就创造了一种威胁其他所有造物的野兽。反之如果按我所想，是自然造就了我们，那我们已经进化成在各方面都近乎上帝的存在。我们拥有一切能力、创造性和智慧！然而我们体内的一小段基因代码却要把一切炸得灰飞烟灭。”

潜艇驶入地中海并再次下潜的过程中，亨利研究了病毒生还者的组织样本。过去二十四小时有五名潜艇船员去世，冰盒里塞满了裹着床单的尸体。按照这个速度，到达佐治亚州海岸前，大多数船员都会死去。

亨利得做点儿什么。

他再次清点药房的存货。墨菲已经试过达菲，结果完全没有效果。亨利注意到一些剩余的鼻腔喷雾疫苗，其中含有两种甲型流感——H3N2 病毒和 1918 年大流感病毒后代 H1N1 病毒——以及两种乙型流感的弱活性病毒。假如孔戈里病毒属于这些病毒中的任何一种，亨利就可以寄希望于喷雾疫苗中的病毒会与孔戈里病毒交换基因，产生一种但愿不那么致命的竞争性病毒。可是孔戈里病毒不属于常见的类型。

没有 21 世纪医学的精密实验设备，亨利不得不回到过去，在 20 世纪伟大疫苗出现以前的数百年岁月中，面对一场场灾祸降临——伤寒、水痘、破伤风、风疹、白喉、麻疹、脊髓灰质炎——医生不得不凭借本能工作，可用资源鲜少，更没有后来揭秘众多病原体的科学技术，他们学会了用病毒对付病毒。

亨利回想起 19 世纪的微生物学之父路易斯·巴斯德，他因为伤寒失去了三个孩子，但是证明了细菌致病理论。研究禽霍乱期间，巴斯德的实验助手在一个月的长假前忘记给鸡注射鲜活的细菌，等他回来时细菌的毒性已经在夏日的炎热中减损，但助手还是进行了注射。几天之后，巴斯德注意到通常致命的疾病在那些鸡身上显得很轻微。等到它们完全康复，巴斯德又给它们接种鲜活的细菌，但是它们没有得病。巴斯德推断弱化的活细菌激活了免疫系统并给它时间学会如何对抗感染。巴斯德后来开发出第一种炭疽疫苗，接着又开发出狂犬疫苗，这使他成为国际英雄。巴斯德在 19 世纪的巴黎高等师范学院，可亨利在 21 世纪大西洋中三百米深的潜艇上，亨利的资源没法和巴斯德对等。就连爱德华·詹纳都有用于制造天花疫苗的牛痘病毒。而亨利所能用的只有病毒导致的疾病和他的直觉。

不同医疗传统下的医生都观察到天花病毒幸存者对二次感染终身免疫。据悉，15 世纪中国采取的一种办法是把天花痊愈时结的痂研磨后吸入未感染者的鼻腔，他们通常会出现一些轻微的天花症状。美国独立战争期间，乔治·华盛顿作为一名天花幸存者（后来又从炭疽感染中幸存），命令自己的部队和妻子全都接种疫苗。当时这种操作需要切开手臂，植入感染患者的脓痂，用绷带包扎感染物——这一过程被称为“人痘接种”。通常接种的人会患上不那么严重的天花，但是那仍然有可能需要超过一个月的时间来康复。约翰·亚当斯[1]在结婚前接种人痘，但是他的恢复过程被描述成“头痛、背痛、窒息性发热、出痘”。接种人痘的死亡率大约为 3%。尽管如此，约翰离开去起草《独立宣言》期间，他的妻子阿比盖尔还是带着他们的四个孩子去波士顿接种。其中一个因为接种后没有产生区别于先天免疫的适应性免疫反应[2]，不得不接种了三次。

亨利推断流感病毒一般通过口鼻这条通往肺部的通道进入身体，并造成肺部损伤。要是传染经由另一条途径呢？假如用静脉注射取代吸入，病毒会到达心脏，激活免疫系统吗？等到病毒抵达肺部时，身体的防御能力也许已经变强，可以抵御入侵的病原体。当然这只是一种猜想，要证明起来非常危险。

亨利看清了风险，但又别无选择。他制订好行动计划，明白没有时间能浪费，便去找睡得正香的狄克逊船长。船员们随不同的班组倒

1 美国第一任副总统，接替乔治·华盛顿成为美国第二任总统。参与《独立宣言》修改和签署。
2 先天免疫（innate immunity），又称为固有免疫，非特异性免疫。先天免疫系统的细胞会非特异地识别并作用于病原体。先天免疫应答产生速度快，是机体的第一道防线，作用广泛，且不依赖抗原，出生时已经具备。适应性免疫（adaptive immunity）又称特异性免疫，是个体接触特定抗原而产生，仅针对该特定抗原而发生反应。适应性免疫出生后受抗原刺激产生，具有特异性和记忆性。与适应性免疫相比，先天免疫不会提供持久的保护性效应。此处提到儿童在首剂人痘接种后没有产生适应性免疫的情况，目前免疫学机制尚无定论，主流观点认为可能的机制是在少数情况下，尤其在疫苗出现早期，首剂接种减毒或灭活疫苗后，抗原物质在体内留存时间短或剂量不足以诱导显著的可观察到的适应性免疫反应。

班，所以狄克逊船长为了适应另外一个班次，每隔两周就调整一次睡眠时间。和所有潜艇人员一样，他已经习惯在最轻的敲门声中一下子醒来。

“亨利？”他迷迷糊糊地说。

“我需要你帮个忙，”亨利说，“说实话我讨厌向你提这个要求。”

“怎么回事？”

“我要做一个实验，可它有风险，还需要你做出极大的牺牲。”

“具体来说呢？”

“我不得不杀死你的鸟。”

41
七彩文鸟

亨利和墨菲去探望了最近染病的船员，他们都病得不轻，持续高热 39.4 摄氏度甚至更高。显然病毒没有减弱，得病的船员中就包括杰西·麦卡利斯特。

“你的牙怎么样？”亨利问。

“没事。”麦卡利斯特小心翼翼地说。

“别担心，我不会再做手术了。我只是来这里进行鼻腔拭子采检。”

墨菲递过棉棒，亨利在麦卡利斯特鼻腔深处擦拭出充足的分泌物。然后他回到药房，船长的七彩文鸟正在那里扑棱着翅膀从一个地方飞到另一个地方，色彩靓丽，性格活泼，身上的颜色就像万花筒。它们得名于伟大的鸟类学家约翰·古尔德，达尔文从小猎犬号的航行中带回的五百只鸟类标本都由古尔德进行分类，狄克逊船长的鸟儿们将是最新为科学献身的一批动物。考虑到鸟的数量有限，亨利决定采用类似接种人痘的操作，对它们进行皮下注射。

要是身处实验室，亨利会过滤鼻腔分泌物悬浊液[1]来清除细菌，可是潜艇上没有能进行这种操作的工具。亨利选择麦卡利斯特的原因在于，他刚做完拔牙手术仍在使用抗生素，这也许会提供一些保护。

---

1 在某些混合物中，分布在液体材料中的物质并不会被溶解，而仅仅是分散在其中，一旦混合物停止振荡，就会沉淀下来。这种不均匀的、异质的混合物，被称为悬浊液（suspension）。

亨利用生理盐水把悬浮液稀释十倍，然后给第一只鸟注射。第二只七彩文鸟被注射了进一步稀释十倍的悬浮液，接下来的几只都按这种规律操作，直到六只鸟都注射了效力缩减的病毒。

七彩文鸟的颜色丰富多彩，亨利和墨菲交流的时候索性一边说“红脑袋、紫胸脯”或者“蓝后背、黑脑袋”，一边记录注射剂的稀释浓度。在理想化的实验中，注射最大剂量病毒的鸟将会死去，注射最小剂量的鸟将不会染病，注射剂量在中间的那些鸟将染病，但是能够康复。

然而二十四小时之后，六只鸟中的五只都死了。它们倒在笼子底部，绚丽的羽毛伸张开，身体肆无忌惮地堆在一起。名叫查基的那只鸟儿还站立着——无精打采，眼睛布满黏液，显然是病了，但还没有死。查基喝了一点儿墨菲通过眼药水瓶供给的水。尽管浓度已经多次稀释，但亨利还是再次被孔戈里病毒猛烈的毒性所震撼，这令他更加难以抉择接下来该怎么办。

亨利归还存活下来的这只鸟时，狄克逊船长很克制。“这意味着什么？”他问。

“我觉得这可能意味着查基的免疫系统刚好有充足的时间防止疾病夺取它的性命。”

“你‘觉得’？”

“没有办法确认这些发现，假如有更多的鸟儿和更多时间，我会用活下来这只鸟的病毒感染它们，来看是否有改善。可我们什么都没有。”

“那现在怎么办，医生？”

“我已经选好一位人类志愿者充当实验对象，接受病毒注射。如果他活下来，我们会按照降低死亡率的明确办法把这个理论深耕下去。恐怕这是我们目前能够指望的最佳出路了。”

“我想做那个志愿者。”

“你没资格，你的免疫系统过于薄弱，无法提供基准。”

“主动参与试验的水手叫什么？”

“其实，这个人不是水手。”

“你疯了吗，亨利？”

“只是绝望。半小时前我注射了溶液。”

“安全吗？”

“不测试一下我无法了解合适的剂量。如果我能活，我们会给其他船员注射。在其他情况下我不会这么做，有些人不注射也许会活下去，最终我有可能会要了他们的命。我只是想不到还有任何其他选择。”

发热的症状出现得很快，伴随着畏寒。肌肉快速收缩与舒张是身体产生热量与病毒斗争的方法，可颤抖是他以前从没经历过的。不管这是救他还是杀他，他都对代表自己开战的细胞因子风暴无能为力。

亨利总觉得潜艇上的时间混乱不堪，令人迷惑，现在他完全迷失，不知道过了几小时或几天。亨利记得在一些清醒的时刻看见过墨菲的面庞，她是过来进行鼻腔拭子采检的。

亨利又一次感受到想要祷告的冲动，这种感觉最近出现得更加频繁，他对此感到畏惧。有时候他心中充满喜悦，感觉获得了一生中无与伦比的幸福，所以想要表达感激之情，想对天地万物或某种神圣力量或一只妖精说声谢谢。他希望某种超自然的力量能为他指引方向，他还渴求原谅。

他不相信慈悲，诸如罪孽、邪恶、天谴之类的宗教词汇都是对他毫无意义的神学构造，他也不相信对上帝的纯粹信仰，会擦净所有道德污点。在亨利看来，行为有善恶之分，可是中间的界限有时候难以明确。他奇怪马吉德如何平衡科学和他信仰的宗教，尽管王子和亨利一样渴求证据，在科学给出合理解答时同样对超自然解释感到怀疑，但他能轻松处置，仿佛穿着轻薄的礼仪长袍一样自如。

对马吉德王子的回忆让亨利想起他的礼物，浸水的《古兰经》在亨利潜游波斯湾的行程中幸存下来，是亨利个人物品中唯一还留在他身边的——这个版本镶着金边，特别漂亮。发烧时，亨利尝试阅读《古兰经》，在这本他并不信赖的书里寻找指引。书里的纸张已经翘曲变脆，但是只有不多的几页粘在一起。第一章只有七句话，开篇写道"奉至仁至慈的真主之名"，这在第三句话中重复，然后是"我们侍奉你，恳求你的帮助"。

"我恳求你，"亨利说，"我乞求你。"他不知该如何祷告，但又没有其他办法，也无处可逃。他的内心充满愧疚、自责和绝望。这场瘟疫为何会发生？他一直都知道灾难性疾病会来临，并已经把自己训练成抵抗它们的勇士，可他失败了——孔戈里流感横扫全球，甚至不给人类任何机会。亨利蜷缩在铺位上，不知世事，只能想象波涛之上的世界究竟在发生什么，不知道落在人类头上的大劫难已经超出了他最绝望的恐惧。这是某些人干的，亨利想，大自然自有其展现残酷的方式，可亨利自身的经验表明，人类之手亦能造成精妙致命的毁灭。我们真如上帝一般，亨利心想，这是对我们的诅咒。

祷告的冲动让他感到虚伪和言不由衷。《古兰经》里满是关于末日的警示，虽然怀疑，亨利还是继续阅读，寻找……某种东西。他不知道要找什么，他身负重担，这是他的祖国派给他的，以科学的名义。他想要救赎，想要良心清白，那几乎像飞向火星一样遥不可及。

尽管亨利避开宗教语言和概念是因为它们源于迷信和一厢情愿，

但是他从阿尔贝特·施韦泽的哲学中得出一条准则：众生皆神圣。“神圣”这个词亨利从来没有说过，可它阐释了亨利在人世间的立场。生命本身是一个奇迹——这又是一个亨利永远不会使用的词汇，但他在内心深处承认这条真理。

《圣经》上说：“正义一定会战胜邪恶。”亨利曾经努力过上一种典型的生活，这些话深深烙在他脑海里。进入麦加并假扮伊斯兰信徒这件事仍然让他感到内疚。此刻神志不清的亨利与马吉德争论起来：“这就是我的信仰，作为穆斯林不就意味着这些吗？我可以成为这样的穆斯林。”他好奇马吉德会如何回答。

亨利早就训练自己刻意避开一些研究思路，但这些思绪已把他逼到无路可走，他想起自己为了科研而折磨过的所有动物，猴子、老鼠、豚鼠、雪貂，还有七彩文鸟。他总是告诉自己，那样做是出于更高尚的原因，一个崇高的理由。然而伴随着回忆，他眼前浮现出那只被他感染了埃博拉病毒的猴子的面孔，当时亨利穿着重型防护服，成了一个涨大的幽灵，看起来像米其林轮胎的广告形象。他按下一个按钮，笼子的后墙前移，把这只猴子碾碎，让它连挣扎的机会都没有。亨利记得那个表情——乞求的表情，就像现在的亨利，在乞求某位残酷的神灵。可是猕猴乞求的这位神灵相信自己在为更崇高的意义而工作，并且以最残暴的方式杀了猕猴。从此亨利——学着于尔根——不再吃肉，穿起布鞋。他终于得出结论，人类以科学之名杀害那么多动物之后，再也不必以动物为食了。

亨利做完了祷告，他向任何存在的权威力量请求与家人团聚。我别无他求，他恳求道。他不是称职的父亲和丈夫，面对死亡，他认识到自己的自私和无能，只想要弥补，想要在爱他的人眼中得到救赎。他已经到达抗争的尽头，或者说理性的终点。他只有一个目标：再次拥抱家人。

亨利蜷缩着身体自我保护，在寒战、发热和记忆的冲击中颤抖。他陷落到一个非常黑暗的地方，感觉到脖子上湿漉漉的，便伸手去擦。然后这个过程又重复了一遍，他以为自己因为染病而出血。可实际上没有，那只是他在哭泣。

42
深入丛林

早晨他们乘坐一艘浅底渔船沿着茹鲁埃纳河行驶，河面宽阔，两岸生长着百合，空中飞舞着蚊蚋和其他种类繁多的未知昆虫，这条河充满野性之美。即使在这种荒郊野外也存在着文明的印迹：水中码头上有座小铁皮屋，屋顶上装着圆盘卫星天线。一名当地男孩向他们摆手，他肩头缠着一条浅绿色的蛇。文明的发展在这里止步。

亨利总是害怕进入丛林，这份恐惧像公寓建筑一样，有多个不同的层次。在高层时，他没有事，甚至轻松愉快，很少想到丛林为他呈现的阴暗、潮湿、杂乱、窒息的感觉。可以肯定的是，亨利一生大多数时间都为躲避恐惧而在建筑高层里生活，他就像是那种害怕飞行但又从没有飞行过的人一样，为数不多的几次野外之旅一直令他印象深刻。比如他去兰巴雷内时，因为害怕迷路，所以就待在村里。当时亨利不再处于建筑高层中了，但也没有失控。他坚定自我，对抗非理性的恐惧让他感觉好多了。丛林只不过是一片森林，森林只不过是一片树木。

在梦里，他才跌入地下室，赤裸裸的恐惧肆虐，他被吓得浑身颤抖。然后亨利觉得自己像是一个被困在恐怖电影里的孩子，无力打破咒语。他渴望醒来，希望太阳赶走黑暗、现实驱散幻象，这样他就能重新呼吸。

他们听见枪声，向导停住船，用无线电联系岸上的领队，后者负责监督在恐怖分子营地的巴西突击队。“对，”他说，“亨利制造的药剂已经按照说明使用，不过它只产生了部分效果，一些恐怖分子还活着。”

“怎么回事儿？”亨利说，“他说什么？”

“他说很多人死了，但是大风也吹散了药剂气溶胶。”

亨利警惕地看着于尔根。“药剂应该不会毒死任何人。”他说。

“但是行动成功了，”向导说，“抵抗被限制到最小。”他向亨利表示祝贺——用一种顶礼膜拜的眼神，望着于尔根口中的天才。

过了一会儿枪声止住，向导继续往恐怖分子营地带路。突击队员挨个儿检查帐篷和小屋，确保每名恐怖分子都已毙命，他们都戴着口罩和手套，看上去像医生一样。没人假意逮捕谁或解除敌人的武装，有些尸体被枪打得血肉模糊，可大多数都睁着眼睛，伸出舌头，姿势扭曲地倒在地上，在尖叫声中死去。一个没死的人还在抽搐，最后被突击队员结果。

这都是我干的，亨利想。

于尔根显得很冷漠——确切地说只是好奇。他开始检查尸体，提取样本。丛林并没有让他感到恐惧。

“你说风吹走了药剂，”亨利问向导，“吹往哪个方向？”

向导去问领队，他不耐烦地指了指东边，刚刚升上树梢的太阳就在那个方向。

“那边有人吗？”亨利问。

一名巴西突击队员回答说，那附近有一个宽腰土著的村庄。他说话的语气仿佛那些人无关紧要。

“带我去那儿。”亨利要求。

向导转向于尔根，可亨利又坚持说：“立即带我去！”

于尔根点点头。

向导带着亨利沿茹鲁埃纳河逆流而上，航向阿里诺斯河与之交汇的地方，船外的发动机喷出一道蓝色的废气。亨利强迫自己聚精会神。动物试验的研究结果并不总是能在人体试验中重复，这个教训一次又一次上演。沙利度胺在动物试验中很安全，却能导致人类婴儿天生的严重缺陷；非阿尿苷是一种颇有前景的乙型肝炎抗病毒药物，在小鼠、老鼠、狗、猴子和土拨鼠身上以数百倍的人体试验剂量进行测试，没有一只动物显示出中毒反应，然而即使最小的剂量对志愿者来说也是致命的，曾导致五人死亡，另两人进行了肝移植才活下来。亨利的试验没有任何迹象表明他的药剂对人类致命——可这正是人体试验的目的。

在河流的交汇点，亨利发现十几艘狭长的独木舟绑在岸边。向导驾船靠近临时搭建的登陆点，放下亨利和他的医疗背包，然后一言不发地掉头离开，把亨利一个人留在河岸上，留在丛林里。

一条狭窄的小路蜿蜒穿过疯长的茂密植被，路上静谧安宁，只能听见金刚鹦鹉吓人的叫声。亨利仿佛做梦一般记起那个声音，随着高树下的灌木愈加稀疏，他听见自己沉闷的脚步声，仿佛缩小了身体，变成孩子踏入一片乡村景象之中。一切都太熟悉了，他咳嗽时，声音在寂静的林中避难所回荡，这寂静亨利也了解。他的呼吸变浅，但是更加粗重，几乎是除了蚊子之外的唯一声音。蚊子们欢迎亨利主动献上的血液盛宴，他几乎都能听见汗水在皮肤上沸腾。

他遇到一个废弃的火坑、一把短柄斧，晾干的鱼挂在两棵树之间系着的绳子上，然后亨利发现自己来到由茅草屋顶的泥砖小屋构成的村庄。村庄如此之小，亨利几乎是身入其中才看到它。有些屋子开着门，然后亨利听见了苍蝇声。

和亨利梦到的景象一样——数十人扭曲着身体躺倒，所有人都死了，就像琼斯镇。

他看见头戴彩色羽毛的女人和拥有蓝色文身的男人，一名十几岁的少年身穿硬石餐厅的T恤，手臂伸向空中。

“有人吗？”亨利对着空荡荡的村庄喊了一声后，又提高了音量，“有人吗？”

只有苍蝇的嗡嗡声。一笼子鸡也都死了。

他一间屋挨一间屋地寻找活人，心脏怦怦直跳。他知道这毫无意义，只是一种折磨。他一生都在抗拒的情景强行闯进他的思绪：他的父母，在丛林间铺陈在地，和眼前的情形一模一样，都因某个疯子的凭空想象而死。尸体聚在一起或分散开来，有单独的，也有两三个在一起的。一模一样，家人们接二连三地摞在一起，痛苦地抓挠自己的脸。一个男孩儿死在父亲的手臂之下，茫然地盯着天空。我本来可能是你这样，我本该这样死去，亨利心想。

椅子下边还躺着一只死去的老鼠。

一间屋子里有个孔武有力的男人，脸上文着图案。他侧身倒在地上，手伸向妻子。这是他最后的姿势，为了爱，为了保护，把手伸向妻子怀孕很久的裸露腹部。他们旁边躺着两个死去的孩子。

亨利无声地祈求他们原谅，然后他看见孕妇在眨眼。

亨利被吓得差点甩掉了鞋。女人还活着，还在盯着亨利。她知道亨利该为此负责吗？和杀害自己的凶手面对面，她是在专注地用眼睛表达出无比强烈的谴责吗？似乎她的目光会射到身上，产生灼痛和割伤，亨利至死都会记得那个表情。可是她无论如何都救不活了。

然后亨利看见女人腹部在动，像鱼儿在池塘的表面荡起波纹，他明白了女人眼神的含义。

没时间思考，亨利从医疗包中取出一把手术刀，划过女人的腹壁，猛地推开肝脏，把手伸进体腔。母亲从喉咙深处发出叫声，亨利能感受到她体内有东西在动，仿佛婴儿在向他用力，在为生命而努力。他的手指触到绳子一样的脐带，他拽了拽，可是母亲的身体仍然裹着婴儿，于是亨利深深地切开子宫，切断连接双侧耻骨的软骨，她的身体像一本书一样展开，再没有任何器官裹住她的孩子不放。然后孩子仿佛天赐一般，来到她的身体之外。

婴儿仍然被羊膜包裹着，好像全身都套着一层染血的丝袜。他是个小不点儿，但已经长了稠密的黑发，他的手臂在胸前交叉，亨利看着他时，他打了个哈欠。亨利轻轻切开羊膜，婴儿扭动手臂钻出来，用哭叫宣告新生。亨利把婴儿抱在他死去的母亲面前，思考着该如何告诉吉尔。

43
三十四块两角七分

自从吉尔去世以来，海伦就一直和毛绒玩具猴子睡在一起，它名叫乔香蕉，海伦小时候总是和它一起睡。只有夜晚她才允许自己沉浸在无忧无虑的童年，想象她的父母还在身边，还在照顾她，她只是在等他们来给她盖好被子，亲吻她，道晚安。可她明白，再也不会有他们来，所以她抱紧乔香蕉，像小时候那样轻声向它诉说秘密。特迪睡在她旁边铺着的一块床垫上。听到玻璃破碎的声音，海伦吓了一跳，特迪要说话时，她让特迪别出声，他们听见男人们的脚步声和说话声，那些人甚至都不愿压低声音。海伦把特迪拉进衣柜，轻轻关上门。他们一起藏在海伦的衣服后边。

男人们砸东西、骂人，旁若无人。然后他们来到海伦的卧室。

手电筒的光线扫过房间，照亮了柜门底部的缝隙。海伦止住呼吸，特迪靠在她身上，把膝盖抱在胸前。然后光线移开，海伦听见自己橱柜的抽屉被拉开。有人笑了，既兴奋又奇怪。“上楼去。”一个含糊的声音说。

“等会儿。”

“臭死了。”

“可不是吗。”

海伦听见有人摇晃她的小猪存钱罐，两人都笑起来。那里面有十三块二。接着玻璃存钱罐被砸碎，男人们骂骂咧咧。她能听见他们从玻璃中捡起了硬币，那是她拥有的全部钱财。海伦开始在心里数硬币，转移害怕的情绪。她在脑中把硬币按种类摞起来，二十五分、十分、五分、一分。去年十月海伦十二岁生日时，亨利送了她一枚萨卡加维亚一美元纪念币。二十五分纪念币的背面是各种装饰性图案：伊利诺伊的林肯故里，坎伯兰岬口，西部第一门户，埃里斯岛。她仔细看过很多遍。

“割到我手指了！”一个男人说。

海伦想象硬币沾上他的血，希望他流血而死。

“行啦，走吧。”

离开的脚步声，然后他们停下，光亮再次出现在柜门下方。

“这边！”

又是脚步声，男人朝他们走来。柜门打开，光线照向上方的衣架，然后快速扫过衣服，最后停在特迪的双脚上。

“妈的，看这儿。”

衣服被推向一旁，两个孩子盯着刺眼的光芒。

“哟，是个女孩。”

海伦被晃得什么都看不见，但是能听见男人们的呼吸，喘息声听起来特别粗重。一个男人抓住她的手臂，把她拽出衣柜。海伦想尖叫却发不出声音，不过她听见特迪在大喊大叫，然后一个成年男人的拳头打在特迪脸上，发出可怕的声音。海伦听见这些时，发现自己的睡衣正被扯掉，她被抛在地板的床垫上。一个男人倒在她身上，压得她喘不上气，手电筒的灯光扫到他棕红色胡须的边缘。海伦用力把他推开，可他块头太大。他用手在海伦身上乱摸，还强行分开海伦的双腿。这时海伦寻回了自己的声音。

她大声尖叫，甚至都没听清是否有一声枪响。可她身上的男人在她耳边发出一个声音，然后就像散了架一样。她觉得身上压着一台冰箱，听见有人逃跑，门被摔得很响。海伦以为自己会死，会被身上推不开的恶魔压死。接着她身上的人又开始动，不过是别人在用力。

“下去！下去！”是特迪的声音。

海伦推开男人，挣脱出来。

“你没事吧？”

海伦说不出话，因为害怕和愤怒而大声抽泣，然后她发现自己一丝不挂，便感到羞愧难当。她从床垫上起身，同时抓起一个枕头抱在身上。

“你没事吧？”特迪急迫地重复问道。

海伦不得不开口回答，特迪才感到安全，尽管在哪里都不安全。“我没事。”她用陌生的声音说。手电筒被丢在地上，海伦捡起来，照向床垫上死去的男人。他头上到处是血，海伦觉得肯定是孔戈里流感造成的。可是随后她发现特迪手里拿着枪，才想起自己听到了枪声。

“特迪！你干了什么？”

“对不起！”特迪说。海伦能听出他声音里的困惑。

“不，没关系！干得好！”

“我杀了他。”

“对，你杀了他，没事的。还有一个……”

“他跑了。”特迪说。

一切都是那样陌生，特迪有把枪，床垫上有个死人，发生在自己身上的事海伦不愿去想，然后她想起来：“他们伤害你了，我听见他们打你。”

“我没事。”特迪强调。

海伦把光照在特迪脸上，然后瘫倒在地，哭个不停。她没法变得强大，没法成为特迪需要的那个人。

特迪在沙发上睡着时，海伦坐在亨利的椅子里，盯着也许再也不会打开的电视机。以防万一，手枪就放在茶几上。到天亮时，她想出一个计划。

计划的内容是他们得离开。

埃尔南德斯太太的尸体还在楼上，也许已经被猫吃得只剩下骨头。谁知道呢？谁又在乎呢？海伦绝不会回到楼上，不过埃尔南德斯太太当然还在释放她的存在感。总有一天气味会散去，可海伦知道他们不能再等。不管怎么样，她卧室里的尸体很快也会发臭。

房子里到处都是蟋蟀，喧嚣得恼人。最终，叫声汇成一首单调的曲子，在海伦的脑海中跳动。天空总算明亮到海伦能看清楚厨房，她拉开抽屉，拿出一把厨刀，然后回到自己的卧室。

海伦知道男人已死，但是她不想冒任何风险。男人没有她想得那样魁梧，他的半个屁股露在外边，看起来特别愚蠢。海伦用刀捅他，听见清晰的呼气声，被吓得向后跳，然后才发觉呼气声是自己的，不是来自死人。

她取走钱包，里边还有点儿钱，她从死人胸兜掏出自己的硬币和一些纸钞，萨卡加维亚纪念币还在。她数了下所有的钱，总额是三十四块两角七分，她还是丢了一枚二十五分的硬币。

几个小时后，拂晓的太阳照在特迪眼睛上，他微微动了一下，看见海伦坐在餐桌旁，桌上放着按不同面额摆好的钱。特迪疑惑地看着海伦。“你得收拾东西。”海伦告诉他。

“我们去哪儿？”

“去玛吉姨妈和蒂姆姨夫家。他们会接纳我们。”

“可是我们要等爸爸。”特迪说。

“爸爸没了。”海伦平静地说。

“你又不知道。”

“他如果活着就会在这里。”

特迪哭了，可海伦还在坚持：“特迪，我们得离开！”

“我不想走！”

“特迪，我们需要家长！”海伦不耐烦地说，语气就和特迪不讲道理时妈妈用的一样。此时她得成为吉尔。

“我们怎么去那儿？”

夜里的大部分时间海伦都在思考这个问题。

“我开车带你去。”她说。

44
让她说

8月2日，蒂尔迪在白宫西翼的转角办公室开了一连串的会议，不同于她在国土安全部地下室的局促小屋，她如今享受着堂皇的大窗和阳光满溢的房间，距离总统办公室只有几步之遥。与总统的密切关系赋予她的权力，仅能从“国家安全顾问”这个头衔中窥见一斑。

她的新办公室还没来得及重新装修，但她还是从储藏室搬来一尊亨利·基辛格的半身像。等形势稳定，她就换掉地毯，也许换成前国务卿赖斯喜欢的愉悦黄色。蒂尔迪相信尽快宣示领地这套把戏，如果有人被她的竞争精神触怒，那只会给她这么多年终于赢得的权力增添光环。

蒂尔迪和新来的女情报人员简单聊了几句。这场会议属于临时安排，没有记录。以前每次来开会的那个男情报员已经被埋葬在阿灵顿国家公墓，换成了这位一脸严肃而且年纪更大的女人，她一侧的头发已经完全变白，另一侧还是黑的。蒂尔迪奇怪这是不是故意效仿克鲁埃拉·德维尔[1]的时尚宣言。可是在情报机构，时尚从来都不流行。

“要接近他很难。”女情报员说。中央情报局的刺杀团队已经到达莫斯科，发现那里已一片混乱。“阴谋论与真正的阴谋相互较劲，中间还混杂着不少虚假信息，片面和误导的信息肆无忌惮。”普京的计

1 克鲁埃拉·德维尔（Cruella De Vil）是迪士尼1961年的动画长片《101只斑点狗》中的大反派人物。她是一位富有且痴迷时尚的女继承人，片中她的发型两侧染着一黑一白的时尚发色。

划安排很少公开，所以很难锁定他的行踪。刺杀团队配备有诺维乔克，这是一种化学毒剂，是国家安全机构最喜欢的暗杀武器。美国人从德国情报组织得到一份毒剂的样本，对分子结构略做调整，使各类解药对其毫无作用。蒂尔迪有了一个设想，给敌人注射一剂自己人研制的毒药，这会是绝佳暗杀方案。

随后国防部和国务院加入会议，他们还没深入阅读刺杀计划，但是也不太可能反对。总统一直孜孜不倦地清除在俄罗斯事务上剩余的温和派，所有人都知道那个安排。俄罗斯军队在乌克兰边境集结，没有人比蒂尔迪更理解普京的把戏：自从苏联解体以来，他的目标就是重建帝国。“在伊朗的策略是误导。”她说。

国务院赞成她的观点：“既然我们在波斯湾投入过大，他重新夺回东欧的道路就变得更加容易。”问题是如何响应。

“库尔斯克一家核电站发生了不幸的事故。”国防部代表说。他没有承认什么，但是凭声音里讽刺的语气传达出讯息。俄罗斯有十一座老旧的 RBMK–1000 型核反应堆，和切尔诺贝利 1986 年发生灾难性熔毁的核反应堆一样。尽管反应堆在三十六小时内关闭，但国防部代表汇报说：“一团放射性气体正缓缓向北飘往莫斯科，首都陷入狂乱。”全俄范围内，人口集中区附近类似的核电站都受到影响，辐射尘埃产生的恐惧比使用真正的氢弹更有效，那是俄罗斯自毁于核爆炸的方法，更棒的是，全世界都会再次谴责莫斯科没能安全管控自己的核原料。蒂尔迪认为整个行动都干得很漂亮。

可事情从来不会这么简单。

当天下午，巴特利特少校来进行每日简报。“希望是好消息。”蒂尔迪冷冰冰地说。

“流感季在七月初达到高峰，而目前新增病例已经降至初春以来的最低点。”巴特利特说。

“嗯，这还真是好消息。”

“对，长官。我们已有三种不同的疫苗在试验阶段，希望赶在今秋疫情卷土重来前，至少已有一种可以投入生产。”

“你总是这么说，为什么它会卷土重来？”

“这就是流感的特点，我们不知道确切的原因。到目前为止，这次大流行都类似于1918年大流感的模式。如果情况继续的话，我们预测第二波要比第一波严重得多，它现在已经在地球上遍地播种。你可以准备迎接它在十月到来。”

两个月之后。

“还是同一种流感吗？”

“不然就是某个变种。那也是疫苗部门担心的问题，我们在努力预测病毒可能发生的变异，但那只不过是训练有素的猜测罢了。我们已经对病毒进行了几千次测序，但是没法保证疫苗研发好时病毒还是老样子。在有些年份，我们开发的季节性流感疫苗组合配方完全无效。”

“俄罗斯的疫苗呢？”

“那是用于季节性流感的，不是针对孔戈里病毒。”

“可我一直听说它有某种神奇的成分。”

“溴阿佐姆。”

“这方面你是权威。”

“据我们所知，它诱导产生干扰素，应该会引起严重的副作用。我们还不能核实它的功效，也不知道为什么俄罗斯受到孔戈里病毒的影响小于邻国，这可能归因于病毒的一般差异。”

“哪天你们才能实打实地拥有真正的孔戈里流感疫苗？”蒂尔迪问。

“假如我们确实开发出有效的疫苗，到十月中旬才会全面投产。”

蒂尔迪一直避免因为讨厌的消息就憎恶信使，可巴特利特少校在考验她的耐心。蒂尔迪得处理好事情的优先顺序。孔戈里流感几个月后将以更加致命的形式回归，这只不过是个理论——一个不全盘考虑的人际传播的最恶劣情况。然而和俄罗斯的新型战争正在展开，需要投入精力应对。

巴特利特似乎正在揣摩她的想法。“你还不理解，是吗？”她问。

蒂尔迪对她的无礼感到不快：“理解什么？理论上，我们可能要面对的第二轮疾病暴发？我们大多数人都会活下来，我们继续前行。从来都是这样。”

“我不是在说挫折，”巴特利特说，“假如你注意到疾病在人类事件中扮演的角色，你就会明白我们所处的危险。20 世纪每次战胜疫情之后我们都自以为是，可自然不是一股稳定的力量，它进化、改变，绝不会安于现状。眼下我们没有时间或资源去做抗疫之外的事情，地球上的每个国家都应该参与进来，不管你把他们当成敌人还是朋友。如果要拯救文明，那我们必须一起努力而不是相互对抗。”

蒂尔迪让她继续说，让她卸下负担，这样就能表达自己已经尽力。别人管中窥豹，可蒂尔迪得掌控全局。下一场大流行，或许比这场还严重，细思极恐。可是眼下有更重要的事情——战争——要考虑。

会后，蒂尔迪回到椭圆形办公室去和总统私下交流，一走进去，她就发现总统也重新布置了他的办公地：桌上放了一本《圣经》，书柜里摆着家人照片、亚伯拉罕·林肯的画像和一尊丘吉尔的半身像。

“战时领导，”总统解释，“我从来不想加入他们的行列，可我发现，最近他们一直让我挥之不去。”

45
驾驶课

吉尔的车在车库里，是一辆2009年的丰田凯美瑞，汽油只剩下不到半箱，小偷们还没有把它抽干。海伦不知道靠这些油能开多远，但是估计能接近玛吉姨妈家。她有三十四块两角七分钱，特迪还带着自己的枪。

知道再不会返回他们的房子，两个孩子每人将衣服、玩具和课本装了两个行李箱。海伦还带上了吉尔的首饰盒和亨利的一块手表，以后她会把表交给特迪。她把这些物品藏在车上放备用轮胎的地方，他们落下的东西还有很多很多，但是匆忙离开不可能有时间考虑清楚。

“也许我们应该带上自行车。”特迪说。

“我觉得车上没有地方了。”

海伦坐到驾驶员的座位，她曾坐在亨利大腿上假装开车，那是她唯一的驾驶经历，当时她五岁大，连踏板都够不着。如今她腿长长了，踏板又太近了。海伦发现自己甚至都不清楚该如何移动座椅。她按了下门上看似移动座位的按钮，然而一扇窗户降下来。特迪从杂物箱里找到一本车主手册，弄清了在什么地方控制座椅。

“你得调整后视镜。”特迪建议她。

“我知道。系好你的安全带。”

可是外后视镜的控制器很难找到，所以她只调整了内后视镜，直到能看清长长的车道在后边延伸了好远。

她只需要做好两件事：学会开车和找到去玛吉姨妈家的路。

“你来导航。”她指挥特迪。

“这很容易，”他说，“沿七十五号州际公路往北开。”

“那是哪一条路？”

“到市中心我们就会看见。”

海伦转动钥匙点火，但是汽车没有反应。她更仔细地观察，看见标示着启动的地方，然后又多转动一些钥匙并保持不动，最后汽车冒出一声可怕的尖啸。她把手从钥匙上一挪开，噪声便止住，可她的自信心也受到了动摇。她深吸一口气，想要挂上倒挡，可是无论她如何用力，挡位杆都一动不动。与此同时，汽车已经发动，浪费着汽油。

特迪阅读说明书时海伦熄了火，也许是这辆丰田车坏了，埃尔南德斯太太的车库里还有一辆福特，可那需要回到她的房间寻找车钥匙，海伦绝不会回到那里。她的整个计划取决于能否逃离这栋房子，前往玛吉姨妈家，可她现在都无法给汽车挂挡倒出车库。因为受挫，她的脸烧得通红。

“你应该同时踩住刹车。”特迪告知她。

“好吧，太蠢了。”

她重新点火，并踩住刹车，同时油门也被她轻轻带下去一点，挂上倒挡时，汽车像一只野兽蹿出了车库。海伦猛踩刹车，可同时也踩住了油门。

“刹车！刹车！”特迪喊。

“我踩刹车呢。”

她总算放开了油门，然而为时已晚，车已经撞上了车道旁高出地面的花圃砖墙。

海伦下车确定损坏情况时，手都在颤抖。吉尔的车从来就没有剐蹭过，海伦总是对母亲开车感到不耐烦，嫌她过于小心，没必要开那么慢。这下瞧瞧我都干了些什么，她想。一条严重的擦痕，一块巨大的凹痕，尾灯也被撞碎，这辆车以一种奇怪的角度挤上了车道。海伦看着余下的车道，发现还有很远才能驶上街道。她还得经过吉尔总是在雨天停车的门廊，可它眼下就像一扇警卫室的大门，她得从中小心翼翼地挤过去。

“让我来开。”特迪说。

“开玩笑吗？你还没有方向盘高。而且我需要你导航，忘了吗？”

海伦回到车里，转动方向盘时车轮发出吱吱声，然后她把车开上车道。她非常轻地踩下油门，紧接着又立即踩刹车，这个动作她重复了几次，汽车窜动又停下，窜动又停下，海伦头一次觉得也许开车没那么难。最终她把车身摆正，重新开进车库。

现在她得再次尝试倒车。

她看吉尔倒车肯定有无数次了，可是她记不清母亲如何操作，她是回头观察，还是通过一块后视镜？“特迪，你下车指引我。”海伦说。

“好，但是别撞了我。”

“别傻了。”

特迪站在丰田车和亨利的工作台之间，没有任何犯错误的空间。特迪直视海伦的眼睛，然后像握着方向盘一样伸出双手。

他们俩从没有像此刻这样亲近过。

海伦挂上倒挡，一松开刹车便开始移动。她低头看踏板，确保自己没有踩错，不知为何车又开始跑偏。抬起头时，海伦看见特迪一边摇头一边转动手里不存在的方向盘，海伦照他的样子打方向盘。然后特迪往回打，海伦也跟着学，脚不断踩下放开刹车踏板。车无比缓慢地移动，她的眼睛再也没离开过特迪。一道影子从汽车上方越过，海伦发现自己正处在门廊下方，可她不允许自己想那些。特迪还在引导她，然后他突然举起手，海伦刹住车，因为她来到了车道尽头。

特迪回到汽车上，他们长久地注视着从小到大生活的这栋房子，里面留存着无比美妙的回忆，此刻却充斥着死亡，他们再也不会回到这里了。“好吧。”海伦说着把车倒进街道，然后驶向纳什维尔。

46
舒伯特

亨利在一曲萨克斯的乐声中醒来，墨菲正站在他身旁。“嘿，你好，”她说，“先生。”

亨利开口回应，可是声音又干又哑。他感到头晕眼花，不知道是自发的眩晕，还是潜艇在摇晃。墨菲举起羹匙，里边盛的东西很香。“鸡汤，”她说，“还是第一碗。”

“我吃素。”他说。

“我知道，眼下你也是我的病人，吃吧。”

没有讨价还价的余地，亨利暗自谢过牺牲自己的那只鸡。墨菲喂他的时候，他觉得自己像一个孩子。

“我没出血，是吗？”他问。

“没有，先生。”

亨利琢磨了一下。“我们应该开始感染船员。”他说。

“我已经在做了，先生，希望没事。”

“太感谢你了，墨菲。”

“我们又死了两个人，差点儿也失去你，希望你别介意我这么说。重病号特别多，你的名字不止一次被他们唤起，但没多少善意。不过我们只剩七个重病患者在小卖铺，我打赌他们大都会在几天内出来。”

“我们在哪儿？”亨利问。

“北纬三十四度十七分，西经四十五度十四分，”她说，“大西洋的正中间。”

“深度呢？”

“我们在海面，你觉得有力气呼吸点儿空气吗？”

真正去到外边的想法仿佛一个奇妙的幻想，刺激着亨利。“我能先洗个淋浴吗？”

“你能自己站得住才行。”

墨菲扶亨利坐起来，然后又支撑他站起来，亨利摇摇晃晃。“你确定要洗澡？”墨菲问。

“有点儿紧急。”

墨菲递给他一条手巾，扶他通过走廊。多莉·帕顿的标志还贴在浴室。他们俩都被逗笑了。“我得检查一下。”墨菲说。片刻后她返回来。“淋浴现场安全。”她说着转身换上约翰·韦恩的标志。

有太多问题亨利还没想起来问，他昏迷多久了？回忆点点滴滴涌上心头，都是真实的还是想象的？他完全不知道过了多久。他一边思考这些事情，一边让蒸腾的热水冲刷身体。潜艇船员都接受过节约用水的教导，可亨利沉溺于皮肤、头发和胡子上奢侈的热肥皂水。他能感受到疾病被冲走，可虚弱感还在。

擦干水以后，他看到自己在镜中病恹恹的身影，憔悴而又苍老，他的胡子变成乌暗的银色。他接受了镜中的证据，自己苟延残喘的青春已经在身上流逝。可他还活着，失去了很久的一种感觉浸入他的全身。是快乐。

“你在里边还好吗？”墨菲问。

“我没事儿！”亨利说。他在腰上裹好毛巾，蹒跚地来到走廊，墨菲拉住他裸露的手臂，扶着他回到住处。墨菲为他换了床单，拿来干净的衣服。亨利不得不抹去眼泪，他的弱点之一就是受不住别人对自己的善意。

亨利穿好衣服，整理好形象，便去导弹甲板找到墨菲。微风把他揽入温暖的怀抱，太阳照得他快睁不开眼睛。他眯起眼睛，看见几十名船员跳入海中，在新鲜的空气里呼喊欢笑。这样热情洋溢的声音他已经有好几个星期没听到过了。

“我们所谓的‘钢铁海滩’。”墨菲说。

亨利躺在铺着橡胶的导弹甲板上，身旁就是畅游大西洋后晾干身体的船员。墨菲指向站在指挥塔上手持自动武器的一名军官，漫不经心地说：“防备鲨鱼。”

“我听见有人吹萨克斯，是烧糊涂了吗？”亨利问。

“没有，是船长吹的，他恢复得很好。”

亨利的试验生效了，他开始思索如何推广应用，这项试验结果的可靠度是否已经满足标准，可以给全国——甚至全世界的人——注射可能是有史以来最致命流感病毒的亚型，却只是减毒株。如果要用数千人的死换得百万人得救，用百万人的死换得数十亿人得救，这样的筹码谁会赌呢？但另一方面，如果注射的减毒株被稀释到最低浓度后仍具备保护效力，应当可以作为一个在等待更优质的疫苗出炉阶段的权宜之计。亨利凝望海洋，它的广阔强行给人一种永恒和宁静的感觉。

“有船，”亨利指着西边随意地说，“在那边。”

“是的，先生。他们从苏伊士运河就一直跟着我们。”

“跟着我们，为什么？”

“医生，看来你恢复了活力。”狄克逊船长用洪亮的声音说。他站在躺着的亨利和墨菲身旁，显得格外健康，他的影子罩住了他们两人。

“我看你也不错，”亨利说，“抱歉我还没法大声说话。”

“要是觉得没问题，你可以在十七点整和我一起进餐。”

亨利在阳光下小睡了一会儿，做了个不可思议的梦，梦见了吉尔，孩子们也都很小，他们去某个有山的地方度假。也许他的外婆也出现了，他不确定。总之，还有别的自己喜闻乐见的人物。他的父母也在，他母亲还和他说话。母亲戴着墨西哥宽檐帽，遮住了脸庞。她说：“真美。”亨利不知道她指什么，他父亲呼唤他的名字，在梦里，亨利感觉十分渺小，其他时候却不这样，那是个逝者都还活着的想象世界。感到要被晒伤的时候，亨利醒过来。

看见逝去的家人，他耗尽了自己的感情，他知道情绪的波动是身体在恢复的象征。可他还是想弄清该如何控制极端的情绪——挚爱亲人的离去造成的伤痛、挽救潜艇船员产生的喜悦。各种情感在他内心碰撞，令他困惑不清、郁郁寡欢。

亨利到来时，雄壮的乐曲响彻军官室，他看到真人演奏的弦乐四重奏，杰西·麦卡利斯特就在其中演奏中提琴。

“介意来点儿音乐吗？”狄克逊问，“我认为可以帮助消化。”

“是舒伯特的曲子！”亨利惊呼。

“我就知道你是个有品位的人，”狄克逊说，“我更喜欢爵士乐，艾灵顿、蒙克、迈尔斯·戴维斯配上赫比的键盘和韦恩·肖特的萨克斯。韦恩才是我最喜欢的音乐家。”

“对，我之前听见了，可以说是你的音乐把我叫醒。”

“这个想法很妙，”狄克逊指着四重奏说，“组建这个乐队用了我很多年，我还在寻找一名单簧管乐手。我想演奏几首本尼·古德曼的曲子。”

亨利笑了：“我高中时吹单簧管。《月光》和《身体和灵魂》。”

“我的天哪！”狄克逊显得很痛苦地说，“你为什么不加入海军？也许不算太晚！”

“我觉得我的单簧管还在某个地方的橱柜里。”亨利说。

演奏舒伯特的几人抓住了当下的情绪——深刻、悲伤、沉重——他们俩都陷入思考。“我估计你没关注新闻。”狄克逊说。

“几乎没有。”

“我们了解到的形势很不好。政府崩溃，暴徒横行。我们说的是美国，机遇之地，你能相信吗？”他停下来嚼了一块丁骨牛排，“谁给我们造成这一切，亨利？你不相信这只是巧合，对吗？”

“有可能。”亨利谨慎地说。

“在我看来，那是计划中的一部分。我无法告诉你我在通信中获悉了什么——反正不是全都了解——可是有非常明显的迹象表明，这一切的背后有国外势力在操纵。”

“你指俄罗斯？”

“他们正在撕扯我们的社会，攻击我们的基础设施。所以没错，是俄罗斯。但是不是只有他们，我们已经遭受攻击好几年了。伊朗，朝鲜。而且，是的，这主要是我们的错，挑起了不必要掺和的战争。如今他们嗅探到我们的弱点，抱团反击，如复仇之狼，已呈剑拔弩张之势。”狄克逊再次沉默，让人觉得意味深长，然后他说，“你在潜艇上想留多久就留多久，我们热烈欢迎。外面的世界太危险。”

“我得找到我的家人，”亨利说，“看他们是不是还活着。”

“那是自然。我不知道为什么像刚才那样说。”狄克逊似乎因为邀请中蕴含的个人诉求而感到羞愧，“总之，我们得在金斯湾修理该死的活塞，”他又换上通常的冷淡态度，“既然说到这件事，你也许看见那三艘船了？俄罗斯的，他们从苏伊士运河盯上我们咣咣作响的活塞，然后一直偷偷跟踪我们。我决定上浮摸清他们的意图。现在很明确，他们一直在来回转悠，要包围我们，然后采取行动。他们一直在等待，现在知道自己逮到一只受伤的鸭子。我猜他们也不会介意扣下我们的核燃料棒，如今没有了原油，核燃料成了最有价值的物资。一直航行……吃吧，你还没碰你的菜呢。如果你想最后再呼吸一口新鲜空气，吃完爬上顶层。我们很快就会下潜。”

47
好戏开始

砰！砰！

亨利猛然惊醒，噪声似乎在他脑内响起，然后有声音传来：“战斗位置！战斗位置！立即进入战斗位置！”他急忙穿好衣服，可又意识到还不清楚自己的战斗位置在哪儿，甚至不清楚自己有没有战斗位置。

他等待四散奔跑的声音平息下来——他最不需要的就是被营养充足的六尺大兵踩到并成为累赘。他小心翼翼经过走廊，进入潜艇控制室，并不确定自己应不应该出现在那里。亨利认出与其他军官在一起的狄克逊，然后他屏气凝神地站在屋子最后边，希望不被人发现。

“我又发现两个目标，S4，方位 270，距离 60000 码，S5，方位 185，距离 75000 码。”雷达操作员说。

“所以他们一直在等这两艘船，”狄克逊说，“好戏要开始了。”

船员们都呆立在自己的岗位上，没人花时间解释究竟发生了什么，亨利也不敢问，然而极端的危险像令人窒息的气味在指挥中心弥漫。声呐光标扫过搜索编队的俄罗斯战舰，发出整个房间里唯一的“嘀嘀”声。一个小时过后，尽管还感到紧张，但是亨利的胃“咕咕”叫起来。

“长官！鱼雷入水！”

“改变航向！偏北三十度！”狄克逊说。

“偏北三十度！明白！”

“全速向前！”

一个光点正快速朝雷达图像的中心移动，一边追击着潜艇目标，一边砰砰作响。响声越来越大，越来越快，同样的心跳声也出现在观察死神迫近的亨利身上。接着砰砰声放缓，声呐的扫描音也停止了。

“长官，更正。是一艘无人驾驶潜艇。”声呐操作员报告，指的是水下无人机。

“他们想了解一下我们，”狄克逊说着转向他的领航员，“打开一号和二号鱼雷管，做好准备。”

“遵命，长官，打开一号和二号鱼雷管。”

“潜水官，带我们升至潜望镜高度。”

潜艇一到达二十米的深度，狄克逊就通过超高频天线向位于弗吉尼亚州诺福克的大西洋潜艇部队司令部发送了一条紧急消息：佐治亚号进入二级防御状态，战斗一触即发。他通过潜望镜快速扫描地平线，雷达捕捉到一架俄罗斯的反潜直升机，很可能正在向水中投放运动传感器。这是什么把戏？俄罗斯人总是挑衅美国船只和飞机，然后在一触即发的前一秒撤退。然而追踪舰队所做的一切都表明他们准备开战。

美国轰炸俄罗斯在伊朗的战机，封锁他们的太平洋舰队，必定会引起反击。或许俄罗斯的计划制订者估计消灭单独的一艘美国潜艇是个恰到好处的回应，或者更大规模的战争已经开始。

俄罗斯的舰队有五艘船只，佐治亚号潜艇载有十四颗鱼雷，但是一次只能发射四颗。显然他们在等待增援。狄克逊最大的机会就是尽可能远离俄罗斯战舰，海面的形势变幻莫测，这会扰乱俄罗斯人追踪佐治亚号声音信号的企图，可是损坏的活塞使静默隐蔽变得几乎不可能。

“打开主压载舱排气孔。”狄克逊对潜水官说。

紧接着传来刺耳的排放声，呜嘎！呜嘎！突然的喧嚣让人感到不安。“下潜！下潜！下潜！”这是命令。

“下潜官，深度八百英尺。”

“八百英尺，明白。”

潜艇摇晃着下潜，亨利抓住了一个扶手。海水充满压载舱容器，发出很大声音。亨利的耳膜开始鼓胀，每个人都以大角度向后仰，似乎要被一场飓风吹倒在地上。

下潜，他们在下潜。

“给我们涡流和洋流报告，我们要找一个温度突变层，藏在它后方。”船长对导航官说。他估计美国在地中海航母集群上起飞的F–18s战机此刻已经升空，如果他们能摆脱无人驾驶潜艇，完全静止在大洋深处，也许还有机会生还，否则佐治亚号在劫难逃。

“长官，俄罗斯战舰接近武器距离，四千码。”声呐操作员说。为了追踪潜艇，战舰移动缓慢。他们开得越快，在自身引擎噪声中听见潜艇的可能性就越低，所以他们给佐治亚号派出一艘无人驾驶潜艇当尾巴。狄克逊命令他的执行官形成对俄罗斯战舰的目标射击方案。

“启动反制措施。”狄克逊命令。

躲避装置——噪声生成器和气泡——本来是用于甩掉无人驾驶潜艇，可过去几年里俄罗斯技术突飞猛进，不吃这一套。三号和四号鱼雷管也已经被打开。

“长官，无人驾驶潜艇在上浮。”声呐操作员汇报。

无人驾驶潜艇要上升到通信距离，报告佐治亚号的全球定位作为坐标。俄罗斯指挥官无论意图如何，很快就会揭晓。俄罗斯的军官当然知道狄克逊的意图，那就是冲入深水区，藏在温度突变层的后边。他们都要来不及了。

“长官，我们制订了开火方案。”执行官报告。

狄克逊船长获得了暂时的优势，只要无人驾驶潜艇一广播他的位置，俄罗斯战舰就会发射他们的鱼雷，那会成为一场屠杀。从另一方面来看，狄克逊可以先开火，海面战舰不可能挡住佐治亚号的48型鱼雷，它们采用有线制导，也有自己的传感器，直到它们炸毁设定目标的舰船龙骨，爆炸才会被检测到，可是狄克逊无法同时炸毁五艘战舰。

声呐里突然传出嘈杂的“咔嗒”声，屏幕上布满了香槟气泡一样的小点。

“长官，出现情况！”声呐操作员说。

“来源？”狄克逊问。

“到处都是，长官！”

“频率？”

“二百分贝，长官。”比枪声大不了多少，在声呐上听起来就像培根油脂在煎锅里噼啪作响，噪声形成一团声音迷雾，影响佐治亚号鱼雷进行瞄准。当然这也会对俄罗斯人造成同样的后果。

狄克逊突然笑起来，潜艇上的所有人——除了还蒙在鼓里的亨利——同时认清了情况。“正西方向，全速航行。”狄克逊命令。然后他注意到亨利不解的表情。“虾，亨利！”他说，“我们被鼓虾救了。”

后来狄克逊船长命令，给船员配发特殊时刻才能享用的啤酒。亨利听见他们在喊口号：

一杯敬潜艇！
两杯敬潜艇！
真的是完蛋，
我们上浮，

我们下潜，

我们甚至不捣乱！

呜嘎！呜嘎！

在军官室，狄克逊船长拿出一瓶火药爱尔兰杜松子酒，为军官们调制了马天尼。亨利从没见船员这么快乐过。他们脸上放松的表情甚至让亨利更加明白刚刚有多危险。

“我还是不理解怎么回事，”亨利说，“那些噪声都是虾发出来的？”

“鼓虾，多么奇妙的生物。”狄克逊说，“我们以为人类有最好的武器，可是鼓虾高速敲击钳爪就能产生杀死猎物的冲击波。你听见的噪声是钳爪撞击气泡破裂的声音。它们产生微型热爆，可以达到太阳的温度，当然会在声呐上显示出来。我们要寻找声学藏匿点，结果来了一支重金属乐队！”

军官们唱起潜艇歌曲，内容甚至开始亵渎上帝。很快，他们就到家了。

IV

十月

48
海　豚

亨利拯救了佐治亚号潜艇的船员，金斯湾潜艇基地的指挥官了解了他的贡献后，发誓要为他提名海军最高荣誉——海军荣誉勋章，不过亨利十分确信自己不够格。“我只有一个要求，”他对海军上将说，“我必须尽快返回亚特兰大。”

“恐怕交通情况不容乐观。”海军上将回复亨利。他是亨利曾经不信任的那种精明的乡下男孩，不过这种看法因为他们的坚强性格而得到改观。“即使对我们来说，路途也不安全。我们外出时都带着护卫，在当前的危机局势下，几乎全都被限制在基地内不能离开。该死。”上将深思熟虑后说，“告诉你吧，他们在玛丽埃塔有一座海军航空基地，就在亚特兰大城外。我会编个冠冕堂皇的借口，让他们飞来接你。这事确实在哪方面来说都不好办，不过今晚你收拾好之后就来海豚屋进餐。”

让他收拾好是一道命令。船员上岸后都浑身发臭，固体废物被压缩后排入大洋，以防升腾的气泡暴露潜艇位置。可是气体还留在潜艇上，部分可以经过气味强烈的除味剂缓和一下。最后整艘潜艇闻上去就像一个巨大的屁，只是加入了香味而已，不过船员们会逐渐习惯。他们就像苍白的鱼开始腐败发臭，他们的配偶必然会在迎接时闻到。

亨利被安排在基地门外的海军旅馆，那是用灰渣建造的毫无特征的方块政府建筑，位于一座松林之中，由一位名为特雷莎的可爱女人运营。亨利直接被特雷莎带到洗衣机旁，在军事基地之外，几乎所有电力都被切断，不过海军旅馆使用发电机，每天供电四小时。

目力所及之处的大部分都恢复成陆地，亨利对此感到陌生。几个星期以来，他的视野只能覆盖几米远的距离。可是后来，当面包车接他去海军上将的住处，他连目光聚焦都很困难，一切都离他那么远。看着无尽延伸的公路令他眩晕和头疼。他渴望再次看到的天空既明亮又遥远，让他心生敬畏，后来他发觉自己居然盯起了仪表板。

海军上将的住处海豚屋是一栋被杜鹃花簇拥的红砖房，位于一条棕榈树林立的死胡同里。其他所有的军官都穿着白色礼服，亨利最好的一套衣服是墨菲为他改小的蓝色工作服，所以他对此感到有点儿窘迫。晚宴提供了充足的酒水，屋子里很快充满笑声，亨利虽然享受军官们的陪伴，但也同样感到与他们格格不入。这是一个男人的群体，他们为军队贡献整个职业生涯，就像他以另一种使命的名义所做的那样。他们的友爱让他更加渴望回到自己的生活中去，回到实验室，回到同事和最最重要的家人身边。前提是他的家人还活着。

亨利知道自己要争分夺秒，新一轮孔戈里流感就要在十月袭来，他如今更了解这种疾病，可他一直在远离实验室的不利条件下工作，在海洋深处度过了六个星期，所以不清楚马可和世界各地的研究人员能取得怎样的发现。

海军上将最后真的给了亨利一个惊喜。“我们只把这个颁给努力赢得绶带的水手，”他说着把一对海豚造型的潜艇部队勋章别在了亨利的工作服上，“你现在是真正的‘笨蛋’[1]了，先生。”海军上将说完，所有人向他敬礼。

后来亨利和狄克逊船长在基地里散步。美丽的夜色中，月光明

---

1 俚语，指潜艇船员。

媚，空气温暖潮湿，但不浑浊，萤火虫在他们前方的道路上飞舞，引着他们来到一片沉暗的池塘，周围只有为整个基地供电的发电机发出声音。亨利走起来有点儿费劲，在潜艇上空间狭小，到处都是扶手，所以容易得多。有时候他不得不扶住船长的手臂。

“有时很难让你的腿适应回到陆地上的状态。”狄克逊说。

“不像你！我的腿从来就没好过。”

“哦，好吧，是我运气好，真的运气好。小心那只鳄鱼。”

亨利以为狄克逊在开玩笑，可是接着注意到池塘边真有一只鳄鱼。它似乎在打盹儿，于是两个人继续往前走。

“看起来我的退休聚会已经被推迟了，”狄克逊向他吐露，“军官队伍严重缩水，他们想让我留在军中再做一次部署，所以我会待在金斯湾等他们修整。”

“这里很漂亮。”亨利说。

“嗯。”

有什么事情让船长纠结，可他却难以表达。亨利等待着，别人的激励对弗农·狄克逊不起作用。最后他说：“我想让你看样东西。”他们绕过池塘，来到一个展示各种大小导弹的地方。“你面前立着的是弹道导弹项目的历史，”船长指着一枚具有短粗翅膀的短体导弹说，“这是 TLAM，战斧式陆地攻击导弹，或称巡航导弹，佐治亚号潜艇装备的就是这种。我知道它看起来不怎么厉害，可是自第一次海湾战争以来的每一场冲突中，它都起到了展示美国力量的决定性作用。我们的战斧是常规导弹，但可以选择部署核导弹版本。另外这些，”——他指着战斧导弹后边更大的导弹——“是搭载热核装备的洲际弹道导弹。”三颗白色导弹包含第一代北极星。“第一种于 1956 年开始服役，你算算，半个世纪之前，我甚至还没出生。”然后是矮胖的“波塞冬”，稍大一些，镶着铜环。狄克逊解释说它是第一种潜艇发射的多弹头导弹。“不过也早于我入伍。我入伍时装备的是‘三叉戟’。”最新最大那枚是“三叉戟”D5，砖红色，比四层楼还高，令它的前任相形见绌，想想它能装在潜艇上都让人觉得不可思议。“在田纳西号潜艇服役时，我们装满二十四枚‘三叉戟’导弹，”狄克逊说，“每一枚装有八颗弹头，一千一百万吨当量的绝对性毁灭力量，和广岛原子弹相比，后者只有一万五千吨当量。把这个数字乘以一支舰队十四艘潜艇，你会得到高于广岛一万倍的数量！你能想象吗？我们的战略核导弹潜艇是有史以来最具威力的战争机器，它们甚至不用驶出港口就能击中任何重要目标。可是我们的对手也是一样，战争爆发之时，这里将首先被摧毁。”狄克逊停下来凝望着天空，再次开口时声音变得低沉迟疑，“我的看法可能不算绝对客观，不过事实就是，深海之下很快就会成为地球上最安全的地方。”

“我们就要走到那一步了？”亨利问。

“假如战争爆发，我们很多人都会觉得回家没有多大意义。”狄克逊说道，深层的含义让亨利自己体会，他是要救亨利的命，“就比如说，某些人考虑去探索一番，”狄克逊几乎是心怀歉意地继续说道，“去寻找一个安全港。因为水手减员，他们指出我们能有一年的食物供应。我们吃得饱，睡得暖，还有足量的写着‘禁止触碰’的战斧式导弹。问题是，我们的潜艇上需要一名医生，反正我需要。”

“那还真不假。”

“有人也许会误解我的意图。”狄克逊的声音轻柔得亨利几乎都听不见，“他们把核潜艇的叛变看得相当严重。假如你要向任何人说起，那我们的对话就是毫无意义的闲扯了。就是这样，无意义的闲扯。”

“我不会和任何人说任何内容。”

“我们会进入船坞休整几周，假如你没找到要找的人，单簧管乐手的职位可以一直为你保留。”

墨菲在潜艇基地的医院有一个住处。“他们人手短缺，我觉得我能帮帮他们。”亨利向她告别时她解释说。

“你要回亚特兰大？”她问。

“明天。”

“那么我再也见不到你了？”

“我们不知道生活为我们准备了什么，在威斯康星没人教过你？”

“明尼嗖达。”

墨菲伸手说再见，可亨利拉住她的手。墨菲用拇指摩挲着亨利的指关节。“我希望你到家时他们都在那儿等你，”她说，“我希望有盛大的欢迎仪式，每个人都平安幸福。”

亨利亲吻她的手，这是世界上最自然不过的事情了。

返回海军旅馆，亨利倒在床上。他仍然思绪万千。终于要回家了，他会看到怎样的情形？他害怕了解真相，但又受不了一无所知，虽然欣喜若狂，但又焦虑不安。让他意外的是，黎明前，当他还在熟睡时，有人来敲他的门。门外站着的是弗农·狄克逊。

“他们派车送你去机场。”看到亨利此时还没有穿戴好，狄克逊有些难为情。

“我能刷完牙吗？”

亨利急忙冲了个澡，还有些难以相信竟有车在等他，难以想象自己要飞回亚特兰大的家。

亨利就要上车时，狄克逊递给他一张名片：“假如网络能恢复，或者手机可以使用，你就能联系上我。”

作为交换，亨利从他的钱包里找到一张浸水的名片，他在背面写下一个号码：“这是吉尔的移动电话，以防我的你联系不上。”跳进波斯湾的时候，他自己的手机就已经被淹了。

“噢，还有一样东西给你，”狄克逊说，“昨晚我见你走路不太方便。”

狄克逊递给他一根漂亮的锻造手杖。

亨利震惊得无言以对。“你从？……”他张口结舌，话不成句。

“工厂里的伙计们什么都能造，这是佐治亚山胡桃木手杖，需要的话还能防身，甚至推高尔夫。”

手杖的把手镶嵌着一艘铜质的潜艇模型。

49
坟 墓

一架螺旋桨驱动的单引擎双座比奇飞机滑进跑道，呈现类似剪草机的动力输出。亨利坐在后边实习驾驶员的座位，盯着驾驶员头盔后方映出的自己。驾驶员没有多说，只有一句“你肯定是个大人物”。

“根本不是。”亨利回答。

这架小飞机缓缓加速，然后腾空跃起。气泡一样的遮盖是由透明玻璃做成，所以下方佐治亚州的土地在他面前铺陈开，绿而广袤。道路上没什么车辆，田地还等待着耕种。亨利觉得克里克印第安人在此生活时，佐治亚州一定就是这个样子。

久远的过去如今要变成未来？亨利搭乘着本身就近似古董的飞机，逆时光飞行。他充分阅读过历史，知道一次次上演的大毁灭让文明以不均衡的速度发展数千年。伟大文明的瓦解一直都令他着迷。麦克斯·普朗克协会一队科学家发现的病原体——一种沙门氏菌，可能是由摧毁了阿兹特克帝国的西班牙征服者传入——他们被认为在16世纪中叶杀死了80%的墨西哥原住民。亨利曾与吉尔一起游览卢克索和迈锡尼遗址，花了数天时间探索恢宏的西班牙摩尔人宫殿。伟大的文明如今都已消逝，他们曾两次前往庞贝这座瞬间被完全埋葬的城市，亨利想过，要说这些废墟能让我们得到什么教训，那就是文明建立在进步的傲慢之上，我们相信大自然无法抗衡人类的创造力，相信大自然可以被驯服。而庞贝古城给我们警示——自然无比残暴，永远都不会被完全驯服。

所以他不会惊异于展现在飞机下方的景象——大自然早已夺回大陆文明的地标。虽然传染病已经平息，但留下的是一个支离破碎、人心涣散、前途黯淡的人类社会。野葛正在吞没废弃的农舍和路边的加油站。人类历史正在被缓缓消耗，而且这一过程可能无法抑制。

不过各处依然弥漫着日常生活的气息，某位决心开垦土地的农民正在烧荒，烟雾升腾而起。飞机飞越州际公路，并斜身转向亚特兰大时，几辆汽车映入眼帘。庞大的城市本身似乎未受损耗，尽管有蜘蛛网一样的公路通往城市，但它还是显得空空荡荡。亨利心想，没有防范的话，下一轮孔戈里流感可能会导致亚特兰大人口灭绝。

至少军队还在行动。海军上将贴心地给亨利的背包里装了一周的饮食配给——考虑到他的素食需求，主要是饼干、花生酱、水果、坚果和麦片，不过他装了好几包牛肉干，免得陷入绝境，他还得到了干净的内裤、袜子和 T 恤。亨利还留着他的钱包，里边有一百沙特里亚尔、不知能否使用的一张万事达卡和一张借记卡。除此之外，亨利还带着那本《古兰经》和新获赠的手杖。

小飞机像蚊子一样降落在跑道上，然后滑行经过一队庞大的 C–130 运输机，停在高大机库旁铺设的停机坪上。

“你接下来去哪儿？”飞行员问。

“亚特兰大。”

“哦，祝你好运，长官。”

“等等，”亨利说，“我怎么去亚特兰大？”

“要我说，得步行很远。你知道吗，”飞行员指着东边说，“你朝这个方向走几公里就会到达州际公路，从那里再走三十多公里就到亚特兰大市。人们相当小心谨慎，路上也没有多少车。不过走运的话，也许能搭上顺风车，你看起来没什么威胁。”

顶着九月的太阳，在潮湿的空气里走了一个小时，亨利才到达州际公路的立交桥。幸运的是，他沉重的背包里有三瓶水。汗水流下他的后背，浸湿了他的衬衫，只要有车经过他就会伸出大拇指。可是车辆太少，而且都像逃离审判一样飞驰而过。

不过他还活着。州际公路尽收眼底，走在路肩上，他感受到生存带来的前所未有的优越感。多漂亮的州际公路，亨利想，简直是一个奇迹，曾经的伟大文明留下的印记。假如未来还有人类存在，当他们来到这条壮丽的公路，可能会见它被掩没在藤蔓或层层沉积物之下，未来的人会怎么想？

亨利放下背包，在一条高架路的阴影中吃了些杏仁。旁边有一只拖鞋，石缝里塞了一个薯片包装袋，有车经过时，袋子就会舞动起来。他思考着前一晚和狄克逊船长的交谈。末日，真的会到来吗？对于冷战以及核战争的威胁，亨利有清晰的童年记忆。全人类都灭绝的可能性，总是既存在又没有真正存在。有些晚上，外婆让他上床睡觉时，他就用这个幻想来自娱自乐。时不时他就烦恼于外婆如果去世，自己的前途会怎样。这些清晰的想法被一大团蜂拥而至的小虫所打断。他徒劳地挥手驱赶，呼吸时不可避免地吸入虫子。他用 T 恤的领子挡住鼻子，用力捂住。

由远及近又驶来一辆汽车。

为了避免对家人的境遇胡思乱想，亨利考虑回到疾控中心自己以前的实验室，了解他们针对孔戈里流感取得了怎样的进展。马可与团队成员此刻一定研制出了一种疫苗，他渴望倾听他们的想法，渴望实验室内让他倍感亲切与激动的氛围，在那里，他能全身心地投入这场战斗，时间不等人啊！

他看见全天里的头一辆半挂卡车朝自己驶来，亨利把手伸进背包，掏出两袋牛肉干在空中挥舞。和其他所有车辆一样，卡车飞驰而过，可是接下来气动刹车发出尖啸，卡车停在约五十米开外的地方。亨利和司机谈好，用三袋牛肉干作为搭车到亚特兰大市中心的路费——素食主义者为数不多的经济优势得以体现。

司机是一名上了年纪的西班牙裔，留着白色山羊胡，说话有明显的口音。他收听着不怎么清楚的西班牙语广播。"墨西哥播放的。"司机向他解释，把墨西哥说成"梅西口"。

"他们在说什么？"

司机笑了："他们说快跑吧，兄弟们，来梅西口！外国佬都疯啦！"

"有美国电台吗？"

"有时候我收听新奥尔良的 WWL 台，估计他们那里还有电，不像这里。"

司机调整频率，除了塔拉哈西的一家电台正播放亚历克斯·琼斯[1]的节目，整个频段都没有声音。"我们所有人一直都期待这个，不是吗？"琼斯说，"老大哥一直在想办法实现集权控制，这是肃清基督徒的阴谋。瞧瞧有谁活过了这场瘟疫，没错，犹太人的秘密组织，他们告诉你们孔戈里那套玩意儿是种疾病，可别信！是谎言！他们把化学物质注入水中，以虔诚的基督徒为目标……"

司机搜寻别的电台，但是只有亚历克斯·琼斯说英语。

卡车上配备了紧急核辐射检测装置，司机不明白为什么需要这个。他在北大街的出口放下了亨利。

这座城市仍然华丽壮观、光彩照人，可是行人却少得可怜，摩天大厦似乎也人去楼空，透过它们的窗户，亨利能看见后方的城市。尽管陌生，亨利还是被城市的恢宏打动。宏伟的建筑展现在自然之美

1 亚历克斯·琼斯（Alexander Emerick Jones，1974 年 2 月 11 日—），电台主播、电影制片人、作家和著名的阴谋论者。他目前在得克萨斯州奥斯汀主持自己的《亚历克斯·琼斯秀》（*The Alex Jones Show*）节目。

中，与世界的规模相比，它只是精巧夺目，是文明的一件小纪念品。城市风光的更远处，太阳正在一片绝美的橙红暮色中下落。日落让他想起塞隆尼斯·蒙克的歌曲《有奈莉陪伴的黄昏》（*Crepuscule with Nellie*）。弗农·狄克逊肯定喜爱那首歌，如果日子更长久的话，也许有一天他们会一起演奏。没有了通行的车辆，空气变得极其纯净和丰盈，亨利感觉自己在呼吸纯氧。

等到他穿过通往吉米·卡特总统图书馆的林荫大道，月亮已经升起，它形似一只杯子，金星仿佛即将坠入其中——新月与星星，伊斯兰的象征，无意义的战争正在将它摧毁。夜很黑，人行道上看不清楚，倒下的树木偶尔会挡住他的去路。亨利的眼睛适应了暗淡的星光，此刻他已经离家很近了。穿过公园，经过海伦和特迪小时候常常玩耍的操场以及吉尔总打算种植的社区花园，离家如此之近，他的心开始猛跳。

然后他听见狗叫。

开始亨利并没有看见它们藏在树木的阴影中，然后一群狗突然出现，有八九只，它们也不狂吠，只是用几乎听不见的声音低声嚎叫。一只小狗开始兴奋地叫着跳起舞来，而最大的那只则低头跟随，缓缓前进。亨利举起手杖警告，这让领头的那只德国牧羊犬犹豫不决。不过还有一种智慧在起作用，群体的意识，这群狗分散开，从两侧攻击亨利。他必须得一击杀死领头的狗。

牧羊犬靠近到可以扑倒他的距离，亨利把手杖重重砸在地上并喊道：“坐下！”

那只狗立即坐下，其他大多数狗也学着它的样子。它们都是被抛弃的宠物，还没有忘记曾经受过的训练。亨利缓缓弯下腰，避免发生目光的接触，确保自己没有表现出敌意。他捡起一根木棍，在牧羊犬的鼻子前晃了晃，然后把它扔向树林，所有的狗都冲过去找木棍。

亨利正要急忙离开，可是狗儿们返回得太快，牧羊犬把木棍叼在嘴里，准备再来一次。亨利一次又一次扔出木棍，希望把它们累倒，可它们此刻已经陷入了一种狂喜，或许也回忆起从前的生活，不愿让亨利离开。末了，他打开最后一包牛肉干，尽可能扔得远远的，然后借引发的争抢匆忙摆脱，穿过林伍德大街，来到拉尔夫·麦吉尔大道上自家的街区。

所有的房子都陷入黑暗，窗户里没有光亮，充满了秘密。他感到害怕，想要喊出邻居的名字，可不知为何，又喊不出来。寂静似乎强韧得无法打破。

他站在长长的红砖阳台上，他的孩子曾在那里长久地玩耍，花箱里的金盏花在绽放，他透过一扇窗窥视自己的书房，虽然光线很暗，但是一切都井井有条。他分辨不出自己的书桌，外公外婆的照片还挂在墙上。座椅的扶手上放着小说，起程去日内瓦之前他一直在读。没那么糟，他想，原来我一直在吓唬自己。

前门的玻璃碎了。

亨利走进去，脚下的碎玻璃多起来。他静静地站着倾听，除了蟋蟀在叫，什么声音都没有，空气中弥漫的只有死亡的气味。他确信没人在这里，但还是喊道，“吉尔？”声音有些沙哑，“吉尔？”

他叫不出孩子们的名字。

穿过客厅和餐厅，他来到早餐桌旁。这里的工具抽屉里他放着手电筒，可是打开后却没有找到。这时，他看见厨房地板上散落着馅饼锅和破碎的盘子，食品间的门开着，里边黑漆漆的什么也没有。亨利找到火柴并点燃了一根，然后发现早餐桌后面的窗台上放着蜡烛。以前有时候孩子们入睡后，吉尔会点起蜡烛，他们一起享用家常的浪漫晚餐。亨利点燃了蜡烛。

用手挡着这一小团光亮，他经走廊去往卧室。卧室里混乱不堪，床上空无一物，染血的床单被扯下一半，暗示着不详之事。他的衣服还在衣橱里，吉尔的也在。如果没有信，至少能有一张纸条吧？是能指引他找到家人的线索就行。可他们为什么会一直相信亨利还活着呢？他们凭什么觉得有一天亨利会回来救他们？

特迪的房间空着，亨利搜了一遍他的抽屉，没有内衣和袜子，他的背包也不见了。他一定很安全，亨利想，一定在某个安全的地方。特迪的机器人摆在桌子上。真希望它能告诉我它的主人在哪儿，亨利又想。

借着烛光，亨利看见一个男人倒在海伦卧室的地板上。他浑身一冷，当场定住，然后悄悄走近，才发现这个人已经死了，面朝下趴在床垫上一摊干涸的血迹里，裤子脱下一半，背上插着刀，头部的一个伤口还生了蛆在进进出出。亨利确认那是一处枪伤。地上的玻璃更多了，都来自海伦的猪小姐存钱罐。亨利分析是有人来打劫，可一切都说不过去。梳妆台下有一枚硬币，二十五分。

也许他们在楼上，亨利想。

当他打开楼梯间的门，几只猫冲出来，亨利被吓得站在原地喘息。这里到处都是猫屎，混着猫尿的气味熏得他直流眼泪。在楼上发现的一切都没有让他感到意外。

他下楼穿过厨房来到纱门外的门廊，在暗淡的月光下，亨利看见了后院的坟墓。

他去车库取铁锹，发现吉尔的汽车不在里边。埃尔南德斯太太的福特福克斯停在原地。吉尔肯定是离开了，带着孩子们一起逃跑了。肯定有事发生，一名闯入者被杀，所以吉尔带着孩子们去了更安全的地方，也许是去了她妹妹家。

可这个猜测解释不了坟墓。

亨利开始挖掘两座坟墓中较小的那一座。坟墓顶部贴心地堆着石头和砖块来阻挡动物。他搬开石头开始挖掘，因为不愿面对坟墓中的真相而心跳加速。

挖到了什么东西，他放下锹，开始温柔小心地用手挖。他把手伸进泥土里摸索，终于触到了尸体。他扒开土，发现是皮珀斯。

他跪在狗的坟墓旁哭泣，悲伤令他疲惫，解脱令他颤抖，可还有一座坟墓在等待着他。他埋好皮珀斯并盖上石头，然后又挖掘起来。

这次花了几个小时。他好奇谁能挖出这座坟墓，不可能是孩子，一定是吉尔。她的车不见了，所以她肯定还活着。可是太多事情无法解释。海伦房间里的死人、坟墓，他一边挖，一边对此感到迷惑。碎石和一大截被砍断的树根被堆进墓穴。吉尔有这个力气？

午夜某个时候，蛙声齐鸣。繁重的挖掘工作令亨利背疼不已，可他不能慢下来，不允许自己打乱激烈的动作节奏。右脚踩着铁锹插进土壤，然后向左肩后扬起，一下接一下，没有停顿。然后他看出土壤下一个坚硬的人形轮廓。他把蜡烛拿到墓穴边，再次开始用手挖掘。他能感受到尸体就在土壤下不深的地方。他捧起土的时候，触到一个硬东西，不是塑料就是金属。他猛地推开泥土，发现是特迪的橄榄球头盔。

他发出一声叫喊，特迪不在了。特迪，他的奇迹之子。

亨利靠着墓穴的墙壁坐下，刚刚他还以为特迪没事。他的衣服不见了，背包不见了，海伦不见了，吉尔的车也不见了。

他强迫自己从头盔里的脸上拨开泥土，用死气沉沉的眼睛盯着亨利的，是吉尔。

这里发生了什么？

死的是吉尔，不是特迪。亨利失去了所有的感觉。

重新埋葬妻子之后，亨利坐在玩具屋的门廊上——那是他为孩子们亲手打造的。他已经把蜡烛放在吉尔的坟墓之上。他的家人经历了可怕的事情，可他却没能在这里照顾他们。他想抑制自己的悲痛，可那悲痛却无情地敲打着他的意识之门。吉尔去世了，还戴着一顶头盔。她的汽车不见了，孩子们不见了。无论如何，亨利都要找到他们。事情怎么都说不通，可吉尔已经死了。

亨利被惭愧和悔恨压得喘不过气来，眼下的情况又理不清头绪，只好爬进玩具屋睡了几个小时。

50
宇宙俱乐部

街头很暗，红绿灯也停止了工作，银行不再发放贷款，日用品店几乎空空如也，网络仍然没有恢复。华盛顿特区热得难熬，不过高端宾馆和饭店找到了办法重新开放。文华东方酒店、特朗普国际、棕榈饭店、米兰咖啡厅——具有影响力的休闲场所一家接一家恢复了生机。富豪权贵有普通人——比如《华盛顿邮报》的记者——无法企及的安全保障。

流感夺走了托尼·加西亚的姐姐和妻子，他自己也曾危在旦夕。加西亚住在亚当斯·摩根街区的“锅和卷中餐馆”楼上，除了一只吉娃娃就只剩下他孤身一人。没有水电，天气是又一只温度创纪录的秋老虎。生还者还在从传染病中恢复，有些人的身体遭受重创，几乎所有人都沉浸在悲伤中。

网络袭击极大地破坏了新闻产业。几家电视台正在恢复播出，但是报纸偶尔才出版。多亏了亿万富翁老板，《华盛顿邮报》比别家发展得更好，但也挣扎于如何从突然沉默的政府得到答案。流言蜚语和臆想的阴谋挤占了真正的新闻空间，结果整个国家充斥着各种各样的情绪——其中最主要的便是偏执。

网络袭击源于莫斯科的明显证据此时仍然没有，可是所有人都以为事实一清二楚。俄罗斯开展新型复合战争的天才之处不仅在于矢口否认，他们还具备近乎神奇的挑拨离间的能力——比如受俄罗斯网络机器人煽动，招募到了由数百名武装公民组成颠覆政府的美利坚爱国军，他们并不知道自己正在充当俄罗斯的第五纵队。俄罗斯引发了美国爱国者运动，然后将其归因于网络袭击。与此同时，普京还指责美国破坏俄罗斯的核电站。至少在这一点上他没有撒谎。俄罗斯还炮制出中央情报局暗杀团队中生还的唯一成员，此人将暗杀阴谋和盘托出，非常具有说服力。

这是一场病毒之战，不管是生物学意义上的还是虚拟网络中的，在这两方面，美国都处于劣势——美国的生物武器计划被勒令下马，而俄罗斯的研究只是转为地下。假如孔戈里病毒是多年以来生物工程的创造性成果，谁知道俄罗斯的秘密实验室还藏着什么呢？天花、马尔堡病毒、埃博拉，都在排队等待粉墨登场。随着安插在西方电脑上的病毒元凶最后展现威力，如今“奇幻熊”组织也来到了自己的收获季。

加西亚被召集到宇宙俱乐部，在那里，企业总裁、诺贝尔奖得主和最高法院法官聚在一起自吹自擂。一下子引起加西亚注意的不是俱乐部的宏伟，而是铺张的空调使用情况，他之前从没这样感受过。以前，他从未恰当地感谢生活，如今怀念起来，他感到浑身一颤，然后在失落的情绪中继续走动。

俱乐部的餐厅宽敞气派，领班带着轻蔑的目光一下拉住加西亚。他也许和现如今的大多数公民一样，背着铺盖卷儿和背包。可是当加西亚提到理查德·克拉克的名字时，作为回应，领班傲慢的眉毛挑得更高了。“五十二号桌。”领班对女招待说。

即使在这里——至高权力的老巢，加西亚也观察到流感造成的影响。装饰奢华的房间里人员稀少，吊灯虽然点亮，但光线暗淡。地毯上留着污迹，而且粘满了绒毛，像是法兰西帝国的古董，早已荣光不再。就连女招待的衬衫也都皱皱巴巴，可能有一阵子没洗了。她拉开一扇乌玻璃滑门，里边是个小包间，只有一张两人的餐桌。

“你还真喜欢保护隐私。”加西亚直言不讳。

“隐私是这个城市里最有价值的商品。”克拉克说，“你想喝点儿什么？瓶装的吧，冰块靠不住。”

加西亚能够看出克拉克在审视他，在评估危害。他知道自己什么样：憔悴，孔戈里流感造成的皮肤苍白还没有褪去。反观克拉克，他似乎健康得很，重新焕发青春，做好了打仗的准备。他点了蟹饼，加西亚点了扇贝。

“明早俄罗斯军队会开进爱沙尼亚，”克拉克说，“那是普京宏伟蓝图的下一步计划，先是克里米亚，然后是乌克兰，现在又来到波罗的海。”

“你怎么知道这些？”

克拉克耸耸肩：“明早看看电报，法新社会发。《华盛顿邮报》又屈居人后，可真可惜，两次了。”

“总统打算怎么办？”

“他应该炸沉他们的舰队，炸毁他们的炼油厂，在他们的港口布置水雷，向克里姆林宫的每一扇窗口发射巡航导弹。我们都知道他们有什么能力，战争已经进行好几年了，我们只是不愿意承认，没把网络袭击列为真正的战争，没想到孔戈里病毒是大规模杀伤性武器。”

“你确定是他们干的？”

“你如何解释一种新型病毒摧毁了西方社会，却让俄罗斯……不能说毫发无损，但也没受到重大打击。我们的电网瘫痪、通信中断、经济崩溃，与此同时，俄罗斯出兵波罗的海，你以为这一切都是巧合？”

“俄罗斯死了七百万人，更不用说全世界死了数亿人，你真觉得普京会那样对待自己的人民？”

“假如斯大林还活着，你会这么问吗？”

“不会。”

“普京就是斯大林再世。”

51
吻　别

亨利去敲邻居的门，房子的主人是玛乔莉·库克，早在亨利和吉尔搬到这个街区之前很久，她就生活在这里。房中没人应答。亨利连一个邻居也没有看见，整条街上似乎空无一人，对面的房屋也已经被烧毁。

他正要转身离开，邻居家的门突然打开。“亨利。”里边传来一个声音。

“你好，玛乔莉。”

“我没想到会再见到你。”玛乔莉站在纱门之后，穿着一件褪色的家居服，握着门把手，似乎那是能帮她免灾的屏障。“我以为你们都去世了。说实话，我不知道还能有什么样的结果。别告诉我只有你活下来。”

“我不知道，”亨利说，“吉尔过世了，有人把她埋在后院，我不知道是谁。孩子们都不见了，我也不知道去了哪里，还希望你能给我点儿信息呢。他们来找过你吗？你看见他们没有？你知道他们出了什么事吗？”

“我帮不了你。”玛乔莉简短地说。

亨利认识她已经十五年，可她好像变成了一个陌生人。

“玛乔莉，汽车不见了。被人偷走了吗？某个朋友带走了我的孩子？”

“即使是那样我也不清楚啊，”她的脸上写满了悲痛，“太可怕了，亨利，”她脱口而出，“我只是藏了起来，抱歉，我应该做个好人，可我害怕，到现在都没有原谅自己。这是上帝的旨意。”

亨利盯着她看了一阵，然后转身离开。

“有过一声枪响。”她在亨利身后喊道，“除此之外我就什么都不知道了。”

社区还有别的家庭，有些人带着孩子，可是应门回答亨利的没有一个见过海伦和特迪。他在海报写上孩子们的名字，寻求有关他们的消息，还提供了自己的地址，然后把它们钉在电话亭其他类似的海报中间。这样的海报到处都是。

他步行来到德卡尔布大街的消防队，查看社区死亡或失踪人口的名单。他自己的名字出现在死亡栏中，他把那条涂掉，填上了吉尔的名字。孩子不在名单上。

他确定有人带走了孩子，并期盼带走孩子的人是朋友。他们会去哪儿呢？

“他们可能在体育场，”一名消防员说，“那里建立了孤儿临时避难所。家庭都安置在会议中心。”

亨利的萨博班旅行车还停在机场，等待他从短暂的日内瓦之旅回来。所以他找到埃尔南德斯太太的福特汽车钥匙，开车来到勇士队的体育场。一根柱子上贴着手写的标志：登记处，一个箭头指向一垒门。亨利停了一会儿才进入看台，他想：这就是我遇见吉尔的地方，三杀出局，她拥抱了我，改变了我的人生。

体育场被改造成儿童难民营，外野[1]整齐地排列着白色的帐篷，大量儿童被挡在飓风围栏后边。一个身高马大的中年妇女正用望远镜

1 外野是棒球球场中，位于内野后方的一大片草地，简称外野。

观察他们，听到亨利过来后她抬起了头。

“我找孩子。”亨利说。

“哦，我们有三百一十二个孩子，”她说，“你找几个？”

“两个。”

“去挑一下，然后签署声名。”

“你没明白，我在找我自己的孩子。”

女人叹了口气。“姓名？”她问。

“海伦·帕森斯和西奥多·帕森斯，西奥多有可能写成特迪。”

她看着名单：“唉，姓名没有按字母顺序排列，我们不得不手工记录。”她舔了一下手指，接连翻了两页，做出给她添了麻烦的样子。

“我能下去自己看看吗？”

“你得有人陪同。”女人显得不情愿，然后说，“唉，好吧。”她起身缓步走下台阶，走向主队队员休息区门口。他们走进场地，穿过投手区，进入外野草地。挡住孩子们的围栏有三四米高。

“为了减少问题，我们根据性别和年龄划分他们，所以你的孩子如果在这里，他俩就不会待在一起。”

“像一座监狱。”亨利说。

“嗯，你可能不了解，孤儿帮派给我们带来颇多麻烦。不是说这些孩子本身是个问题，可绝望会导致恶劣的行为。在这里他们至少有吃的，有健康的环境，有地方遮风挡雨。假如有麻烦我们也能处理。我只想说，别急于下结论。”

亨利走在男孩儿营地的围栏旁，喊着特迪的名字，然后又去女孩儿那边呼叫海伦。孩子们充满期待地盯着他，似乎他还有可能叫出他们的名字。一个女孩儿听到叫声后应答，可她不是亨利的海伦，亨利走开时，她的泪水夺眶而出。我也是孤儿，亨利想说，也和你们一样。

在会议中心的情况也是同样，凄惨的家庭靠微不足道的援助生活，亨利从大片的宿舍中穿过，经过一箱箱捐赠的食物和衣物，几乎没怎么引起他们的好奇。穿着迪士尼道具服装的演员列队经过时，一名魔术师正在给孩子们变纸牌戏法。联邦应急管理局的职员坐在一张牌桌旁，面对着长长一排异常疲倦的房屋申请者。可海伦和特迪不在那里，哪里都找不到他们。

海伦和特迪的学校遭到抢劫，校门开着，亨利步入走廊，窥视着空空的教室。仿佛一场龙卷风在整座学校肆虐，吹翻了课桌，把书本扬得到处都是，有人还曾在特迪的二年级教室中间大便。

亨利听见一阵有节奏的声音，突然辨认出是篮球发出的。他循声来到体育馆，里边都是孩子。他没有看见海伦和特迪，不过聚在这里的二三十个孩子也许有人知道他们俩在哪儿。几个孩子是青少年，大多数都更年幼，和海伦、特迪差不多年龄。他们已经用毯子和铺盖搭出了住处。年长些的男孩子们正在投篮。

孩子们此刻已经发现他的到来，体育馆里一片安静。亨利扭头寻找成年人，可是一个都没有，不过确实发现了一张熟悉的面孔，海伦的一个同学。“劳拉？”他说。

女孩来到亨利跟前，她和海伦是足球队的队友。她在亨利面前站了一会儿，然后突然抱住他。另有几个孩子围拢过来。

“你的家长怎么样了？”亨利问劳拉。

她开始哭泣。

“所有人都死了。”一个大龄男孩儿用不耐烦的语气说。

“你们为什么不在体育场和其他的孤儿们在一起？”亨利问。

“那是监狱。”另一个孩子说。

“我们对那里发生的事情有所耳闻。”劳拉说。

“我们过得还行，自力更生。”大龄男孩儿指着腰带上别着的一把刀说。

他们都不知道海伦和特迪在哪儿。亨利离开时，大龄男孩斗胆跟他要钱，亨利倾囊所赠。“这是啥？假钞？”男孩问。

“不，这是沙特阿拉伯货币，我只有这些。”

男孩把钱扔在地上：“太扯了吧！”

亨利下午处理了家中的尸体，埋葬了埃尔南德斯太太和她的猫。他把海伦房间的男人尸体埋在玩具屋后，这样他就再也不用看到。他家后院已然成了墓地。当天余下的时间他收拾了屋子，除此之外心里装不下别的事情，他像个苦行僧，一间屋接一间屋地清洁整理，想要恢复再也不可能恢复的生活秩序。

他一边收拾垃圾，一边寻找线索。吉尔的手机还在手包里，甚至还有些电量，但是低得电池图标已经变红。她最后的电话是两周前打给她妹妹玛吉的。亨利尝试呼叫玛吉，可是根本没有反应。他不想让自己对此过度解读。

他站在卧室更换床单，这时，房子仿佛呻吟着恢复了知觉，他明白是来电了。收音机开始发出声响，但是只有噪声，没有广播。吉尔收听的电台是 WABE，她一定是听着节目去世的。亨利好奇现在的生活是否已经向着正常的方向掉头——还是说眼下只是回光返照？只要让灯点亮，他就荒谬地觉得感激。

晚上他换上洗干净的衣服，走去小五星区。开门的商店有几家，甚至他和吉尔常带孩子们去的墨西哥饭店也在营业。有了电力后，生活恢复得快得惊人，他甚至能从自动取款机取些现金。坐在人行道上的一张桌子旁，他看着街道上人来人往，上路的汽车还是很少。人们的脸上充满喜悦，亨利明白他们的心思：最糟的时候已经过去，我们回来了，我们历经苦难，现在一切都会没事，我们还活着。

亨利也愿意那样相信，可他清楚他们要面对什么。流感从来不会只来一波就罢休。他一边吃番茄干酪沙拉，一边喝墨西哥啤酒，这样安宁祥和的时刻不会长久，只是个残酷的间歇。

明天他将回到疾控中心的实验室，几个星期没有联系，谁知道那里是什么状态。他必须得找到自己的孩子，可是除了疾控中心他还能去哪儿呢？他们会去什么地方？他们和好人在一起吗？有没有遇到麻烦？

这么多未解之谜等待着他，可是此时此刻，他必须告别。他又点了一杯灰皮诺葡萄酒——上次他们来时吉尔喝过——放在桌对面吉尔应该落座的位置。离开之前，他喝了一口葡萄酒，仿佛是在吻别。到家时，房子里还是空无一人，让他忧心忡忡。

52
轮到我们

关于1918年大流感的历史都提到，生还者后来很少谈及他们的经历。若没有那些刻着相近忌日的墓碑为证，你几乎可以相信那段历史不存在。我们活了下来——这是他们的人生态度。这非常不同于那些经历过大萧条、世界大战或恐怖袭击的生还者，他们在对过去的铭记中，开启新生活。他们写书、组团、重聚，带着孙辈探访战场，获得心理疗愈。然而1918年大流感的生还者却努力从记忆——进而从历史——中清除那段经历。这是那个时代的特征。在20世纪初，霍乱、白喉、黄热、伤寒疫情不是仍在肆虐，就是存在于当时的人们刚过去的记忆中，疾病造成的死亡不足为奇，所以很少被历史提及。1918年大流感造成的死亡人数是历时四年的第一次世界大战致死人数的两倍。然而当时的人们对另一场大流行病（大流感）的天然恐惧被一场戏剧性的战争掩盖了。

此时亨利想知道，人类是否又一次不知不觉地走向抹杀文明的无意义的冲突，闯入另一场以工业化的效率随机消减人口数量的大流行疾病。孔戈里病毒究竟是人工设计的战争行为，还是自然形成的，这个问题仍然困扰着亨利。很少有人像他一样清楚，美俄打开军火库、发射末日武器的时刻近在咫尺。

和几年来一样，亨利骑着自己的红色重型山地车前往疾控中心。

自行车笨重，比最新的精密产品落后好几代，不过亨利看重它结实耐用。他经过小巷进入埃默里大学校园，学校里没有学生，只有几名维护人员从无人居住的宿舍拖出家具和私人物品。生活看起来就要恢复正常。

以前，他从没见过士兵把守疾控中心的大门，可现在他们全副武装地在栅栏后巡逻。亨利靠近后，有两名士兵挡住了他的去路。他出示身份证，可是一脸严肃的年轻士兵告诉他，那已经不再管用了。

“可我在这里工作！”亨利诧异地说，“传染病部门就是由我负责。”

“先生，你说的也许不假，可是新的身份证明已经下发，你的名字不在名单里。”

亨利语无伦次，要求他们叫来疾控中心主任。士兵们冷漠的反应激怒了他。还在争论之时，有人发出一道命令：“让他进来。”

“凯瑟琳！”亨利说。

“亨利，我们以为你丧生了。”大门打开时，凯瑟琳·洛德回应他，“我们太久太久没有你的消息。老天，这里正需要你。”

机构设施都完好无损，可是凯瑟琳解释说改变很大：“我成了新主任，汤姆去世了。呃，恐怕你的团队也有减员，马可还健在，我们从各处补充人员，填补空缺。你得走楼梯了，电梯不能使用，今天下班前我会给你准备好证件。”

亨利一进入他原来的实验室，每张面孔都转向他。要解释的内容太多，可这必须得等等。马可走过来，一句话没说就和他拥抱在一起。然后马可引导亨利穿过实验室，报告各种已经显现的孔戈里病毒毒株，其中有些更加致命，可是都没法很快治愈或者开发出疫苗。“我们面对的是一个突变集群，”马可说，“与此同时，国家卫生研究所已经研发出一种 RNA 复制子疫苗。”RNA 复制子可以模仿病毒的行为，感染体细胞，诱导机体对其产生保护性免疫反应。成功的 RNA 疫苗会促使细胞产生抗体。“我们在雪貂身上进行了测试，试验表明它可能有效。可我们还是在黑暗中摸索，眼下什么都提供不了。”

亨利陈述了他在潜艇上开展人痘接种法实验的步骤。马可大吃一惊地看着亨利问道：“你在潜艇上搞清楚了这个问题？”

“嗯，我必须得做点儿什么。”

“你必须得立即公布你的人痘接种技术。”马可说。

亨利心不在焉地点点头。

“亨利！你成功了！你已经研制出有效的疫苗！你不明白自己的成就吗？”

可亨利丢了自己的孩子。接下来的一周，他早晨和晚上在城市里寻找，下午在实验室工作。城市已经变得陌生、破落、衰败。其他人也在医院或墓地穿梭，像他一样寻找着身份记录或熟悉面孔。百年公园里有数百张寻人启事贴在墙上，每一张都在讲述破碎的家庭和失去的爱人。有一些启事还贴了照片，那么多幸福的面孔。

没有任何官方的秩序是这座城市最显著的特征。没有警察，没有士兵，只有百姓。无政府状态看起来就是这样，亨利想。混乱的程度没有他以为的那么大，不过黑帮成员和乞丐挤满了街道和公共场所，他们似乎只是张狂，很少带来威胁。亨利发现每个人都还处于震惊之中。

在百年公园，他贴上告示的时候，一个女人靠过来。“你的孩子？”她问。

“对。”

女人笑着说他们真可爱，然后又说：“我的孩子没了。”

亨利看向她，估计她三十多岁，不过和许多生还者一样，她的脸上也呈现了遭受疾病侵袭的痕迹，双手红肿发炎。亨利向她表达哀悼。

“希望你找到孩子。”她说。

“谢谢，我会的。”

“但愿吧，”说着她靠向亨利，压低声音说，“你想吻我吗？”

亨利立即抽身，然后发现自己下意识的反应伤到了她的心。“抱歉，”他说，“我还在服丧，现在不是时候。”

女人此刻已经哭了起来。“我只想找人聊聊。”她脱口而出。

“我可以和你聊聊，”亨利说，“你想让我说点儿什么？”

“告诉我，我很漂亮。”

亨利看着这张斑驳坑洼的脸说：“在我看来，你很漂亮。”

孔戈里病毒的“零号病人”至今尚未明确，这令亨利感到烦恼。“零号病人”可以解释病毒来源于动物宿主还是来自基因工程改造。他还在回家途中时，实验室已经追踪到中国此前的一段疫情，经过层层剖析，很可能是从鸟类传染给人类。传染路径表明，孔戈里病毒起源于中国东北或西伯利亚。他让马可追踪中国在孔戈里流感疫情暴发前当地的动物数量骤减情况。这也许可以提供病毒起源的线索。

“病毒进化史方面有什么新进展吗？”亨利问。

“我们找不到直接进化途径。”和亨利一起研究埃博拉病毒的技术人员南迪说。她的电脑屏幕上有一张孔戈里病毒进化株的树状图，类似族谱，回溯展示流感病毒如何进化。在图上，暴发于印度尼西亚的病毒株没有源头。

“病毒不是来自外太空就是人工设计的。”马可说。

“对，”亨利说，“或者……”

所有人都停下手中的工作，亨利因为天马行空的想法而闻名。“假如它不是新型病毒，假如它很古老，非常古老。”

“某种原病毒[1]？”马可问。

“还是会出现在图上，”南迪坚持己见，“这张图涵盖了一百多年以来流感病毒的所有突变位点，可一直追溯到1918年的流感毒株。”

“你能把时间标记延伸到古病毒吗？”

“我必须得进入另一个数据库，”南迪说，“我在PubMed文献数据库见过一个流感病毒的进化树，可以用此推测流感病毒的起源序列。”五分钟后，她问：“要追溯到什么时候？”

“试下一千年。”

南迪输入参数，并在那个时间段发现了甲型和乙型流感病毒有一条共同的进化路径，但是和孔戈里病毒没有任何相似之处。

“五千年。”亨利说。

丙型流感病毒在这个时间出现，并关联到甲型和乙型流感病毒的主干。

“我们在接近，”亨利说，“试试一万年。”

南迪突然从屏幕前向后仰身：“噢，天哪！我有发现。”

实验室里所有人都聚拢在电脑周围，挡住了亨利的视线。“是什么？”他问。研究团队给亨利腾出足够的空间查看。这一条核酸序列和孔戈里病毒非常相似。“这种病毒的历史呢？”亨利问。

“它来自冰岛，”南迪说，“根据文献记录，它在1964年由一支古生物学探险队发掘。一只猛犸被冻在冰川里，这种病毒提取自猛犸的组织。还从来没有被学界归类过。”

团队成员惊讶地盯着这个远古病毒的电子显微镜图像，陷入沉思。“我们看着的是整个流感病毒家族的祖先，”亨利说，“它一定是把猛犸当成宿主，也许延续了数千年才和它们一起灭绝。不知出于什

1 原病毒（protovirus），是指插入寄主细胞染色体并随细胞分裂分配到子代细胞中，而不损伤细胞状态的病毒。

么原因，它又重新开始传播。”

“怎么可能？”南迪问。

“有人把它挖掘出来并在实验室扩增培养。”马可提出看法。

“苏联就把 1918 年流感病毒存进了自己的病毒库，”亨利说，“这需要取得你发现的各种突变序列，尝试重建整个流感病毒基因组。这可以在实验室完成，或者大自然也可以自己创造——从她的基因武器库掏出点儿旧玩意更新一下。”

“这有可能是猛犸灭绝的原因吗？”南迪问。

“当然有可能。”

“尼安德特人呢？他们和猛犸共处同一个时代。”

研究人员面面相觑，然后南迪说出了每个人的想法：“如今又轮到了我们。”

53
乌斯季诺夫毒株

亨利的生物安全防护服还和他几个月前离开时一样，挂在净化室的衣挂上，他的名字歪歪扭扭地写在上边。一穿上熟悉的塑料外套，他就把黄色软管接入胸前的插座，空气像吹气球一样充满防护服，淹没了外界的声音。他将进入全世界最危险的四级生物安全实验室，亨利从没习惯包裹自己的笨重装束。

他走过中转室，然后在进入气闸时拔出空气软管。门在他身后结结实实地关闭，防护服因为缺少空气而塌陷，再穿过一道铁门就是四级实验室了。

研究人员正在不同的台位工作，操作离心机、孵化器或者用移液管把病毒样本转移到载玻片上，每个人都专心致志。亨利经过实验室进入小房间时，没人注意到他。房间里有两个大号冷冻柜摆放在液氮容器旁。亨利在一台冷冻柜的键盘上输入密码，然后绿灯亮起，他打开了柜门。

里边装着人类已知的最致命病毒，埃博拉、马尔堡、拉沙，每一种病毒都仔细地保存在冰架上的艾本德离心管中，仿佛一座灾难样本库。亨利明白，认为一种病毒有觉悟或意图是没有道理的，它既不残忍又不狡诈，只是存在，目的就是生存。而亨利也知道，病毒在持续不断地自我改造，大自然用来攻击自身造物的众多武器，没有任何一台冰柜可以装下。这根试管里，是新近才被装入的孔戈里病毒，它已夺去了那么多人的性命，并将有更多人因它丧生。

亨利觉得自己已经尽了一切努力来抗击病毒。他的接种技术被认为是一种潜在的替代措施，迅速向全球推广。有希望的孔戈里病毒疫苗终于要开展人体试验，这仿佛是一场努力拯救更多人的竞赛。可是在这个冷藏柜里，还冻存着太多的其他病毒。亨利有一种不祥的预感，抗击病毒的战争不可避免地会失败。人类已经征用微生物作为武器，他能想象冷柜里所有病毒被释放出来的那一天。

这其中也包括他自己设计的那一种。

亨利研制的病毒悬浊液看上去像粉色冰块，多年以来他一直迷惑不解，为什么这种病毒在丛林里杀死那么多人，在实验室却没有危害？他研究这种病毒，努力解开它的谜团，尽量找到一个原因为自己开脱。亨利想，人类想要征服自然，但是心有余而力不足。相信我们能操纵疾病来进行杀戮而不是治疗，这是多么地玩忽大意。我们就像玩火的小孩，终有一天会烧毁房子。

南迪取得了一些进展。“记得那些白鹤吗？”亨利回到实验室后她说，“现在几乎灭绝了。它们从西伯利亚的栖息地向中国东部的鄱阳湖迁徙，在那附近我们发现了一个孔戈里病毒的早期人类病例。为了追踪迁徙线路，余下的大约二十只白鹤都被装上了卫星发射器。我们知道它们携带病毒。总之我能检测到五只这种被追踪的白鹤在迁徙途中死亡。我不知道那是否罕见，你得咨询一位鸟类学家。不过这让我想起其他濒危动物的数量，因为它们有很多其实都在被世界野生动物基金会和其他组织所追踪。

“结果在 2019 年，俄罗斯北极圈内的这片小型群岛遭到北极熊的入侵。有个聚居地名叫新泽姆利亚，显然，浮冰上的北极熊漂流到那里并发现了城市垃圾场。它们在街头游荡，闯入住宅——惹了大麻烦。最后，北极熊被麻醉并套上项圈，运送到名为十月革命岛的环状珊瑚岛，就在西伯利亚北部，位于北极圈之内。可问题是，那些北极熊都死了，就在被送去几周之后，GPS 项圈显示它们一个接一个停止移动。”

“也许重新安置让它们受到了心理创伤。”马可提出自己的看法。

“有可能。或者用来捕捉它们的镇静剂受到了污染。我只想说我们有了一个北极熊数量大幅减少的案例，而且原因不明。”

“发射器发送什么信息了吗？心率、呼吸，任何提供它们体征的线索？”亨利问。

“抱歉，伙计们，只有我说的这些情况，他们使用 GPS 追踪器，只能显示它们在哪里走动，或者在哪里停下。”

马可看着亨利问：“怎么样？我能看出你在思考。”

“一件旧事，”亨利说，“十月革命岛是苏联生化战项目的前哨。我在考虑，假如的确是他们设计了这种病毒，那座岛屿会是一个合理的地点——可以相对安全地开展生物学实验，而且完全渺无人烟，直到北极熊被运送过去。”

上午亨利开车去了杰瑞·巴恩威尔的家，他是特迪的队友。假如特迪想去某个安全的地方，他也许会想办法到巴恩威尔家。他们住在东边紧邻亚特兰大的迪凯特，对于只能步行的孩子们来说，路途遥远，所以亨利之前没去询问。亨利一边开车一边回忆杰瑞父母的名字。他曾在足球训练之后送过杰瑞几次，和杰瑞父母聊过不止一次，可就是想不起来他们的名字。亨利记得杰瑞有两个姐姐，其中一个也许比海伦大一岁。巴恩威尔一家住在一栋维多利亚风格的蓝色平房，边缘用白色装饰，只消一眼亨利就确定房子已经荒废。巴恩威尔家曾经相当讲究，可如今院子里已经杂草丛生，即使在市郊也有野葛入侵。邮筒里放着几个月前的邮件，账单上写着他们的名字：托马斯和珍妮特。既然来了，亨利还是去敲了敲门。

过了片刻，他听见一阵脚步声，然后门被打开，杰瑞出现在眼前。

“你好，帕森斯医生。”杰瑞说。他是一个金发男孩，举止整洁，话音准确，比亨利记忆中的个头小些。他似乎没感到吃惊。

“杰瑞，你一个人住？”

杰瑞点点头：“我现在一个人，不过我姐姐马西娅有时会来。”

亨利没问他的父母。

“特迪还好吗？”杰瑞问。

“我不知道他在哪儿，”亨利说，“本来还指望你也许见过他。”

杰瑞摇摇头：“现在根本就没有人来看我。”

“谁照顾你？”

“马西娅挣钱，”他停了一下，“男人有时候来接她，然后第二天把她送回来，我刚刚还以为你是来找她。”

“不，我只是在寻找自己的孩子。”

“我确实想念特迪。”

“我也是。”

凯瑟琳·洛德一听说十月革命岛就给国土安全部打电话通报，尽管表示抗议，可亨利还是被迫登上一辆政府汽车，高速奔向多宾斯预备役空军基地。亨利明白这是紧急情况，有人迫切需要他，可他正着急寻找孩子，无暇他顾。

亨利乘坐空军湾流飞机前往华盛顿，如今空中交通停滞，他是唯一的乘客。下午四点，在中央情报局兰利总部一间无窗的小会议室里，他见到了玛蒂尔达·尼钦斯基和一个看似迪士尼电影反派角色的女人，她们对亨利要说的内容非常感兴趣。

“有可能是某些持久的毒素散落在那里，让北极熊们踩上，”亨利说，“我能想到的就有不少，特别是在北极地带，低温可以长久保存和维持毒素的生物学效能。”

“也许俄罗斯人把生化工厂重新投入使用，搞出了新东西。”蒂尔迪表示，“只有为数不多的人知道那个地方的存在。”

“我们之前是不了解。”女情报官坦率地说。

“我们的情况是这样，”蒂尔迪说，“北约军队正在爱沙尼亚境内跋涉。如何适度地反击？首先歼灭俄罗斯舰队，派遣一七三空降旅进入拉脱维亚，但那只是阻止他们继续攻击。最好能确认普京就是孔戈里病毒的幕后黑手，全世界都会与他和他的政权反目，他们会把他送上海牙法庭，判处绞刑。这是我的梦想，可是事态升级太快。可恶，真希望我们能把你送到那座岛上取样，向全世界证明我们已经知道的一切。”

会议室的门被打开，一个戴着墨镜的银发男人走进来。亨利倒吸了一口气，大家都知道不用给他们俩相互介绍。

“总统需要选择的余地，”蒂尔迪继续说，“需要我们可以否认的解决方案，不含我们的标签那种。”

“换句话说，就是化学或者生物武器。”女情报官盯着银发男子进一步说明。

“可我现在已经不干这行了。”于尔根·斯塔克说。

“一般认为，自从尼克松当政时算起，美国就不搞生化武器了，”蒂尔迪说，“不过我们知道‘9 · 11’后，你们在德特里克堡保留了一个机密项目。”

于尔根向亨利投去打量的目光，可亨利不敢看他的眼睛。

“他们说你俩是最佳人选，”女情报官补充，“如今我们所有的生物武器库存都已被销毁，现有的研究员都不懂制造配方和关键工艺。

你们两人是此领域技艺的传承者。现在国家需要你们，需要你们两个人。”

“总统真的愿意杀死数亿人？”于尔根问。

“孔戈里流感已经杀死了那么多。”蒂尔迪说。

于尔根喝了一口中央情报局地下星巴克咖啡厅买的冷萃咖啡：“你怎么知道是俄罗斯的责任？”

“我们不能暴露信源。”女情报官说。

“我换个说法，”于尔根说，“你对这项情报有多大把握？”

“中等偏上吧。”

“这种评价说明还有很大不确定性。”

女情报官承认情报不充分，但是你能怎么办？答案不言自明：普京打击了我们的国家资产，我们没抓到证据。

亨利看着他们对话，感觉自己在做梦。旧日忠心耿耿和无力胜任的感觉萦绕在他心头。他打量面前比他年长一些的男人，头一次发现他俩已经变得如此相似，都因改变初衷而离开了曾经共同的工作。于尔根依旧走向极端，利用自己独特的天赋复兴濒危和灭绝的动物。他曾公开表示众生平等的理念，所以他愿意复制培养脊髓灰质炎病毒，正如他愿意复活渡渡鸟。他仍然是亨利认识的人中最危险的一个。

“我们得带着一个提案去见总统，”蒂尔迪说，“事关对美国的打击，他无法袖手旁观。不仅仅是打击美国，还有全世界！普京制造了这种病毒——”

“推测罢了。”于尔根打断她。

“——还向人类释放这种瘟疫，然后瘫痪电网，不是推测，是事实。他在我们最薄弱的时候打击我们，不管是被误伤还是作为真正的被打击目标，数百万人丧生。经济基本上被判了死刑。我们必须报仇，总统会采取行动，他别无选择，不能只挨打不回击。”

“政府选择如何斗争我不感兴趣，”于尔根说，“你们对鸟类种群的所作所为不可原谅。你们已经参与到战争之中，但不是和俄罗斯，而是更强大的敌人——大自然。你们必输无疑。”

“我们罪有应得，没错，的确如此，”蒂尔迪说，“我们做过坏事，不仅仅是对火鸡之类的动物。对，我们曾做出糟糕的决定，可事情就是这样，人们进入一个房间，像我们四个此刻一样，选择被摆上桌面，房间外是满世界的政治舆论噪声，而房间里，我们为数不多的选择都很烂。该选哪一个呢？我们还是先谈谈第一个选择吧。”她转向女情报官，“俄罗斯的军事核力量此刻什么状态？”

“最高戒备。”

“普京的典型表现，”蒂尔迪说，“他迅速扩大打击力度，遏制我们反击，然后他会收敛一点儿，让我们觉得美国似乎占了上风。我们和他签署的每一项军备控制协议他都没有遵守。按照情报机构的判断，他先发射核武器的概率有多大？”

“发现任何有损俄罗斯安全的迹象他都会开火。”

“我们说的是人类文明的末日，不仅仅是俄罗斯和美国，任何国家都有可能遭殃。而且我发现，你不关心那些，”蒂尔迪对于尔根说，“也许地球母亲没有了我们会更好，可是你告诉我，全面核战争之后，世界会变成什么样？比如说你的动物。”

于尔根拒绝参与争论，只是盯着蒂尔迪看。

“选项二，不间断地发动网络袭击，持续开展打击，但可能威力不够，不确定什么时候可以结束。我能保证死的人更少，可我们处于劣势。俄罗斯多年来一直对我们发动网络战。我们都承受住了，他们也承受得住。可普京太过分了，对我们基础设施进行全面打击，他这一手藏了多少年。的确，我们可以牙还牙，可是你知道，那伤不着他多少。不像我们，他将遭受的损失不大，所以我们得找另外的反击方案，这就是把你找来的原因，斯塔克博士，你来提供选项三。”

“你们想让我制造一种病原体。”

“没有时间了，我们需要现成的。我们需要一种看似从俄罗斯实验室泄漏出来的致病物，但是对我们自身的危害要最小。”

“那不存在，看看孔戈里病毒，三周就传遍全世界，演变成世界范围的大流行病。你们可以采用非传染性病原，比如炭疽杆菌。但你们也得去播撒，和毒素的性质一样，用农药飞机喷洒，或者封装在弹头里。但是它们没什么意外可言，不会像病毒一样‘从实验室泄漏’，孔戈里病毒也许存在那种可能，所以用非传染性制剂明显就是我们干的。”

蒂尔迪忽然发现，于尔根对于摆在眼前的偶发事故漠不关心，对分享的最高级别机密信息不以为然，真是个冷酷的家伙。他纤瘦英俊或者说棱角分明的脸庞和一头飘逸的银色长发的确让他引人注目，也让人害怕。蒂尔迪想，于尔根颇有成为称职纳粹的潜质。她注意到帕森斯医生变得沉默，她手里的简报上说，于尔根和帕森斯曾一起工作。

“那你会怎么办，斯塔克博士？”蒂尔迪问。

“我会选择一种不同的介质。”

“你会选择什么？”

“我只知道一种理想的选择。就我们所知，它只能杀死人类，也就是说对人类极其致命。当然，它由眼前这位帕森斯医生开发。”

终于来了，亨利一直担心他的秘密会被揭晓。他想象过被捕、受审，考虑过家人对自己的看法，已经在心中刻画了狱中的生活。但他从没想过于尔根会公开背叛他，没想到政府会因为自己发明的病毒具有单一的杀戮功能而求助于他。

“你向我保证我所有的病毒库存都已经被销毁了。”亨利的声音已经变得沙哑。

“没错啊。我们在巴西的那次小实验中用光了你那批，”于尔根说，“也没有实验记录能指导重新制造。”

“你说的这种制剂可以秘密投放在莫斯科和圣彼得堡吗？那样才不会暴露源头。”蒂尔迪问。

“假如它的传染性和我们想的一致，短时间内它将大量消减俄罗斯人口，”于尔根说，“他们根本无法控制，不过话说回来，我们也控制不了。”

“你实验中的病死率是多少？”蒂尔迪问。她冷静的语气表明他们早就不用考虑道德问题。

“接近 100%，”于尔根说，“有些目标以其他方式被处决，不过他们无论如何都会死于我们的病毒。”他看着亨利说，“我们所知只有一个生还者，不过他当时还是个未出生的胎儿。”

“听起来妙极了。”女情报官说。

“我强调得够多了，你们根本不清楚自己正在发动什么样的攻击。”亨利说。

“我们必须从残酷的备选方案中选择。”蒂尔迪说。

“或许帕森斯医生还没有获悉芝加哥最新暴发的疫情。”女情报官说。

亨利扫视了一圈，似乎其他所有人都知道。

“普京一直把孔戈里病毒归咎于我们，”蒂尔迪说，“让我们憋了一口恶气。不管怎样，他已经采取了下一步行动。我们得到报告说，芝加哥在过去两天有五人死于马尔堡出血热，西雅图有一个潜在病例。那可是 A 级生物恐怖武器。”

“乌斯季诺夫毒株。”于尔根补充说。

亨利感觉到自己的抵抗已被瓦解。对话都指向同一个方向。他头一次允许自己重视内心升腾但又无处释放的愤怒和责备。现在很明确：他们杀死了吉尔。坟墓里吉尔无神的眼睛又闪现在亨利的脑海里。亨利想，这正是我们，我和于尔根，竭力阻止的世界，我们早就已经知道这种情况可能会出现，并为之做好了准备，他们也是一样。我们承担了良心谴责的代价，的确，我们有一部分人渴望看到我俩的工作成果被公之于世，只为了观察我们生物武器库中潜藏的巨大毁灭力。现在，这个目标要实现了。

可究竟什么是恰当的回击呢？更多人死亡？

“对了，你们那种生物制剂叫什么？”蒂尔迪问亨利。

于尔根替他回答：“为了纪念创造者，我们把它命名为帕森斯肠道病毒。”

54
伊甸园

两个孩子来到玛吉姨妈的农场一周之后，海伦才发现那具尸体。他们当时正在收获蒂姆姨父春天种下的玉米。玛吉的食品储藏间遭到抢劫，烘干室里的大麻也都被人拿光，但是储藏根茎蔬菜的地窖没有被暴徒发现，那里边有马铃薯和萝卜的种子。在田纳西州的这片地区，供电还没有恢复，不过煤气炉灶可以使用。“我们可以一直住在这里。”海伦说。

就在同一天，海伦被玉米地里的一只靴子绊倒，还发现靴子连着一条腿骨。她想要尖叫，可是内心的呼声早已经耗尽，她成了一只冷漠的动物，只关注与生存息息相关的事情。

现场就只有一条大腿，部分已经被吃掉。海伦认出靴子，所以知道那是玛吉姨妈的腿。她放下装满成熟玉米的篮子，在林立的玉米秆之间找寻。她能听见特迪在附近发出沙沙声，但不希望他看见尸体。

玛吉尸体其他部分的残骸四处散落，海伦发现了一把霰弹枪，无法找到头部的谜团也得以解答。她捡起武器，因为可能会用得上。玛吉衣服的碎片挂在玉米上，像是花布做成的旗子。玛吉的躯干已经被撕开，内脏被郊狼或野猪吃掉。玛吉和吉尔姐妹都丢了性命，蒂姆姨父和肯德尔都被埋在房子后边的凉亭旁，他们为了拍电视节目在那里种下的花卉和灌木都在盛放，形成一片美景。海伦真不愿意把玛吉姨妈留在这里让秃鹫吃光。

海伦注意到玛吉衣服碎片的兜里鼓出来一块，那是她的手机。

海伦走出玉米地，站在大门旁边，呼喊特迪的名字。特迪循声出现，拎着满满一篮玉米。看见霰弹枪，他立即睁大了眼睛。“我找到的，”海伦说，“还有这个。”她举起玛吉的手机。

“她在这儿？”

海伦点点头。

“电话有电吗？”

“一点儿没剩。”

他们回到房子里，因为特迪不想一个人住，所以他俩睡在玛吉和蒂姆的卧室。特迪又看到南部联邦士兵的鬼魂，没有像上次一样害怕，不过因此想起爬进吉尔怀里时，她抱着自己，充满了安全感。

特迪在卧室中一张桌子的抽屉里发现了充电线。

“你要干什么？”海伦问。

“我想到个办法。”

他们找到蒂姆姨父停在车库里的皮卡，钥匙就插在车上，特迪坐到了司机的位置。

“不行，你不能开车。”海伦说。

“我不开车，我给手机充电。”

他启动皮卡，把充电线插进仪表板的USB接口。过了一会儿，屏幕上出现锁屏壁纸，那是玛吉、蒂姆带着肯德尔和她获奖的猪在畜牧展的合影，看上去幸福美好，充满活力。

“我看看网络恢复没有。”特迪说。浏览器被打开，有几封未读邮件是八月份接收的，更多的邮件也开始被下载下来。然后特迪点击电话应用，他把手机举到远处，眼睛盯着屏幕，仿佛那上面有什么恐怖莫测的内容。

“怎么了？”海伦问。

“妈妈的手机打来电话，大约两天之前。”

于尔根·斯塔克的实验室位于宾夕法尼亚州中部阿米什人聚居的偏僻地区。一辆偶遇的轻便马车从车门旁“嗒嗒嗒”地经过，仅有的广告牌上都写着经文中冷酷的段落。这里空气干净，农田得到了悉心照料，矢车菊点缀着篱笆，有点儿前工业时代的味道，人类扮演更低微的角色，充当土地的照看者。除了宗教，于尔根极力推崇的是一种社会愿景。

政府车辆转下州内公路，停在一扇铁门前。围住这片土地的铁栅栏被设计得很有艺术气息，这样看起来就不同于监狱或联邦工事。进入大门是一间消毒室，车辆和地盘都要喷洒消毒剂。他们通过第二道门，亨利和司机被要求站在车旁，守卫用吸尘器清洁后备厢和车内，强力冲洗发动机组。亨利明白，所有这些工作都是为了防止病原侵害于尔根在此构建的独特生活方式。

一位留着短发、外表沧桑的中年女性来迎接亨利。她戴着“地球卫士”的帽子，名字——海迪——绣在T恤上。“荣幸，”她对亨利说，“斯塔克博士常常提起您，你们的友谊真伟大。”

于尔根的极简主义美学在环布园区的低矮石屋上显露无遗。菜园里长满陌生的花朵和蔬菜，风信子、百合、郁金香排列在覆盖着腐叶的花圃。“仅这一片就有将近一百种南瓜获得重生，”海迪说，“瞧瞧，它们是不是挺了不起？你会在今晚的汤里尝到。”他们步行穿过一座苹果园，树上正结出大小和颜色不同寻常的果实。“愚蠢的文明让我们失去了太多。”海迪说。

园区的一部分类似动物园，不过海迪提醒亨利，“动物园”这个词不适用于这里。“我们只是在动物繁殖出足够的数量、可以回归自然之前饲养它们。我们把它们安置回原本的栖息地，它们曾经在那些地方繁荣兴旺，我们希望它们再次复兴。这是我们最伟大的成就之一。”她指向足有货车车厢大小的钢丝笼，里边装着大约五十只红眼睛的灰鸽。“它们是候鸽，”她说，“曾经是美国最常见的鸟类，然后灭绝了一百年。于尔根把它们复活，想想这是何等成就。上帝创造这些生物，我们把它们再造出来，真正的上帝之作。”

亨利打量着海迪敬畏的表情，回想自己曾经也一定是这个样子。这是忠实信徒的表情。

于尔根正在办公室等待。“让克雷格晚上做点儿美味。”亨利进来时，他告诉海迪。一堵玻璃幕墙向溪流石岸上的红橡树林凸出，墙上没有照片，自然本身就是艺术品，严肃冷酷，和于尔根一样。

“海迪领你看过实验室了吗？”

“还没。”

“虽然不及德特里克堡的标准，但是必不可少的东西我们都有。”很少微笑的于尔根此刻正展露笑容，流露出一种陌生的愉悦之情。“你知道，亨利，我常常梦到此情此景，我们再次一起工作。”亨利没有回应，于是于尔根又说：“我们设法弄到你用来构建病毒的同种脊髓灰质炎病毒和肠道病毒71，你再造出来应该不难。可能你已经推断出来，那就是我们在此的目的。”

“在我能力范围内，亦可能夺人一命；这可敬的责任当以最大的谦逊和危机意识去面对，”亨利说，“最重要的，我不能以上帝自居。[1]”

“你在引用谁的话吗？”于尔根问。

“我成为医生时宣读的誓言。”

于尔根疑惑地看了他一眼：“我不为这里的工作辩护。假如要拯救地球，扮演上帝是我们唯一的选择。想想人类对这颗行星做过什

1 引自原美国塔夫茨大学医学院院长路易·拉萨尼亚（Louis Lasagna）于1964年改写的希波克拉底誓言，现今在美国被很多医学院采用，中文由叶汉良翻译。

么，你了不起的发明将帮助地球恢复平衡。”

亨利想，施害者自我表扬，历史上的重大罪行就是这样诞生的。“我好奇一件事，”他说，“我构建的重组病毒在实验室从不致命。”

“没杀死小鼠。”于尔根说。

“对，没杀死小鼠，我现在还感到不解。我经常想起在土著人营地的那天。除了死去的人类，一间小屋里还死了一只老鼠。”

“毫无疑问，是不同的品种。”

“当然，可还是鼠类。你所谓的‘现场测试’有什么不同吗？变量太多，困扰我多年，于是我决定试着复制当年原始实验的结果。我再造出同样的整合病毒，并用它感染小鼠。它们失去知觉，但又完全恢复过来，不出意外，和以前的情况一模一样。我在雪貂和豚鼠身上实验，得到了相同的结果。我曾经总是猜测和希望我创造的结合病毒没有致人死亡。”

于尔根一言未发。

“我花了些时间才弄明白你动了什么手脚，”亨利继续说，“只有你这种天才人物能想到改变一种明显无害的——你怎么称呼来着？致残剂？并把它设计成一种对大量人群致命的病毒。只有你有能力为了改变毒性而修饰病毒的遗传控制元件[1]。经过多次尝试，我才在实验动物身上得到同样的结果。所以我知道你是如何修饰的，可仍不了解原因。你一遍遍告诉我实验对象不会受到伤害，说这是从世上袪除邪恶的人道方法。”

于尔根凝视外边的橡树，它们红得像燃烧的火焰，刚刚开始用落叶覆盖地面。“那不是客户想要的。”他安静地说。

亨利思考了一会儿，然后说：“那不是你想要的。”

1 遗传控制元件（genetic control elements）：结构基因两侧的一段不编码的遗传片段，参与基因表达调控。

“或许吧，对，我承认，”于尔根说，“对我来说也是一次实验，检查是否有大量消灭人类的完美方法。我知道你怎么想，但是我们面临一个抉择，亨利，是拯救地球还是任由人类毁掉它。我已经做出选择，如果你绝对客观地看待形势，就会认同这是正确的选择。我发现，你这种有家室和朋友的人无法认清形势。你觉得这需要不近人情，一点儿没错，可这只是因为你属于人类。假如滋生的白蚁要毁掉你的房子，你会毫不手软地消灭它们。因为你没像白蚁那样看待问题，这才是我们——你和我——的不同之处。在我看来，白蚁就像人类，都是平等的，都值得活下去。我为其他生命代言，我保卫它们。很多人说自己也在这么做，可是他们都不愿意强行实施唯一有效的方法，即减少人口数量，直到其他的宝贵生命得以存活。”

“还有更好的方式保护生命，”亨利说，“甚至就在这里——他们向我展示过——你在复制出已经灭绝的物种。”

“这还不够，”于尔根说，“每个小时地球上都有物种灭绝，我们没法希望以此做出真正的改变。”

“你不是真的希望我帮你落实这个疯狂的行动，是吗？”亨利问，“我不明白你为什么把我找来。”

于尔根尴尬地笑笑：“一直以来的问题是，我无法对你隐藏真相。你说对了，再次构建病毒不是不可能，我已经实现。可我需要你，因为世界上只有你能阻止我，只有你如此了解这种病毒，只有你有可能研制出疫苗或疗法，所以我们完成之前，你必须留在这里。”

亨利往外走，可是门已经锁上了。

“亨利，你不能说走就走。这个场所有严格的安保。”

“扣留我毫无意义。”亨利说。

“我看似残忍，我明白。假如有神灵存在，我会受到诅咒，这点可以肯定。可是我们没有神灵，对吧，亨利？拥有创造和毁灭的至高力量，我们必须扮演神灵的角色。”

“我们曾经构建的病毒是一个错误，”亨利说，“它根本就不应该被再次构建出来。”

于尔根摇摇头：“如我所说，传染病完成使命之前，你将留在这里。我是为你好，亨利。作为囚徒，你不会受到道德谴责，我承担全部责任。估计你理解不了，但我也曾备受煎熬。你知道我没疯，世界会因为我们的努力而变得美好。”

“我发现你如何操纵病毒时，便觉察出你可能会再次使用，”亨利说，“于是我花了很多宝贵时间研究它的秘密。结果成功了，于尔根，我已经治愈了帕森斯肠道病毒。我的名字将不会和你计划实施的大屠杀联系在一起。”

“不可能，”于尔根说，“这种病毒非常复杂。”

“我已经在互联网发表了病毒的详细信息。此刻世界卫生组织的玛利亚·萨沃纳应该正给你发来邮件，描述这种病毒及其治疗方法。”

于尔根茫然地看着亨利，然后动手查看邮件。玛利亚的电子邮件是世界卫生建议的一部分内容。于尔根无声地读完技术细节，过了一会儿，他抬起头：“干得漂亮，亨利，真希望你没这么做。”

于尔根走向玻璃幕墙，静静地站了一会儿。“我猜我应该杀了你。”他几乎是在征求许可。

“你怎么处置我都行，但我不进实验室。”

“即使没有我们，他们还是会实施计划，”于尔根说话时，表情出奇平静，“你应该接受这点，亨利，我们的参与无关紧要，此刻病毒正被释放出去。这是人类选择的自杀方式。”

于尔根拿起手机，打给海迪。“帕森斯医生现在要走，”他说，“别拦他。”

55
十月革命岛

消息很简单：35.101390，-77.047523，10/31，0630。

万圣节的黎明前，在北卡罗来纳州新伯尔尼附近特伦特河和纽斯河的交汇之处，亨利带着海伦和特迪坐在公园里一座弹丸之岛上的野餐桌旁，GPS 坐标表明他们应该在此等待。看样子今天将是凉爽宜人的美丽一天，但接下来的一段时间，他们将不再有这个机会享受。尽管孩子们已经脱胎换骨，变得更加坚强，但亨利不希望他们得知消息后感到不安。以后的孩子们都会像这样变得坚强，亨利想。

第二波孔戈里流感正在扫荡全球。医生们正匆忙学习亨利的人痘接种技术来遏制传染。与此同时，实验室构建的病毒粉墨登场，攻击虚弱的易感人群。第一次生物大战已经上演，不同于其他战争，没人能阻止生物战。

天空渐亮，大西洋隔着屏障岛相望，漠然而广阔。在全球变暖造成海面上升前很久就修建的护墙上，海水因为涨潮而飞溅，地理位置与此类似的沿岸社区都在撤离。亨利想象着世界上的大都市，一座接一座像亚特兰蒂斯一样沉入海中。

特迪沿着水边行走，开始打起水漂儿。

“看见那些云没有？”太阳升起时亨利对海伦说，“它们叫层积云，通常预示着大暴风雨将要来临。”

海伦欣赏着云彩，它们呈朱红色条纹状。“真漂亮。”海伦说。

“记住今天。”亨利说。海伦点点头，但没有问为什么。

特迪正要投出下一块石头，河里翻腾起来。他后撤一步，一个庞然大物突然浮上河面，是美国海军佐治亚号核潜艇。

狄克逊船长出现在舰桥，一群海军陆战队员划着小艇向岸边赶来。亨利告诉过孩子们只能在背包带少量换洗衣服。他自己拎了一个褪色的皮箱，里边装着高中时的单簧管。

“额外的船员？”狄克逊说。

“他们相当能干。”亨利说。

“那也许能填补空缺，我们缺少人手，这是一趟完全自愿的任务。”

潜艇向着大西洋驶过潮汐河流时，狄克逊让孩子们站在舰桥。等他们航行到大陆架，太阳已经高高升起，潜艇也应该潜入海下了。

墨菲正在药房等待，亨利用墨菲这个名字把她介绍给孩子们认识，但她却对孩子们说：“你们可以叫我萨拉。”

佐治亚号向北航行，绕过拉布拉多，沿一条途经巴芬湾的浅水航线进入北极圈。它潜伏在冰层之下，距离西伯利亚的海岸三百二十公里。狄克逊船长上次来北极冰盖之下还是两年前，如今北极冰层的破碎程度令他震惊，大片的开放水域被称为冰间湖，潜艇可以在那里升到潜望镜深度，接收简单的脉冲编码信息。如今消息都来自国家空中指挥中心，这意味着生物战爆发期间，总统和其他政府要员都在末日空中指挥所进行指挥。

佐治亚号是装备海军陆战队载具（SDV）的两艘俄亥俄级潜艇之一，该载具是一种深潜舱，能协助一队突击队员远离母舰开展秘密行动。以电池为动力的载具小巧安静，几乎无法检测到。

亨利见到陪同他执行任务的海军陆战队队员。“我们扮演的不是勇士，而是历史学家，”他告诉他们，“有一天人们会问，‘这是谁干的？’我们会取得证据，历史会根据我们的发现做出评判。”

海军陆战队的领队是身材健壮的库克西上尉，他毫不遮掩地担心亨利不具备与他们一同前往的能力。“我们为此接受训练。”他说，但是没提他们都有橄榄球员一样的身体。

“只有我知道要找什么。”亨利简短地说。没人可以阻止他参加这项任务。

队员们进入载具之前，亨利去和孩子们谈了谈。特迪的腿抖个不停，他非常担心的时候就会这样。“海水冰冷，”他说，“我担心你会冻坏。”

“他们有特殊的服装，”亨利说，“我会及时回来吃晚餐，然后我们一直待在水下，等待战争结束。我们会安全的。”

海伦什么都没说，可是泪水在她眼中打转。她拥抱了亨利，然后拉住特迪的手。

墨菲轻声说：“我会照顾他们。”

亨利和十一名海军陆战队员进入封闭间，他已经很久没使用过潜水设备，上一次还是在热带的巴哈马群岛，当时甚至不需要穿潜水服。在这些冰冷的水域，潜水员需要干式潜水服——一件复杂得多的装备。亨利按照库克西上尉给他示范的步骤穿戴，潜水员们已经在穿着夹棉的连体衣和厚羊毛袜。库克西教他如何打开上身的双拉链。拉链从肩膀延伸到肚脐，又回到另一侧肩膀，和尸体解剖的切口位置一样。亨利钻进衣服，把手伸进衣袖，用力把手指插进潜水服本身的氯丁橡胶手套，把他的大头穿过颈部密封相当费事。库克西帮他背上氧气瓶和调节阀，然后亨利戴上面罩，拉起兜帽的边缘，遮严面罩，这样水就不会渗入。他感觉自己被装进一个气球，但还是向库克西竖起了两个大拇指。

大家拿着脚蹼爬进运载潜水员的两间船舱。正副驾驶员在载具前部就位。然后左舷开启，北极的海水涌入开放的舱室——尽管他们穿着具有隔离层的干式潜水服，但还是感到冰冷刺骨。大约四十五分钟之后，整个舱室被注满海水，库门打开，两艘载具在人工操纵下离开潜艇进入海洋。它们悬浮在水中，像两只初生的鲸鱼，佐治亚号停在它们下方，像一艘沉没的大帆船。

然后载具开始移动，这么深的地方也存在生命：层层海带随波晃动，海藻像浮冰底面的苔藓一样悬浮，鱼鳍残缺的小鱼像蛇一样在水中穿梭，一只海象看了他们一眼，然后匆匆逃走。亨利思考自然的丰裕，以及人类此时此刻在如何对待自然。

他们花了一个小时才到达指定的渗透区域，驾驶员发信号给其他潜水员，然后他们都停了下来。海军陆战队员一个接一个地游出舱室，亨利排在最后一个上浮，从一群鳕鱼中游过。当他从水中冒头，两名海军陆战队员从腋下拉住他，把他提到狭窄多石的海岸上。

摘下面罩，亨利看见远处有低矮的冰川山脉。在海岸和山脉之间，退却的冰原露出下方贫瘠的苔原。这里是世界上最遥远的地方，亨利想，难怪苏联选择这里。他的地图表明生物武器工厂在内陆方向一点六公里远的地方，位于一座冰丘的后边。海军陆战队员花了一点儿时间准备武器，然后便开始奔向目标。

虽然下午刚刚过半，但极地的太阳低垂，秋季的暮光照耀着他们，走在泥泞的苔原，他们的脚步发出一种拔出泥沼的声音。亨利拖慢了大家，库克西向他的队员打手势，让他们从不同的方向分散接近工厂。等他们来到冰丘，亨利和库克西爬到高处，跪在山顶的后方。库克西用野外望远镜观察，然后把望远镜递给亨利。

工厂半掩在雪堆之下，三根高耸的烟囱里没冒出任何东西。附近有一条古老的铁路，电线杆紧挨着它分布，但是上面已经没有了电线。

库克西挥手示意队伍前进。

他们来到入口处，像谷仓一样的大门敞开着。里边实验室的残余还在原位，都是些曾经可能装过炭疽细菌或天花病毒的保温箱和大桶，也许细菌和病毒还在里边。毋庸置疑的是，他们没有在这里制造孔戈里病毒，这座实验室已经被抛弃数十年，也许可以追溯到苏联解体。

库克西看着亨利："我们来这儿的任务完成了吗，医生？"

亨利走出破旧的建筑，走进北极暗淡的天光。库克西示意队员返回。"你们继续，"亨利说，"我还有东西要看一下，你们也可以在这里等我。"

"你不能独自行动，医生，"库克西说，"你说的地方有多远？"

"恐怕得再走一点六公里。"

"我们要找什么？"

"死去的北极熊。"

在泥泞的苔原上步行，他们又用掉了一个小时的宝贵时光。亨利追寻着 GPS 上指示北极熊停止移动的地点。它们会紧密地围绕在一起，尽管冻土融化，但在这种气候下，它们应该保存得相当完好。除了北极熊本身，这里的捕食者也不多。

起初亨利没有看见它们，它们的白色皮毛近似片片雪迹，不过等他发现了一头，整个种群也就跃入了眼帘。它们倒在地上，被死亡掏空了身体。

"老天，那究竟是什么？"一名海军陆战队员指向一截木头似的东西。

一堆积雪之下，亨利看见一个大家伙从融化的冰里露出来。那不是一截木头，而是一根象牙。

亨利用地图掸了掸雪，一张巨大的脸呈现在眼前，北极熊已经扯碎了它毛茸茸的躯干。

"这是一只猛犸，"亨利说，"别碰它，它被孔戈里病毒污染了。"

海军陆战队员向后退去，全世界只有他们了解到了真相。

“那么医生，我们该如何讲述历史？”库克西问。

亨利抬起头，看见最后一群白鹤已经启程飞往南方。

“我们会说，这是自作自受。”

致谢

没有公共卫生领域几位知识渊博的顶级学者的帮助，我无法完成此书。调研伊始，我得到杰出的微生物猎手、哥伦比亚大学感染与免疫中心主任伊恩·利普金（Ian Lipkin）的协助。利普金教授把他的研究助理兰全（Lan Quan）借调给我，如今兰全已成为石溪大学的资深科学家。兰全耐心地为我解释了本书涉及的众多实验室操作流程。还有其他人慷慨相助，为我贡献了自己的宝贵时间和专业意见，他们是艾奥瓦州埃姆斯国家兽医服务实验室的兽医官员杰米·李·巴纳比（Jamie Lee Barnabei）、医学博士盖伊·L. 克里夫顿（Guy L. Clifton）、达特茅斯盖瑟医学院的助理教授肯德尔·霍伊特（Kendall Hoyt）、兽医流行病学家萨利·安·艾弗森（Sally Ann Iverson）、领先岁月机构前首席执行官拉里·明尼克斯（Larry Minnix），以及大不列颠哥伦比亚大学理学院的柯蒂斯·萨特尔教授（Curtis Suttle）。

我必须点出一众非常耐心的信息源，他们不仅接受我的提问，而且为了保证手稿的准确性而阅读了其中的大部分内容。他们的帮助我难以为报，只能在此表示感谢，他们是哥伦比亚大学法学教授菲利普·博比特（Philip Bobbitt）、良港咨询和良港国际主席理查德·A. 克拉克（Richard A. Clarke，他还允许以他为原型创造角色）、辉瑞病毒疫苗部门首席科学官菲利普·R. 多米茨博士（Dr. Philip R. Dormitzer）、马里兰州贝塞斯达的病毒免疫学家和疫苗专家巴尼·格雷厄姆博士（Dr. Barney Graham）、国家卫生研究所 / 国家过敏和传染病研究所 / 马里兰州德特里克堡综合研究机构的延斯·库恩（Jens

Kuhn）、罗宁研究所的兽医流行病学家埃米莉·兰考（Emily Lankau，她本人也成为书中的一个角色）、已退役的海军上将威廉·H. 麦克雷文（William H. McRaven），科学新闻学和全球健康科普学教授西玛·雅斯敏博士（Dr. Seema Yasmin）。

我还要特别感谢美国海军第十潜艇群公共事务官员凯瑟琳·A. 迪纳上尉（Katherine A. Diener），多亏她的好意，我才得以在保罗·希茨船长（Paul Seitz）的监督下登上美国海军田纳西号（SSBN–734）潜艇，见识了船上骁勇善战且热情好客的蓝队船员。泰勒·惠特莫尔上尉（Tyler Whitmore）和执行干事詹姆斯·凯珀少校（James Kepper）带我参观了这台强大的作战装备。我还得以与众多潜艇军官开诚布公地谈论他们的水下生活，他们是副作战指挥官斯蒂夫·哈克斯（Steve Hucks）、二等烹饪专家桑托斯·阿拉尔孔（Santos Alarcon）、信息系统技术主管瑞恩·多伊尔（Ryan Doyle）、资深首席军医里卡多·帕尔（Ricardo Parr）、作战指挥官贾斯汀·开普中校（Justin Kaper）和副参谋长克里斯·霍根中校（Chris Horgan）。康涅狄格州格罗顿潜艇部队博物馆的麦克·里格尔上校（Mike Riegel）和已退役的海军中将小阿尔伯特·H. 孔茨尼（Albert H. Konetzni Jr.）也给我提供了丰富的专业知识。

斯蒂芬·哈里根（Stephen Harrigan）一如既往地阅读了初稿，并对写作提供了有效的指导。这个故事最初萌生于电影制作人雷德利·斯科特（Ridley Scott）提出的建议，我感谢他和迈克尔·埃伦伯格（Michael Ellenberg）的创造性投入。

幸运的是，在我的职业生涯中，有最优秀的人与我共事，这当然包括我的经纪人安德鲁·怀利（Andrew Wylie）和我的编辑安·克洛斯（Ann Close），以及我在克诺夫出版社所有才华横溢的同事们。

劳伦斯·赖特